PROLOG

Iconia war tot. – Der Planet selbst würde auch weiterhin bestehen, bis sich die Sonne schließlich zur Nova aufblähte. Doch die Welt, die er gekannt hatte – der zarte, empfindliche Mantel aus Leben –, existierte nicht mehr. Kontinuierliches Bombardement hatte die flachen Meere verdunsten lassen und alle grünen Ebenen verbrannt. Die Oberfläche von Iconia präsentierte nun sterile Ödnis.

Barbaren.

Kanda Jiak schwankte, als eine weitere Erschütterung die Gateway-Kammer erfaßte. Die Station war vor Entdeckung geschützt, und nur ein direkter Photonentorpedotreffer konnte sie in Gefahr bringen, aber die ständigen Explosionen sorgten dafür, daß sich der Boden unter ihr bewegte. Gab es eigentlich noch etwas auf Iconia, das einen Angriff lohnte, eine Stadt, die noch nicht ihr Ende in den Feuerstürmen gefunden hatte? Oder haßten die Fremden den Planeten so sehr, daß sie dieses Inferno aus reiner Zerstörungswut fortsetzten? Nach dem Erstkontakt hatte die Philosophin Senega darauf hingewiesen, daß zu große Unterschiede in bezug auf die technische Entwicklung bei anderen Völkern zu Unruhe und Besorgnis führten. Sie sagte voraus, daß die Überlegenheit Iconias Furcht und Argwohn zur Folge haben mochte. Als letztes Vermächtnis vor ihrem Tod prophezeite sie eine fatale Konsequenz: Furcht, so warnte sie, konnte in dem Bestreben resultieren, das zu vernichten, was man nicht verstand.

Dämonen der Luft und der Dunkelheit. So haben sie uns genannt.

Als es den Diplomaten nicht gelang, die am Rande des Sternenreiches wartenden Horden des Zorns zu vertreiben, wurden gerade jene Tore, die so große abergläubische Angst bewirkt hatten, zur einzigen Rettung der überlebenden Iconianer. Während der letzten Tage waren zehntausend Artgenossen von Kanda Jiak durch schmale Risse im Gefüge der Raum-Zeit geflohen. Sie und ihre Nachkommen würden sich eine neue Heimat schaffen, auf so fernen Planeten wie Ikkabar, DiWahn und Dynasia. Damit war das Überleben der iconianischen Sprache und Kultur gewährleistet, selbst wenn von dieser Welt nur Staub und Asche übrigblieben.

Jetzt wollte Jiak die Schwelle überschreiten.

Er hielt das Juwel in der Armbeuge. In einer Umgebung aus schimmernden Schalttafeln, summenden Konsolen, leuchtenden Displays und der knisternden blauen Energie des Torschlüssels wirkte der Stein seltsam fehl am Platz. Doch beim Bau dieser Basis hatte er ebenso wichtige Beiträge geleistet wie die vielen Architekten, Ingenieure und Techniker. Das uralte Relikt enthielt alle Geheimnisse des Universums, und drei Generationen von Iconianern hatten erst damit begonnen, einen Teil dieses ungeheuren Wissens anzuzapfen.

Blau. Rot. Blau. Jiak berührte dreieckige Tasten und gab den vertrauten Code ein. Ein Lichtblitz löste sich von der zentralen Kugel und stellte eine zitternde, nabelschnurartige energetische Verbindung zum aktivierten Gateway her.

Jiak betrachtete wechselnde Landschaften. Drei bewohnbare Welten standen zur Wahl, doch keine von ihnen bedeutete ihm etwas – im Vergleich mit Iconia waren sie alle primitiv.

Leb wohl.

Jiak gab sich einen Ruck und trat durchs Tor.

Nein! Das ist verkehrt!

Das Gleißen einer roten Sonne versengte ihm die Augen, und heiße, trockene Luft saugte ihm die Feuchtigkeit aus den Lungen. Der Boden bestand aus feinem Sand und gab unter ihm nach – eine höhere Gravitation hatte sein Gewicht verdoppelt.

Diese Wüstenwelt hatte er nicht gewählt; in einem so extremen Klima gab es keine Überlebenschance für ihn.

»Rette mich!«

Während der letzten dreißig Jahre war das Juwel sein Talisman gewesen. Wie flehend berührte er es nun – in der mörderischen Hitze fühlte es sich plötzlich eiskalt an.

Jiak sank zu Boden. Der Stein rutschte ihm aus den Händen und rollte davon. Ein verzweifelter Blick folgte ihm.

»Verraten«, brachte der Iconianer hervor. »Du hast mich verraten. Warum?«

Von allen Iconianern hatte nur Senega das Juwel als Fluch bezeichnet, nicht als Segen. Wahres Wissen verlangte einen hohen – einen zu hohen Preis.

Als Jiaks Selbst der Dunkelheit des Todes entgegensank, träumte er davon, daß sein Leben nichts anderes war als ein Trugbild in einem anderen Ich ...

Sie schrie, aus Furcht davor, allein in der Wüste zu sterben. Die Hände tasteten hin und her, bis sie schließlich den Stein berührten.

Er ist noch da. Und ich sterbe nicht.

Zumindest ein Teil ihres Bewußtseins kehrte in die Realität zurück, und das genügte, um ihre Gedanken von Jiaks Identität zu trennen, sich daran zu erinnern, daß sie in Sicherheit war, auf einem Planeten namens Atropos. Die Bettdecke lag zerzaust zu ihren Füßen, doch vom Juwel ging genug Wärme aus, um sie vor der kalten, ins Zelt sickernden Nachtluft zu schützen. Mit einem erleichterten Seufzen rollte sich die alte Frau zur

Seite und schmiegte sich so an den Stein, als hätte sie Angst, daß er von einem Augenblick zum anderen fortrollte.

Ko N'ya.

Ja, so hieß das Juwel in ihrer Sprache – auf vulkanisch.

Ich bin T'Sara.

Sie lag noch immer auf dem Feldbett und fühlte sich erschöpft, von Jiaks Anstrengungen und auch ihren eigenen. Echter Schlaf würde ihr einen Teil der Kraft zurückgeben, doch sie bedauerte, auf diese Weise Zeit zu vergeuden. Alles in ihr strebte danach, das Leben jener Personen zu erforschen, die vor ihr den Stein besessen hatten. Diese Aufgabe nahm sicher noch Jahre in Anspruch.

Heute nacht hatte T'Sara ihre Heimatwelt gesehen, und zwar mit den Augen eines fremden Wesens. Ganz deutlich erinnerte sie sich an das Zerren der Schwerkraft – es galt einem Leib, der jemand anders gehörte. Der wichtigste Punkt bestand allerdings darin, daß sie eine weitere Brücke im Labyrinth des Ko N'ya gefunden hatte. Andernfalls wäre ihr der Sprung vom fernen Planeten Iconia nach Vulkan entgangen.

Sie mußte jeden Gedanken an den Beginn einer zweiten Suche aufgeben, als sie draußen Geräusche hörte. Die anderen Archäologen hatten den Schutt im Bereich ihrer Unterkünfte fortgeräumt, doch für so banale Tätigkeiten brachte T'Sara nicht genug Geduld auf. Sie hörte nun, wie die brüchigen Steine eingestürzter Mauern unter schweren Stiefeln knirschten. Alles deutete darauf hin, daß sich mindestens vier Vulkanier ihrem Zelt näherten.

Dicht davor blieben sie stehen. Eine Hand strich sanft über die Plane, bis sie den Saum des Zugangs ertastete. Silbergrauer Mondschein glänzte durch einen breiter werdenden Spalt.

»T'Sara?«

Sie antwortete, weil sie Sorrens Stimme erkannte: »Herein.«

Der junge Mann betrat das Zelt und versiegelte den Zugang, ging dabei weitaus sorgfältiger zu Werke als T'Sara. Mit jedem verstreichenden Tag schenkte sie den elementaren Dingen des Überlebens weniger Beachtung. Ohne Sorren hätte sie vielleicht sogar vergessen, Nahrung zu sich zu nehmen.

Sie machte keine Anstalten, eine Laterne anzuzünden, und er bat nicht um Licht. In der Dunkelheit fiel es ihm leichter, das Ko N'ya zu ignorieren.

»T'Sara, mit Ihren Schreien haben Sie alle geweckt – wieder einmal.«

Sorrens Begleiter warteten draußen. Sie atmeten flach in der kalten Luft. »Ich bin ... unruhig gewesen.«

»Die Phasen von Ruhelosigkeit häufen sich.«

»Ich habe zuviel Zeit meines Lebens mit Schlafen verschwendet«, sagte T'Sara. »Die mir noch bleibenden Jahre möchte ich besser nutzen.«

»Ich bin jünger. Und ich kann Ihr erhabenes Alter nur erreichen, wenn ich dringend benötigten Schlaf bekomme.« In Sorrens Stimme ließ sich ein Hauch von trockenem Humor vernehmen – so etwas erlaubte sich der ernste junge Vulkanier nur sehr selten.

»Dann legen Sie sich jetzt wieder zur Ruhe. Ich verspreche, Sie nicht noch einmal zu wecken.« Ihr Status als Leiterin der Expedition verlieh den Worten die Bedeutung eines Befehls.

»Nun gut«, erwiderte Sorren. T'Sara hörte, wie sich die Siegel lösten, spürte einen kühlen Lufthauch und sah die Silhouette des Mannes, als er nach draußen trat. »Morgen früh bringe ich Ihnen Tee.«

Er schloß den Zugang wieder und sorgte so dafür, daß T'Sara in ihren Kosmos aus Finsternis und Wärme zurückkehren konnte. Sie hörte, wie er mit seinen Begleitern flüsterte. »Es war nur ein übler Traum.«

»Das haben Sie auch gestern nacht gesagt«, erwiderte Sohle. Seine schroffe Stimme klang noch rauher, wenn er versuchte, leise zu sprechen.

»Es ist nicht weniger wahr, weil es ein zweites Mal geschah.«

»Wie viele Zwischenfälle dieser Art sind nötig, um Sie zu überzeugen, Sorren?« fragte T'Challo. »T'Sara ist krank.«

»Bei der letzten medizinischen Sondierung habe ich nichts Ungewöhnliches festgestellt.«

»Sie sind kein Arzt«, stellte T'Challo fest. »Und es wird Zeit, daß wir ...«

Die Stimmen verklangen, bevor T'Sara mehr hören konnte. Und wenn schon: Sie interessierte sich gar nicht für das Gespräch. Noch einige Stunden bis zum Morgen – nur darauf kam es an.

Zeit genug für einen weiteren Traum.

1

Captain Jean-Luc Picard war auch im Schlaf von der gleichen Aura der Autorität wie auf der Brücke umgeben. Die Würde des Captains behielt er selbst in seiner dunklen Kabine, wo ihn niemand beobachtete. Sie erforderte keine bewußte Kontrolle, schien vielmehr Teil seines Wesens zu sein. Er trug einen blauen Pyjama, der die glatten Konturen des Körpers betonte. Picard lag flach auf dem Rücken, einen Arm über dem Kopf; abgesehen davon schien er im Liegen Haltung angenommen zu haben. Die Lippen bildeten eine schmale, ernste Linie.

Es war keine bequeme Position. Aber Dinge wie Bequemlichkeit spielten im Leben von Jean-Luc Picard auch keine große Rolle.

Ein geräumiges Quartier, großzügig ausgestattet, überall angenehme Pastellfarben, eine üppig wuchernde Pflanze am Bett… Dieser Luxus führte keineswegs dazu, daß sich sein Verantwortungsgefühl verringerte. Er vergaß auch nie, daß praktisch jeden Augenblick Gefahren drohen konnten.

Das Summen des Interkoms schien Picards unbewußte Wachsamkeit zu rechtfertigen. Von einer Sekunde zur anderen war er hellwach, setzte sich auf und vertrieb mit einem kurzen Räuspern die Reste des Schlafs aus der Stimme.

»Hier Picard.«

»Wir haben eine Nachricht von Starbase 193 empfangen, Priorität Zwei.«

»Danke, Fähnrich Ro. Ich nehme sie hier in meiner Unterkunft entgegen.« Picard kannte die Kommandantin jener Starbase, und deshalb reduzierte er die Dringlichkeit der Mitteilung um mindestens eine Stufe. Miyakawa neigte dazu, gewisse Dinge zu übertreiben – so erging es vielen Offizieren, die sich mit mehr oder weniger banaler Verwaltungsarbeit befassen mußten. Der Captain streckte sich einige Sekunden lang, bevor er aufstand und den Kommunikator aktivierte.

Er berührte eine Schaltfläche, woraufhin sich der Bildschirm an der Wand erhellte. Der erste Teil der Nachricht war knapp und beschränkte sich aufs Wesentliche – Vulkanier hielten nichts von Weitschweifigkeit. Anschließend bat Miyakawa fast brüsk und sogar herrisch um Hilfe – als wollte sie auf diese Weise vermeiden, daß der Captain des Raumschiffs *Enterprise* eine so unwichtige Mission ablehnte.

Vielleicht gab es den einen oder anderen Captain, der es bedauert hätte, ein Schiff der Galaxy-Klasse für eine kleine Rettungsaktion einzusetzen. Doch Picard sah die Sache anders.

Außerdem legte er großen Wert auf diese besondere Mission.

Eine Mischung aus natürlicher Zurückhaltung und Starfleet-Ausbildung hielt Emotionen aus Picards Stimme fern, als er einen internen Kom-Kanal öffnete und der Brückencrew neue Anweisungen übermittelte. Seine Aufregung war allein persönlicher Natur und hatte im Dienst nichts zu suchen.

»Kursänderung durchgeführt.«

Datas Meldung verriet keine Reaktion auf die neuen Koordinaten, aber Picard hätte schwören können, daß Ro Laren im Hintergrund leise fluchte.

Zu spät erinnerte er sich daran, was der neue Einsatz für die Crew bedeutete. »Warpfaktor sechs.« Das war schneller, als die Mission es erforderte, doch eine geringere Geschwindigkeit mochte die Geduld gewisser Personen auf eine zu harte Probe stellen.

Picard hatte den Pyjama gerade gegen eine frische Uniform ausgetauscht, als das Interkom erneut summte.

»Riker an Captain.«

»Es handelt sich um einen Routineeinsatz, Nummer Eins«, sagte Picard sofort. »Bei Warp sechs kommt es nur zu einer geringfügigen Verzögerung.« Er streifte die Jacke über und wußte, daß er die Antwort des Ersten Offiziers trotzdem verstand.

»Bei allem Respekt, Sir: Routineeinsätze werden nicht mit Priorität Zwei klassifiziert. Wenn diese Sache mehr als nur einige Tage dauert... Nun, es wäre sehr ungünstig für Geordis Wartungsplan im Raumdock.«

»Oh, natürlich, die neuen magnetischen Konstriktorspulen.« Picard achtete darauf, daß seine Stimme das Lächeln nicht verriet. Er griff nach den Stiefeln und versuchte, Rikers Besorgnis auszuräumen. »Meiner Ansicht nach wurde die Situation zu ernst beurteilt. Daher nehme ich an, daß wir die verlorene Zeit ohne größere Schwierigkeiten aufholen können. Treffen Sie Vorbereitungen für eine Besprechung der Senioroffiziere; lassen Sie uns gemeinsam dafür sorgen, daß wir diese Angelegenheit möglichst schnell hinter uns bringen.«

»Aye, Sir.«

Damit war alles in die Wege geleitet, was für Picard bedeutete: Er konnte sich dem Frühstück widmen. Im Wohnzimmer trat er an den Synthetisierer heran, um eine leichte Mahlzeit für zwei Personen zu ordern. Doch er zögerte, nahm das Tablett nicht sofort aus dem Ausgabefach und erinnerte sich an Rikers Reaktion auf den neuen Einsatz. Vielleicht sollte er besondere Maßnahmen ergreifen – immerhin erwartete er jemanden, der sich durch ein lebhafteres Temperament auszeichnete.

»Computer... Zusätzliche Butter und Sahne.«

Er hatte dem Frühstückstisch zwei verschiedene

Fruchtsäfte und ein Glas Orangenmarmelade hinzugefügt, als die Bordärztin eintraf. Manchmal wirkte sie so müde, als hätte sie gerade erst den Dienst beendet, aber diesmal zeigte ihr Gesicht keine Spuren von Anspannung – offenbar war es am vergangenen Abend nicht zu medizinischen Notfällen gekommen. Der blaue Medo-Kittel wies keine Knitterfalten auf, und das lange rote Haar bildete einen hübschen Knoten im Nacken.

»Worin besteht der besondere Anlaß?« fragte Crusher und deutete zum gedeckten Tisch.

»Nur aus deiner Gesellschaft.« Sie waren allein, und deshalb nahm sich Picard die Freiheit, Beverly zu duzen.

»Ha!« Die Ärztin genehmigte sich eine große Portion Rührei. »Wenn ich nicht so großen Appetit hätte, wäre ich vielleicht bereit, deine Motive ernsthaft in Frage zu stellen.«

»Ihr Argwohn verletzt mich, Frau Doktor.«

Crusher hatte den Mund voll, was sie daran hinderte, dieses Thema zu vertiefen.

Ihre Fröhlichkeit schien darauf hinzudeuten, daß sie noch nichts von den Neuigkeiten wußte – Picard konnte sie also selbst mitteilen. Später. Zuerst wollte er die richtigen Voraussetzungen schaffen und erkundigte sich nach Beverlys neuestem Bühnenstück. Leider blieb er in Gedanken so sehr mit der anderen Angelegenheit beschäftigt, daß er die Antwort kaum zur Kenntnis nahm.

Er hatte gerade mit dem Toast begonnen, als Crusher auf das nächste Ziel der *Enterprise* zu sprechen kam.

»Auf Luxor IV gibt es ein Restaurant, in dem man die besten Pfannkuchen der ganzen Föderation bekommt«, sagte die Ärztin. »Ein ausgezeichneter Ort, um zu feiern.« Sie verbesserte sich sofort: »Um den Landurlaub zu verbringen.«

»Ich fürchte, wir erreichen Luxor IV ein oder zwei Tage später als vorgesehen. Wir sind mit einer Sondermission beauftragt worden und zu einer Randwelt unterwegs, um medizinische Hilfe zu bringen.« Picard bemühte sich, gelassen zu bleiben, als Crusher ganz plötzlich ernst wurde. »Man wählte deshalb die *Enterprise,* weil du dich mit dem Bendii-Syndrom auskennst.«

»Was?« Beverly erstarrte förmlich, in der einen Hand ein Brötchen, in der anderen ein Messer. »Ich bin keine Expertin für das Bendii-Syndrom! In meiner ganzen beruflichen Laufbahn habe ich es nur mit einem einzigen Fall zu tun bekommen.«

»Ja, und ganz offensichtlich ist das mehr, als alle anderen Ärzte außerhalb der vulkanischen Wissenschaftsakademie von sich behaupten können.«

»Botschafter Sarek war nicht einmal mein Patient«, fügte Crusher hinzu und gestikulierte mit dem Brötchen in der Hand, um ihren Worten mehr Nachdruck zu verleihen. »Ich habe ihn nicht behandelt, nur seinen Zustand diagnostiziert.«

»Nimm es als eine Möglichkeit, weitere medizinische Erfahrungen zu sammeln.«

»Danke, Captain. Aber dafür wähle ich lieber selbst den Zeitpunkt. Damit mein Wissenszuwachs nicht auf Kosten meiner Patienten geht.« Picard schenkte Tee ein und fügte Milch hinzu. »Wir sind das einzige Föderationsschiff in Reichweite des entsprechenden Sonnensystems. Unter den gegebenen Umständen bleibt dir ebensowenig eine Wahl wie deinem neuen Patienten.«

Die Ärztin seufzte und nickte widerstrebend. »Wer ist der Vulkanier, der am Bendii-Syndrom leidet?« Sie stopfte sich das letzte Stück des Brötchens in den Mund und nahm dann die gefüllte Tasse von Jean-Luc entgegen.

»Eine Wissenschaftlerin namens T'Sara.«

Beverly runzelte die Stirn. »Du sprichst den Namen so aus, als müßte ich darüber Bescheid wissen.«

»Entschuldige. Ich habe mich jahrelang mit ihrer Arbeit beschäftigt und gehe ganz automatisch davon aus, daß andere Leute sie ebensogut kennen.« Er deutete zu den Bücherregalen. »T'Sara begann als herausragende Volkskundlerin, die sich vor allem mit komparativer Mythologie befaßte. Später konzentrierte sie sich immer mehr auf Archäologie.«

»Ich nehme an, deshalb befindet sie sich auf einer abgelegenen Randwelt«, warf Crusher ein.

»Ja«, bestätigte Picard. »Seit zehn Jahren leitet T'Sara die Ausgrabungsarbeiten auf Atropos. Ihr Assistent bat um medizinische Hilfe und erwähnte irrationales Verhalten, bei dem es sich um ein Symptom des Bendii-Syndroms im frühen Stadium handeln könnte.«

»Die Diagnose stammt von einem *Archäologen?*« Crusher rollte mit den Augen. »Der Himmel bewahre mich vor Amateuren.«

»Sorren wird deinen Sachverstand bestimmt zu schätzen wissen.«

»Da bin ich sicher.«

Trotz ihres Sarkasmus schien sich Beverly mit der Notwendigkeit der Mission abgefunden zu haben. Picard lächelte zufrieden, als er ihr ein weiteres Brötchen anbot.

An Bord eines Raumschiffs spielt das Timing eine sehr wichtige Rolle: vom Warpantrieb, in dem Materie und Antimaterie innerhalb eines winzigen Sekundenbruchteils zu Energie verschmelzen, bis hin zu den Lebenserhaltungssystemen, die Luftzirkulation und Temperatur im Schiff kontrollieren. Die Wahl des richtigen Zeitpunkts ist auch bei den alltäglichen Aktivitäten der Besatzung wichtig.

Der Erste Offizier William Riker war ein wahrer Meister des Timings. Sein geschicktes Jonglieren mit den Dienstplänen hatte eine schmale Nische geschaffen: Bestimmte Personen bekamen dadurch die Möglichkeit, zum gleichen Zeitpunkt eine Pause einzulegen und sich zu treffen.

In Rikers Kabine hatten sich fünf Senioroffiziere eingefunden – die gleichen Offiziere, die später an einer Besprechung teilnehmen sollten. Der Captain glänzte durch Abwesenheit.

Allein durch seine Präsenz förderte Picard üblicherweise ein Dekorum, das bei dieser Versammlung fehlte. Während der Anfangsphase seines Dienstes an Bord der *Enterprise* hatte Riker versucht, ebenso kühl und würdevoll zu sein wie der Captain. Doch schon bald mußte er feststellen, daß ein solches Gebaren überhaupt nicht zu ihm paßte. Im Lauf der Jahre entwickelte er seinen eigenen Stil, hielt die Zügel des Kommandos lockerer und weniger offensichtlich in der Hand. Deshalb beschränkte er sich derzeit auf die Rolle des Beobachters und griff nicht ein. Lässig saß er in einem Sessel, ließ das rechte Bein über die Armlehne baumeln und hörte stumm zu.

Geordi LaForge ergriff als erster das Wort. Aufgrund des Visors ließ sich sein Gesichtsausdruck kaum deuten, doch in der Stimme erklang unüberhörbare Entrüstung. »Es ist ein Trick! Irgendwie ist es der *Telarius*-Crew gelungen, jemanden zu bestechen, um uns in einen anderen Sektor zu schicken.«

»Oh, ich bitte Sie …«, sagte Deanna. Sie war zuletzt eingetroffen und saß auf dem Rand des Sofas, ohne daß ihre Füße den Boden berührten. Normalerweise sorgte ihre exotische Schönheit dafür, daß ihr die Männer mit Zuvorkommenheit begegneten, doch diesmal bot niemand seinen Platz an. Der – sicher unbeabsichtigte – Affront mochte die Schärfe in ihrer Stimme erklären. »Wer würde sich schon soviel Mühe machen nur wegen …«

»Sie wären überrascht«, unterbrach Geordi die Counselor. »Wer auf Starbase 193 arbeitet …«, bei diesen Worten schnitt er eine Grimasse, »… ist fähig, für zehn Credits seine Großmutter zu verkaufen.«

»Feiglinge ohne Ehre«, kommentierte Worf. Er hatte in einem weichen Sessel Platz genommen, bevor Riker ihn warnen konnte. Die üppige Polsterung verletzte sicher seinen Kriegerstolz und schadete außerdem dem Rücken. Der Erste Offizier vermutete, daß es Worf ebenso unbequem hatte wie Deanna. Mit einem Wechsel der Plätze hätte sich das Problem ganz einfach lösen lassen, doch ein entsprechender Vorschlag erschien dem Klingonen vermutlich zu sehr wie menschliche Höflichkeit. »Ein klingonisches Schiff verlöre keine Zeit mit einer *medizinischen* Mission.«

»Starren Sie mich nicht so an«, wandte sich Beverly Crusher an den Sicherheitsoffizier. »Ich habe mich nicht freiwillig für diesen Einsatz gemeldet.«

»Allerdings hat die *Enterprise* diesen Auftrag nur aufgrund Ihrer besonderen Kompetenz erhalten«, gab Data zu bedenken.

»Unsinn. Von Captain Picard weiß ich, daß sich kein anderes Schiff in der Nähe von Atropos befindet.«

Dünne Falten bildeten sich in der Stirn des Androiden. Fast verzweifelt versuchte Riker, ihm ein unauffälliges Zeichen zu geben; doch selbst wenn Data die Gesten gesehen hätte, so hätte er sie gewiß falsch interpretiert. »Da irrt sich der Captain. Als wir die Mitteilung empfingen, waren zwei andere Raumschiffe dem betreffenden Sonnensystem näher als wir.«

»Na fein«, brummte Geordi.

»Es ist nicht meine Schuld!« Crusher schnitt eine finstere Miene – vielleicht nahm sie sich vor, Picard bei der nächsten Gelegenheit zur Rede zu stellen.

Riker hielt nun den richtigen Zeitpunkt für gekommen.

»Ich bin froh, daß wir einen Umweg machen.«

Alle Blicke richteten sich auf ihn, und er fügte der ketzerischen Bemerkung ein breites Grinsen hinzu. »Durch die Verzögerung können wir noch mehr üben – und der

Telarius-Crew gibt sie ein falsches Gefühl der Sicherheit. Die Burschen wissen, daß wir ihre einzigen ernstzunehmenden Rivalen sind. Wenn sie glauben, daß wir nicht kommen, so wird ihnen unser plötzliches Erscheinen eine böse Überraschung bereiten. Und dadurch bekommen wir einen psychologischen Vorteil.«

»Und wenn wir es nicht rechtzeitig nach Luxor IV schaffen?« fragte Geordi.

Riker winkte ab. »Keine Sorge. Es geht nur darum, jemanden abzuholen. Dadurch verlieren wir kaum Zeit. Nein, das eigentliche Problem besteht darin, daß wir nicht *zu früh* eintreffen. Vielleicht brauchen wir irgendeinen Vorwand, um langsamer zu fliegen, um genau den richtigen Auftritt für uns zu gewährleisten – zum Beispiel fünf Minuten vor Beginn des Turniers.«

Seine Zuversicht wirkte ansteckend, und zufrieden beobachtete er, wie Geordi zu lächeln begann. Worf lächelte nie, aber wenigstens knurrte er jetzt nicht mehr leise vor sich hin.

Troi schien noch immer skeptisch zu sein, und Riker fragte sich, ob sie mit ihren empathischen Fähigkeiten sein Unbehagen spürte. Wenn das der Fall war, so entschied sie sich dagegen, ihn zu entlarven. »Und Captain Picard? Vielleicht merkt er, daß etwas nicht mit rechten Dingen zugeht.«

»Um den Captain kümmere ich mich«, sagte der Erste Offizier. *Meine Güte, das klingt fast nach den Vorbereitungen für eine Meuterei,* dachte er, ohne sich etwas anmerken zu lassen. »Ihr braucht nur daran zu denken, euer Spielgeschick noch weiter zu verbessern.«

Mit einem Ruck stand er auf und holte ein Kartenspiel hervor. Data reagierte sofort, legte Chips auf den Tisch und zog sich den Mützenschirm des Gebers in die Stirn.

»Wir haben gerade genug Zeit für eine Übungsrunde.« Riker mischte kunstvoll die Karten, ging wie ein Berufsspieler damit um. »Eure Einsätze, Leute. Und denkt daran: *Wir* gewinnen das bevorstehende Starfleet-Pokerturnier!«

Normalerweise widerstand Picard der Versuchung, während des Dienstes zu lesen. Er liebte das geschriebene Wort so sehr, daß er sich völlig in einem Buch verlor, allem anderen keine oder nur noch geringe Aufmerksamkeit schenkte. Er beschränkte sich darauf, in seiner Freizeit zu lesen, verhielt sich dabei wie ein wahrer Gentleman, der seine Zuneigung immer nur einer Frau widmete.

Doch bei dieser besonderen Mission lag der Fall ein wenig anders – die Lektüre von T'Saras Texten mochte ihm bei den Interaktionen mit der Wissenschaftlerin helfen. Nach der kurzen Besprechung mit den Senioroffizieren hatte er die Bücher der Vulkanierin aus seiner Unterkunft geholt und sich mit ihnen in den Bereitschaftsraum zurückgezogen. Dort nahm er nicht wie üblich am Schreibtisch Platz, sondern auf dem Sofa, allerdings mit der festen Absicht, einige der neueren Vorworte zu lesen, mehr nicht.

Die knappe und gleichzeitig sehr elegante Prosa erinnerte ihn an T'Saras Fähigkeit, selbst komplexe Einblicke und Erkenntnisse so zu schildern, als seien sie selbstverständlich. Sie verwendete Logik mit einer Gewandtheit, die fast verlockend wirkte. Als Vulkanierin offenbarte sie ein erstaunliches Maß an Verständnis für die Emotionalität nicht nur ihrer Themen, sondern auch der Leser.

Als der Türmelder summte und den Captain in die Gegenwart zurückholte, stellte er verblüfft fest, daß er sich mehr als eine Stunde lang mit *Mündliche Überlieferungen aus dem andorianischen Mittleren Königreich* beschäftigt hatte.

Das Summen wiederholte sich.

»Herein.«

Die beiden Türhälften glitten auseinander, und Riker betrat den Bereitschaftsraum. »Captain, ist alles in Ordnung mit...« Der Erste Offizier blieb abrupt stehen, und die Besorgnis in seiner Miene wich einem breiten Lächeln. »Oh, Sie haben gelesen.«

»Ich bekenne mich schuldig.« Picard seufzte, legte das Buch beiseite und griff nach einem anderen – es bestand aus Pergamentpapier, und fremde Schriftzeichen zeigten sich auf den Seiten.

»Wir sind inzwischen in Kommunikationsreichweite von Atropos, doch bisher ist es uns noch nicht gelungen, einen Kom-Kontakt mit den Archäologen herzustellen.« Riker neigte den Kopf zur Seite, um den Titel des Buches zu lesen. Einige Sekunden lang bewegten sich seine Lippen lautlos, als er versuchte, unvertraute Silben zu formen. Schließlich gab er es auf. »Ich wußte gar nicht, daß Sie die vulkanische Schriftsprache verstehen, Captain.«

»Ich habe sie nie gelernt.« Picards Blick glitt über die Seite. »Eigentlich sollte ich nicht imstande sein, in diesen Zeichen einen Sinn zu erkennen. Aber wenn ich eine Zeitlang hinschaue, gelingt es mir hier und dort, den Bedeutungsinhalt bestimmter Sätze zu erfassen.«

»Ein Resultat Ihrer Mentalverschmelzung mit Botschafter Sarek?«

»Ja, ich glaube schon.« Ganz vorsichtig, fast ehrfürchtig, legte Picard das Buch auf den Tisch neben dem Sofa. »Dieser Band gehörte ihm. Nach seinem Tod bekam ich ihn von Perrin als Geschenk.«

Ein guter Erster Offizier – und ein guter Freund – mußte wissen, wann man besser schwieg. Riker blieb still, und kurz darauf verließ er den Bereitschaftsraum zusammen mit Picard.

Der Captain schritt durch den runden Kontrollraum und stellte mit einem kurzen Blick fest, wer an den rückwärtigen Stationen arbeitete. Deanna Troi und Beverly Crusher saßen bereits im Kommandobereich; Fähnrich Ro und Data bedienten die Kontrollen der vorderen Konsolen. Alles war so, wie es sein sollte – doch Picard hütete sich davor, solche Dinge für selbstverständlich zu halten.

»Noch immer keine Antwort von der archäologischen Expedition«, meldete Worf vom Achterdeck der Brücke.

»Versuchen Sie auch weiterhin, einen Kontakt herzustellen, Lieutenant«, sagte Picard, als er sich in den Kommandosessel zwischen Riker und der Counselor sinken ließ. »Status, Mr. Data?«

»Wir erreichen Atropos in elf Minuten und zweiunddreißig Sekunden.«

»Kurs und Geschwindigkeit halten.« Picard sah zum großen Wandschirm, betrachtete dort einen einzelnen Lichtpunkt und die umgebenden Raumbereiche. Ein alles andere als spektakulärer Anblick. Zu Beginn der Zeit, als die Schöpfung zahllose Wunder in der Galaxis verteilt hatte, war dieser Sektor leer ausgegangen. Eigentlich erhob die Föderation nur deshalb territorialen Anspruch auf ihn, um den Transitverkehr zu erleichtern. T'Sara leitete die erste wissenschaftliche Expedition, die sich hier genauer umsah.

Trois ruhige Stimme weckte die Aufmerksamkeit des Captains. »Von Beverly weiß ich, daß Sie T'Saras Werdegang seit Jahren beobachten. Bestimmt freuen Sie sich darauf, ihr persönlich zu begegnen.«

»Ja, in der Tat.« Picard wußte nicht, ob die Counselor ihn empathisch sondierte oder seine Stimmungen anhand von subtilen Hinweisen in der Körpersprache erkannte. Wie dem auch sei: Troi hatte ihn einmal mehr beim Grübeln ertappt, und deshalb sah er keinen Sinn in dem Versuch, sein Unbehagen zu verheimlichen. »Allerdings möchte ich nicht erleben, wie ein zweiter großer Geist einer schrecklichen Krankheit zum Opfer fällt.«

»Vielleicht bleibt T'Sara Sareks Schicksal erspart«, sagte Crusher. »In letzter Zeit hat die medizinische Forschung beträchtliche Fortschritte erzielt. Vielleicht wird rechtzeitig eine Behandlungsmethode oder gar ein Heilmittel entwickelt, um T'Sara zu helfen. Vorausgesetzt natürlich, die Diagnose stimmt. Was sich erst noch herausstellen muß.«

»Nun, wenn sie wirklich das Bendii-Syndrom hat...«, warf Riker ein. »In dem Fall sollten wir Guinan warnen und ihr raten, alle zerbrechlichen Gegenstände aus dem Gesellschaftsraum zu entfernen.«

Crusher schüttelte den Kopf. »Zu den psychischen Störungen, wie wir sie von Botschafter Sarek kennen, kommt es erst während einer späten Phase der Krankheit.« Sie wandte sich an den Captain. »Das weiß ich nur, weil ich Fachliteratur über das Syndrom gelesen habe. Jeder Starfleet-Arzt wäre imstande, sich mit der einen oder anderen Fallstudie zu befassen und anschließend meine Stelle einzunehmen.«

Picard hielt diese Worte für eine Bestätigung seiner Befürchtungen: Offenbar ließ die Crew den Ärger über die Verzögerung vor allem an der Bordärztin aus. Je schneller sie die Rettungsmission hinter sich brachten, desto besser für alle Beteiligten. »Besteht inzwischen eine Kom-Verbindung mit den Vulkaniern, Lieutenant Worf?«

»Ein externer Kommunikationskanal ist geöffnet, doch unsere Signale bleiben noch immer unbeantwortet.«

»Manche Akademiker sind nicht einmal imstande, einen Subraum-Kommunikator zu bedienen«, sagte Riker mit einem Nachdruck, der etwas gezwungen klang.

»Und Archäologen sind die schlimmsten von allen«, fügte Picard hinzu. Er überraschte sich dabei, wie er unruhig mit den Fingern auf die Armlehne trommelte.

»Sondierung mit den Fernbereichsensoren durchgeführt, Captain.« Data sah von der Konsole auf – ein Zeichen für das Ende des Informationstransfers. Er sah zum Wandschirm und nickte zufrieden, als dort eine Kugel erschien. »Ich erhöhe den Vergrößerungsfaktor.«

Picard beugte sich vor und beobachtete den Planeten. Lücken in der rotbraunen Wolkendecke gewährten Ausblick auf Berge, Täler, mehrere große Canyons und Meere. »Sind wir nahe genug, um nach Lebensformen zu scannen, Data?«

»Zwar sind wir in Reichweite, aber die Genauigkeit des Scans könnte durch die noch immer recht große Entfernung beeinträchtigt werden.« Die Finger des Androiden huschten über Schaltflächen. Nach einer Weile hob er erneut den Kopf und drehte sich halb zum Captain um. »Die Sensoren entdecken keine Lebensformen.«

Riker rutschte nervös im Sessel zur Seite. »Versuchen Sie es noch einmal, Lieutenant.«

»Das Lager der Expedition wird gescannt... Erweitere den Erfassungsradius.« Es piepte leise, und Data sah auf ein Display. »Bestätigung: Auf dem Planeten gibt es keine feststellbaren Lebensformen.«

Der Captain stand auf und näherte sich dem Wandschirm. Die Wolken von Atropos verdichteten sich nun und vermehrten den Blick auf die Oberfläche.

»Nummer Eins...«, sagte Picard langsam. »Mir scheint, es ist doch mehr als eine Routinemission.«

2

Die Föderation der Vereinten Planeten basierte auf dem Prinzip der Integration. Während Starfleet bis dahin unbekannte Sektoren der Galaxis erforschte und kartographierte, gesellten sich dem interstellaren Völkerbund neue Welten und neue Zivilisationen hinzu. Die Föderation wuchs so rasch, daß der Arm des Gesetzes nicht bis zu ihren Grenzen reichte. Am sich immer weiter ins All dehnenden Rand hatte die zentrale Autorität kaum Einfluß.

Das galt auch für Starbase 193.

Aus der Ferne gesehen, wirkte die Raumstation wie eine glänzende Metallträne, die mitten im Nichts schwebte. Sie war erst vor kurzer Zeit gebaut worden, was bedeutete, daß ihr technisches Niveau über das älterer Basen hinausging. Die modernen Dock- und Wartungseinrichtungen spielten eine große Rolle für den kommerziellen Verkehr in diesem Sektor. Abgesehen von der Starbase selbst beschränkte sich die Föderationspräsenz auf einen Berufsoffizier.

Commander Miyakawa mußte ohne jene Vorteile zurechtkommen, die eine geringere Entfernung zu den zentralen Regionen des Völkerbunds mit sich brachte – ihr fehlten zum Beispiel zuverlässige Mitarbeiter. Die meisten Funktionen der Starbase hingen von einer Arbeitsgruppe ab, deren Zusammensetzung sich ständig veränderte. Sie bestand aus Siedlern, deren finanzielle Mittel zur Neige gingen, bevor sie das erhoffte Paradies erreichten; aus Technikern, die das Ende ihres Landurlaubs verschlafen und dadurch die Koje an Bord eines Frachters verloren hatten; aus Herumtreibern, die fortzogen, wenn die Entfernung zur Zivilisation unter ein bestimmtes Mindestmaß schrumpfte.

Die permanenten Bewohner der Starbase 193 befaßten sich vor allem mit mehr oder weniger gefährlichen Geschäften.

DaiMon Maarc schlenderte durch die düsteren Räume des Bezahl-oder-Stirb, gehüllt in eine Selbstsicherheit, die ihn als reichen Kaufmann aus einem Volk von Kaufleuten kennzeichnete. Der maßgeschneiderte graue Anzug betonte seine gute Figur. Die Ärmel wiesen edelsteinbesetzte Schmuckstreifen auf, und goldene Nadeln steckten im breiten, hohen Kragen. Bei einem Ferengi waren das subtile Hinweise auf erheblichen finanziellen Erfolg.

Ein DaiMon, der etwas auf sich hielt, mied normalerweise so schmuddelige Spelunken wie das Bezahl-oder-Stirb. Hier fehlte nicht nur Ästhetik; auch an Schönheit und Bequemlichkeit herrschte auffallender Mangel. Wie dem auch sei: Derzeit interessierte sich Maarc kaum für solche Dinge. Touristen und der arme Starbase-Pöbel kamen hierher, um zu trinken. Der Grund für Maarcs Besuch hieß Camenae.

Der Ferengi ging an wackeligen Tischen vorbei und schätzte seine derzeitigen Bargeldreserven für spekulative Geschäfte ein. Was auch immer er heute kaufte – es kostete sicher viel Geld.

Die meisten Kunden von Camenae kamen mit einer ganz bestimmten Frage, und wenn sie ihren Preis bezahlen konnten, so erhielten sie eine Antwort. Manchmal hinterließen sie nur eine Handvoll der runden Kreditmarken, die hier das Zahlungsmittel darstellten. Doch es war allgemein bekannt, daß Camenae die Bezahlung in Form von neuen Informationen vorzog – Informationen, die sie an andere Kunden verkaufen konnte.

Fakten bildeten nicht nur die Basis ihres Lebensunterhalts, sondern stellten auch eine ganz persönliche Leidenschaft dar. Es bereitete Camenae profunde Genugtuung, wenn sie dem richtigen Kunden die richtigen Fakten liefern konnte. Gelegentlich teilte sie auserwählten Individuen mit, daß sie die Antwort auf eine noch nicht gestellte Frage besaß.

Eine solche Mitteilung hatte den Ferengi vor einigen Minuten erreicht, und er hielt es für besser, keine Zeit zu verlieren. DaiMon Maarc wußte aus Erfahrung, daß Camenae nicht wartete, bis ihre ›Ware‹ alt wurde. Er wäre heute ein viel reicherer Kaufmann, wenn er ihrem ersten Angebot, eine Frage zu stellen, mehr Aufmerksamkeit geschenkt hätte.

»Ich werde erwartet«, prahlte Maarc vor dem Norsikaner, der ihm den Weg versperrte. Der Wächter nickte und wich beiseite, ermöglichte es dem Ferengi dadurch, eine Tür zu passieren. Dahinter erstreckte sich ein noch finsterer Bereich der Bar.

Maarc ging langsam und wartete ungeduldig darauf, daß sich seine Augen an die Dunkelheit gewöhnten. Glücklicherweise gab es keine verborgenen Hindernisse. Schatten bildeten den einzigen Schmuck in diesem Raum, und die einzige Farbe stammte von Camenaes burgunderrotem Umhang.

Neue Kunden erwarteten irgend etwas Dramatisches und begriffen erst im Lauf der Zeit, daß Camenae ihr wertvollstes Kapital jenseits der Reichweite aller anderen Personen aufbewahrte: Ihr dunkles, rundes Gesicht verriet keine Geheimnisse, und eine glatte Kappe aus schwarzem Haar bedeckte das unergründliche Gewölbe ihres Selbst. Die Kreditmarken finanzieller Transaktionen wurden anderenorts eingelöst.

»Ich habe Ihre Nachricht bekommen.« Maarc nahm

an Camenaes kleinem Tisch Platz. »Wieviel kostet mich die Information?«

Die Frau nannte einen Betrag, der den Ferengi nach Luft schnappen ließ.

»Ein DaiMon-Konsortium Ihrer Gilde könnte das notwendige Geld zusammenbringen«, erwiderte Camenae. Die Reaktion des Besuchers ließ sie völlig unbeeindruckt. »Außerdem bin ich bei einer so großen Summe bereit, eine Zahlung in Raten zuzulassen.«

»Das ist sehr großzügig von Ihnen«, entgegnete Maarc spöttisch. »Erst recht, wenn man bedenkt, daß *Sie* mit dem Angebot an *mich* herangetreten sind. Ich muß Sie auf folgendes hinweisen: Es liegt mir fern, ruinöse Schulden anzuhäufen, um Ihre Habgier zu befriedigen.«

»Ich würde einen noch viel höheren Preis verlangen, wenn Sie der einzige Kunde wären.«

»*Was?*« Maarc verzog das Gesicht, wodurch sich Dutzende von Falten bildeten. Ein gewisses Maß an Theater gehörte einfach dazu, aber der Ärger des Ferengi war nur zum Teil gespielt.

Camenae zuckte wie entschuldigend mit den Schultern. »Die Liste meiner Stammkunden ist so lang geworden, daß sich Interessenkonflikte manchmal nicht vermeiden lassen.«

»Eine doppelte Beleidigung!«

»Es war nie meine Absicht, Sie zu beleidigen, Daimon. Für den Verdruß, den ich Ihnen bereitet habe, biete ich einen Rabatt an.«

Maarc brummte verächtlich, doch gleichzeitig regte sich neues Interesse in ihm. Und das spürte Camenae.

»Entgegen meiner üblichen Praxis verzichte ich diesmal sogar auf eine Gebühr für die Frage«, sagte sie.

»Sie wären fähig gewesen, sogar Geld für die Frage zu verlangen?« entfuhr es Maarc empört.

»Natürlich«, bestätigte Camenae. »Gute Fragen sind oft viel wertvoller als die Antworten.«

»Sie hätten als Ferengi geboren werden sollen.« Camenaes Unverfrorenheit stellte Maarcs gute Laune zumindest teilweise wieder her. »Nun, wie lautet die Frage, die ich stellen sollte?«

Als er Camenaes Antwort hatte, griff der Ferengi rasch in eine Tasche seiner Weste, holte eine Kreditmarke hervor und legte sie auf den Tisch.

»Hier ist die Anzahlung. Innerhalb der nächsten Stunde bringe ich die volle Summe zusammen.«

Er legte eine zweite Kreditmarke auf die erste. »Ich verdopple den Betrag, wenn Sie mir außerdem die Identität des ersten Kunden nennen.«

Eine dritte Kreditmarke kam hinzu. »Und ich verdreifache den Betrag, wenn ich der letzte Kunde bin, der diese Information erhält.«

Camenae lächelte, als sie nach den Münzen griff. »Es ist mir immer ein Vergnügen, Geschäfte mit einem Profi zu machen, Daimon Maarc.«

3

Als die *Enterprise* in den Orbit von Atropos schwenkte, begann Counselor Troi mit einer eigenen Sondierung. Ihre spezielle Sorge galt nicht etwa dem Planeten, sondern den Emotionen der Besatzung.

Datas Hinweise hatten Anspannung auf der Brücke bewirkt, am heftigsten bei Picard. Sein wachsender Zorn basierte vermutlich auf der bitteren Erkenntnis, daß er zu spät gekommen war, um eine Katastrophe zu verhindern. Der Captain neigte dazu, sich die Schuld dafür zu geben, und Troi nahm sich vor, während der nächsten Tage seine Reaktionen zu beobachten. Probleme ergaben sich nur dann, wenn er damit fortfuhr, Vorwürfe gegen sich selbst zu erheben. Aber normalerweise fand Picard sein inneres Gleichgewicht schnell wieder.

Deanna hatte ganz bewußt ihre empathischen Fähigkeiten eingesetzt, um den Captain zu sondieren. Bei Will Riker hingegen mußte sie ihr Bewußtsein abschirmen – die Selbststruktur des *Imzadi* ließ sich viel zu einfach erkennen, und seine Gefühle kamen dem unüberhörbar lauten Heulen einer Sirene gleich. Jede neue Welt erfüllte ihn mit Aufregung, und diesmal kam das Element unbekannter Gefahr hinzu. Das Ergebnis bestand aus einem Adrenalinschub: Der Erste Offizier wollte aufspringen, loslaufen, schreien, *aktiv* sein. Statt dessen saß er auch weiterhin neben dem Captain und versuchte, ruhig zu bleiben, während seine Nervosität immer mehr zunahm. Trotzdem: Deanna brauchte sich keine Sorgen um ihn zu machen. Mit Riker war alles in Ordnung, solange er die Erlaubnis bekam, sich mit der Einsatzgruppe auf den Planeten zu beamen.

Was Beverly Crusher betraf: Bei ihr verwandelte sich die Anspannung in Bestürzung, als sie das Resultat der Sensorsondierung erfuhr.

»Beverly?«

»Vorher hatte ich wenigstens die Chance, meiner Patientin zu helfen«, sagte die Ärztin so leise, daß nur Deanna sie verstand. »Jetzt aber ...« Sie nahm die Medo-Tasche und schlang sich ihren Riemen über die Schulter – es dauerte nicht mehr lange, bis die Einsatzgruppe aufbrach.

»Landekoordinaten bestätigt«, sagte Data und behielt die Anzeigefelder seiner Konsole im Auge. »Mit dem Lager der Archäologen scheint soweit alles in Ordnung zu sein.«

Captain Picard nickte stumm, sorgte damit für jähe Aktivität.

Riker stand ruckartig auf und vollführte eine knappe Geste, die zwei Personen galt. »Ro, Data – Sie begleiten uns.«

Dr. Crusher eilte ihm voraus und näherte sich mit langen Schritten dem rückwärtigen Turbolift.

»Energie.«

Als Beverly Crusher dieses Wort von Chief O'Brien hörte, spannte sie unwillkürlich die Muskeln. Transporterenergie schimmerte, vibrierte durch die Zellen ihres Körpers. Als der Glanz verblaßte, gleißte heller Sonnenschein und blendete sie. Die Ärztin senkte den Kopf und blinzelte mehrmals, um die bunten Schleier vor ihren Augen zu vertreiben. Wenige Sekunden später sah sie ihre Stiefel auf orangefarbenem Moos.

Eine Leiche lag in unmittelbarer Nähe.

Crusher hob den Blick und bemerkte drei weitere Tote im Lager der vulkanischen Archäologen. Einer ruhte halb im Zugang eines Zelts; zwei weitere bildeten ein wirres Knäuel in der Mitte des Lagers. Weitere Leichen verbargen sich vermutlich zwischen den vielen Ruinen und Mauerresten.

»Nun, das wären vier von zehn«, sagte Beverly und holte ihren medizinischen Tricorder hervor. Sie hielt das Gerät über einen Vulkanier in mittleren Jahren, doch der Scan war nur eine Formalität. An der Todesursache konnte kein Zweifel bestehen: Phaserstrahlen hatten ihm Brust und Gesicht verbrannt.

Sie trat an die beiden Leichen in der Mitte des Lagers heran und begann dort mit einer weiteren Sondierung.

Auf Rikers Anweisung hin schwärmte der Rest der Einsatzgruppe aus. Die Leute kamen nur langsam voran. Immer wieder mußten sie geborstenen Säulen und großen Schutthaufen ausweichen.

»Da drüben liegt jemand!« rief Ro. Crusher sah auf und beobachtete, wie die Bajoranerin eine moosbewachsene Anhöhe erklomm, um einen Blick auf die andere Seite zu werfen. Was auch immer sie dort sah: Die junge Frau blieb abrupt stehen, taumelte dann zurück. »Ebenfalls tot«, brachte sie hervor.

Beverly konzentrierte sich wieder auf die beiden Vulkanier vor ihr. Ein Mann und eine Frau. Offenbar hatten sie um den Phaser in der Hand des Mannes gerungen – um dann beide einer tödlichen Entladung zum Opfer zu fallen.

»Ein Teil der Ausrüstung wurde durch Phaserstrahlen beschädigt«, sagte Commander Riker, als er zum Ausgangspunkt zurückkehrte. »Allerdings scheint nichts Wertvolles zerstört worden zu sein.«

Sieht man einmal vom Leben der Archäologen ab, dachte Beverly und klappte den Medo-Tricorder zu.

Riker sah sich um und seufzte. »Als sich Botschafter

Sarek an Bord der *Enterprise* befand, kam es ebenfalls zu Gewalt. Könnte T'Saras Krankheit einen Amoklauf bei den Vulkaniern ausgelöst haben?«

»Ich bitte Sie, Commander.« Crusher richtete sich auf. »Für derartige Spekulationen ist es viel zu früh.«

»Hier drüben!« Beverly und Riker drehten sich um, als sie Datas Stimme hörten. »Ich habe Lebenszeichen entdeckt, aber sie sind sehr schwach.«

Crusher lief los und folgte dem Androiden über einen kurvenreichen Pfad. Sie kam an weiteren Leichen vorbei, achtete jedoch nicht auf sie und hörte allein den Ruf der Lebenden.

Es war ein sehr leiser Ruf.

Beverly sank neben einer älteren Vulkanierin auf die Knie und fürchtete, daß sich Data geirrt hatte – oder daß T'Sara nur wenige Sekunden vor ihrem Eintreffen gestorben war. Der Schatten eines Turms schützte die Archäologin vor dem grellen, heißen Schein der Sonne, doch die Phaserwunden in ihrer Seite hätten sie schon vor einer ganzen Weile umbringen müssen.

»Mein Tricorder zeigt nichts an, Data.«

Eine Sekunde später veränderte sich die Anzeige des Displays. Die Biosignale waren sehr schwach und ließen sich nicht kontinuierlich messen.

»Natürlich«, sagte Crusher. »Ihr Selbst hat sich in die vulkanische Heiltrance zurückgezogen. Sie muß so schnell wie möglich an Bord gebracht werden.« Die Ärztin klopfte auf ihren Insignienkommunikator. »Nottransfer! Zwei Personen zur Krankenstation.«

Vorsichtig hob sie T'Sara hoch und stellte fest, daß die Vulkanierin kaum schwerer war als ein Kind. »Sie sind in Sicherheit, bei Freunden«, flüsterte sie der Wissenschaftlerin ins Ohr. »Und Sie werden leben!« Als der Transporterstrahl sie erfaßte, hoffte Beverly inständig, daß sie nicht zuviel versprochen hatte.

Im Lauf der Jahre hatte Picard gelernt, den Beobachtungen und Wahrnehmungen seiner Crew zu vertrauen. Bei externen Missionen waren die Besatzungsmitglieder seine Augen und Ohren. Diese besondere Beziehung half dem Captain dabei, seine Frustration darüber im Zaum zu halten, an Bord des Schiffes warten zu müssen, nicht selbst an dem Einsatz auf Atropos teilnehmen zu können.

Der Planet schien direkt hinter den Fenstern des Konferenzzimmers zu schweben, als zwei Mitglieder der Landegruppe über die Aktivitäten der letzten Stunden Bericht erstatteten. Data nannte alle wichtigen Fakten, und Riker fügte subjektivere Beschreibungen der gräßlichen Szenen hinzu. Diese beiden unterschiedlichen Darstellungen ermöglichten es Picard, sich ein recht genaues Bild von der Situation zu machen.

Der Erste Offizier ging die Liste der Toten durch und kam zum letzten Eintrag. »Wir fanden Skorret an einer Ausgrabungsstelle. Allem Anschein nach arbeitete er am Rand einer Grube und war damit beschäftigt, mehrere Zeremonienwaffen zu katalogisieren. Jemand nahm das Fragment eines Schwerts und erstach ihn von hinten.«

»Ich habe blutige Fingerabdrücke am Heft gefunden«, warf Data ein. »Es müßte sich also feststellen lassen, wer die Verantwortung für Skorrets Tod trägt. Bei den anderen Fällen ist es weitaus schwieriger, die Schuldfrage zu klären.«

»Unter den gegebenen Umständen spielt die Frage von Schuld oder Unschuld kaum eine Rolle«, erwiderte Riker. »Immerhin sind auch die Mörder tot. Den Familien der Opfer dürfte es kaum ein Trost sein, wenn wir ihnen die Namen der Verantwortlichen nennen können.«

Nach Picards Erfahrung interessierten sich Vulkanier mehr für die Wahrheit, nicht so sehr für Trost und dergleichen. »Es geht hier nicht in erster Linie um Gerechtigkeit, Nummer Eins. Wir müssen herausfinden, was geschehen ist, warum es zu dem Massaker kam.«

»Die üblichen Maßnahmen der Spurensicherung sind bereits eingeleitet«, sagte Riker. »Zwei Medo-Gruppen sind beauftragt, die Leichen vom Planeten zu holen, damit in der Krankenstation Autopsien durchgeführt werden können.«

Diese Bemerkung bestätigte Picards Vermutungen. Zwar vertrat Riker in Hinsicht auf die schrecklichen Ereignisse einen wesentlich emotionaleren Standpunkt als Data, doch das hinderte ihn keineswegs daran, ausgesprochen rationale Entscheidungen zu treffen.

Der Captain lächelte, als er die Verwirrung in den Zügen des Androiden bemerkte. Data wunderte sich offenbar über den Widerspruch zwischen Rikers Worten und seinen Taten.

Der Erste Offizier sah noch einmal auf seinen Datenblock. »Lieutenant Worf kümmert sich darum, daß die persönlichen Dinge der Archäologen an Bord gebeamt werden. Was soll mit den Ausrüstungen und dem Lager selbst geschehen?«

Dieses Detail hatte Commander Miyakawa unberücksichtigt gelassen. »Überprüfen Sie die Unterlagen und Aufzeichnungen der Wissenschaftler, Data. Stellen Sie fest, wer für die Expedition zuständig ist. Wir brauchen einen Hinweis darauf, ob die Ausgrabungen ohne T'Sara und die anderen Vulkanier fortgesetzt werden.«

»Ich kann mir nicht vorstellen, daß man das Projekt einfach so aufgibt«, sagte Riker. »Der Ruinenkomplex auf dem Planeten scheint ziemlich groß zu sein. Bestimmt warten noch Hunderte von Artefakten auf Entdeckung.«

»Seltsam.« Die Worte des Ersten Offiziers hatten Picards Aufmerksamkeit auf einen weiteren sonderbaren Situationsaspekt gelenkt. »Derartige Beschreibungen wären einer wichtigen Forschungsmission angemessen, doch ich kann mich nicht erinnern, jemals von dieser Welt gehört zu haben.«

»Sind Sie mit der Lektüre von Fachzeitschriften in Verzug geraten?«

»Ganz im Gegenteil«, sagte Picard. Er stand in dem Ruf, ein guter Amateurarchäologe zu sein, und er gab sich alle Mühe, auf dem laufenden zu bleiben. »Ich habe T'Saras Forschungsberichte mit großem Interesse gelesen, doch ihr letzter Artikel erschien vor fast zwanzig Jahren – kurze Zeit später brach die *Stargazer* zu einem langen Einsatz jenseits der Föderationsgrenzen auf. Nach der Rückkehr habe ich die aktuellen Projekte der vulkanischen Archäologin aus den Augen verloren.«

Data nickte sofort, als sich der Blick des Captains auf ihn richtete. »Ich untersuche und korreliere die zur Verfügung stehenden Daten, um Ihnen einen Überblick über die Expedition zu geben.«

»Danke, Mr. Data.«

Solche Hintergrundinformationen waren sicher sehr nützlich, aber Picard bezweifelte, daß sie Aufschluß über den rätselhaften Ausbruch von Gewalt auf Atropos gaben. Seine Gedanken glitten zur Krankenstation, wo die Antworten auf alle Fragen lagen, bisher unerreichbar – tief in T'Saras Bewußtsein verborgen.

Dort mußten die Ermittlungen fortgesetzt werden.

Das Gesicht der Vulkanierin war hohlwangig und faltig; Jahrhunderte hatten ihr Haar weiß werden lassen. T'Sara lag auf der Seite, unter einer leichten Decke – sie schien zu schlafen. Den einzigen Hinweis auf ihre tiefe Heiltrance lieferten die Indikatoren über dem Kopfende der Liege: Sie zeigten nur schwache Biosignale.

Der weite Ärmel von Beverly Crushers Medo-Kittel strich über den Arm des Captains. Picard fragte sich, warum die Ärztin an seine Seite trat. Um ihm stummen

Trost zu spenden? Oder um ihren Kummer mit ihm zu teilen?

»Ich habe sie mir nicht so zart und ... schwach vorgestellt«, hauchte Picard. Er wußte, daß T'Sara ihn nicht hören konnte, aber er brachte es trotzdem nicht fertig, lauter zu sprechen. »Sie schreibt auf eine so robuste Art und Weise, daß in meiner Phantasie das Bild einer großen, starken vulkanischen Amazone entstanden war.«

»Ihr bisheriges Überleben kann nur aufgrund einer sehr starken Konstitution möglich gewesen sein.« Crusher sprach ebenso leise wie Picard. »Offen gesagt: Ich kann ihr jetzt nicht mehr helfen und nur hoffen, daß ihre mentalen Kräfte den angerichteten Schaden reparieren.«

Der Captain wandte sich von der Liege ab. »Die Spurensicherung auf Atropos ist noch nicht beendet, aber ich ordne einen sofortigen Warptransfer an, wenn du meinst, daß T'Sara in einer Starbase behandelt werden sollte.«

»Nein«, antwortete Beverly sofort. »Diese Möglichkeit habe ich bereits mit Dr. Selar erörtert. Wir sind beide der Ansicht, daß außerhalb von Vulkan niemand bessere medizinische Hilfe leisten kann als wir. Hinzu kommt: Wir sind nicht imstande, einen vulkanischen Meisterheiler schnell genug zu erreichen, um T'Saras Überlebenschancen zu verbessern. Die nächsten vierundzwanzig Stunden sind für sie entscheidend – so oder so.«

Crusher wog Hoffnung und Verzweiflung vorsichtig gegeneinander ab. Picard gelangte zu dem Schluß, daß er seine eigenen Erwartungen ebenso behutsam ausbalancieren mußte.

Eine Krankenschwester hatte sich bisher bemüht, das Gespräch zwischen Ärztin und Captain nicht zu stören. Jetzt nahm sie Picards Schweigen zum Anlaß, sich zu nähern.

»Ja, Schwester D'Airo?« fragte Crusher.

»Die erste Lieferung vom Planeten ist eingetroffen.«

Picard beobachtete, wie sich Beverly versteifte, und sofort begriff er, was die Krankenschwester meinte: die Leichen der vulkanischen Archäologen. Crushers Stimme klang fast monoton, als sie Anweisung gab, die beiden Operationssäle vorzubereiten.

D'Airo notierte die Instruktionen mit Hilfe ihres Datenblocks und eilte fort, woraufhin sich Beverly wieder an Picard wandte. »Ich verabscheue Autopsien«, sagte sie und verzog das Gesicht. »Wann brauchst du die Ergebnisse?«

»So schnell wie möglich. Bis T'Sara erwacht, bieten uns die Resultate der Autopsien den einzigen Hinweis auf die Umstände der Mordfälle. Außerdem brauchen wir sie vielleicht, um ihre zukünftigen Aussagen zu bestätigen.«

»Wie bitte? Das klingt so, als stünde T'Sara unter Mordverdacht, Jean-Luc. Hast du vergessen, daß sie zu den Opfern zählt?«

»Sorrens Bedenken in bezug auf T'Saras geistige Gesundheit zwingen mich, alle Möglichkeiten in Erwägung zu ziehen und nichts von vorneherein auszuklammern.«

Picard sah zu der ruhenden Vulkanierin und fragte sich, ob sie Gelegenheit bekam, von den Ereignissen auf dem Planeten zu berichten.

Über dem Forschungslager auf Atropos strahlte noch immer die Sonne, als an Bord der *Enterprise* die ›Nacht‹ begann. Siebzehn Stunden nach der Kursänderung suchten müde Besatzungsmitglieder den Gesellschaftsraum im zehnten Vorderdeck auf oder zogen sich in ihre Quartiere zurück. Es wurde still in den Korridoren des großen Schiffes. Das Licht trübte sich; hier und dort ging es ganz aus.

Es gab natürlich Ausnahmen, einige Orte, an denen

nach wie vor Aktivität herrschte. Einer davon war der Bereitschaftsraum des Captains.

Picard rieb sich den Nasenrücken und versuchte vergeblich, sich auf diese Weise von einem dumpfen Kopfschmerz zu befreien. Erneut sah er auf den Computerschirm und las den Text.

»Nein, das ist auch nicht richtig«, murmelte er, berührte eine Taste und löschte den letzten Absatz.

Es war ihm nicht weiter schwergefallen, den vorläufigen Bericht für Miyakawa und Starfleet zu schreiben. Weitaus mehr Probleme ergaben sich bei seiner persönlichen Mitteilung an den Rektor der vulkanischen Akademie der Wissenschaften. Auf den ersten Blick wirkte die vulkanische Kultur unkompliziert und rational, doch der Schein trog. Die Logik konnte ungewohnte Formen annehmen, wenn es um Dinge wie Mord und Tod ging. Picard hatte T'Saras Verletzung und das Ende ihrer Kollegen mehrmals beschrieben. Zwar wußte er instinktiv, welche Formulierungen es zu vermeiden galt, aber er suchte noch immer nach alternativen Ausdrucksweisen.

Er hieß das Summen des Türmelders willkommen, denn es lenkte ihn von einer unangenehmen Aufgabe ab.

»Herein.« Picard bedeutete dem Besucher, auf der anderen Seite des Schreibtischs Platz zu nehmen

»Guten Abend, Captain«, sagte Data mit der für ihn typischen Förmlichkeit. »Ich bedauere, daß die Vorbereitungen für meinen Bericht so viel Zeit in Anspruch nahmen. Eine unerfreuliche Entdeckung sorgte für Verzögerungen: Der elektromagnetische Impuls eines Phaserstrahls hat die Daten aus dem Speicher des Lagercomputers gelöscht.«

Picard fluchte lautlos. Die Vulkanier waren sicher methodisch genug gewesen, Kopien ihrer Aufzeichnungen an einem anderen Ort zu deponieren, vielleicht auf Starbase 193. Aber sicher kostete es eine Menge Zeit, sie zu finden.

»Glücklicherweise konnte ich mit Hilfe unserer eigenen Dateien ein historisches Resümee der Expedition erstellen«, fuhr Data fort. »Es handelt sich um ein recht ungewöhnliches Projekt.«

»Wie meinen Sie das?« fragte Picard.

»Bei den ersten Untersuchungen durch die Föderation stellte sich heraus, daß alle interessanten Objekte vor Jahrhunderten von Atropos entfernt wurden, und zwar durch die ursprünglichen Bewohner. Aus bislang unbekannten Gründen gaben sie ihre Kolonie auf und gingen dabei so methodisch zu Werke, daß ihre Hinterlassenschaften keine oder nur eine sehr geringe archäologische Bedeutung haben. Aus diesem Grund erhielt T'Sara keine Unterstützung, als sie akademische Institute um finanzielle Unterstützung bei der Erforschung der Ruinen bat. Schließlich verkaufte sie ihr Familienanwesen auf Vulkan, um die Expedition aus eigener Tasche zu bezahlen.«

»Eine private Expedition? Atropos muß eine erhebliche Rolle für T'Sara gespielt haben.« Es war allgemein bekannt, daß sie sich des öfteren über die üblichen Forschungskonventionen hinweggesetzt hatte. Aber das ganze eigene Vermögen zu investieren... »Was faszinierte sie so sehr an dem Planeten?«

»Angeblich ging es dabei um etwas ›Unlogisches‹, das sogar als exzentrisch bezeichnet wurde. T'Sara glaubte, daß sich ein Artefakt namens Ko N'ya auf Atropos befindet.«

»Das Ko N'ya?«

»Ja«, sagte der Androide. »Dabei handelt es sich um...«

»Danke, Data.« Picard wußte inzwischen, wie man einem von Datas langen Monologen vorbeugte. »Eine Erklärung ist nicht notwendig. Mit den Legenden um das Ko N'ya bin ich durchaus vertraut.«

Ko N'ya.

Es war viele Jahre her, seit Picard diesen Namen zum letztenmal laut ausgesprochen hatte. Er weckte Gefühle, die in der Kindheit wurzelten, durch die Jugend bis hin zu den Mannesjahren reichten. Die frühesten Erinnerungen erwachten zuerst und sorgten für ein Prickeln der Aufregung, das über den Rücken wanderte und schließlich auch die Fingerspitzen erreichte.

Es war ein herrliches Gefühl

4

Als die Iconianer durchs Tor flohen, um sich in Sicherheit zu bringen, hielten sie Ikkabar für die vielversprechendste neue Welt. Mit seinen fruchtbaren Ebenen und flachen Meeren wirkte der Planet sehr vertraut. Wenn man an der Küste des Nordkontinents entlangwanderte, konnte man glauben, daß die Zerstörung von Iconia nur ein böser Traum gewesen war.

Für die erste Generation der Siedler kam Ikkabar einem leeren Blatt gleich, auf dem sie die Geschichte ihrer Kultur neu schreiben konnten. Sie bauten Städte in der gleichen kunstvollen Architektur, die in der Heimat von den Waffen der Angreifer in Schutt und Asche gelegt worden war. Anschließend setzten sie ihr Leben so fort, als sei überhaupt nichts geschehen. Viele nannten den Planeten Neu Iconia und glaubten an eine problemlose Wiedergeburt unter dem wohlwollenden Schein einer anderen Sonne.

Die nächste Generation erwies sich als nicht ganz so selbstzufrieden.

Die auf dem Planeten geborenen Kinder sahen die Realität deutlicher als ihre Eltern – junge Augen ließen sich nicht so einfach vom Anschein der Ruhe täuschen. Es gab Schatten auf einer Landschaft, die Geheimnisse barg, Hinweise auf eine dunkle geographische Geschichte, mit denen sich niemand befaßt hatte. Die Kinder nannten sich ebenfalls Iconianer, aber sie gaben ihrer Welt den Namen Ikkabar zurück – um daran zu erinnern, daß sie hier fremd waren.

Während der nächsten Jahrhunderte verdichteten sich die Anzeichen dafür, daß Gefahr drohte. Schließlich stellte sich folgendes heraus: Jenes gemäßigte Klima, das die ersten Siedler begrüßt hatte, war nur eine kurze Ruhephase zwischen zwei klimatischen Extremen. Der Grund: Ikkabar umkreiste die Sonne in einer sehr exzentrischen Umlaufbahn. Schon bald stieg die Temperatur an, und im Sommer trockneten die Meere aus, bis sie nur noch aus stinkendem Schlamm bestanden, der von Horizont zu Horizont reichte. Im Winter kam es zu sintflutartigen Regenfällen, die in den weiten Ebenen zu verheerenden Überflutungen führten. Die Vegetationsperiode schrumpfte immer mehr, was den Kolonisten Hunger brachte. Durch den anhaltenden Regen wurde der Boden unter ihren Häusern immer weicher und geriet in Bewegung. Mauern barsten; Türme stürzten um.

Alte Traditionen wurden aufgegeben, als jede weitere Generation nach neuen Möglichkeiten für die Nahrungsproduktion und den Bau von sicheren Gebäuden suchte. Dennoch geriet das Außenwelterbe nicht in Vergessenheit. Als auf Ikkabar wieder die Phase des gemäßigten Klimas begann und die glücklichen Tage zurückkehrten, jubelten die Iconianer. Man sprach von einem kulturellen Wiedererwachen, holte die sorgfältig aufbewahrten Bücher hervor und gab sie jenen, die noch lesen konnten.

Die Freude dauerte nicht lange. Sie wich bitterer Enttäuschung, als es immer kälter wurde und die Meere zufroren. Ein großer Teil des von Iconia stammenden Wissens ging für immer verloren, denn man begann damit, Bücher als Brennmaterial zu verwenden. Einige Alte versuchten, jene Relikte zu bewahren; man verbrannte sie ebenfalls.

Die abgehärteten Überlebenden des alten Iconia nannten sich nun Ikkabar. Sie paßten sich besser an, wechselten leichter zwischen Festungen aus Eisblöcken und Strohhütten. Es kam zu weniger Todesfällen, doch die Zahl der Lebenden schrumpfte weiter.

Nur wenige erinnerten sich an die großen Städte, das Heim der ersten Siedler. Dennoch verkündeten ihre Reste eine Botschaft, die andere raumfahrende Völker erreichte. Die Sensoren eines vorbeifliegenden Föderationsschiffes bemerkten vergangene Größe, begraben unter dicken Schichten aus Schlamm und Eis. Eine Sonde sammelte diskret Daten über die Bewohner des unwirtlichen Planeten. Doch diese Informationen fanden keine Verwendung, bis ein Ethnologe der vulkanischen Akademie der Wissenschaften zufälligerweise den Bericht las. In jedem folgenden Jahr beantragte T'Sara eine genauere Untersuchung von Ikkabar, bekam aber jedesmal eine Ablehnung. Doch der von ihr ausgeübte konstante Druck bewirkte, daß der Name des Planeten auf der Liste zu finanzierender Forschungsprojekte immer weiter nach oben kletterte. Acht Jahre nach ihrem ersten Abstecher kehrte die USS *Galeone* nach Ikkabar zurück.

Die Anzahl der Bewohner hatte sich weiter verringert.

Angesichts der Zählungsergebnisse kam es zu einer ausgeprägten Kontroverse an Bord des Schiffes. T'Sara und ihre Anhänger befürworteten einen Erstkontakt, so daß die Föderation eingreifen konnte. Sie wies darauf hin, daß es sich um die Nachkommen eines technisch hochentwickelten Volkes handelte, um Kolonisten, die mit den besonderen Bedingungen auf dem Planeten nicht fertig wurden. T'Sara verglich sie mit Schiffbrüchigen, die Hilfe brauchten.

Leider gab es kaum handfeste Fakten, um ihre Theorie zu untermauern. Die Erinnerungen an Iconia und das Gateway hatten sich in den vagen Schöpfungsmythos von einem verlorenen Paradies verwandelt – es ließ sich nicht nachweisen, daß die genannten Orte tatsächlich existierten. T'Saras Gegner argumentierten, die Jäger gehörten zu einer einheimischen Kultur und seien aufgrund eines klimatischen Kataklysmus auf eine niedrige Entwicklungsstufe zurückgefallen.

Im nächsten Winter starben mehr Ikkabar als geboren wurden.

T'Sara versuchte vergeblich, ihre Kollegen davon zu überzeugen, daß dies keine natürlichen Fluktuationen im Bevölkerungswachstum waren. Es gab viele Beispiele dafür, daß man eine primitive Jäger-Kultur besser in Ruhe ließ, und deshalb zog sich die Expedition zurück.

Jahrzehnte vergingen, und eine Beobachtungssonde nach der anderen versagte – ihre Technik war den krassen klimatischen Schwankungen nicht gewachsen. Aufgrund von zunehmenden Spannungen zwischen der Föderation und ihren Feinden wurden Starfleet-Ressourcen für andere Zwecke verwendet. Ikkabar geriet in Vergessenheit.

Als sich der Völkerbund wieder an den Planeten erinnerte, hatten die Kinder von Iconia ihren Überlebenskampf auf der dritten Fluchtwelt verloren. Nur ein hungriges Kind war übrig: Man fand es halb erfroren und halb verhungert an den Resten eines erloschenen Feuers.

Mit einer Mischung aus Furcht, Verzweiflung und Einsamkeit klammerte sich der Junge an seinen Rettern fest. Die Crew der USS *Clements* konnte ihn kaum verstehen, fand jedoch heraus, daß er Kanda Jiak hieß. T'Sara wäre imstande gewesen, die Bedeutung dieses Namens zu erklären, aber sie hatte Vulkan auf der Suche nach dem Ko N'ya verlassen und erfuhr nichts von der Rettung des Knaben.

Vierzehn Jahre und einige Monate nach seiner Rettung von Ikkabar unternahm Kanda Jiak die ersten unsicheren Schritte, um das verlorene iconianische Erbe anzutreten.

Die Entscheidung, mit einer solchen Mission zu beginnen, war am Vorabend des Abschieds von Jiaks zweiter Heimat – Redifer III – gefallen. Doch vielleicht hatte er sie schon eher getroffen. Immerhin gehörte er zu den wenigen jungen Leuten jenes Planeten, die sich um einen Studienplatz in Außenwelt bewarben. In jedem Fall gab ihm die Reise zur Terra-Sol-Universität einen Vorwand, Redifer zu verlassen, ohne daß seine Eltern Einwände erhoben.

Während der ersten Reisewoche blieb seine Entschlossenheit unerschütterlich, doch als das Passagierschiff Starbase 75 erreichte, verbrachte Jiak die erste Stunde des kurzen Landurlaubs in der Kabine. Es wäre viel einfacher gewesen, den Flug zur Erde fortzusetzen, so wie man es von ihm erwartete. Seine Suche konnte warten, bis er älter war.

Doch aus irgendeinem Grund ahnte der letzte Überlebende von Ikkabar: Wenn er jetzt zögerte, so würde er den Pfad des Erbes nie beschreiten. In einigen Jahren würde er ein voll angepaßter Bürger der Föderation sein. Es gab ohnehin nur wenige Spuren, die an seinen Ursprung erinnerten. Was Jiak über das eigene Volk wußte, stammte aus den ethnologischen Berichten der *Galeone.*

Wenige Minuten vor dem Rückruf der Passagiere verließ der junge Mann das Schiff.

Er hatte halb gehofft, daß ihn jemand aufhielt, doch der Erste Offizier lächelte nur flüchtig, als Jiak ihm mitteilte, von Bord gehen zu wollen. Ein gleichgültiges Besatzungsmitglied begleitete ihn zum Transfertor. Es schien oft zu geschehen, daß Passagiere Reisen unterbrachen, bevor sie den Bestimmungsort erreichten.

Jiaks Mut wurde ein zweites Mal auf die Probe gestellt, als er durch die Kuppeln des zentralen Terminals wanderte. Die gewaltige Anlage beeindruckte ihn ebenso wie die exotische Vielfalt der Reisenden. Er kam sich plötzlich wie ein kleiner Junge vor, der in einem trügerischen Meer zu ertrinken drohte.

Furcht und Unschlüssigkeit ließen ihn verharren. Instinktiv hielt er in dem wogenden Durcheinander nach einem Gesicht Ausschau, das in Form und Farbe seinem eigenen ähnelte. Dieser Reflex ging auf seine Kindheit zurück – als Knabe hatte er geglaubt, daß ein Wunder geschehen würde, daß irgendwann jemand aus seinem Volk kam, um ihn nach Ikkabar zurückzuholen. Im Lauf der Jahre hatte er Redifer und seine Pflegeeltern zu lieben gelernt, was jedoch nichts an dem Wunsch änderte, nach den eigenen Wurzeln zu suchen. Ganz gleich, wo sich Jiak auch befand – immer wurde ihm seine Einzigartigkeit klar. Niemand war wie er.

Das sollte sich bald ändern.

»He, haben Sie sich verirrt?« Der Frage folgte eine Berührung am Arm.

»Nein«, sagte Jiak und wandte sich um.

»Sie sehen aber so aus.« Die Frau trug einen zerknitterten blauen Overall, der am Kragen das Abzeichen eines Captains aufwies. Starfleet-Insignien fehlten, was bedeutete: Sie befehligte ein ziviles Schiff, wahrscheinlich einen Frachter.

»Ich weiß, wo ich hier bin«, sagte Jiak, gab sich selbstbewußt und zuversichtlich. »Und ich weiß auch, wohin ich reisen möchte. Also verstehe ich nicht, weshalb ich mich verirrt haben sollte.«

Die Frau trug einen Zopf, aus dem sich immer wieder widerspenstige Locken lösten. »*Wohin* sind Sie unterwegs?« fragte sie und strich eine Strähne beiseite, die gleich darauf in die Stirn zurückrutschte.

Jiaks Reiseziel ging sie eigentlich nichts an, aber der junge Mann war dankbar für ihre Anteilnahme – auch wenn sie auf eine eher schroffe Weise zum Ausdruck kam. Er schloß einen Kompromiß mit sich selbst, indem er eine Zwischenstation nannte. »Nun, zufälligerweise will ich nach Davenport V.«

Die Kommandantin schnaubte abfällig. »Und haben Sie bereits ein Ticket?«

Jiak schüttelte den Kopf. »Ich wollte es mir gerade besorgen. Wenn Sie mir sagen könnten, wo ...«

»Nur wenige Touristen besuchen den Planeten. Mit anderen Worten: Die Passage kostet eine Menge Geld.«

Die Frau nannte einen Betrag, der Jiak nach Luft schnappen ließ. Bisher hatte er angenommen, daß sein Spesenkredit für das erste Semester ausreichte, um alles zu bezahlen. Doch das Ticket war so teuer, daß kaum mehr Geld übrigblieb. Wie sollte er unter solchen Umständen die Reise von Davenport nach DiWahn fortsetzen?

Offenbar sah man ihm seinen Kummer an, denn die Frau seufzte schwer. »Kehr heim, Junge.«

»Ich bin kein Kind. Und ich finde einen anderen Weg, um mein Ziel zu erreichen.« Er mußte diesen Ort bald verlassen. In einigen Tagen erfuhren seine Pflegeeltern, daß er nicht auf der Erde eingetroffen war, und dann ließen sie bestimmt nach ihm suchen. Natürlich konnten sie ihn nicht zurückholen – er war volljährig und hatte daher das Recht, für sich selbst zu entscheiden –, doch Jiak wollte auf keinen Fall in Versuchung geraten, zur vertrauten Sicherheit von Redifer heimzukehren.

Die Frau erriet seine Gedanken. »Ich nehme an, Sie sind zu alt, um ein Ausreißer zu sein. Andererseits sind Sie noch immer jung genug, um Sternenstaub in den Augen zu haben. An Bord meines Schiffes verlieren Sie ihn schnell.«

»Wie bitte?« erwiderte Jiak verwirrt.

»Ich bin Captain Del«, sagte die Frau scharf. »Und ich biete Ihnen keinen Traumjob an. Manche jungen Leute erwarten einen Vergnügungstrip durchs All, aber Sie werden hart für Ihre Koje arbeiten.«

»Mir geht es nicht um Vergnügungen. Ich möchte nur eine kostenlose Passage.«

»Dann kommen wir sicher gut miteinander zurecht.« Del deutete auf das Bündel zu Jiaks Füßen. »Ist das Ihre ganze Fracht?«

»Ich reise mit leichtem Gepäck.«

»Gut.« Die Frau sah darin ein Zeichen von Sparsamkeit und lächelte anerkennend. »Kommen Sie. Trödeln Sie nicht herum. Ich habe keine Zeit zu verlieren.«

Jiak konnte sein Glück kaum fassen, als er sich den Rucksack auf den Rücken schwang und Del folgte.

Die Wahrheit lautete: Er hatte keine Gelegenheit gefunden, den Rest seines Gepäcks von Bord des Passagierschiffes zu holen – die schweren Koffer setzten inzwischen den Flug zur Erde fort. Die Kleidung reichte gerade für einen Wechsel. Nun, vielleicht genügte sie, wenn er vorsichtig damit umging.

Der einzige andere – und viel wichtigere – Besitz des jungen Mannes bestand aus T'Saras Buch *Legenden der iconianischen Diaspora.*

5

Data saß an einer der rückwärtigen Stationen, und es fiel ihm nicht schwer, dem Wortwechsel zwischen Captain Picard und Dr. Crusher zu folgen.

»Tut mir leid, Captain, aber T'Saras Zustand hat sich nicht verändert...«

»Was ist mit...«

»Die Autopsieberichte müssen noch geschrieben werden.«

»Bitte benachrichtigen Sie mich sofort, wenn sich etwas Neues ergibt.« Data bemerkte, daß Picard und Crusher immer wieder versuchten, den Bemerkungen und Fragen des Gesprächspartners zuvorzukommen. Viele Menschen offenbarten ein solches Verhalten, obwohl es oft zu Mißverständnissen führte.

Der Androide hörte, wie der Kommandosessel leise knarrte, als Captain Picard aufstand. Mit seiner besonderen Wahrnehmung hörte Data jeden einzelnen Schritt und war auch imstande, charakteristische akustische Strukturen darin zu erkennen. Der Kommandant des Raumschiffs *Enterprise* trat die Rampe zum höheren Achterdeck der Brücke hoch, passierte die Station des Androiden und blieb dicht dahinter stehen.

»Ja, Captain?« Data drehte sich um, denn er hatte längst gelernt: Bei persönlichen Interaktionen spielte der Blickkontakt eine wichtige Rolle.

»Ich möchte mir noch einmal die Liste der Expeditionsteilnehmer ansehen.«

Data hatte die entsprechende Datei so vorbereitet, daß ein Tastendruck genügte, um sie abzurufen. Als er nun darüber nachdachte, gelangte er zu dem Schluß, daß er damit einer Anfrage des Captains zuvorkam.

Picard beugte sich vor und las die Namen nacheinander. »Skorret ... Sohle ... Sorren ...«

Data achtete darauf, daß die biographischen Beschreibungen nicht zu schnell über den Schirm wanderten – es galt, die langsameren neuralen Reaktionen des Captains zu berücksichtigen. Das positronische Gehirn des Androiden hatte nur einen kurzen Scan benötigt, um alle Informationen über die einzelnen Archäologen zu erfassen. Menschen hingegen mußten sich mehrmals mit den gleichen Daten beschäftigen, um ihren vollen Bedeutungsinhalt zu erfassen.

»Soth ... T'Challo ... Tessin ...«

Data empfand die Pausen nie als langweilig, denn es gab immer alternativen sensorischen Input für ihn. Zum Beispiel konnte er einen Teil seiner Aufmerksamkeit dem Gespräch der Offiziere an den wissenschaftlichen Stationen widmen. Er war auch in der Lage, Pokerpartien zu simulieren, um Gewinnwahrscheinlichkeiten zu berechnen und sein Spielgeschick zu verbessern. Oder er konnte verschiedene Versionen der gleichen klassischen Sinfonien miteinander vergleichen, um festzustellen, wie sich der individuelle Dirigentenstil auswirkte.

Derzeit befaßte sich Data mit allen drei genannten Punkten. »Wiederholen Sie noch einmal den Notruf der Vulkanier«, sagte Picard.

»Ja, Captain.«

Data berührte Schaltflächen, und das Bild auf dem Schirm wechselte. Ein ID-Einblendung erschien, mit Hinweisen sowohl auf vulkanisch als auch in Föderationsstandard. Es folgte die Darstellung eines Vulkaniers mit schmalem Gesicht und charakteristisch hohen Wangenknochen. Bei einem so langlebigen Volk ließ sich das Alter schwer schätzen, aber dieser Mann schien weniger als ein halbes Jahrhundert alt zu sein. Er trug staubige Arbeitskleidung, und eine Ruine bildete den Hintergrund.

> »Ich bin Sorren, Assistent der Expeditionsleiterin T'Sara. Meine Kollegen und ich sind der Ansicht, daß T'Sara medizinische Hilfe benötigt. Ihr Verhalten wird immer unberechenbarer. Gelegentlich kommt es zu Phasen ausgeprägter Emotionalität, und sie besteht auf ...« [Knistern] ...

»Diese Stelle«, sagte Picard und hob die Hand. Data reagierte sofort und hielt die Aufzeichnung an. Auf dem Schirm fror ein verzerrtes Bild ein. »Jene statischen Störungen überlagern einen Teil der Kom-Botschaft. Aus dem Kontext geht hervor, daß Einzelheiten von T'Saras ›unberechenbarem Verhalten‹ genannt werden.«

Der Captain ließ die Hand wieder sinken, und Data reaktivierte die Aufzeichnung.

> »... glaube ich, daß es sich um Symptome des Bendii-Syndroms handelt. Ich bitte darum, daß T'Sara so schnell wie möglich abgeholt wird. Sie braucht angemessene Behandlung, bevor sich ihr Zustand verschlimmert.«

Data drehte den Kopf und wartete auf weitere Anweisungen des Captains.

»Der fehlende Teil hatte keine große Bedeutung, als Sorren noch lebte.« Picard rieb sich nachdenklich das Kinn. »Aber jetzt könnte sich dort ein Hinweis darauf verbergen, was während der letzten Tage im Forschungslager geschah. Gibt es irgendeine Möglichkeit, die entsprechenden Informationen wiederherzustellen?«

»Wenn sich das Archäologenteam an die übliche Kommunikationsroutine hielt, so müßte der Speicher des Subraumkommunikators eine vollständige Kopie der Mitteilung enthalten. Doch leider sind durch die elektromagnetischen Impulse der Phaserstrahlen alle Aufzeichnungen gelöscht worden.«

»Ebenso wie die Dateien der Expedition«, sagte Picard. »Wenn dieser Vandalismus ein Beispiel von T'Saras ›Unberechenbarkeit‹ ist, so ging sie ausgesprochen methodisch zu Werke.«

Data fügte seiner geistigen Aktivität zwei weitere Elaborationszyklen hinzu. Im einen analysierte er die Stimme des Captains und entdeckte Anspannungsmuster, die auf Verärgerung, Argwohn und Neugier hindeuteten – die komplexen emotionalen Strukturen von Captain Picard fand Data besonders interessant. Der zweite veranlaßte ihn zu einer Bemerkung. »Captain, ich habe die statischen Störungen als einen kurzen Emissionsschub von Hovorka-Strahlung identifiziert.«

Picards mangelnde Reaktion deutete darauf hin, daß der rätselhafte Aspekt keineswegs offensichtlich für ihn war.

»Hovorka-Strahlung entsteht vor allem beim Kollaps von braunen Zwergen. Doch solche Strahlungsquellen existieren weder in diesem Sektor noch in dem Bereich, der sich zwischen dem hiesigen Sonnensystem und Starbase 193 erstreckt.«

»Wie ist dann ein entsprechender Emissionsschub möglich gewesen?«

»Ich weiß es nicht.« Data kam der nächsten Frage des Captains zuvor. »Ebensowenig bin ich imstande, eine Verbindung zwischen den Ereignissen auf Atropos und dieser Anomalie herzustellen. Ich kann nur folgendes feststellen: Normalerweise hätte es nicht zu einer derartigen Strahlung kommen dürfen.«

Picard ahnte, worauf der Androide hinauswollte. »Sie

wissen ja, was ich von Rätseln und Geheimnissen halte, Mr. Data. Vielleicht ist die Sache mit der Hovorka-Strahlung irrelevant, aber ich möchte trotzdem, daß Sie ihr auf den Grund gehen.«

Aus dem langsamen, rhythmischen Summen des diagnostischen Scanners wurde ein alarmiert klingendes Piepen, und Dutzende von Kontrollampen blinkten. Nur wenige Sekunden später standen die Bordärztin und zwei Krankenschwestern an T'Saras Liege. Die Vulkanierin hatte bisher mit völlig erschlafften Muskeln dagelegen, doch nun zuckten ihre Gliedmaßen.

»Offenbar geht die Heiltrance zu Ende«, sagte Crusher und sah auf die sich verändernden Anzeigen der Bioindikatoren. Trotz der starken Fluktuationen ließ sich ein deutliches Muster erkennen: Die zellulare und metabolische Aktivität nahm zu.

»Aber es geschieht zu früh, verdammt!« fuhr die Bordärztin fort. »Die Geweberegeneration hat gerade erst begonnen. Wenn T'Sara jetzt aufwacht, erliegt sie ihren Verletzungen.«

Crusher wußte, worin jetzt die ideale Behandlung bestand: Ein vulkanischer Heiler hätte eine Mentalverschmelzung herbeiführen und das Selbst der Patientin in die Trance zurückgeleiten sollen. Doch nicht einmal Selar wies die notwendigen Qualifikationen auf.

Glücklicherweise gab es ›primitivere‹ Methoden, um den Körper zu zwingen, den Erholungsprozeß fortzusetzen. »Zehn Kubikzentimeter Tochizin.« Beverly Crusher hob die Hand und spürte eine Sekunde später das vertraute Gewicht eines geladenen Injektors.

Sie hielt das Instrument an den Hals der Vulkanierin und betätigte den Auslöser. Es zischte leise.

»Die metabolische Aktivität stabilisiert sich... läßt nach«, meldete Schwester D'Airo. Sie las die geringer werdenden Werte ab, doch schon nach kurzer Zeit zögerte sie: In den Displays der Biosignale kletterten die Indikatorbalken wieder nach oben.

»Fünfzehn Kubikzentimeter D'armakol«, sagte Crusher, doch dieses Medikament wirkte ebensowenig wie eine Dosis Hyzolidin. »Der Körper scheint sich den Injektionen anzupassen und die infizierten Substanzen zu neutralisieren.«

Einmal mehr nahm Crusher den geladenen Injektor von D'Airo entgegen und hielt ihn erneut an T'Saras Hals, doch diesmal verzichtete sie darauf, den Auslöser zu betätigen. Wenn das vulkanische Selbst unbedingt erwachen wollte, so durften diese Bestrebungen nicht mit chemischen Mitteln unterdrückt werden, die eine weitere Schwächung bewirkten.

Plötzlich hob T'Sara die Lider. Ihre Augen waren pechschwarz, und nicht die geringste Verwirrung zeigte sich darin.

»Na schön«, sagte Crusher sanft. »Wenn das Ihrem Wunsch entspricht...«

Die Vulkanierin streckte der Ärztin einen spindeldürren Arm entgegen. Bei einem Menschen hätte die Geste vielleicht beschwörend oder flehentlich gewirkt, doch bei einem Vulkanier konnte sie nur gebieterisch sein. T'Saras Finger schlossen sich wie Stahlklammern um Crushers Arm. Die Archäologin war dem Tod nahe, aber es steckte noch genug Kraft in ihr, um die Ärztin zu sich herabzuziehen, bis ihre Lippen fast Beverlys Ohr berührten.

T'Saras heiseres Flüstern kam einem Hauch Wüstenluft gleich. »Ko N'ya... Das Blut fließt auch weiterhin.«

Seit seinem letzten Besuch in der Krankenstation hatte Picard einige Stunden geschlafen. Beverly Crusher hingegen schien keine Ruhe gefunden zu haben. Er stand im kleinen Büro der Ärztin, hörte den rauhen Klang in ihrer Stimme und sah dunkle Ringe unter ihren Augen.

»Sind Sie ganz sicher, daß T'Sara jene Worte formuliert hat?« fragte Riker.

»Ja, ich bin sicher.« Den offiziellen medizinischen Bericht hatte Crusher mit kühler Zurückhaltung abgeliefert, doch jetzt streifte sie die Maske ab und ließ sich mit einem lauten Seufzen in den Sessel sinken. »T'Sara sprach ziemlich deutlich … bevor sie starb.«

Picard sah, wie Beverlys Blick zum Bürofenster glitt. Zwei Krankenschwestern legten T'Saras Leiche auf eine Antigravplattform. *Wenn Riker und ich dieses Zimmer verlassen, ist T'Sara fort, verschwunden aus der Weit der Lebenden.*

Er erinnerte sich daran, wie sehr Sarek während der letzten Tage seiner Krankheit gelitten hatte. Vielleicht sollte er dankbar sein, daß der vulkanischen Archäologin derartige Qualen erspart blieben.

»Was bedeutet das? Ko Ni …« Rikers Zunge stolperte über die ungewohnten Silben.

»Ko N'ya«, berichtigte der Captain. Er hatte diesen Namen so oft ausgesprochen, daß ihm die richtige Betonung nicht schwerfiel. »Es ist eine uralte Bezeichnung, die aus einer Zeit vor der vulkanischen Reformation stammt. Eine direkte Übersetzung ist nicht möglich, doch in etwa bedeutet es soviel wie ›das Herz des Teufels‹.«

Crusher runzelte die Stirn. »Das sind seltsame letzte Worte.«

»Nicht für diese besondere Vulkanierin«, widersprach Picard. »Während der letzten beiden Jahrzehnte ist T'Sara … *war* T'Sara von der Suche nach einem Objekt besessen, das in der Mythologie verschiedener Welten erwähnt wird. Sie ging dabei von einer Theorie aus, die andere Gelehrte und Historiker ablehnten. T'Sara glaubte, daß der Talisman tatsächlich existiert und die Quelle aller betreffenden Legenden darstellt. Aus irgendeinem Grund war sie sicher, daß sich das Ko N'ya auf Atropos befindet, und sie verbrachte die vergangenen zehn Jahre mit der Suche danach.«

»Was für eine Zeitverschwendung«, kommentierte Riker. »Könnte T'Saras Besessenheit vom Bendii-Syndrom verursacht worden sein?«

»Ich wäre Ihnen sehr dankbar, wenn Sie endlich mit diesen Spekulationen aufhören würden«, warf Crusher gereizt ein. »Sorren war Archäologe, kein Arzt. Er kann auf keinen Fall qualifiziert gewesen sein, eine äußerst seltene Krankheit zu diagnostizieren. Bis die von mir durchgeführten Labortests bestätigen, daß T'Sara tatsächlich ...«

»Wann liegen die Ergebnisse vor?« unterbrach Picard die Ärztin.

»Ich arbeite, so schnell ich kann, Captain«, erwiderte Crusher steif. »Und auch meine Mitarbeiter arbeiten, so schnell sie können. Wenn die Resultate vorliegen ...«

Beverly unterbrach sich plötzlich und holte tief Luft. »Wenn ich geschlafen habe, bin ich vielleicht wieder imstande, höflich zu sein.«

»Schon gut, Doktor, ich verstehe«, sagte Picard. Schlaf mochte tatsächlich helfen – obgleich er vermutete, daß es für Crushers Müdigkeit auch noch einen anderen Grund gab. Ihre nächste Aufgabe stand bereits fest.

Die Bordärztin erhob sich. »Wenn Sie mich jetzt bitte entschuldigen würden, meine Herren ... Ich muß eine weitere Autopsie durchführen.«

»Captain?«

»Entschuldigung, Nummer Eins«, sagte Picard, als er merkte, daß er noch immer im Korridor vor der Krankenstation stand. Er war ganz in Gedanken versunken gewesen, hatte an T'Sara und ihre erfolglose Suche gedacht. Er setzte sich in Bewegung, ging mit langen, energischen Schritten. »Was haben Sie gerade gesagt?«

Riker schloß sich ihm an. »Worf hat berichtet, daß nur

noch wenige Dinge aus dem Forschungslager transferiert werden müssen. Das bedeutet für uns: In einigen Stunden können wir wieder den Warptransfer einleiten.«

»Nein.« Picard schüttelte den Kopf. »Erst müssen wir eine klare Vorstellung davon haben, was auf Atropos geschehen ist. Dazu mag es notwendig werden, noch einmal die Ausgrabungsstätten zu untersuchen.«

Die Worte klangen plausibel genug, um Picards Gewissen zu beruhigen. Ein unausgesprochener, für ihn noch wichtigerer Grund bestand darin, daß er sich mit T'Saras Tod – mit ihrer Ermordung – abfinden mußte. Sein Kummer war mehr intellektueller als emotionaler Natur, aber das Gefühl des Verlustes haftete trotzdem an ihm fest. Er wurde es einfach nicht los.

»Vielleicht wird es Zeit für mich, daß ich Atropos selbst einen Besuch abstatte.« Picard wurde nicht langsamer, als er sich abrupt nach rechts wandte und durch die offene Tür eines Turbolifts trat, der gerade einen Passagier befördert hatte. »Deck sechs.«

Riker sprang in die Transportkapsel, bevor sich ihr Schott schließen konnte. »Brechen Sie als Archäologe oder als Detektiv auf?« fragte er, als sich der Lift in Bewegung setzte.

»Sowohl als auch«, antwortete Picard. »Außerdem möchte ich T'Sara die letzte Ehre erweisen.«

Mit T'Saras Leben endete auch die Suche nach dem mythischen Ko N'ya. Die Ruinen von Atropos erschienen dem Captain als passendes Grab für beides.

Das harte Metall des Transferfelds wich moosigem Boden, und Picard spürte, wie seine Stiefel ein oder zwei Zentimeter weit in die weiche Masse sanken.

Er blickte sich um, sah vom Moos des Bodens zu dem Durcheinander aus Ruinen, die wie die bleichen Knochen eines uralten Goliaths wirkten.

Einst hatten hier große bunte Fliesen komplexe Muster gebildet, doch inzwischen existierten keine einheitlichen Strukturen mehr. Einzelne Platten waren verkantet, andere gesplittert. An vielen Stellen bildeten Erde und Staub dünenartige Anhäufungen. In der Mitte des Platzes bemerkte Picard einen unregelmäßigen Steinsockel – die letzten Überbleibsel eines Turms. Die Trümmer deuteten darauf hin, daß jenes Bauwerk einst alle anderen weit überragt hatte. Selbst die Ruinen wirkten noch gewaltig.

Die Luft war trocken und würzig; Picard genoß sie nach dem geruchlosen Gas, das er an Bord der *Enterprise* atmete. Er lächelte und glaubte zu spüren, wie sich sein Ich ausdehnte, um eine weite, fremde Landschaft zu umfassen.

Das Lächeln verblaßte, als er ein kleines Metallschild im Boden erkannte – es markierte die Stelle, an der man eine Leiche gefunden hatte. Vier vulkanische Archäologen waren auf diesem Platz gestorben.

Lieutenant Worf trat aus dem Schatten, wo er auf den Captain gewartet hatte. Er deutete auf eine Markierung. »Hier erwischte es T'Sara.«

Drei weitere kleine Schilder waren halbkreisförmig um den Klingonen angeordnet – dort hatten mehrere Vulkanier eine Konfrontation mit der Expeditionsleiterin herbeigeführt. Picard erinnerte sich an Rikers Bericht: Soth und T'Challo waren bewaffnet gewesen, T'Sara geriet in ihr Kreuzfeuer.

Der Captain versuchte, sich die entsprechende Szene vorzustellen, doch es fiel ihm sehr schwer, Vulkanier mit derartiger Gewalt in Verbindung zu bringen. Zehn Jahre lang hatten T'Sara und ihre Kollegen geduldig in diesen Ruinen gearbeitet. Welche Kombination aus Aktionen und Reaktionen mochte das Chaos entfesselt haben?

»Wo befindet sich die letzte Ausgrabungsstätte, Lieutenant?«

»Hier drüben.« Worf wich in die Schatten zurück.

Picard folgte ihm und schritt an Dutzenden von großen Steinblöcken vorbei, die ein wahres Labyrinth bildeten. Mehrmals gaben Fliesen unter ihm nach.

»An dieser Stelle fanden wir einen Scanner sowie mehrere Ultraschallwerkzeuge«, sagte Worf.

Als sich Picards Augen an die Düsternis gewöhnt hatten, sah er, daß ein Teil des Gesteins beiseite geräumt worden war. Dahinter kam ein Basrelief aus Hieroglyphen am Sockel des Turms zum Vorschein. Ein Teil schien mit großer Sorgfalt restauriert worden zu sein, doch wenn es die Vulkanier geschafft hatten, die Bedeutung der seltsamen Zeichen herauszufinden, so war das Wissen zusammen mit den anderen Aufzeichnungen verlorengegangen.

»Ich habe mir etwas Eindrucksvolleres erhofft.« Picard seufzte. »Ich fürchte, dies ist nichts weiter als eine Fußnote in T'Saras ...«

Er unterbrach sich, als er eine dunkle Stelle in der grauen Wand bemerkte: hoch und schmal, wie ein Zugang.

Picard gab der Neugier nach und trat darauf zu, doch selbst aus der Nähe konnte er in der Öffnung keine Einzelheiten erkennen. Versuchsweise streckte er den Arm aus. Die Hand verschwand in der Schwärze und berührte um einige Grad kühlere Luft.

»Eine weitere Fußnote?« fragte Worf

»Vielleicht. Lassen Sie uns Aufschluß gewinnen.«

Picard schob sich in die Dunkelheit hinein.

Der Tunnel war schmal – er hörte, wie Worfs Schultern über die aus glattem Stein bestehenden Seitenwände strichen. Hinzu kam: Wenn es noch dunkler wurde, wäre es dumm gewesen, den Weg fortzusetzen und dadurch zu riskieren, fatale Hindernisse zu spät zu erkennen.

Doch die Finsternis verdichtete sich nicht. Statt dessen zeigte sich weiter vorn mattes Licht.

Kurz darauf stellte sich heraus, daß es von einer Feldlaterne stammte. In ihrem Schein ließ sich folgendes erkennen: Das Ende des Tunnels war einst zugemauert gewesen, doch die Archäologen hatten die Barriere durchbrochen und eine runde Kammer dahinter erreicht.

»Dies ist mehr als nur eine Fußnote«, sagte Picard, als er den Raum sah.

Ein großer Thron stand dort in der Mitte, offenbar aus dem Fels gehauen. Bei der dürren Gestalt darauf handelte es sich *nicht* um eine Statue – schon der erste Atemzug im Gewölbe brachte den unverkennbaren Geruch von Mumifizierung. Haut und Gewebe waren ausgetrocknet, an den Knochen geschrumpft.

Im Leben mochte der Fremde groß und gertenschlank gewesen sein. Nun schien er wie eine Spinne im Netz zu hocken.

»Die Gestalt hält etwas«, murmelte Picard und beobachtete die Hände. Sie berührten und wölbten sich, so als ruhe ein Gegenstand in ihnen. Der Captain trat langsam näher, und seine Schritte wirbelten Staub auf.

Welches Objekt auch immer der Fremde gehalten hatte – es war verschwunden.

Unbehagen erfaßte Picard, obgleich er wußte, daß derartige Empfindungen völlig irrational und unangebracht waren. Man hatte diese Grabkammer sicher schon vor Jahrhunderten geplündert, lange bevor die Vulkanier nach Atropos kamen.

»Ich habe genug gesehen.«

Worf nickte scheinbar unbeeindruckt, zeigte jedoch erstaunliche Hast, als es darum ging, den Raum wieder zu verlassen. Picard duckte sich, als er die Tunnelöffnung erreichte – und erstarrte plötzlich.

»Captain? Stimmt was nicht?«

»Es stimmt tatsächlich etwas nicht, aber ich bezweifle, ob es jetzt noch eine Rolle spielt.«

Die Zeichen waren eindeutig – T'Sara hatte sie bestimmt nicht übersehen. Picard streckte die Hand aus, strich mit den Fingerkuppen über Ziegelsteine und Mörtel. Er fragte sich, welche Gefühle hier entschlossene Hände geführt hatten.

»Diese Kammer wurde von innen zugemauert.«

6

An der Außenhülle von Starbase 193 gab es Dutzende von speziellen Installationen, darunter auch mehrere Subraum-Signalkollektoren. Sie gehörten zu dem gewaltigen Kommunikationsnetz, das alle Föderationswelten miteinander verband. Die Kollektoren empfingen schwache Signale von vorbeikommenden Frachtern oder Kolonien am Rand des stellaren Territoriums, das der Völkerbund für sich beanspruchte. Anschließend sortierten Computer die komprimierten digitalen Nachrichten und leiteten sie an die richtigen Sender im oberen Teil der Raumstation weiter. Auf diese Weise kehrten die Signale verstärkt ins All zurück, um die Reise zu ihrem Bestimmungsort oder einem weiteren Verstärkermodul irgendwo in der Föderation fortzusetzen.

Es war ein automatischer Vorgang – das Kommunikationspaket von der *Enterprise* passierte das System innerhalb weniger Sekunden. Die Weiterleitung hätte noch weniger Zeit in Anspruch genommen, wenn keine Trennung notwendig gewesen wäre: Captain Picards Missionsbericht mußte von einer anderen, für Vulkan bestimmten Nachricht separiert werden.

Eine weitere halbe Sekunde dauerte der Transfer durch eine kurze System-Subroutine. Der Computer folgte den Anweisungen des Programms, duplizierte die Kom-Botschaft und verstaute die Kopie in einer namenlosen Puffer-Datei. Das Original gelangte zum Nachrichtenterminal von Commander Miyakawa.

Kurze Zeit später rief ein Techniker des Kommunikationszentrums das Duplikat ab und sondierte den Inhalt. Nach der ersten flüchtigen Lektüre begann ein nervöses Zucken im Mundwinkel des Mannes, und er las die Nachricht ein zweites Mal.

In einer Starbase mit einem vollen Kontingent an Starfleet-Offizieren wäre es viel schwieriger gewesen, die Sicherheitsvorschriften auf eine solche Weise zu verletzen. Doch Thomas Grede arbeitete oft unbeaufsichtigt, und deshalb war es ihm nicht weiter schwergefallen, die Subroutine zu installieren. Die anderen Techniker kannten das System nicht gut genug, um die Modifikation zu erkennen; außerdem hätten sie ohnehin kaum Anstoß daran genommen.

Grede verließ sich auf die gleiche Apathie, als er während des Dienstes seinen Posten verließ.

Niemand merkte, daß er fortging. Vielleicht lag es daran, daß man ihm ohnehin kaum Beachtung schenkte. Er war ein kleiner, unauffälliger und schüchterner Mann, daran gewöhnt, daß man ihn übersah. Er galt als kompetent und zuverlässig. Seine einzige Schwäche bestand darin, daß er sich nach Aufmerksamkeit sehnte – ein Wunsch, der für den größten Teil seines Lebens unerfüllt blieb.

In der Starbase 193 gab es eine Person, die Gredes Bedürfnis erkannt hatte und es zu ihrem Vorteil nutzte.

Jedes neue Mitglied der Stationscrew geriet schon bald in Versuchung, gewissen Geschäftsleuten private Dienstleistungen anzubieten. Doch Grede hatte sich nicht bestechen lassen und immer gute Arbeit geleistet, was ihm im Lauf der Jahre eine hohe Sicherheitsklassifikation einbrachte. Während dieser Zeit blieb Camenae nicht untätig und warb geduldig um seine Freundschaft, mit freundlichen Worten und einem gelegentlichen Gratisdrink im Bezahl-oder-Stirb. Mit ihrer subtilen Schmeichelei schaffte sie es bald, die Loyalität des Mannes zu gewinnen.

Grede wollte ihr unbedingt gefallen. Eines Tages kam er mit einem Geschenk, und zwar aus eigener Initiative: Er brachte eine codierte Mitteilung für Commander Miyakawa, die er geschickt kopiert hatte. Camenae bezahlte Grede, doch ihr Lächeln bedeutete ihm noch viel mehr. Leider dauerte ihre Dankbarkeit nicht sehr lange: Schon bald wurde ihr Verhalten dem Techniker gegenüber kühl und distanziert. Grede sah nur einen Weg, ihr Wohlwollen wiederzugewinnen: Er mußte ihr weitere Dienste erweisen.

Als er heute durch die Tür des Bezahl-oder-Stirb hastete, stellte er sich der bitteren Erkenntnis, daß der Preis für Camenaes Zuneigung allmählich zu hoch für ihn wurde.

»Ich habe Informationen.« Mit diesen magischen Worten war es ihm damals gelungen, das Interesse der Frau zu wecken. Sie veranlaßten den norsikanischen Wächter nun, beiseite zu treten und Grede passieren zu lassen.

Er kannte den Weg ins dunkle Büro, doch auf der Schwelle stolperte er trotzdem, und zwar über die eigenen Füße. Furcht ließ ihm die Knie weich werden. Camenae deutete auf einen Sessel, aber Grede blieb stehen und wippte auf den Zehenspitzen. Er wäre am liebsten fortgelaufen, weit weg.

»Ich habe gerade den für Miyakawa bestimmten Missionsbericht der *Enterprise* gesehen«, brachte er hervor und schnappte nach Luft. »Die Vulkanier auf Atropos ... Sie sind alle tot!«

»Die *Enterprise* kümmert sich also darum. Das ist eine Information, die ich gut gebrauchen kann.« Camenae griff in die Falten ihres weiten Umhangs und holte eine Kreditmarke hervor.

»Nein!« entfuhr es Grede. Seine Stimme klang nun

fast schrill. »Ich bin nicht gekommen, um etwas zu verkaufen. Camenae, die Situation gerät allmählich außer Kontrolle. Wir sprechen hier vom Tod prominenter Föderationsbürger. Es bedeutet, daß Ermittlungen eingeleitet, Fragen gestellt werden. Es dauert bestimmt nicht mehr lange, bis Untersuchungsbeamte in allen Ecken dieser Starbase herumschnüffeln.«

Die Frau zuckte mit den Schultern. »Ich bin nicht dafür verantwortlich, daß Sie es versäumten, über die Konsequenzen unserer letzten Transaktion nachzudenken.«

»Verdammt! Wenn die Sache herauskommt, könnte ich in ernste Schwierigkeiten geraten!«

Camenae schloß die Hand um die Kreditmarke. »In dem Fall lege ich das hier für Sie zurück. Vermutlich benötigen Sie es noch.«

Grede hielt in ihrem Gesicht nach Anzeichen für Mitgefühl Ausschau. Camenaes Mundwinkel neigten sich nach unten, doch Anteilnahme spielte dabei keine Rolle. Der Grund hieß Ungeduld – sie wollte, daß er endlich ging.

Sendei schloß die Augen.

Nach hundert Jahren Übung hätte es ihm keine Mühe bereiten dürfen, die Ruhe der Meditation zu erreichen, doch diesmal lag der Fall anders. Es gelang dem Vulkanier einfach nicht, sich vom Rest seiner Persönlichkeit zu trennen. Nach wie vor hörte er die leisen Stimmen der Studenten und Professoren im Flur, und vor seinem inneren Auge verharrten die Konturen des Büros.

Er atmete tief durch. Wie ein Kind, das die ersten Stufen emotionaler Kontrolle erlernte, stellte er sich zwei Hände vor, die zu den Ohren emporglitten und sie bedeckten.

Als alle Geräusche verklungen waren, hielt Sendei die

imaginären Hände vors Gesicht, woraufhin sich die Umrisse des Arbeitszimmers verflüchtigten und der Leere wichen. Die Neutralisierung dieser ablenkenden Faktoren räumte bestimmten Gedanken Platz ein, die sich nicht so einfach verscheuchen ließen.

Erinnerungen an Tote plagten ihn.

Über zehn Jahre waren vergangen, seit er T'Sara im Mondschein auf der Kuppe einer Düne gesehen hatte – von dort aus blickte sie über die Ebene bis hin zur dunklen Silhouette des Mount Selaya. Stundenlang hatten sie damals diskutiert, fast bis zum Sonnenuntergang, doch es gelang Sendei nicht, T'Sara umzustimmen: Sie bestand darauf, ihr Familienanwesen zu verkaufen, um die Suche nach dem Ko N'ya fortzusetzen. Schließlich ging er fort, als ihr Starrsinn seine emotionale Kontrolle immer mehr auf die Probe stellte. Als er sich später wieder faßte und einen Kom-Kontakt herzustellen versuchte, mußte er feststellen, daß sie Vulkan bereits verlassen hatte.

Er sah sie nie wieder.

T'Sara war ohne Familie, und die fernen Verwandten unterbrachen alle Verbindungen, als sie das Land der Ahnen verkaufte. Sendei beschloß nun, sie ganz offiziell in den eigenen Clan aufzunehmen. Ihr Name sollte in den Familienannalen niedergeschrieben werden, auf daß die Kinder seiner Kinder ihr Andenken in Ehren halten konnten.

Ihr Bild verblaßte, und Sendei weilte allein in der Wüste.

Mit beiden Händen schöpfte er Sand und beobachtete, wie ihm die winzigen Körner durch die Finger rannen. Diese zweite Imagination half ihm dabei, eine andere Stufe der Meditation zu erreichen.

Sohles Gesicht sah er nicht, aber er entsann sich an die Schroffheit in seiner Stimme. Zwar hatte Sohle nie darauf hingewiesen, daß er an den Sinn von

T'Saras Suche glaubte, doch er war der erste Archäologe der Akademie gewesen, der sich bereit erklärte, ihr nach Atropos zu folgen. Dem Sturm der Kritik begegnete er mit einer knappen Antwort: »Von T'Saras Torheit lerne ich mehr als von der Weisheit meiner Kollegen.« Die Worte überzeugten weitere Professoren und Studenten – T'Sara brauchte Vulkan nicht allein zu verlassen.

Sendei mußte Sohles Kindern den Tod des Vaters mitteilen und Tessins Brüdern verkünden, daß ihre Schwester nie wieder heimkehrte. Skorret bekam keine Gelegenheit mehr, seine Dissertation über Metallarbeiten vor der Reformation zu beenden. Und die Akademie verlor für immer T'Challos Sachverstand in bezug auf frühe vulkanische Kunstformen.

So viele Leben zerstört... so viele Familien durch die Tragödie verstümmelt.

Rieselnder Sand konnte die bröckelnden emotionalen Barrieren nicht restabilisieren. Sendei imaginierte für ein Erdbeben in der Wüste. Der Boden zitterte und schüttelte sich, bis ein gezackter Riß direkt unter dem Vulkanier entstand. Er stürzte hinab in völlige Finsternis, ins Zentrum seiner Verzweiflung.

Sorren ist tot. Mein Sohn ist tot.

Sendei reagierte auf vulkanische Art: stumm, tief in seinem Innern. Außenweltler verwechselten die äußerliche Ruhe oft mit Gleichgültigkeit – der Schmerz angesichts eines so immensen Verlustes war nicht für andere Personen bestimmt. Nur wenige Vulkanier hatten es geschafft, sich vollständig vom Emotionalen zu befreien, doch fast alle verstanden es, ihre Emotionen unter Kontrolle zu halten. So lautete ein wichtiges Prinzip der vulkanischen Philosophie: Kein Gefühl, wie intensiv auch immer, durfte das Verhalten beeinflussen oder auf dem Pfad der Logik Hindernisse schaffen.

Tief in der Meditation suchte Sendei nach einem Vorstellungsbild, das die ungebührlichen Emotionen aufnahm. Er dachte an einen Fluß, der durch eine unterirdische Schlucht strömte. Dort konnten sich Zorn und Kummer in einem eigenen Kanal austoben, bis der Tod ihm inneren Frieden brachte.

7

T'Sara litt nicht am Bendii-Syndrom!« – Beverly Crusher betrat den Bereitschaftsraum, sobald sich die Tür vor ihr geöffnet hatte. Sie hob den medizinischen Datenblock wie das Haupt eines besiegten Feinds.

Picard ließ die Teetasse sinken, die er gerade zu den Lippen heben wollte. Mit einer knappen Geste bedeutete er der Bordärztin, vor dem Schreibtisch Platz zu nehmen. »Ich nehme an, inzwischen ist Ihr MedoBericht fertig, oder?« Aus irgendeinem Grund hielt er es für angemessen, Beverly zu siezen, obgleich er mit ihr allein war.

»Ja, das ist er tatsächlich.« Ihr Kittel wehte fast wie ein Banner, als sie sich näherte und mit der Anmut einer Tänzerin in den Sessel sank. »In den Gewebeproben vom Metathalamus der Vulkanierin konnten keine Bendii-Spuren festgestellt werden. Und damit noch nicht genug. Während der Autopsie fand ich keinen einzigen Hinweis auf pathologische Veränderungen im Gehirn oder Nervensystem – es gab weder Läsionen noch Tumore oder andere organische Ursachen, die als Erklärung für aggressives und irrationales Verhalten in Frage kämen.«

»Wodurch könnte dann ein derartiges Gebaren bei den Vulkaniern verursacht worden sein?«

»Oh, ich bin nicht davon überzeugt, daß es wirklich dazu kam«, sagte Crusher. Rote Flecken auf den Wangen verrieten ihre Aufregung. »Vielleicht bin ich in Hinsicht auf die subtileren Aspekte der Gerichtsmedizin ein wenig eingerostet, aber es hat den Anschein, daß einige Vulkanier betäubt wurden, bevor man sie tötete. Darüber hinaus gibt es bei fast allen Leichen Spuren, die darauf hindeuten, daß jemand sie nach dem Tod bewegte.«

Crusher berührte eine Schaltfläche des Datenblocks und blickte aufs Display. »Als man Soth fand, lag er mit dem Gesicht nach unten auf dem Platz, doch erstaunlicherweise hatte sich an seinem Rücken Blut gesammelt. An T'Challos Armen fand ich Abschürfungen, die erst nach ihrem Tod entstanden sein können. Sohle wurden drei Finger nach dem Einsetzen der Totenstarre gebrochen, offenbar bei dem Versuch, ihm einen Phaser in die Hand zu drücken.«

Picard ahnte bereits, in welche Richtung diese Ausführungen zielten, doch er beschränkte sich darauf, Tee zu trinken und Beverly stumm zuzuhören.

»Man fand Tessins Fingerabdrücke an der Waffe, die Skorret tötete – obgleich die Geschwindigkeit des Zellverfalls nur den Schluß zuläßt, daß er mindestens eine halbe Stunde früher starb.« Crusher warf den Datenblock wie einen Fehdehandschuh auf den Schreibtisch. »Ich halte es für absurd anzunehmen, daß einige Amok laufende Vulkanier ihre Opfer hin und her trugen. Meiner Ansicht nach ist es viel wahrscheinlicher ...«

»... daß von Außenwelt stammende Angreifer versuchten, ihre Spuren zu verwischen.«

»Ja.«

Ein neues Szenario formte sich vor Picards innerem Auge: T'Sara wurde überrascht und von mehreren Phaserstrahlen getroffen; sie fiel einem Angriff von außen und nicht von innen zum Opfer. Zwar blieben die Gestalten der Aggressoren schattenhaft und vage, aber es mangelte ihnen nicht an realer Substanz.

»Ich teile Ihre Einschätzung der Situation«, sagte Picard. »Woraus sich zwei Fragen ergeben. Erstens: Wer steckt dahinter? Und zweitens: Was ist der Grund für das Massaker?«

Beverly hob und senkte die Schultern. »Tut mir leid, Captain. Entsprechende Nachforschungen fallen nicht in meinen Zuständigkeitsbereich.«

»Nein«, seufzte er. »Aber in meinen.« Die Antworten auf die Frage nach T'Saras Tod tanzten wie spöttisch gerade außerhalb seiner Reichweite. Was war nötig, um sie näher zu bringen, um ihnen Einzelheiten zu entlocken?

Der Captain klopfte auf seinen Insignienkommunikator. »Picard an Data. Wie ist der Status Ihres gegenwärtigen Projekts?«

»Ich habe meine Ermittlungen noch nicht beendet, doch inzwischen liegen Informationen vor, die Ihre Aufmerksamkeit erfordern.«

»Danke, Data. Ich bin unterwegs zur Brücke.« Picard stand auf »Ich glaube, Sie sollten sich das ebenfalls anhören, Doktor.«

Rikers Schritte hallten laut durch die Frachtkammer 12. Die Verladearbeiter und Luftschlitten waren schon vor einer ganzen Weile aus dem großen Raum verschwunden. Nach einer kurzen Phase hektischer Aktivität hatte Worfs Gruppe einen sorgfältig sortierten und strukturierten Berg aus Containern hinterlassen.

Jeder Behälter wies eine Kennummer auf, und wenn Riker die Ziffer eintippte, gab das Display seines Datenblocks Auskunft über den Inhalt des entsprechenden Containers. Die erste Serie enthielt Zelte, Computer, Datierungsscanner, Thermosensoren, Laserbohrer und verschiedene Ultraschallgeräte. Das gesamte Ausrüstungsmaterial der vulkanischen Expedition war systematisch erfaßt und an Bord der *Enterprise* transferiert worden.

Als nächstes überprüfte Riker die von den Vulkaniern entdeckten und gesammelten Artefakte: Scherben von

Töpfen, Reste von zerbrochenen Statuen, Waffenteile, das eine und andere Schmuckfragment. Keine Schätze, sondern wertlose Überbleibsel einer fremden Kultur. Captain Picard hatte mehrmals darauf hingewiesen, daß Archäologen genau solche Dinge benötigten, um sich ein Bild von einer Zivilisation zu machen. T'Sara schien bei solchen Extrapolationen besonderes Geschick bewiesen zu haben.

In den letzten beiden Containern befanden sich Gegenstände aus den Unterkünften der Wissenschaftler. Vulkanier neigten nicht zu besonders materialistischer Einstellung, und deshalb fiel Rikers Blick auf eine Liste, die zum größten Teil aus Kleidung und Büchern bestand. Trotz des langen Aufenthalts auf Atropos hatten die Archäologen darauf verzichtet, ihre Quartiere mit Schmuckgegenständen zu zieren. Alle persönlichen Objekte zeichneten sich durch ein hohes Maß an Nützlichkeit aus und trugen den Namen des Eigentümers.

Als der Erste Offizier genauer hinsah, stellte er fest, daß ein Mitglied des Expeditionsteams ein kleines Taschenholo besessen hatte. Also verspürten auch Vulkanier den Wunsch, sich nach einem langen, anstrengenden Tag an Heimat und Familie zu erinnern.

Drei Archäologen hatten Musikinstrumente mitgenommen. Riker stellte sich eine kleine Gruppe aus müden Männern und Frauen vor, die im Licht der Sterne saßen, den Klängen von Leier und Flöte lauschten. Die imaginäre Szene machte das Wissen um ihren Tod noch bitterer, doch es half ihm, die Erinnerungen an blutige Leichen aus dem Fokus seines Selbst zu verbannen.

Mit einem letzten Tastendruck transferierte Riker die bestätigten Ladelisten in den Speicher des Bordcomputers. Von den Vulkaniern blieb nichts auf Atropos zurück. Ihre jahrzehntelange Präsenz auf dem Planeten war vollkommen ausgelöscht worden.

»Sorrens Kom-Botschaft scheint manipuliert worden zu sein«, sagte Data. »Die erste Modifikation betrifft den Identifizierungsblock.«

Aus einem Reflex heraus beugte sich Picard zur wissenschaftlichen Station vor und wich dann ein wenig zur Seite, damit auch Crusher auf den Schirm sehen konnte. Das runde Symbol der Vereinten Föderation der Planeten – ein von Olivenzweigen gesäumtes Sternenfeld – schwebte vor schwarzem Grund. Darunter zeigte sich Text.

Picard und die Bordärztin betrachteten den ID-Bereich mit Informationen über Sorrens Nachricht.

Ursprung: VFP 567045-B12-10A (Atropos)
Ziel: VFP 567045-B23-22C (Starbase 193)
Sternzeit: 45873.4

»Mir fällt nichts Ungewöhnliches auf«, sagte der Captain und wechselte einen verwirrten Blick mit Crusher.

»Zuerst ging es mir ebenso«, meinte Data. »Eine Diskrepanz bemerkte ich erst bei der Untersuchung des Sendepakets. Für gewöhnlich werden solche Pakete nur von der Transceiver-Software analysiert – der Empfänger der Nachricht bekommt sie nicht zu sehen.«

Der Androide betätigte einige Schalter und entkomprimierte das Datenpaket, woraufhin unformatierte Buchstaben- und Zahlenkolonnen so schnell über den Schirm wanderten, daß Picard keine Einzelheiten erkennen konnte. Schließlich verharrte das Bild an einer bestimmten Stelle.

VON:VFP567045-B12-10A/AN:VFP567045-B23-22C/GESENDET:45873.3.

»45873.3«, las Picard. »Einen Tag früher!«

»In der Tat«, bestätigte Data. »Die letzte Zahl betrifft

den Tag und wurde im Identifizierungsblock geändert. Damit sollte über eine vierundzwanzig Stunden lange Verzögerung zwischen dem Empfang der ursprünglichen Nachricht in Starbase 193 und der Sendung einer gefälschten Version zur *Enterprise* hinweggetäuscht werden.«

»Und während jener vierundzwanzig Stunden wurden die Vulkanier umgebracht«, sagte Crusher zornig.

»Das scheint der Fall zu sein.«

Das Bild im kleinen Projektionsfeld zitterte, als Data eine andere Stelle der Aufzeichnung wählte. Etwa in der Mitte von Sorrens Mitteilung kam es zu plötzlichen Streifenmustern, die das Gesicht des Vulkaniers fast bis zur Unkenntlichkeit verzerrten.

Data setzte seine Erläuterungen fort. »Bei der zweiten Modifikation geht es um statische Störungen, die einen Teil der Nachricht überlagern. Interferenzen hätten vom Subraum-Empfänger automatisch entdeckt werden müssen, doch die Datenverifizierung weist darauf hin, daß die Kom-Botschaft Starbase 193 intakt erreichte. Es gibt auch keine Anzeichen für irgendwelche Übertragungsprobleme bei der Weiterleitung der Nachricht zur *Enterprise.* Woraus folgender Schluß gezogen werden muß: Die angebliche Hovorka-Strahlung ist nichts weiter als eine graphische Manipulation, dazu bestimmt, die Video- und Audiodaten fünf Sekunden lang zu überlagern.«

»Kann das Original wiederhergestellt werden?« fragte Picard.

»Ja, ich denke schon. Das Datenpaket enthält ein komprimiertes digitales Duplikat. Die Auflösung ist zwar geringer, dürfte jedoch für unsere Zwecke genügen. Durch sorgfältige Vergleiche und Restrukturierungen sollte es mir eigentlich gelingen, das fehlende Segment zu rekonstruieren.«

»Fangen Sie gleich damit an.«

Ein fast schrilles Summen erklang, als Data die Aufzeichnung mit hoher Geschwindigkeit abspielte. Seine Finger huschten über die Kontrollen, veränderten bestimmte Einstellungen, und anschließend wiederholte sich der Vorgang mehrmals. Jedesmal gewann das Bild ein wenig an Klarheit. »Das müßte ausreichen.«

Sorrens Bewegungen wurden langsamer, seine Stimme tiefer. Video und Audio waren noch immer nicht völlig störungsfrei, doch jetzt konnte man die zuvor vertauschten Worte deutlich verstehen.

> »Ihr Verhalten wird immer unberechenbarer. Gelegentlich kommt es zu Phasen ausgeprägter Emotionalität, und sie besteht auf irrationalen Schilderungen ihres Kontakts mit dem Ko N'ya.«

»Schon wieder das Ko N'ya!« entfuhr es Crusher.

Picard dachte an zwei mumifizierte Hände – an die Hände eines Fremden, der sich selbst eingemauert hatte. Welchen Gegenstand hielten die Finger des Toten, als T'Sara die Kammer betrat?

»Nach all den Jahren der Suche ...«, murmelte er. »Könnte sie das Objekt tatsächlich gefunden haben?«

Deanna Troi bewegte sich im Bett und trat mit den Beinen, bis die Decke ganz unten lag. Kühle und eine hartnäckig am Bewußtsein zerrende Unruhe ließen sie schließlich erwachen.

Sie öffnete die Augen – um sie gleich wieder zu schließen und das Gesicht ans Kissen zu pressen. Diese Ruhephase stellte keinen Luxus dar. Während der letzten Tage war es immer wieder zu Notfällen gekommen, die Troi mitten in der Bordnacht aus ihrem Quartier holten. So etwas geschah oft, wenn Einsatzgruppen von Missionen zurückkehrten, bei denen Gewalt irgendeine

Rolle gespielt hatte. In diesem Fall litten einige Angehörige des Medo-Teams an Alpträumen.

Deannas Füße zuckten und schienen über ein Deck wandern zu wollen.

Natürlich. Imzadi.

Die Empathin begriff plötzlich, was geschah. Commander William Riker schritt mit zielstrebiger Dynamik durch die *Enterprise,* und Deanna leistete ihm unabsichtlich Gesellschaft. Oft durchdrangen seine starken Emotionen ihre mentale Abschirmung; sie kamen dabei einer unaufhaltsamen Flut gleich, die über den Rand des Dammes schwappte. Stärkere psychische Schilde hielten die Emanationen des anderen Selbst fern, führten jedoch zu einer permanenten geistigen Belastung. Außerdem mußte Troi dann auf das angenehme Wissen um Rikers Präsenz verzichten.

Als Deanna die Ursache ihrer Unruhe erkannt hatte, dämpfte sie die emotionale Verbindung mit Riker, bis die Anspannung aus ihren Beinen wich. Dann zog sie die Decke hoch und seufzte wohlig bei der Vorstellung, noch ein wenig zu schlafen.

Allmählich zerfaserten ihre Gedanken …

»Data an Counselor Troi.«

Deanna hob die Lider. »Was gibt's, Data?«

»Der Captain hat eine Dringlichkeitsbesprechung für alle Senioroffiziere angeordnet.«

Die Counselor stöhnte lautlos. »Ich bin unterwegs.«

Nach den technischen Informationen in den Konstruktionsdateien von Utopia Planitia war der Gesellschaftsraum nichts weiter als ein Saal, der den Besatzungsmitgliedern als Treffpunkt dienen sollte. Alle Raumschiffe der Galaxy-Klasse verfügten über einen solchen Raum, ausgestattet mit einer Bar und weiten Panoramafenstern. Doch nur an Bord der *Enterprise* gab es Guinan, und dadurch wurde diese spezielle

Räumlichkeit im zehnten Vorderdeck zu etwas Besonderem.

Riker wußte diesen Umstand zu schätzen, als er durch die vertraute Doppeltür trat. Seit dem Aufenthalt in der Frachtkammer litt der Erste Offizier an vager Unruhe, doch nun wich der Drang von ihm, dauernd in Bewegung zu bleiben. Niemand hatte es eilig, Guinan zu verlassen.

Sie trug weite Umhänge und große, exotische Hüte, doch ihr Wesen war eher zurückhaltend. Sie hörte mehr zu, als daß sie sprach, aber wenn sie etwas zu sagen hatte, so wirkte ihre Stimme fast hypnotisch.

»Sie sehen nach jemandem aus, der ein wenig Aufregung braucht«, sagte die Wirtin und stellte ein hohes, mit sprudelnder Flüssigkeit gefülltes Glas auf die Theke. Ein solches Getränk sah Riker nun zum erstenmal – Guinan experimentierte gern.

»Ist das so offensichtlich?« Der Erste Offizier seufzte, als er auf einem Barhocker Platz nahm. »Erst seit zwei Tagen befinden wir uns in der Umlaufbahn von Atropos, aber ich kann's gar nicht erwarten, daß wir wieder aufbrechen.«

»Die Wahrscheinlichkeit ist gering«, sagte jemand hinter Riker.

Er holte tief Luft, drehte den Kopf und rang sich ein Lächeln ab. Eine knochige Bajoranerin setzte sich neben ihn. *Man kehre Ro Laren nie den Rücken zu.* »Was soll das heißen, Fähnrich?«

»Bei der Crew stehen die Wetten zwei zu eins, daß Sie Luxor IV nicht rechtzeitig genug erreichen, um dort Canasta zu spielen, von Poker ganz zu schweigen. Nun, mit ziemlicher Sicherheit hätten die Leute von der *Telarius* das Turnier ohnehin gewonnen.«

»Ach, die Schwachen im Glauben.« Ro wollte ihn provozieren, und das wußte Riker natürlich. Trotzdem nahm er den Köder an. »Zufälligerweise ist unsere Mission in diesem Sonnensystem praktisch beendet, und wenn wir mit Warp sieben fliegen, ergeben sich keine zeitlichen Probleme. Auf Luxor zeigt die Crew der *Enterprise* den Repräsentanten der *Telarius*, wie man richtig Poker spielt.«

»Vergeuden Sie Ihre Bluffs nicht an mich, Sir«, sagte Ro und fügte ihren Worten ein spöttisches Kichern hinzu, das den Ersten Offizier verärgerte. »Sparen Sie sich das fürs Turnier im nächsten Jahr.«

»Ich bluffe nicht.«

»Doch, Sie bluffen – und darauf wette ich hundert Credits.«

»Die Wette halte ich!« erwiderte Riker scharf. »Guinan, Sie haben's gehört.«

»Ja, das habe ich tatsächlich«, bestätigte die Wirtin. »Und auch alle anderen. Wenn Sie nun den Drink probieren würden… Er hat ein sehr delikates Aroma, das sich innerhalb kurzer Zeit verflüchtigt.«

Riker streckte die Hand nach dem Glas aus.

»Data an Commander Riker.«

Die Hand berührte nicht das Glas, sondern den Insignienkommunikator. »Hier Riker.«

»Der Captain hat eine Dringlichkeitsbesprechung der Senioroffiziere angeordnet.«

»Verstanden, Mr. Data.« Der Erste Offizier stand auf. »Ich bin unterwegs.«

»Die hundert Credits kann ich beim nächsten Landurlaub gut gebrauchen.« Ro grinste breit.

Um das Ganze noch schlimmer zu machen, schob Guinan das hohe Glas der Bajoranerin entgegen. Riker gegenüber zuckte sie entschuldigend mit den Schultern und wandte sich dann an Ro Laren, um ihre Reaktion auf das Getränk zu beobachten.

Riker verließ den Gesellschaftsraum und mußte zugeben, daß Ro gute Aussichten hatte, ihre Wette zu gewinnen. Der Verlust von hundert Credits schmerzte nicht halb so sehr wie der verletzte Stolz.

Es würde nicht mehr lange dauern, bis alle Sessel am ovalen Tisch besetzt waren, aber noch befanden sich Picard und Crusher allein in der Aussichtskammer. Nach den Anspannungen der vergangenen Tage hieß der Captain diese Oase der Ruhe sehr willkommen. Normalerweise hätte er sie nicht gern mit jemandem geteilt, doch Beverly Crusher bildete eine Ausnahme.

»Seit wann bist du so sehr vom Ko N'ya fasziniert?« fragte die Ärztin sanft.

»Seit meiner Kindheit«, antwortete Picard. »Mein Bruder machte mich mit der Legende vertraut. Allerdings hatte Robert damals etwas anderes im Sinn: Er wollte mir Angst einjagen.«

»Gelang es ihm?«

»Und ob.« Selbst nach fünfzig Jahren erinnerte sich Picard noch genau daran, wie er als Junge im dunklen Schlafzimmer gezittert und sich die Bettdecke über den Kopf gezogen hatte, als könnte sie Schutz vor irgendwelchen Ungeheuern gewähren. »Robert wartete, bis unsere Eltern schliefen, bis es im Haus völlig still geworden war – um dann eine neue Schreckensgeschichte zu erzählen. Er entwickelte einen guten Sinn fürs Dramatische, und seine größte Belohnung bestand darin, wenn ich in Tränen ausbrach.«

»Reizend«, kommentierte Crusher.

Picard erinnerte sich daran, daß sie nur ein Kind hatte, einen Sohn. Er konnte ihr unmöglich das komplexe Netz aus Haß und Liebe erklären, das ihn mit seinem Bruder verband.

»Als ich älter wurde, verwandelte sich die Furcht in Faszination. Schließlich *bat* ich Robert darum, mir weitere Geschichten zu erzählen.«

»Laß mich raten«, sagte die Ärztin. »Daraufhin verlor dein Bruder das Interesse am Ko N'ya.«

»Genau.« Vielleicht verstand Beverly doch die Beziehung zwischen Brüdern. »Ich begann damit, die Sagen und Legenden zu lesen, verschlang ein Buch nach dem anderen. Auf diese Weise wurde mein Interesse für Geschichte und Archäologie geboren.«

»Glaubst du wirklich, daß T'Sara jenen Gegenstand gefunden haben könnte, Jean-Luc? Hältst du es für möglich, daß der Mythos einen konkreten historischen Hintergrund hat?«

»Ich *wage* es kaum zu glauben.« Erneut dachte Picard an die Hände des mumifizierten Toten. »Das Ko N'ya zu berühren … Genausogut könnte man die Geschichte selbst anfassen. Für eine solche Chance würde ich …« Er suchte vergeblich nach den richtigen Worten, um seine Sehnsucht zum Ausdruck zu bringen.

»Wärst du bereit, deine Seele zu verkaufen?« fragte Crusher.

Es klang scherzhaft, und Picard beschloß, im gleichen leichten Ton zu antworten. »Nun, ich würde sie nicht verkaufen – nur für eine Weile verleihen.«

Picard hatte diesen Satz kaum ausgesprochen, als er begriff, daß er der Wahrheit damit auf eine fast bedrohliche Weise nahe kam.

8

Es gibt neue Erkenntnisse in Hinsicht auf die Ermordung der vulkanischen Archäologen«, sagte Picard. Mit einem knappen Nicken forderte er Crusher auf, die Ergebnisse der Autopsien zu nennen.

Während die Offiziere erst der Ärztin und dann auch Data zuhörten, beobachtete Picard, wie sich ihre Mienen veränderten. Als weitere Einzelheiten über das Massaker auf Atropos bekannt wurden, preßte Riker die Lippen zu einem dünnen Strich zusammen, und Kummer glänzte in Deanna Trois Augen. Geordi LaForge schien immer mehr in sich selbst zu versinken, und Worf rutschte so in seinem Sessel hin und her, als wäre er am liebsten aufgesprungen, um sich auf einen Feind zu stürzen.

Nach den Schilderungen wandten sich ernste Gesichter dem Captain zu.

»Unter den gegebenen Umständen müssen wir von der Annahme ausgehen, daß unsere Kom-Kontakte mit Starbase 193 überwacht werden«, sagte Picard. »Ich habe einen Bericht für Admiral Matasu von Starbase 75 vorbereitet, aber es wird einige Stunden dauern, bis er unsere Nachricht empfängt.«

»Was bedeutet, daß wir zunächst einmal auf uns allein gestellt sind«, betonte Riker und zog an seiner Uniformjacke. Diese Geste hatte er sich unbewußt von Picard abgeschaut; sie wies auf eine Mischung aus Trotz und gespannter Erwartung hin.

Picard sah die Sache aus einer anderen Perspektive. Eine der interessantesten Herausforderungen des Kommandos bestand darin, ganz allein Entscheidungen zu treffen. Doch mit der Unabhängigkeit von jeder Starfleet-Autorität ging auch eine Menge Verantwortung in Hinsicht auf die Konsequenzen einher. Trotzdem hatte der Captain bereits einen Beschluß gefaßt.

»Unsere erste Priorität besteht darin, jene fremden Aggressoren zu finden, von denen wir glauben, daß sie die Vulkanier ermordet haben.«

»Ganz meine Meinung«, pflichtete ihm Crusher bei. »Sie könnten entkommen, wenn wir nicht sofort die Verfolgung aufnehmen.«

Die anderen Offiziere am Tisch brummten zustimmend.

»Eines verstehe ich nicht«, sagte LaForge. »Warum sollte jemand wegen einiger staubiger Relikte töten?«

Picard nahm die naive Beschreibung des Chefingenieurs mit einem Lächeln zur Kenntnis. »Es geht hier nicht um irgendwelche Artefakte, sondern um einen Gegenstand von geradezu magischer Ausstrahlungskraft. Ko N'ya, das Herz des Teufels... In der Galaxis gibt es viele Namen dafür.«

Data neigte den Kopf ein wenig zur Seite – sicherer Hinweis darauf, daß er Daten abrief. »Die Belnarri nennen es Nota. Bei den Andorianern ist es als Televs Bann bekannt. Die Klingonen sprechen vom Pagrashtak...«

»Pagrashtak!« entfuhr es Worf. »Der Blutstein!«

Die starke Reaktion des Sicherheitsoffiziers überraschte Picard.

»Sie kennen das Objekt ebenfalls?« fragte Troi, und Picard glaubte zu hören, daß sie nun vor allem als Counselor sprach. Offenbar spürte sie emotionale Tiefe in der Erregung des Klingonen.

»Ja, ich habe davon gehört«, sagte Worf widerstrebend. Schnitt er deshalb eine finstere Miene, weil ihn die eigene Reaktion nun mit Verlegenheit erfüllte? Oder hatte ihn die Erwähnung des Blutsteins so sehr erschüttert, daß er sich nur langsam wieder faßte? »Nach den klingonischen Legenden gründete Lord Kessec das Imperium mit der Macht jenes Steins... Von Kessec stammt auch folgender warnender Hinweis: Wer den Pagrashtak besitzt, muß das Blut aus seinen Adern entfernen, weil es sonst der nächste Verwandte fließen läßt.«

Riker lehnte sich zurück, erstaunt vom Ernst in Worfs Gesicht. Verwirrungsfalten bildeten sich in der Stirn des Ersten Offiziers. »Was genau *ist* das Ko N'ya?«

Wo soll man mit der Erklärung beginnen? überlegte Picard. Wie sollte man T'Saras Lebenswerk in einigen wenigen Worten zusammenfassen? »Die genaue Natur des Ko N'ya ist unbekannt, und sein Ursprung verbirgt sich irgendwo in grauer Vorzeit. Bekannt sind Geschichten von seiner Präsenz in fremden Kulturen. In den von T'Sara gesammelten Mythologien bezeichnet man es als Steinjuwel und sogar als Energiezelle. Eine Hypothese geht davon aus, daß es sich um das Artefakt eines uralten und wissenschaftlich sehr hoch entwickelten Volkes handelt.« Die Stimme seines Bruders Robert flüsterte ihm eine andere Erklärung zu. »Auf Welten, wo man an Magie glaubt, hält man das Herz des Teufels für einen Talisman der Finsternis.«

»Ein Talisman der *Finsternis?*« wiederholte Riker. »Und wozu soll er imstande sein?«

»Niemand kennt die tatsächlichen Fähigkeiten des Objekts«, antwortete Data. »Aber sie sollen enorm sein. Angeblich kann man mit dem Ko N'ya das Bewußtsein anderer Personen manipulieren, Reichtum und Macht anhäufen, sogar den Strom der Zeit verändern.«

»Glauben Sie etwa daran, Data?«

»Es spielt keine Rolle, was wir glauben«, erwiderte Troi. »T'Sara glaubte daran, und das gilt auch für die

Mörder der Vulkanier. Ob das Teufelsherz Macht verkörpert oder nicht: Es wurde Leben ausgelöscht, um in seinen Besitz zu gelangen.«

»Herz des Teufels, Blutstein«, sagte Riker nachdenklich. »Langsam wird mir der Grund für diese seltsamen Namen klar.«

»Ja.« Picard nickte. »Viele Legenden weisen darauf hin, daß Blut vergossen werden muß, um den Stein zu bekommen. Wer mit seiner Macht regierte, starb im Kampf und wurde von seinen Freunden verraten.«

Trois Blick wanderte von Worf zu Picard. »Was glauben *Sie,* Captain ...«

»Brücke an Captain Picard«, erklang eine ernste Stimme aus den Kom-Lautsprechern. »Wir haben einen automatischen Notruf von einem Ferengi-Schiff in diesem Sektor empfangen.«

»Ich bin unterwegs«, sagte Picard und stand auf.

Riker erhob sich ebenfalls. »Ich habe ein ungutes Gefühl, Captain.«

»Ich verstehe, Nummer Eins. Offenbar herrscht in diesem Raumbereich immer mehr Verkehr.«

Das Ferengi-Schiff der Plünderer-Klasse hing antriebslos im All. Das sichelförmige Heck wies mehrere große Löcher auf, und vorn zeigte sich ein langer Riß in der Duraniumhülle. Hier und dort glühten noch vereinzelte Lichter, doch sie verblaßten immer mehr.

Picard beobachtete das beschädigte Schiff kühl und argwöhnisch. »Schilde hoch.«

»Die Ferengi scheinen nicht mehr zu einem Kampf fähig zu sein«, sagte Riker.

»Mag sein«, erwiderte der Captain. Schließlich hatte auch die Tücke der Ferengi ihre Grenzen. »Aber vielleicht befindet sich der Angreifer noch in der Nähe ...«

Die Enterprise schüttelte sich, und es kam zu energetischen Entladungen in den Deflektoren. Alarmsirenen heulten, und im Kontrollraum wurde es ein wenig dunkler, als alle zur Verfügung stehende Energie in die Verteidigungssysteme geleitet wurde. Weniger erfahrene Offiziere hätten vielleicht an einen Angriff geglaubt, doch Picard erkannte das charakteristische blaue Schimmern der Tscherenkow-Strahlung, hervorgerufen von einer Kollision.

»Navigation! Fünfundzwanzig Prozent Impulskraft!«

Die *Enterprise* wurde langsamer, und die von weiteren Kollisionen verursachten Erschütterungen waren wesentlich geringer.

»Energiereserven bleiben konstant«, meldete Data. Vor ihm veränderten sich die Anzeigen der Displays, und die Sensoren gaben zirpende Geräusche von sich.

»Eine Falle?« fragte Riker.

»Ich glaube nicht, Nummer Eins.« Picard blickte zum Wandschirm und sah seine Vermutung bestätigt: Die *Enterprise* hatte den Warptransfer in einem Trümmerfeld unterbrochen. Überall schwebten und drehten sich Metallfragmente, deren Kanten das Licht der Sterne reflektierten. »Ich schätze, wir haben den zweiten Teilnehmer an diesem tragischen Spiel gefunden.«

Immer wieder blitzte es blau, als sich Trümmerstücke an den Schilden auflösten oder davon abprallten.

»Die Partikelanalyse gibt Ihnen recht, Sir«, sagte Data. »Die gesamte Masse der Trümmer entspricht der eines Schiffes, das etwas kleiner ist als eine Einheit der Plünderer-Klasse.«

»Irgendwelche Spekulationen über den Ursprung?«

»In dieser Hinsicht lassen sich kaum Daten gewinnen, denn die Reste des Schiffes sind großer Hitze ausgesetzt gewesen.« Der Androide veränderte den Zoomfaktor und vergrößerte einige Bildschirmbereiche – bis er schließlich etwas fand, das sich identifizieren ließ. »Solche Tritaniumbündel werden vor allem bei orionischen Schiffen verwendet.«

»Ein orionisches Schiff?« Riker wandte sich an Picard. »Für gewöhnlich machen sie einen weiten Bogen um Ferengi-Raumer.«

»Doch diese beiden Räuber scheinen übereinander hergefallen zu sein.«

»Was ihnen beiden zum Nachteil gereichte«, kommentierte Data. »Ich entdecke keine Lebenszeichen an Bord des Ferengi-Schiffes.«

»Und das Blut fließt auch weiterhin«, murmelte Picard und wiederholte damit T'Saras letzte Worte.

Riker runzelte die Stirn. »Sehen Sie einen Zusammenhang mit der Ermordung der vulkanischen Archäologen?«

Worfs dunkle Stimme erklang von der taktischen Station auf dem Achterdeck: »Man findet den Pagrashtak, indem man den Aasvögeln folgt. Den Blutstein zu behalten ist nicht so einfach.« Der Klingone beugte sich übers Geländer. »Dieses Zitat stammt aus *Die Balladen von Durall.*«

Die unerwartete Deklamation des Sicherheitsoffiziers verblüffte Riker. Picard ließ sich nichts anmerken, wahrte die Fassung. »Danke, Lieutenant.« Er pflichtete Worf bei: Die mythische Qualität des Ko N'ya ließ sich am besten beschreiben, indem man aus Sagen und Legenden zitierte.

»Nun, wenn die Orioner T'Saras Artefakt besaßen, als ihr Schiff zerstört wurde, so wird die Suche Wochen dauern«, meinte Riker. »Ich schlage vor, wir nehmen uns zunächst den Ferengi-Raumer vor.«

»Einverstanden, Nummer Eins. Stellen Sie eine Einsatzgruppe zusammen und ...«

Das Ko N'ya zu berühren ... Genausogut könnte man die Geschichte selbst anfassen.

»Nein«, sagte Picard plötzlich. »Ich nehme die Anweisung zurück.«

»Sir?«

»Ich bitte um Ihr Verständnis, Will – diese besondere Mission möchte ich selbst leiten.« Die Versuchung war viel zu groß, um ihr zu widerstehen. Trotzdem legte Picard Wert auf Rikers Zustimmung. Er wollte vermeiden, daß es in diesem Zusammenhang zu einer Konfrontation kam, die nur dazu führte, daß wertvolle Zeit verlorenging. »Sie wissen ja, daß mich die Legende vom Herzen des Teufels schon seit vielen Jahren fasziniert, und wenn es tatsächlich existieren sollte ...«

Zu seiner großen Erleichterung lächelte Riker. »Natürlich, Captain. Lassen Sie es nur nicht zur Angewohnheit werden, meinen Job zu erledigen.«

Picard stand bereits. »Worf, Data – Sie begleiten mich.«

Mit jedem Schritt über die Rampe verdichtete sich im Captain das Gefühl, geradewegs in eine von Roberts Heldengeschichten zu marschieren. Die beiden anderen Offiziere folgten ihm in den Turbolift wie zwei Ritter, die ihrem Lehnsherrn Treue geschworen hatten.

Als sie kurze Zeit später im Transporterraum auf den Transferfeldern standen, verdrängte Picard die romantisch verklärten Vorstellungen. Er war ein Starfleet-Captain, für den nun ein externer Einsatz begann – dieses Bild gehörte zu seinem wichtigsten Kindheitstraum.

»Wir sind soweit, Mr. O'Brien.«

»Aye, Captain.« Der Chief justierte die Kontrollen. »Ich sorge dafür, daß Ihr Retransfer im zentralen Kontrollraum stattfindet.«

Die Konturen des Transporterraums verloren sich im energetischen Glitzern und wichen einer völlig neuen Umgebung.

Picard hustete aus einem Reflex heraus, als ihm Rauch in die Lungen drang. Die Luft war kalt – deutlicher Hinweis auf das Versagen der Lebenserhaltungssysteme.

Das Kommandozentrum des Ferengi-Schiffes schien

ein ganzes Stück kleiner zu sein als die Brücke der *Enterprise.* Alles präsentierte sich in einem matten Grau: Boden, Wände und Konsolen. Halb zerfetzte Kabelstränge ragten aus breiten Rissen in geborstenen Dekkensegmenten. Das Deck war zur einen Seite geneigt, und tiefe Wölbungen zeigten sich in den Wänden. Von einigen Konsolen ging ein zwar leises, aber fast schrilles Summen aus.

Hier und dort lagen die Leichen von Ferengi.

Picard begriff plötzlich die Hoffnungslosigkeit seiner Suche. Wenn das Teufelsherz irgendwo in diesem Durcheinander lag – wie sollte er es finden? Und wenn er es schließlich sah: Konnte er es dann als den gesuchten Gegenstand erkennen?

Data sondierte mit seinem Tricorder. »Die von den Sensoren ermittelten Daten werden bestätigt: keine Lebenszeichen.«

Als der Captain nickte, setzten sich Worf und der Androide in Bewegung, schritten an auseinandergeplatzten Pulten vorbei. Picard wählte einen dritten Weg und war erst einige wenige Schritte weit gekommen, als er gegen eine verkantete Bodenplatte stieß und dadurch das Gleichgewicht verlor. Instinktiv streckte er die Hand aus, um sich an der nächsten Konsole festzuhalten, doch das von ihr ausgehende Summen warnte ihn. Er verlagerte das Gewicht, taumelte kurz und stand dann wieder sicher.

»Die Plasmastrahlen der Orioner haben das elektrische System dieses Schiffes überladen«, sagte Data.

»Was dazu führte, daß die Ferengi durch Stromschläge starben.« Vorsichtig schob Worf einen Toten beiseite, der halb auf der Navigationsstation lag.

»Sind wir in Gefahr?« fragte Picard und trat an einigen nicht mehr isolierten Schaltkreisen vorbei.

»Das energetische Niveau ist inzwischen stark gesunken«, erklärte der Androide. »Allerdings könnten einige

Kurzschlüsse elektrische Schläge verursachen, die von Menschen als sehr unangenehm empfunden werden.«

»Danke für den Hinweis. Ich werde daran denken.« Picards Atem kondensierte – das kalte Vakuum des Alls saugte immer mehr Wärme aus dem Wrack.

Er ging weiter, hielt sich dabei sicherheitshalber von den Konsolen fern. Mehrmals stieß er mit dem Fuß kleinere Hindernisse aus dem Weg, und einmal verhakte sich seine Uniformjacke an einer scharfen Kante. Picards Rücken begann zu schmerzen, weil er sich immer wieder bückte und beugte, um in dunkle Ecken zu spähen. Wiederholtes dumpfes Krachen deutete darauf hin, daß Worf weniger vorsichtig zu Werke ging.

Nach einer Weile dachte Picard daran, daß er das Herz vielleicht nicht als erster finden würde.

»Captain!« rief Data. »Ist dies der Gegenstand, den Sie suchen?«

Jähe Hoffnung entstand in Jean-Luc, als er über mehrere Trümmer hinwegkletterte und in den vorderen Teil des Kontrollraums gelangte. Dort kniete der Androide neben der Leiche eines Ferengi-DaiMon. Hatte ein Stromschlag das Gesicht des Toten wie ekstatisch verzerrt? Oder war er während einer Phase der Euphorie gestorben?

Ein unregelmäßig geformter Stein ruhte in seinen Händen.

»Das Herz des Teufels«, hauchte Picard. »Ich bin ganz sicher.«

Data zog das Objekt behutsam aus den steifen Fingern des Ferengi und bot es dem Captain an.

Picard spürte, wie sein Herz schneller schlug, als er den Stein berührte.

Er fühlte sich warm an.

9

»Captains Logbuch, Sternzeit 45873.6. Die *Enterprise* hat den automatischen Notruf eines Ferengi-Schiffes empfangen und den Orbit von Atropos verlassen…«

Picard war auf eine würdevolle Art und Weise älter geworden, fand Miyakawa, als sie sich den Bericht des Captains ansah. Während seiner Zeit als Kadett fiel er durch die große Nase und eine ungewöhnlich hohe Stirn auf, aber jetzt, im reifen Alter, wirkten diese Merkmale eindrucksvoll.

»… ein Schiff der Plünderer-Klasse…«

Die Kadetten Picard, Crusher und Keel brachten das Studium an der Starfleet-Akademie gemeinsam hinter sich, und es galt als sicher, daß sie eine steile Karriere machen würden – um irgendwann zur Akademie zurückzukehren und eine neue Kadetten-Generation auszubilden. Doch das Leben hatte andere Pläne mit dem Trio: Zwei starben, und nur Jean-Luc überlebte.

Das Leben hat auch mir so manchen Streich gespielt.

»… alle Besatzungsmitglieder tot. Weitere Einzelheiten nenne ich, sobald sich Gelegenheit dazu ergibt.«

Miyakawa hob überrascht die Brauen, als der Bericht an dieser Stelle endete.

»He, Moment mal«, sagte sie zu dem dunkel gewordenen Monitor. »Wieso war die ganze Besatzung tot?« Es fehlten wichtige Informationen: die Koordinaten des Ferengi-Schiffes, der Grund für den Notruf, auch das nächste Flugziel der *Enterprise.*

»Das war überhaupt kein richtiger Bericht, sondern ein Hinhaltemanöver«, murmelte die Starbase-Kommandantin und stand auf – sie wußte, wo sie Antworten auf ihre Fragen bekommen konnte.

Miyakawa griff nach ihrer Uniformjacke und verließ das Büro mit der Absicht, einen ganz bestimmten Bereich der Starbase aufzusuchen.

»Wie können Sie es wagen, unter solchen Umständen Bezahlung zu verlangen?«

Anlew-Is holte erneut aus. In mehr oder weniger regelmäßigen Abständen schmetterte er die Faust auf den Tisch und brüllte.

»Ich habe ein Schiff der Siegel-Klasse verloren, ganz zu schweigen von fünf meiner besten Söldner. Und Sie bestehen darauf, daß ich Sie für meinen Ruin bezahle? Ich sollte Schadenersatz von Ihnen fordern!«

Camenae lehnte sich in ihrem Sessel zurück, versuchte, möglichst flach zu atmen. Sie fragte sich, worauf der charakteristische Geruch von Orionern zurückging – auf die olivgrüne Haut oder das schwarze, faserige Haar?

»Sie haben eine Information von mir gekauft, Anlew-Is, keine Garantie für einen Erfolg Ihres Plans. Wenn Ihnen der Sinn nach Versicherungen steht, so wenden Sie sich an Staubkorn Aghlarren.«

»Sie haben mich ans Ferengi-Konsortium verraten! Ohne Ihre verdammte Habgier hielte ich jetzt das Herz des Teufels in den Händen!«

»Werfen Sie mir nicht Ihre eigene Kurzsichtigkeit vor«, erwiderte Camenae streng und runzelte die Stirn. »Sie kennen meine Politik und auch meine Preise. Trotzdem haben Sie es abgelehnt, die Kosten für Exklusivität zu tragen. DaiMon Maarc wußte sehr wohl um den Wert einer langfristigen Investition.«

»Ha!« fauchte der Orioner, und stinkender Atem

wehte der Frau entgegen. »Tote können keinen Profit mehr erzielen!«

Camenae seufzte – ihr einziges Zugeständnis an die Wahrheit dieser Bemerkung. Es hatte keinen Sinn, den Tod des DaiMons zu bestreiten. Die übrigen Mitglieder des Konsortiums saßen an der Theke des Bezahl-oder-Stirb und beklagten dort ihr unmittelbar bevorstehendes finanzielles Fiasko. DaiMon Bruk war zur obligatorischen Bergungsmission aufgebrochen, aber die Präsenz eines Föderationsschiffes im betreffenden Sektor hatte die Crew zur Passivität verurteilt. Daher vermutete Camenae, daß ihr Pessimismus berechtigt war.

Erneut knallte die grüne Faust auf den Tisch. »Ich bin aus anderem Holz geschnitzt als die jammernden Ferengi! Hiermit lehne ich es ab, meine Schulden zu begleichen!«

»Nun gut.«

»Was?« Die Faust verharrte mitten in der Luft, verzichtete zunächst darauf, dem Tisch einen weiteren Hieb zu versetzen.

»Meine Prinzipien in bezug auf ausstehende Bezahlungen zwingen mich, gewisse Informationen über Ihre Organisation zu verkaufen. Ich meine insbesondere Informationen, die bisher vertraulich behandelt wurden. Die dadurch erzielten Einnahmen werden verwendet, um Ihr Konto bei mir auszugleichen.«

»Das ist Erpressung, Camenae!«

»Ich bezeichne so etwas als gesunde Geschäftspolitik.«

»Verdammt!« Die Faust des Orioners schlug einmal mehr zu, aber diesmal hinterließ sie auch eine Kreditmarke. »Nächsten Monat bekommen Sie eine weitere – und keinen Tag vorher!«

Er drehte sich abrupt um und stapfte wutentbrannt davon.

»Anlew-Is!« rief ihm Camenae nach. »Möchten Sie regelmäßig darüber informiert werden, wo sich das Herz des Teufels befindet?«

»Nein!« donnerte er von der Tür her. »Das dreimal verfluchte Teufelsherz kann von mir aus in der nächsten Sonne verbrennen!«

Vor einer knappen Stunde hatte DaiMon Bruk eine ähnliche Antwort gegeben. Es gab nur einen Unterschied: Die Ferengi sorgten für nicht annähernd soviel Radau wie ein einzelner Orioner.

Willkommene Stille kehrte in die Kammer zurück, und Camenae dachte in aller Ruhe über die Auswahl des nächsten Kunden nach.

Als Anlew-Is aus dem Hinterzimmer des Lokals stürmte, wich Miyakawa in den Schatten der Sitznische zurück. Sie hätte gar nicht vorsichtig sein müssen – der Orioner war so sehr von seiner Empörung in Anspruch genommen, daß er dem Rest des Universums kaum Beachtung schenkte. Die Kommandantin der Starbase hatte ihm aufmerksam zugehört, ebenso wie dem Klagen der Ferengi. Auf diese Weise erfuhr sie genug Details, um eine Vorstellung von den jüngsten Aktivitäten in diesem Raumsektor zu gewinnen.

Anlew-Is kochte noch immer, als Miyakawa eine Gestalt bemerkte, die durch den Schankraum glitt und in Camenaes ›Büro‹ verschwand. Reyjadán gehörte zu den Bewohnern der Starbase, und daher kannte sie Namen und Heimatwelt, doch die Einzelheiten seines Lebens blieben ein Geheimnis. Der DiWahn war ein Einzelgänger, der sich nur selten in der Öffentlichkeit zeigte. Doch wenn er zu Camenaes Kunden zählte, so mochte es besser sein, mehr über ihn herauszufinden.

Das Glas in Miyakawas Hand enthielt nur noch Luft, aber sie gab vor, einen Schluck zu trinken, um nicht vom Kellner gestört zu werden. Sie kam sich vor wie ein Jäger, der im Versteck lag und auf neue Beute wartete.

Das Geschöpf trug einen Umhang, war von Kopf bis Fuß in Stoff gehüllt – falls es überhaupt über solche Körperteile verfügte. In diesem Punkt konnte Camenae nicht ganz sicher sein. Die Stimme ertönte aus der Finsternis unter einer weiten Kapuze, und bei jedem Wort ließ sich ein schlangenartiges Zischen vernehmen.

»Ich bin Lord Reyjadán«, stellte sich der Fremde vor. »Ihr Bediensteter vor der Tür bezeichnete mich als den ›DiWahn‹. Hier ist eine Korrektur notwendig. Ich bin ein ›unDiWahn‹ – ich komme *von* der Welt, aber ich *stamme* nicht von dort. Der Ursprung meines Volkes geht weit über die Bedeutung jenes Planeten hinaus.«

»Danke für den Hinweis.« Camenae speicherte die Daten, obgleich sie vielleicht gar keinen Wert hatten. »Ich habe Informationen, die Sie benötigen.«

»Das Traumjuwel!« In der Stimme ließ sich nun ein besorgtes Kratzen vernehmen. »Das Sie Herz des Teufels nennen ... Hat man es tatsächlich gefunden?«

»Ja.«

»Warum haben Sie mir das nicht sofort mitgeteilt?« fauchte es unter der Kapuze. »Schon vor zehn Jahren, als ich diese Starbase erreichte, wies ich auf mein Interesse an dem Juwel hin.«

»Damals nahm ich Ihre Anfrage zur Kenntnis«, erwiderte Camenae mit einer Trockenheit, die dem Fremden entging. »Aber ich habe auch andere Kunden, die meine Informationen besser nutzen und ...«

»Kei! Ich befasse mich nicht mit Klatsch und ähnlich banalen Dingen. Mir geht es allein um das Juwel. Wo ist es?«

»Die Antwort kostet ...«

»Unverschämtheit!« zischte der Fremde. »Sie können keinen Preis für mein Geburtsrecht verlangen.«

»Doch, das kann ich, Lord Reyjadán. Ganz gleich, was in diesem Zimmer gesagt wird ... Ich nehme mir das Recht, für alles einen Preis zu bestimmen.« Camenae fügte dem Betrag zehn Prozent Ärger-Steuer hinzu und nannte ihn dann. »Ja oder nein – ganz wie Sie wollen. Ich habe andere Kunden, die sofort bereit wären …«

»Ersparen Sie mir Ihre dumme Feilscherei. Ich bezahle den Preis.« Es klimperte in einem weiten Ärmel, und zwei Sekunden später lag eine Halskette aus geschliffenen Dilithiumkristallen auf dem Tisch.

Camenae schüttelte den Kopf. »Ich akzeptiere nur Kredit …«

»Ich erwarte komplette Dienstleistungen von Ihnen«, sagte der Fremde. »Ich brauche noch etwas, um meine Mission zu vollenden, und ich verlange, daß Sie es liefern, ohne zusätzliche Gebühren zu verlangen.«

»Nun gut.« Camenae wollte diese Transaktion endlich hinter sich bringen. Außerdem: Staubkorn Aghlarren zahlte gutes Geld für die Kristalle. »Woraus besteht das zusätzliche Etwas?«

Die Antwort enttäuschte sie ein wenig. Der Wunsch des Fremden klang vernünftig und ließ sich ohne weiteres erfüllen.

Reyjadán verließ das Lokal, und Miyakawa wartete noch eine halbe Stunde, bevor sie beschloß, ihr ›Versteck‹ in einer dunklen Nische des Bezahl-oder-Stirb aufzugeben. Sie wollte gerade aufstehen, als sie beobachtete, wie Thomas Grede hereinkam und wie zuvor der DiWahn im Hinterzimmer verschwand.

Die Kommandantin lehnte sich zurück und bestellte noch einen Drink.

Den Crewmitgliedern der Starbase war es nicht verboten, die Bar zu besuchen – entsprechende Vorschriften hätten sich ohnehin kaum durchsetzen lassen. Andererseits deutete die Vertrautheit des Technikers mit dem norsikanischen Wächter darauf hin, daß er häufig hierherkam. Und Camenae gewährte ihm sogar eine Einzelaudienz.

Wie soll ich das gesamte Personal überwachen? Dazu bin ich einfach nicht imstande.

Man hatte Miyakawa Unterstützung versprochen, doch bei Starfleet galt eine Versetzung zur Starbase 193 als Strafe, als Schandfleck in der Dienstakte. Die meisten versetzten Offiziere hatten es geschafft, zu anderen Stützpunkten abkommandiert zu werden. Es gab sogar das eklatante Beispiel eines jungen Lieutenants: Als er erfuhr, daß er zur Starbase 193 geschickt werden sollte, quittierte er den Dienst.

Miyakawa hielt an der Entschlossenheit fest, die Stellung zu halten, bis Verstärkung eintraf. Heute bedeutete das: Nach der nächsten Schicht wollte sie mit Grede sprechen.

»Ich habe etwas für Sie.«

»Für mich?« erwiderte Grede. »Sie wissen doch, daß ich Ihre Informationen nicht bezahlen kann, Camenae.«

»In diesem Fall sind sie gratis.«

»Gratis?« Der Techniker rutschte unruhig auf dem Stuhl hin und her. Furcht glomm in seinen Augen.

»Ich habe erfahren, daß Starbase 75 gerade den Einsatzbericht von Captain Picard erhalten hat.« Allein dieser Umstand war bedeutsam genug – obwohl es Camenae sehr bedauerte, daß sie keine zusätzlichen Einzelheiten in Erfahrung bringen konnte.

Es dauerte einige Sekunden, bis Grede zu den richtigen Schlußfolgerungen gelangte. »Offenbar weiß man, daß die Kom-Botschaft der Vulkanier manipuliert wurde.« Diese Erkenntnis ließ ihn erblassen.

»Das ist noch nicht alles.« Camenae zögerte kurz. »Ein nach Orion fliegender tellaritischer Frachter passierte die *Enterprise* in Kommunikationsreichweite. Allem Anschein nach ist Picard hierher unterwegs.« In einigen Stunden würde das neue Ziel der *Enterprise* allgemein bekannt sein, doch der Captain eines

Schmugglerschiffes hatte gut für die frühe Warnung bezahlt.

»Sie müssen mir helfen, Camenae!«

»In diesem Fall ist recht umfangreiche Hilfe nötig, die eine weitere Investition Ihrerseits erfordert.«

»Eine weitere ... Aber ich habe doch schon ...« Grede stöhnte leise. »Ich bin bereits in erheblichen Schwierigkeiten.«

Camenae lächelte betont aufmunternd und zuversichtlich. »Ich kann Sie zu einem Ort bringen lassen, wo Sie für die Föderationsbehörden unerreichbar sind.«

»Wann?« krächzte Grede.

»Sobald Sie einige codierte Nachrichten für einen meiner Kunden gesendet und alle Aufzeichnungen gelöscht haben.«

Grede schien zu schrumpfen, als er Kopf und Schultern hängen ließ. Camenae wartete auf die Antwort des Technikers und ärgerte sich darüber, daß er so viel Zeit brauchte, um eine einfache Entscheidung zu treffen.

Schließlich murmelte er seine Zustimmung.

Commander Miyakawa legte zwei Kreditmarken neben ihr leeres Glas, bevor sie die Nische verließ. Aus Erfahrung wußte sie, daß es sinnlos war, zu versuchen, ihre Zeche zu bezahlen – diesen Kampf hatte sie schon vor einer ganzen Weile verloren. Statt dessen hinterließ sie ein großzügiges Trinkgeld für den Kellner.

Es handelte sich um gut investiertes Geld. Während der letzten Stunden hatte Miyakawa viele der Lücken in Captain Picards Bericht schließen können. Eigentlich blieb nur noch eine Frage unbeantwortet: *Warum hat er jene Informationen zurückgehalten?*

10

»T'Sara.« – Sie wollte nicht aus dem Traum erwachen, doch irgendwo in der externen Welt außerhalb ihres Bewußtseins erklang eine beharrliche Stimme. Immer wieder wurde ihr Name genannt, bis sie schließlich den Widerstand aufgab und die Augen öffnete.

»Seit einiger Zeit schlafen Sie sehr tief«, sagte der neben ihr kniende Mann. Sorrens Gesicht blieb ausdruckslos, doch es gelang ihm nicht, die Besorgnis aus der Stimme zu verbannen. T'Sara hoffte, daß er es nie ganz schaffte, das Feuer aus den dunklen, ausdrucksstarken Augen zu vertreiben.

Zwar erinnerte sich T'Sara an ein weiches Bett, doch jetzt stellte sie fest, daß sie aufrecht saß, mit einer harten Wand im Rücken.

»Ich habe geträumt, ein Mann zu sein und zu schlafen. Der Traum zeigte mir verrückte Vulkanier, die auf einem öden Planeten im Schmutz graben und nach verlorenen Wissensfragmenten suchen. Wenn jener Mann erwacht... Dann verflüchtigt sich mein Leben ebenso wie Stein und Mörtel um uns herum.«

»Sie verbringen zuviel Zeit in dieser Kammer.« Sorren runzelte unbewußt die Stirn und blickte zu der mumifizierten Gestalt auf dem Thron. »Ich fürchte die Toten nicht, doch ich strebe auch nicht danach, mit ihnen zusammenzusein.«

»Zu ihren Lebzeiten bot die Sammlerin nicht so angenehme Gesellschaft wie jetzt«, erwiderte T'Sara, bevor sie ihre Zunge unter Kontrolle bringen konnte.

Sorren bedachte sie mit einem strengen Blick. »Schon wieder ein Traum?«

T'Sara schloß die Hände fester ums Ko N'ya. Sorren hatte einmal versucht, es ihr wegzunehmen – als sie von Surak auf der Ishaya-Ebene berichtete. Logischerweise sollte ein junger, kräftiger Mann problemlos imstande sein, eine ältere Frau zu überwältigen, doch Sorrens Versuch, den Stein an sich zu bringen, blieb erfolglos.

»Nein, T'Sara, ich bin nicht deswegen gekommen«, sagte Sorren und deutete auf das Ko N'ya – er lehnte es nach wie vor ab, den Namen zu nennen. »Die Zeit für Diskussionen ist vorbei.«

»Was bedeutet das?«

»Die Ehre gebietet es mir, Sie von den Maßnahmen zu informieren, die wir gegen Sie ergriffen haben ...«

»Wir?« wiederholte T'Sara.

»Sohle, T'Challo und die anderen. Wir alle sind der Ansicht, daß Sie nicht mehr klar denken können und medizinische Hilfe benötigen. Heute morgen habe ich die Nachricht erhalten, daß ein Föderationsschiff beauftragt wurde, Sie nach Vulkan zu bringen.«

»Meine Kollegen an der Akademie der Wissenschaften werden Ihnen nicht dafür danken«, entgegnete T'Sara. »Seit über hundert Jahren halten sie mich für verrückt. Und selbst die wenigen Personen, die mir nicht ablehnend gegenüberstehen, wundern sich über meine Empathie in bezug auf fremde Kulturen. Es wäre ihnen gewiß lieber, wenn ich meine Phantasien auf eine kleine Gruppe von Studenten beschränken würde, so weit wie möglich von Vulkan entfernt.«

»Es gibt einen Unterschied zwischen unorthodoxen Methoden und Irrsinn. Ich habe Ihre Forschungen lange Zeit bewundert und respektiert. Außerdem bekam ich Gelegenheit, von Ihren Ausgrabungstechniken zu lernen, wofür ich sehr dankbar bin. Aber auch mir fiel es schwer, nicht die Geduld zu verlieren, während Sie Ihre Fähigkeiten an die Suche nach dem Ko N'ya vergeudeten. Und Ihr jüngstes Verhalten ...«

Waren Vulkanier immer so langatmig? T'Sara spürte, wie sie immer unruhiger wurde. Ihre hin und her driftenden Gedanken wandten sich einem früheren Hinweis des jungen Mannes zu.

»Sorren ...« Plötzliche Besorgnis verlieh ihrer Stimme einen scharfen Klang. »Haben Sie während des Kom-Kontakts das Ko N'ya erwähnt?«

»Was?« Er brauchte einige Sekunden, um sich zu orientieren. »Nur beiläufig.«

»Sie sollten sich von Ihrer Treue zu Logik und Rationalität nicht blenden lassen, Sorren. Bei vielen Völkern ist es üblich, auf der Grundlage von Emotionen zu handeln. Das Ko N'ya kann zu einem Fanal für die Habgierigen und Machthungrigen werden ...«

Sie schwieg plötzlich.

»T'Sara?«

Die Wände der Kammer waren dick genug, um keine Geräusche passieren zu lassen – T'Sara hörte die Schreie nicht, sondern fühlte sie eher. Damit einher ging ein Unbehagen vermittelndes Prickeln im mentalen Äther.

»Es ist etwas geschehen«, sagte sie.

»Ja«, bestätigte Sorren. »Ich habe es ebenfalls gespürt.«

Sie standen beide auf. Der jüngere und geschmeidigere Sorren lief sofort los, eilte durch den dunklen Tunnel, dem Licht entgegen.

T'Sara blieb weit hinter ihm zurück, obwohl sie ihrem alten Leib alles abverlangte. Sie nahm ihre ganze Kraft zusammen, als sie ebenfalls durch den Tunnel hastete. Schließlich erreichte sie die Öffnung in der Mauer und gelangte nach draußen. Eine heiße Mittagssonne brannte auf den weiten Platz herab.

»Sorren!«

Er stand einige Meter vor ihr, drehte sich nun um ... Seine Brust stand in Flammen. Entsetzen packte T'Sara, und sie begriff nicht sofort, was mit dem jungen Archäologen geschehen war. Schließlich wurde ihr klar: Ein Phaserstrahl hatte ihn getroffen und seinen Körper – die Leiche – gedreht. Sorren lebte bereits nicht mehr. Seine sterbliche Hülle fiel halb verbrannt zu Boden.

T'Sara sah in Kampfanzüge gehüllte Gestalten – große, grünhäutige Männer eilten ihr entgegen. Orioner standen in dem Ruf, unbarmherzig und grausam zu sein.

Die Expeditionsleiterin bekam keine Gelegenheit, in den Schatten des Turms zurückzukehren. Zwei sengend heiße Strahlen zuckten ihr entgegen.

T'Sara sank auf die Knie, als die destruktive Energie durch ihren Körper brannte, und für einen Sekundenbruchteil schrie etwas in ihr nach Rache. Allein mit ihrem Willen konnte sie die Angreifer töten. Ein mentaler Befehl genügte – der Stein würde gehorchen.

Nein. Nur eine törichte alte Frau wäre bereit, Suraks Weisheit noch länger zu ignorieren.

T'Sara öffnete die Hand und ließ das Ko N'ya fallen. Mit einem leisen Klirren prallte es auf den Boden, rollte anschließend erstaunlich schnell fort. Die Orioner sprangen ihm nach, und T'Sara krümmte sich mit einem letzten bewußten Gedanken zusammen.

Ich überlasse den Stein keinem lebenden Wesen.

Unter ihr löste sich der Wüstensand auf ...

... und wurde zu einer Matratze.

Der Mann fröstelte in der Kühle des Quartiers, zog die Decke bis zum Kinn hoch. Das Gefühl des brennenden Schmerzes in der Seite ließ nach, doch die Landschaft des Traums blieb fest ins Gedächtnis geprägt.

Ich bin ... Jean-Luc Picard.

Er hob die Lider und sah, wie T'Saras Stein auf dem Nachtschränkchen glänzte.

11

Das Summen wiederholte sich, wich dann der Stille. Das Schott blieb geschlossen.

Beverly Crusher fragte sich, ob sie den Türmelder noch einmal betätigen sollte. Sie kam sich allmählich komisch vor, so früh am Bordmorgen vor Jean-Lucs Kabine zu stehen. Das gemeinsame Frühstück mit dem Captain war zwar kein Geheimnis, aber sie wollte es vermeiden, die enge Beziehung zwischen Picard und ihr in den Mittelpunkt der allgemeinen Aufmerksamkeit zu rücken. Der Balanceakt zwischen Dienst und Freundschaft fiel ihr auch so schon schwer genug.

Sie wandte sich ab, und nach zwei Schritten glitt hinter ihr die Tür auf.

»Beverly?«

Die schläfrige Stimme bereitete sie auf den Anblick eines zerknitterten Pyjamas vor.

»Guten Morgen, Jean-Luc.«

Er blinzelte im hellen Licht des Korridors. »Entschuldige bitte. Ich habe bis spät in die Nacht hinein Berichte für Admiral Matasu und die vulkanische Akademie der Wissenschaften geschrieben. Außerdem hatte ich einen sehr seltsamen Traum ...«

»Lassen wir das Frühstück am besten ausfallen.«

»Nein, bitte komm herein.« Picard wich beiseite, damit Beverly eintreten konnte. »Ich möchte dir von dem Traum erzählen.«

Die Ärztin orderte Tee und Kekse am Replikator, während Picard im Schlafzimmer die Uniform anzog.

Als Beverly den Tisch gedeckt hatte, kehrte ein tadellos gekleideter und hellwacher Captain in den Wohnraum zurück.

»Das ist das Herz?« fragte Crusher und deutete auf das Objekt in Picards Händen. Worf hatte ihr am vergangenen Abend davon erzählt, als sie eine Schnittwunde in seiner Hand behandelte.

»Ja, das ist T'Saras Ko N'ya.« Picard sank neben der Ärztin aufs Sofa. »Beide erschienen mir im Traum.«

»Ich bin ganz Ohr.« Crusher trank Tee und hört aufmerksam zu, als Picard schilderte, auf welche Weise die Vulkanier gestorben waren. Während er sprach, drehte er den Stein hin und her, schien an der rauhen Oberfläche nach irgendeiner Stelle zu suchen, die Einblick ins Innere gewährte.

»Nun, Detektiv Hill«, sagte Beverly, als Picard seine Geschichte erzählt hatte, »dein Unterbewußtsein glaubt also, daß Orioner dahinterstecken.«

Der Captain sah vom Herzen auf. »Angesichts der Umstände dürfte ein solcher Schluß nicht sehr überraschend sein.«

»Du hast eine Chance von fünfzig Prozent, recht zu behalten«, sagte Crusher. Angeblich soll das Herz des Teufels dabei geholfen haben, ganze Imperien zu bauen, doch es wirkte wie ein ganz gewöhnlicher Stein. »Ob Orioner oder Ferengi für das Massaker die Verantwortung tragen – inzwischen sind sie nicht mehr am Leben.«

»Aber es gibt einen Mitschuldigen in der Starbase 193. Wir erreichen sie bald, und ich hoffe, daß wir durch das Überraschungsmoment in der Lage sind ...«

»Wie kann man sich für so ein Ding gegenseitig umbringen!« entfuhr es Crusher.

Picard hob die Brauen.

»Es ist so ... unscheinbar«, fügte Beverly hinzu. »Ich habe mir etwas viel Eindrucksvolleres vorgestellt.«

»Ein facettierter Rubin, so groß wie eine Wassermelone?«

»Etwas in der Art«, gestand die Ärztin und lachte.

»Wenn dies wirklich das Herz des Teufels ist, so hat es vor allem historischen Wert.«

Beverly beugte sich vor und flüsterte: »Was ist mit dem Talisman der Finsternis?«

Picard lächelte ein wenig verlegen. »Oh, ich gebe zu, daß die Legenden ein wenig melodramatisch sind, aber... Es ist auf jeden Fall ein faszinierender Gegenstand.«

»Wieso?«

Der Captain öffnete den Mund – und klappte ihn wieder zu. Nach kurzem Zögern sagte er: »Vielleicht liegt es in erster Linie an meiner überaus aktiven Phantasie, aber ich fühle etwas... Besonderes. Etwas, das sich nicht ohne weiteres in Worte kleiden läßt.« Er zuckte hilflos mit den Achseln. »Vielleicht ist Data imstande, die Eigenschaften des Objekts zu bestimmen.«

»Dies sollte Stoff genug geben, um einen interessanten Artikel für das archäologische Symposium zu schreiben. Nicht schlecht für einen Amateur.«

Die mangelnde Reaktion des Captains deutete darauf hin, daß er überhaupt nicht mehr zuhörte.

Picard sprang auf und war bereits auf halbem Wege zur Tür, als ihm einfiel, daß er Besuch hatte. »Oh, ich bitte um Entschuldigung, Beverly. Es ist nur... Data wartet darauf, daß ich ihm das Herz ins Laboratorium bringe.«

»Du hast doch noch gar nichts gegessen, Jean-Luc.« Mit einem kurzen Blick stellte die Ärztin fest, daß er nicht einmal einen Schluck Tee getrunken hatte.

»Ich habe keinen Hunger. Nein, wirklich nicht.«

»Nun, da ergeht's dir anders als mir. Hast du was dagegen, wenn ich hierbleibe und zu Ende frühstücke?«

Picard errötete. »Bitte, fühl dich ganz wie zu Hause.«

In der Tür verharrte er kurz. »Was hältst du morgen von einem gemeinsamen Abendessen?«

»Ja, gute Idee ...«

Picard war bereits fort.

»Das könnte eine Weile dauern«, sagte Data, als er den Stein vorsichtig auf eine Abtasterplatte legte.

Picard reckte den Hals, beobachtete jede einzelne Bewegung des Androiden. »Trotzdem würde ich Ihnen gern zuschauen.«

»Wie Sie wünschen, Sir.« Das Gewicht des zu untersuchenden Gegenstands entlockte der zuständigen Konsole ein mehrfaches leises Zirpen. Data berührte einige Schaltflächen und nahm eine Rejustierung vor.

Während der Androide die ersten Analysegeräte über der Platte positionierte, begann er mit einer Erklärung des Vorgangs. Diesmal schien der Captain detaillierte Informationen willkommen zu heißen; leider war das nicht immer der Fall.

»Ich kombiniere drei verschiedene Meßmethoden«, erläuterte Data und bereitete den dritten Sensor vor. »Dadurch sollte es möglich sein, das Alter des Steins auf plus minus hundert Jahre zu bestimmen.«

Zahlen wanderten über Monitore. Data rechnete, doch das Ergebnis stellte ihn offenbar nicht zufrieden.

»Stimmt etwas nicht?« fragte der Captain und trat ein wenig näher. »Was haben Sie festgestellt?«

»Nach der ersten Datierung ist das Objekt nur etwa achthundert bis tausend Jahre alt. Das steht in einem offensichtlichen Widerspruch zu den Legenden, die behaupten, das Ko N'ya sei viel älter.«

Picard schwieg einige Sekunden lang. »Ich schlage vor, Sie wiederholen die Messungen.«

»Gewiß, Captain. Wie Sie wünschen.«

Der Androide betätigte Kontrollen und leitete den zweiten Datierungsversuch ein.

»Was haben Sie sonst herausgefunden?« fragte Picard.

»Nach der Meir-Delaplace-Analyse besteht das Objekt aus einer gewöhnlichen kristallinen Form von Siliziumdioxid und metamorphem Sandstein…«

»Data!« Diese Antwort schien dem Captain nicht zu gefallen. »T'Sara hat nicht hundert Jahre ihres Lebens damit verbracht, nach einem ganz normalen Stein zu suchen. Das Ko N'ya mag so aussehen, aber es… es ist mehr. In vielen Überlieferungen wird darauf hingewiesen, dieses Relikt sei mit ungewöhnlichen Fähigkeiten ausgestattet. Zum Beispiel seine Wärme. Was hat es damit auf sich?«

»Ich stelle keinen Temperaturunterschied zwischen dem Objekt und unserer Umgebung fest«, antwortete Data und runzelte die Stirn, weil er das für angemessen erachtete.

»Als ich den Stein vorhin in der Hand hielt, fühlte er sich warm an.« Picard schob die Analysegeräte beiseite und griff nach dem Herzen. »Das ist auch jetzt der Fall.«

»Tatsächlich?« Data blickte auf die Displays und individuellen Einstellungen der Geräte. Er fand keine wissenschaftliche Basis für die Wahrnehmung des Captains. »Wenn Sie den Stein bitte halten würden, während ich die Untersuchung wiederhole…«

»Wenn ich damit den Beweis erbringen kann, daß das Herz wirklich etwas Besonderes darstellt…«

Bevor Data die Geräte reaktivieren konnte, klang eine Stimme aus den Kom-Lautsprechern.

»Riker an Captain Picard.«

»Hier Picard.«

»Starbase 193 hat sich mit uns in Verbindung gesetzt. Commander Miyakawa möchte mit Ihnen sprechen. Es geht um Ihren Missionsbericht.«

»Öffnen Sie einen Kom-Kanal zum Bereitschaftsraum, Nummer Eins.« Picard winkte Data kurz zu. »Ich glaube, Sie müssen allein weitermachen.«

»Captain?«

»Ja?«

»Ich würde die Analyse des ... Objekts gern fortsetzen.« Er deutete auf den Stein in Picards Armbeuge.

Der Captain blieb abrupt stehen. »O ja, natürlich.«

Data nahm den Gegenstand entgegen, hielt ihn in beiden Händen und wartete.

Der Stein erwärmte sich nicht.

»*Qué pasa,* Picard?« Estrella Miyakawa rollte noch immer das r in seinem Namen, doch ihr mexikanischer Akzent hatte im Lauf der Zeit nachgelassen. Er betrachtete ihr Abbild auf dem Schreibtischmonitor und bemerkte einige graue Strähnen im schwarzen Haar der Kommandantin. Abgesehen davon schienen die Jahre spurlos an ihr vorübergegangen zu sein.

»Estoy bien«, erwiderte Picard. Sie hatte ihn damals Spanisch gelehrt, als Gegenleistung für seine Bemühungen, ihr die Differentialgleichung näherzubringen. Nun, er lernte ihre Sprache nie, und sie fiel beim Mathematikkurs an der Akademie durch.

»Warum haben Sie mir einen Missionsbericht geschickt, der auf einem Stecknadelkopf Platz findet?«

Auch daran hatten die Jahre nichts geändert: an ihrer direkten Offenheit. »Vielleicht habe ich mich wirklich ein wenig zu knapp ausgedrückt«, sagte Picard und lächelte betont freundlich.

Miyakawa lachte. »Seit Sie Atropos verlassen haben, sind Sie ganz offensichtlich bemüht, so wenige Informationen wie möglich preiszugeben, Captain. Ich würde gern den Grund dafür erfahren.«

»Mein Bericht über das in Not geratene Ferengi-Schiff ...«

»... ließ die Zerstörung des orionischen Raumers *Dunkler Sprinter* unerwähnt.«

»Woher wissen Sie das?« fragte Picard.

»In diesem Sektor sprechen sich Neuigkeiten schnell herum. Obwohl ich hinzufügen sollte: Als Kommandantin bin ich wahrscheinlich die letzte Person in der Starbase gewesen, die davon erfahren hat. Haben Sie eine Ahnung, wieso es zu dem Kampf kam? Oder wollen Sie das lieber für sich behalten?«

Picard seufzte, als er die zunehmende Bitterkeit in Miyakawas Stimme hörte. Wenn er auch weiterhin versuchte, Dinge geheimzuhalten, so schuf er Distanz zu seinem einzigen Verbündeten in der Starbase. Ganz zu schweigen davon, daß er einen alten Freund verlor. »Estrella ... Ich habe Grund zu der Annahme, daß die Sicherheit Ihres Kommunikationssystems nicht mehr gewährleistet ist. Daher möchte ich lieber darauf verzichten, Einzelheiten der Mission zu nennen.«

»Ich habe eine ziemlich klare Vorstellung davon, wer das Kom-System manipuliert hat«, erwiderte Miyakawa grimmig. »Einer meiner Techniker namens Thomas Grede. Unglücklicherweise fiel Mr. Grede gestern abend einem Unfall zum Opfer. Als er den Dienst beendete, wählte er die falsche Abzweigung und trat aus einer Luftschleuse.«

»Er wurde ermordet.«

»Danke, Jean-Luc – diese Möglichkeit kam mir bereits in den Sinn. Details erfahren Sie, sobald Sie hier sind.«

Soviel zum Überraschungsmoment. »Woher wissen Sie, daß die *Enterprise* zur Starbase 193 fliegt?«

»Aus den üblichen Stationskanälen«, erwiderte Miyakawa und lächelte schief. »Ich hab's in einer Kneipe gehört.«

»Natürlich ist es nicht irgendeine Kneipe«, erklärte die Kommandantin später, als sie zusammen mit Picard die Tür des Bezahl-oder-Stirb passierte. »Die Bar gehört Camenae, und allein dieser Umstand sorgt für einen großen Unterschied.«

Es hielten sich viele Personen in dem halbdunklen Raum auf – ein freier Tisch ließ sich nirgends entdecken. Ein Kellner winkte die beiden Neuankömmlinge zu einer Nische. Zwei Tellariten und ein Andorianer griffen nach ihren Gläsern und hasteten fort.

Picard hörte ihre gemurmelten Flüche, als Miyakawa und er in der Nische Platz nahmen. Ein anderer Wächter kam mit zwei Gläsern Synthehol und verschwand wieder.

»Sind das die hiesigen Kommando-Privilegien?« fragte Picard.

»Einige davon.« Miyakawa seufzte. »Aus mir noch immer rätselhaften Gründen möchte Camenae den Anschein wahren, daß ich in dieser Starbase einen Machtfaktor repräsentiere. Vielleicht finden die Touristen Trost an der Illusion von Recht und Ordnung.«

»So zynisch sind Sie an der Akademie nicht gewesen.«

Die Frau zuckte mit den Achseln und nickte in Richtung der Gäste. Mehrere Ferengi hockten in einer Ecke, Orioner in einer anderen. Zwischen den beiden Gruppen zählte Picard die Angehörigen von mindestens zehn verschiedenen Völkern – keins von ihnen war für Pazifismus oder eine besonders hoch entwickelte Ethik bekannt.

»Ich bin der einzige Starfleet-Offizier und arbeite in einer Lasterhöhle, in der es von Schmugglern, Dieben und Halsabschneidern wimmelt. Wahrscheinlich geht's mit mir auf eine ähnliche Weise zu Ende wie mit Thomas Grede – irgendwann trete ich auf der falschen Seite aus einer Luftschleuse.« Miyakawa leerte ihr Glas in einem Zug. »Natürlich gebe ich mir auch weiterhin Mühe, trotz der widrigen Umstände. Aber Camenae hat mich gern, und deshalb hält sie Kompromittierendes von mir fern.«

»Wer ist Camenae?« erkundigte sich Picard.

»Offiziell nur eine von vielen Bewohnern der Starbase. Doch inoffiziell ... Ich glaube, sie trifft hier die wichtigsten Entscheidungen. Ich kontrolliere vielleicht die technischen Aspekte der Raumstation, die Wartungspläne und so weiter. Doch Camenae bestimmt über alle anderen Angelegenheiten. Sie weiß immer, was in diesem Raumsektor geschieht. Wenn jemand Informationen möchte, so wendet er sich an Camenae und kauft sie. Wenn jemand bestimmte Dinge erledigen lassen möchte – Camenae regelt alles, wenn man ihren Preis bezahlen kann.«

»Gehört auch Mord dazu?«

»Da bin ich ziemlich sicher.« Miyakawa runzelte die Stirn und schüttelte dann den Kopf. »Allerdings glaube ich nicht, daß sie Gredes Tod angeordnet hat. Es war ein mieser Job. Camenae hätte nicht zugelassen, daß einer ihrer Informanten auf so offensichtliche Weise umgebracht wird.«

»Aber sie weiß, wer dahintersteckt?«

»Ja. Allerdings habe ich keine Möglichkeit, entsprechende Auskünfte von ihr zu bekommen. Und solange Camenae nicht das Signal gibt, ist niemand in der Starbase bereit, über Gredes Tod zu reden.«

»Soll das heißen, daß der Mörder ungeschoren davonkommt?« fragte Picard empört.

»Ohne Beweise und Zeugen kann ich nichts unternehmen und muß ...«

Miyakawa unterbrach sich, als es krachte. Flüche erklangen, sowohl auf Ferengi als auch in Föderationsstandard.

»Nichts!« heulte der Ferengi, der einen großen Stuhl umgestoßen hatte. Er torkelte, schien sich kaum auf den Beinen halten zu können. »Bruk hat im Wrack überhaupt nichts gefunden – abgesehen von der Leiche meines Bruders!«

Einer seiner Begleiter versuchte, ihn zu beruhigen, doch der Ferengi stieß die mahnende Hand beiseite.

»Die Bergungsaktion treibt mich in den Ruin. Und wozu das alles? Die Reste von Maarcs Schiff lassen sich höchstens als Schrott verkaufen, und außerdem muß ich für die hohen Bestattungskosten der Crew aufkommen.«

»Ich glaube, ich bin seinem Bruder begegnet«, sagte Picard leise. »Wir sollten besser gehen.«

»Aha!« Der Ferengi starrte zur Nische. »Der Captain der *Enterprise* ist gekommen, um mich zu verspotten.«

»Zu spät, Jean-Luc«, seufzte Miyakawa, als der etwa fünfzig Kilo schwere – beziehungsweise leichte – Ferengi näher wankte. Zuviel Synthehol und jede Menge Zorn hatten sowohl das breite Gesicht als auch die großen Ohren rot gefärbt.

»Sie waren dort, Dieb!« Der Zeigefinger klopfte mehrmals an Picards Brust. »Geben Sie zurück, was mir gehört, was Sie meinem Bruder stahlen!«

Bevor der Captain Antwort geben konnte, senkte sich eine dunkle Hand auf die Schulter des Ferengi hinab. Die Frau griff fest genug zu, um weitere Vorwürfe zu unterbinden.

»DaiMon Tork…«, sagte sie ruhig. »Ich erwarte von meinen Kunden und Gästen, daß sie bei ihren privaten Geschäften mehr Takt walten lassen.«

Das war also Camenae.

Die Frau wandte ihre Aufmerksamkeit Picard zu, und der Captain nahm erstaunt die Intensität ihres Blicks zur Kenntnis. Ihr Gesicht wirkte auf eine seltsame Weise vertraut.

»Willkommen im Bezahl-oder-Stirb, Captain Picard. Ich entschuldige mich für die Belästigung.«

Der Ferengi gab ein leises, protestierendes Quieken von sich.

»DaiMon Tork«, sagte Picard, laut genug, um von allen Personen in der Bar gehört zu werden, »Sie haben mein Wort, daß wir an Bord des Wracks keine Dinge an uns nahmen, die den Ferengi gehören.«

Camenaes Lippen deuteten ein Lächeln an, und sie ließ Tork los.

»Wie ich es mir dachte«, stöhnte der DaiMon. Er verlor das Gleichgewicht, fiel und rieb sich die schmerzende Schulter. »Nur Schrott und Bestattungskosten.«

Camenae schnappte mit den Fingern und bedeutete den anderen Ferengi, Tork fortzutragen. Sie kamen der Aufforderung sofort nach.

Das Gefühl der Vertrautheit verdichtete sich. »Sind wir uns schon einmal begegnet?«

»Sie enttäuschen mich, Captain Picard. Ich hätte erwartet, daß Sie unser Gespräch auf eine originellere Weise beginnen.«

En garde.

Vielleicht zog sie Direktheit vor. »Commander Miyakawa hat mir mitgeteilt, daß Sie im Informationsgeschäft tätig sind. Ich möchte zu einem Ihrer Kunden werden.«

»Das ist eine bessere Taktik«, erwiderte Camenae. »Leider hat Starfleet kein Konto bei mir, und derzeit akzeptiere ich keine neuen Kunden. Ich setze Sie auf die Warteliste, wenn Sie möchten.«

Ausfall und parieren.

»Ich lege großen Wert auf die Möglichkeit, allein mit Ihnen zu reden«, betonte Picard. »Über Thomas Grede.«

Camenae schüttelte sanft den Kopf. »Ich habe Ihnen nichts zu sagen, das nicht auch hier in diesem Raum ausgesprochen werden kann. Private Treffen mit Starfleet-Offizieren schaden meinem Ruf.« *Touché.* »Wenn Sie mich jetzt bitte entschuldigen würden, Captain ... Ich muß zurück zur Arbeit.«

Sie glitt fort.

Das Erinnerungsbild von Camenaes rauchfarbenen Augen begleitete Picard auf dem Rückweg zur *Enterprise.* Als er im hell erleuchteten Bereitschaftsraum stand, begriff der Captain: Seine Eindrücke vom Bezahl-oder-Stirb und der sonderbaren Eigentümerin des Lokals ließen sich nicht in Worte fassen. Er beschränkte sich darauf, dem Ersten Offizier allein die nüchternen Tatsachen zu schildern.

»Das ist alles?« Riker lehnte sich zurück und musterte Picard. »Grede fiel unter unbekannten Umständen einem Unfall zum Opfer?«

Der Captain griff nach der Rückenlehne seines Schreibtischsessels. Er setzte sich nicht, weil er jeden Augenblick mit einer Mitteilung rechnete, die ihn in eine andere Sektion des Schiffes rief. »Miyakawas Situationsbewertung behagt mir ebensowenig wie Ihnen. Allerdings habe ich nach dem Besuch der Starbase 193 eine bessere Vorstellung von den besonderen Problemen der Kommandantin. Die Föderation kontrolliert diesen Raumbereich erst seit kurzer Zeit, und deshalb bleiben gewisse Schwierigkeiten nicht aus.«

Riker hob die Hand und zählte die einzelnen Punkte an den Fingern ab. »Die Orioner können nicht zur Rechenschaft gezogen werden, weil sie von den Ferengi umgebracht wurden. Der Kommunikationstechniker, der die Nachricht vom Fund des Herzens weitergab, ist zufälligerweise gestorben und kann daher keine Fragen mehr beantworten. Woraus folgt: Die Ermordung der zehn Vulkanier auf Atropos muß leider zu den Akten gelegt werden.«

»Es paßt alles viel zu gut zusammen«, sagte Picard. Die Mitteilung war noch immer nicht eingetroffen, und allmählich wurde er ungeduldig.

»Was unternehmen wir jetzt?« fragte Riker.

Picard wußte es zu schätzen, daß der Erste Offizier in einem neutralen Tonfall sprach. Immerhin: Mit Warp acht konnte die *Enterprise* Luxor IV noch rechtzeitig erreichen. »Ich habe Commander Miyakawa versprochen, daß wir noch vierundzwanzig Stunden in der Nähe bleiben. Es kann sicher nicht schaden, wenn Starfleet ein wenig Macht in diesem Sektor demonstriert.«

»Da bin ich ganz Ihrer Meinung, Sir.« Es klang ehrlich, trotz des damit verbundenen persönlichen Opfers. Picard wußte: Riker verabscheute es, wenn Verbrechen ohne Strafe blieben. »Wenn Sie Landurlaub für einen Teil der Crew in Erwägung ziehen ...«

»Ich schlage vor, wir setzen unser Gespräch später fort, Nummer Eins.« Fast hastig trat Picard hinter dem Schreibtisch hervor. »Inzwischen hätte ich Datas Bericht über die Untersuchung des Ko N'ya erhalten sollen.«

Er gab dem Ersten Offizier gar keine Gelegenheit, ihm zu antworten, eilte zur Tür und verließ den Bereitschaftsraum.

Data akzeptierte es als ein Prinzip seiner Konstruktionsstruktur, daß er keine Gefühle hatte. Deshalb konnte er einen weiteren Analyseprozeß einleiten, ohne frustriert oder verärgert zu sein. Doch aufgrund seiner Erfahrungen mit den Besatzungsmitgliedern der *Enterprise* wußte der Androide, daß er als vollorganisches Wesen mit solchen Empfindungen reagiert hätte.

Er brachte die Geräte über der Abtasterplatte in Position und beobachtete dabei seine eigenen Bewegungen, um Abweichungen im Vergleich mit den vorherigen Untersuchungen sofort festzustellen. Nein, es gab keine Unterschiede. Er wiederholte das Bewegungsmuster nun zum vierten Mal, und zwar mit der gleichen Präzision wie zuvor.

Data führte die Messungen erneut durch.

Ein neues Ergebnis erschien auf dem Bildschirm, und zwar im wahrsten Sinne des Wortes – es war wirklich *neu.* Immer wieder ergaben sich andere Werte für das Alter des Objekts.

Nichts deutete darauf hin, daß ein weiterer Datierungsversuch erfolgreicher verlief als die bisherigen, woraus Data schloß: Es mußte eine neue Untersuchungsmethode entwickelt werden. Leider wußte er nicht, wie sie beschaffen sein sollte.

Der Androide dachte gerade über das Phänomen wissenschaftlicher Inspiration nach, als sich die Tür öffnete und Captain Picard mit langen Schritten hereinkam. Sein Gesicht wirkte sehr ernst, und Data vermutete, daß keine Notwendigkeit für den Austausch von Höflichkeitsfloskeln bestand. Er kam sofort zur Sache und schilderte die Probleme des Forschungsprojekts.

Picards Züge verhärteten sich, während er zuhörte.

»Der größte ermittelte Wert beläuft sich auf zwanzig Millionen Jahre«, fuhr Data fort. »Das paßt zu der Theorie, nach der das Herz des Teufels bereits vor langer, langer Zeit existierte. Allerdings lassen die Unterschiede bei den einzelnen Messungen Zweifel daran aufkommen, ob die ermittelten Werte zuverlässig sind.«

»Offenbar gibt es Fehlfunktionen bei den Analysegeräten, Mr. Data«, entgegnete Picard. Er nahm den Stein von der Platte, drehte ihn und hielt nach irgendwelchen Beschädigungen Ausschau.

»Nach jedem Analysevorgang habe ich die Diagnoseprogramme gestartet und die Geräte getestet. Nichts deutet auf irgendeine Fehlfunktion hin. Hinzu kommt, daß vergleichende Analysen anderer Gegenstände einwandfrei verliefen und genau die richtigen Werte ergaben. Woraus folgt: In dem Objekt existiert eine Substanz, die den Untersuchungsvorgang beeinflußt.«

»Zu Anfang haben Sie behauptet, das Ko N'ya sei nur ein Stein.« Data zuckte andeutungsweise mit den Achseln. »Allem Anschein nach ist auch die Analyse der chemischen Struktur fehlerhaft und muß wiederholt werden.«

Er streckte den Arm aus, um nach dem Herzen des Teufels zu greifen, doch Picard wich einen Schritt zurück. »Ich glaube, wir sollten mit weiteren Untersuchungen warten, bis Sie die technischen Probleme bei den hiesigen Instrumenten gelöst haben.«

»Captain, das Objekt könnte sehr nützlich sein, um...«

Picard trat einen weiteren Schritt fort. »Solange Sie nicht wissen, wo der Fehler liegt... Ich kann keine Beschädigung des Herzens riskieren.« Der Stein ruhte nun wieder in seiner Armbeuge. »Er bleibt bis auf weiteres in meiner Unterkunft.«

Data fragte sich, welches Gefühl für seine aktuelle Situation angemessen wäre. Die Antwort fiel ihm ein, nachdem der Captain das Laboratorium verlassen hatte: Verzweiflung.

Wie fühlte sich so etwas an?

12

In jeder Nacht wurde das Bezahl-oder-Stirb für eine Stunde geschlossen, um den gröbsten Schmutz zu entfernen. Dann schob man murrende Gäste hinaus in den Korridor oder trug sie fort, wenn sie nicht mehr gehen konnten. Es war ein offenes Geheimnis in der Starbase, daß der in Camenaes Lokal ausgeschenkte Synthehol ungewöhnlich stark wirkte, wenn man dem Barkeeper ein gutes Trinkgeld gab.

Bei anderen geschäftlichen Aktivitäten blieben derartige Unterbrechungen aus. Während Orlev Flecken von der zerkratzten Theke wischte, saß Camenae auf einem Barhocker und erwartete geduldig die Ankunft eines Mitarbeiters.

»In letzter Zeit haben wir sehr viel zu tun«, meinte der Barkeeper, als er einige Gläser einsammelte.

Camenae vernahm das leise Klagen in seiner Stimme und seufzte zustimmend. »Zehn Jahre lang haben wir über die alte Vulkanierin und ihre Suche nach einem mythischen Schatz gelacht – jetzt stehen wir ziemlich dumm da. T'Sara hat das verdammte Herz tatsächlich gefunden und dadurch den ganzen Sektor in Aufruhr versetzt.«

Das allgemeine Gerangel um den seltsamen Stein erhöhte auch Camenaes Einnahmen, aber sie mißtraute kurzfristigen Profiten. Immer waren Risiken mit solchen Gewinnen verbunden, und außerdem gingen sie mit einer Zunahme der Kosten einher.

Zum Beispiel die Sache mit Thomas Grede.

Sie hatte versprochen, ihn in Sicherheit zu bringen, und für gewöhnlich hielt sie ihr Wort. Nicht erfüllte Verträge beeinträchtigten den Ruf, schadeten somit dem Geschäft.

Ein warnendes Pfeifen von Kajima kündigte jemanden an. »Der Squib«, erklang die Stimme des Wächters, nachdem er das von der Sicherheitskamera übertragene Bild geprüft hatte.

Camenae nickte und rutschte vom Barhocker. Der Norsikaner wußte, worauf es ankam: Er wartete, bis sie ihr Büro erreicht hatte, bevor er die Eingangstür entriegelte.

Die Frau saß an ihrem üblichen Platz, als sie das Klicken von Chitinfüßen auf dem Metalldeck hörte. Krtakk näherte sich und grüßte, indem er die Augenstiele krümmte. Er arbeitete lange genug für Camenae, um keine Zeit zu vergeuden und sofort auf den Kern der Sache zu kommen. »Ihre Vermutungen waren richtig, Camenae«, sagte das Geschöpf zirpend. »Lord Reyjadán hat die Transportpapiere von Grede gestohlen und freie Passage an Bord der *Villareal* erhalten, bis hin nach Schmelzergriff.«

»Und danach?«

Das Exoskelett des Fremden knisterte leise, als sich der Leib nach unten und dann wieder nach oben neigte – die Geste deutete auf einen Mißerfolg hin. »Nachdem der unDiWahn die *Villareal* verließ, konnte ich keine Spur mehr von ihm entdecken. Er ist irgendwo in Schmelzergriff untergetaucht, und es kostet sicher viel Geld herauszufinden, wer ihn versteckt.«

»Setzen Sie die Suche fort, ungeachtet aller Kosten.«

Der Squib ließ ein bestätigendes Zirpen erklingen. »Da wäre noch etwas. Grede sollte alle Hinweise auf die Kom-Botschaften des Fremden beseitigen, doch der neue Kommunikationstechniker entdeckte ein Fragment, das nicht von anderen Daten überschrieben wurde.« Krtakk hüpfte aufgeregt. »Das Unterfangen kostete eine Menge Geld und erbrachte ein eher enttäuschendes Resultat.«

»Ich möchte es trotzdem hören«, sagte Camenae und seufzte resigniert – ihre Vergeltung verursachte immer höhere Kosten.

Ein Tentakel wölbte sich über den Schreibtisch und ließ einen kleinen Vocoder in Camenaes Hand fallen. Die Frau betätigte eine Taste, woraufhin eine Stimme aus dem Lautsprecher drang.

»... ist zu Ende. Das Juwel wurde gefunden, und erneut steht es den ...«

Das war alles. Nur einige wenige Worte, die doch eine Menge verrieten ...

»Danke, Krtakk. Sie haben gute Arbeit geleistet.«

Der Squib quiekte, überrascht von dem Lob. Er eilte fort, freute sich dabei mit leisem, zirpendem Murmeln über sein Glück.

Camenae hörte sich die kurze Aufzeichnung mehrmals an, achtete dabei nicht auf die Worte, sondern lauschte vor allem der Stimme. Die Botschaft selbst spielte eine geringere Rolle als die Art und Weise ihrer Formulierung. Reyjadán sprach in einwandfreiem Föderationsstandard; es fehlte nun das schlangenartige Zischen, das er bei der Begegnung mit Camenae verwendet hatte.

Ich habe den unDiWahn unterschätzt, dachte sie. *Und der arme Grede mußte dafür büßen.*

Manche Männer wurden im Alter dick, doch der Erste Präfekt, Lorris, blieb schlank und setzte kein Fett an, als Jahrzehnt um Jahrzehnt verging. Mit neunzig Jahren waren seine Augen noch immer scharf, und die spitzen Ohren überhörten nichts, weder Klatsch noch leise Verleumdungen. In seinem trockenen Lachen ließ sich eine dolchartige Schärfe vernehmen. Wenn Lorris' Reflexe nachgelassen hatten, so verbarg er diesen Umstand unter einer dicken Patina aus erhabener Würde.

Das einzige Zugeständnis ans Alter bestand darin, daß er Störungen und Unordnung weniger geduldig ertrug als früher. Während die Familie Generation um Generation wuchs, zog er sich immer häufiger in die Bibliothek zurück, um dort Ruhe zu genießen.

Eines Morgens, als der Präfekt sein Sanktuarium betrat, fand er dort bereits jemanden vor. Der Ärger über die Verletzung seiner Privatsphäre verflog, als er den uniformierten Besucher erkannte. Subcommander Vedoc stand wie angewurzelt an einem der höchsten Bücherregale und las in einem Band. Er war so sehr auf die Lektüre konzentriert, daß ihm das Geräusch von Lorris' Schritten entging.

»Für einen Soldaten bringst du der Geschichte erstaunlich großes Interesse entgegen, Neffe.«

Der junge Mann drehte sich ruckartig um. Er lächelte und neigte kurz den Kopf, deutete damit ein Nicken ein, das sowohl auf die Verwandtschaft hinwies als auch auf den Rangunterschied. »Ich kann deiner Bibliothek unmöglich widerstehen, Onkel. Häufig habe ich meinen ganzen Landurlaub in diesem Raum verbracht.«

»Ha! Wenn dir deine berufliche Laufbahn am Herzen liegt, solltest du zusammen mit deinen Schiffskameraden herumhuren und trinken.« Der Präfekt sank in einen großen Sessel in der Mitte des Raums und winkte den Sohn seiner Schwester näher. »Zu Anfang des Reiches verglich man Offiziere mit gewöhnlichen Halsabschneidern, wenn sie nicht über Kunst, Musik und Literatur Bescheid wußten. Diese Zeiten sind vorbei. Die meisten meiner Kollegen sind entweder Söldner oder Bürokraten. Vermutlich halten sie mich für exzentrisch.«

»Offenbar komme ich nach dir.«

»Es gibt Schlimmeres«, erwiderte Lorris und rümpfte

die Nase. Er hatte Vedoc immer sehr gemocht, sogar mehr als seine eigenen Nachkommen.

Eine Idee formte sich in ihm, und innerhalb weniger Sekunden, wie ein Commander in der Schlacht, entwickelte er eine geeignete Angriffsstrategie. »Das Buch in deinen Händen ist Schmuggelware.«

Der junge Mann blickte erstaunt darauf hinab. »Wenn das stimmt… Wie gelangte es dann in deinen Besitz, Onkel?«

Lorris lachte leise über die Naivität seines Neffen. »Einer der Vorteile eines hohen militärischen Rangs besteht darin, daß man Kontakte zu zwielichtigen Elementen knüpfen kann. Damit meine ich zum Beispiel die Ferengi. Ein abscheuliches Volk. Doch manchmal kann es auch recht nützlich sein.«

»Soll das heißen, du hast Ferengi für den Schmuggel von Büchern bezahlt?«

»Ja«, gestand der ältere Mann freimütig. »Ich habe die Ferengi für Bücher bezahlt. Und Bücher mit ihnen getauscht. In der Föderation gibt es Leute, die sich für romulanische Dinge interessieren.« Lorris deutete auf den Band, der noch immer in den Händen seines Neffen ruhte. »Der Autorin dieses Buches habe ich als Zenturio ein Werk über die frühe Geschichte des romulanischen Volkes zur Verfügung gestellt.«

»Deine Bibliothek enthält mehrere Bücher von ihr«, sagte Vedoc. »Sie ist eine Gelehrte, die Respekt verdient.«

»Sie *war* es. Ich habe gehört, daß T'Sara vor einigen Tagen starb.«

»Eines natürlichen Todes?«

»Vielleicht.« Lorris hob und senkte die Schultern. »Sie muß fast dreihundert Jahre alt gewesen sein. Nun, aus dem Bericht geht hervor, daß sie zusammen mit einigen anderen Vulkaniern ums Leben kam. Dieser Umstand deutet auf eine gewaltsame Ursache hin.«

»Ihr Tod ist zweifellos ein großer Verlust für die Wissenschaft der Föderation.«

»Da bin ich ganz deiner Ansicht. Allerdings schätzen die Vulkanier T'Sara nicht so sehr wie wir. Ihr Verständnis für das emotionale Potential anderer Völker war ihnen nicht geheuer.«

Der junge Mann runzelte die Stirn. »Es gibt viele Aspekte der vulkanischen Kultur, die ich nicht verstehe.«

»Vulkanier sind langweilig, Vedoc. Ihre Philosophie der Logik läßt keinen Platz für jene Laster, die das Leben überhaupt erst lebenswert machen.« Es wurde Zeit, die Lage zu sondieren. Lorris seufzte tief und fügte hinzu: »In meinem Alter habe ich nur noch ein Laster: Neugier. Ich möchte wissen, wie T'Sara starb und was aus ihren Forschungen in Hinsicht auf unsere Legenden wurde. Ich suche Antworten, die vielleicht nur dazu dienen, mich zufriedenzustellen. Aber vielleicht haben sie auch … größere Bedeutung.«

Vedoc hob die Brauen. Das Gespräch hatte jetzt eindeutig sein Interesse geweckt.

»Ich habe gewissen Einfluß beim Prätor«, fuhr der Erste Präfekt fort. »Darüber hinaus steht er in meiner Schuld, da ich ihm bei einigen persönlichen Angelegenheiten geholfen habe. Er hat sich bereit erklärt, eine Kriegsschwalbe durch die Neutrale Zone zu schicken, um Ermittlungen anzustellen.«

Aus dem Interesse des Neffen wurde Besorgnis. »Der Prätor zieht in Erwägung, wegen dieser Sache gegen den Vertrag über die Neutrale Zone zu verstoßen?«

»Für eine Chance, das Ko N'ya zu besitzen, wäre der Prätor zu allem fähig.« Lorris gluckste. »Besser gesagt: Er wäre fähig, alle notwendigen Befehle zu erteilen.«

»Das Ko N'ya«, flüsterte der junge Mann. Es war warm in der Bibliothek, doch Vedoc schauderte so heftig, als stünde er in einem eiskalten Windzug. »Ein Mythos, direkt aus der Gruft der Toten.«

»Du hast eine ziemlich lebhafte Phantasie, Vedoc. Nun, mir ging's in deinem Alter ebenso. Der Dienst beim Militär wird dich lehren, diese Begabung in vernünftigere Kanäle zu lenken.«

Vedoc nahm Haltung an – eine taktvolle Reaktion, die ihn zu nichts verpflichtete.

Genug der Mehrdeutigkeiten, entschied Lorris. Er brauchte noch ein wenig Zeit für die praktischen Aspekte dieser Änderung des Plans. »Ich würde die Mission gern von jemandem leiten lassen, der in direkter Verbindung mit den Interessen unserer Familie steht.«

Vedoc wußte natürlich sofort, wen er meinte. »Kannst du meine Versetzung zu der betreffenden Kriegsschwalbe veranlassen?«

»Selbstverständlich.« Der Erste Präfekt lächelte. »Es gibt viele Leute, die mir einen Gefallen schuldig sind.«

»Dann stehe ich hiermit unter deinem Kommando, Onkel.«

»Gut. Bereite dich darauf vor, das Haus innerhalb der nächsten Stunde zu verlassen.« Der Mut seines Neffen beeindruckte Lorris. Eines Tages würde Vedoc bestimmt ein guter Präfekt werden und der Familie damit noch mehr Ehre einbringen.

Vorausgesetzt natürlich, er überlebte diese Mission.

Die Teilnehmer an der Versammlung fanden sich ein, als der erste Mond von DiWahn am düsteren Himmel emporkletterte. In Umhänge gehüllte Gestalten kamen aus Häusern und Tavernen, schritten zum Gateway-Tempel. Weite Kapuzen verbargen die Gesichter derjenigen, die sich unDiWahn nannten. Einige von ihnen wanderten allein, andere zu zweit oder in kleinen Gruppen. Doch als sie den großen, mit Platten ausgelegten Platz erreichten, in dessen Mitte sich der Turm erhob, wurde aus ihnen allen die Gemeinschaft der Gläubigen.

Wer nicht dazugehörte, blieb zu Hause und zitterte. Nie zuvor hatte es eine so große Versammlung gegeben. Offenbar waren alle Wächter auf dem Planeten nach Iconiadán gekommen. Außerhalb des Ordens herrschte gewiß große Überraschung: Bestimmt hatte es niemand für möglich gehalten, daß so viele dem Ruf folgten. Das Rascheln der zahllosen Roben schwoll zu einem Rauschen an, das durch verbarrikadierte Fenster und Türen filterte.

Jene Männer und Frauen, die sich selbstzufrieden mit ihrer neuen Heimat abgefunden hatten, wurden nun erneut an halb vergessene Legenden vom alten Iconia und einstiger Größe erinnert. Furchterfüllt flüsterten sie miteinander und fragten sich, welcher kabbalistische Kataklysmus die Wächter aktiv werden ließ. Die Gläubigen bewahrten die Erinnerungen ans Volk vor dem Transfer durchs Tor; ihr Wissen ging weit über das von Bauern und Kaufleuten hinaus. Daraus folgte: Wenn Wächter in Aufregung gerieten, so gab es für gewöhnliche Leute vielleicht allen Grund, entsetzt zu sein.

Als der Mond den Zenit erreichte, sorgte das Läuten der Glocken dafür, daß sich einige Nachzügler beeilten und durch die großen Tore im Turm eilten. Hinter ihnen schlossen sich Türen aus massivem Holz, dazu bestimmt, die Unwissenden fernzuhalten.

Der Platz in der Kuppelkammer reichte für die Versammelten kaum aus. Trotzdem gab es in der Mitte eine freie Stelle, gerade groß genug für einen Kapuzenträger, um mit überkreuzten Beinen auf dem Boden zu sitzen. Das abstrakte Mosaik unter dem Wächter markierte die Stelle, wo der erste Iconianer durchs Tor getreten war. Nur einige wenige Gläubige hatten das Recht, sich an diesem Ehrenplatz aufzuhalten.

Als der letzte Glockenschlag verhallte, stand der Meister auf, strich die Kapuze zurück und offenbarte sich als ein Mann in mittleren Jahren. Die Knochenhöcker auf der Stirn wiesen schlichte Muster auf, waren weder hübsch noch häßlich. Die Hautfarbe – ein blasses Violett – wies darauf hin, daß er aus der südlichen Hemisphäre des Planeten stammte.

Nacheinander folgten die anderen Versammelten seinem Beispiel. Als alle Wächter die Häupter entblößt hatten, sprach Kieradán mit tiefer, melodischer Stimme, die alle Ohren erreichte, die Aufmerksamkeit der Zuhörer innerhalb weniger Sekunden fesselte. Die Versammelten lauschten, und ihre Atemzüge wurden zu einem leisen, rhythmischen Zischen.

»Hier ist die Geschichte, wie sie mir mein Großvater erzählte …«

Als ich ein junger Mann war, gerade in unseren Orden aufgenommen, kam eine Außenweltlerin in mein Dorf, um bei uns zu leben. Sie war groß, hatte ein zartes, immer sehr ernst wirkendes Gesicht, und die Farbe ihres Haars ähnelte der von Asche. In den dunklen Augen brannte der Wunsch, die Sprache unseres Volkes zu erlernen, mehr von unserer Kultur zu erfahren. Nie zuvor habe ich andere Personen ihrer Art gesehen, und sie meinte, niemand sonst aus ihrem Volk hätte DiWahn besucht. Nun, die Ältesten unter den Gläubigen kannten sie bereits.

Zu jener Zeit war ich noch zu jung, um mehr als sechs Träume erfahren zu haben, doch Ikajadán versicherte mir, T'Sara sei Teil des Juwelwissens und dazu bestimmt, eine Facette des Träumens zu werden.

Wochenlang hörte ich zu, wie die Wächter über ihren Teil im Plan des Juwels sprachen und sich fragten, auf welche Weise sie ihrer Rolle gerecht werden sollten. Einige von ihnen bezeichneten es als Sakrileg, aktives Handeln auch nur in Erwägung zu ziehen. Direkte Einmischungen, so meinten sie, störe den Verlauf des Träumens. Andere hingegen verurteilten die Passivität und glaubten, die Di-Wahn seien auserwählt, um T'Sara auf den richtigen Weg zu geleiten,

Letztendlich erwies sich der Weg als ganz einfach.

Ikajadán lud sie zur Teilnahme beim Erzählen ein. Es geschah zum erstenmal, daß eine Ungeweihte den Träumen zuhören durfte, und T'Sara begriff sofort, daß ihr große Ehre zuteil wurde. Abend für Abend kam sie zu mir, und gemeinsam nahmen wir unseren Platz im Kreis der Wächter ein. Jeden Abend berichtete jemand von uns über einen der Träume, die unsere iconianischen Vorfahren hinterließen. Doch nie erfuhr sie von einem, in dem sie selbst erschien.

Sie hörte erst geduldig zu, dann mit einer Sehnsucht, die während des ganzen Winters andauerte. Am ersten Tag des Frühlings berichtet Ikajadán noch einmal vom Tod Iconias und erreichte damit das Ende des alten Wissens. T'Sara wünschte sich, mehr von Kanda Jiaks Juwel zu erfahren, seine Kräfte besser zu verstehen.

Die Ruhelosigkeit trieb sie fort von unserer Welt, doch sie ging uns nicht verloren. Ich wußte immer, wo ich sie finden konnte, und nie wurde ich müde, die betreffenden Träume zu hören.

Kieradán atmete tief durch und sagte dann: »So lautet das Erzählen meines Großvaters, aber die Geschichte ist damit noch nicht zu Ende.

Über viele Jahre hinweg blieb T'Sara in Kontakt mit einigen unDiWahn, von denen sie gelernt hatte. Doch die Wächter wurden älter und starben nacheinander, bis es unter den Gläubigen niemanden mehr gab, der die Außenweltlerin kannte. Daraufhin kamen keine Briefe mehr von ihr.

Mein Vater nahm Teil an der Versammlung, die einen aus ihrer Mitte wählte, um DiWahn zu verlassen und die Fremde zu suchen. Jaradadán verbrachte den Rest seines Lebens mit dieser Mission. Er zog von Planet zu Planet, folgte T'Sara und achtete immer darauf, nicht von ihr bemerkt zu werden. Sein Sohn wurde in Außenwelt geboren und setzt das Werk des Vaters fort.«

Kieradán hob die Hände und verkündete: »Reyjadán teilt uns folgendes mit: ›T'Saras Suche ist zu Ende. Das Juwel wurde gefunden, und erneut steht es den Gläubigen zu, Teil des Träumens zu werden.‹«

Die Worte führten zu einer emotionalen Eruption bei den Wächtern. Freudige Rufe erklangen, vermischten sich mit dem Schluchzen derjenigen, die zu Tränen gerührt waren – eine uralte Prophezeiung erfüllte sich nun. Alle umarmten sich: jung und alt, Männer und Frauen, Fremde und Freunde.

Kieradán wartete, bis wieder Ruhe einkehrte, holte dann eine Schriftrolle hervor. Mit schmalen Lederriemen war sie verschnürt; hohes Alter hatte das Pergament gelb und brüchig werden lassen.

»Wir haben uns in vielerlei Hinsicht auf diesen Tag vorbereitet. Einige von uns waren dazu bestimmt, den Pfad zu pflastern, und andere sollen ihn beschreiten.« Kieradáns Blick glitt über Tausende von erwartungsvollen Gesichtern hinweg. »Daramadán!«

Ein großer, kräftig gebauter Mann bahnte sich einen Weg durch die Menge zum Zentrum der Kammer. Nur wenige Wächter waren ihm begegnet, doch unter einem anderen Namen kannten sie ihn alle. Erst jetzt erfuhren sie, daß auch er zum Orden gehörte.

»Können wir auf deine Hilfe zählen?« fragte Kieradán. Es handelte sich um eine rituelle Frage, doch an diesem Abend kam ihr besondere Bedeutung zu.

»Ich bin bereit zu helfen«, sagte jener Mann, den die meisten DiWahn als Admiral Jakat kannten. »Und ich bringe auch meine Streitkräfte.«

»Hai!« ertönte es aus mehreren Kehlen. Der Ruf stammte von mehreren Senioroffizieren, die Daramadán zu Wächtern ernannt hatte und die nun seine Loyalität ihm gegenüber bestätigten.

Wie unterwürfig neigte der Admiral der DiWahn-Flotte den Kopf. »Wohin fliegen wir, Meister?«

»Zum Ort der Bestimmung«, erwiderte Kieradán. Er berührte die ledernen Schnüre, woraufhin sie zu Staub zerfielen. Vorsichtig entrollte er das alte Pergament und hielt es hoch, damit alle das Bild sehen konnten.

Es zeigte Sterne und einen lodernden Kometen.

13

Seufzender Wind trug das schmerzerfüllte Stöhnen der Sterbenden mit sich, schien den Himmel damit um Gnade zu bitten. Doch die rote Sonne kannte kein Erbarmen. Mit tödlicher Pracht brannte sie am Mittagshimmel, trocknete die Kehlen und Zungen der Männer, die zu schwach waren, um in den Schatten zu kriechen. Ihre Hitze verhöhnte jene Körper, die keine eigene Wärme mehr besaßen. Kleine Feuer brannten auf dem blutgetränkten Boden, erloschen nach einer Weile und hinterließen dünne schwarze Rauchfahnen. Hier und dort bewegte sich etwas auf dem Schlachtfeld: Gliedmaßen zitterten, als der Tod halb zerfetzte Krieger von ihren Qualen erlöste; Aasvögel begannen mit einem Festschmaus; ein zerrissenes Banner wehte an der geborstenen Stange, die aus der Brust des Fahnenträgers ragte.

Die Sonne setzte ihre Wanderung übers Firmament fort, glitt nach Westen und neigte sich den Gipfeln des Mount Selaya entgegen. Als der trockene Wüstenwind auflebte, erschien eine einzelne Gestalt am Horizont. Vorsichtig setzte der Junge einen Fuß vor den anderen, trat über Tote hinweg, wenn das möglich war, machte einen Bogen um sie, wenn die Leichen zu dicht lagen. An seinem Umhang zeigten sich keine Flecken und Risse, doch an Beinen und Sandalen klebte olivgrünes Blut.

Er verharrte kurz, außer Atem nach dem langen Lauf

vom Bergdorf und dem Marsch durchs Schlachtfeld von Ishaya. Geschlossene Augen ermöglichten dem Selbst eine Ruhepause. Von seiner Mutter und den Heilern war er aufgefordert worden, in isk'Kahr zu bleiben, doch er hatte sich von T'Leia losgerissen und das Dorf verlassen.

»Warte!« so riefen sie ihm nach. »Du bist zu jung«, erklangen ihre Stimmen inmitten seiner Gedanken, als die Ohren nichts mehr hörten.

Jetzt war er viel älter.

In der letzten Stunde hatte er folgendes gelernt: Die bunten, in Form von Stickereien auf Tapisserien dargestellten Kampfszenen sowie die von Ruhm und Ehre berichtenden Kriegsballaden waren in erster Linie für Kinder bestimmt, ebenso wie die Geschichten von weisen alten Sehlats, die zu Jägern sprachen. Smaragdgrüne Fäden schimmerten im Licht der Lampen, doch das Blut an den Beinen des Jungen bot keinen so hübschen Anblick. Außerdem: Von Eingeweiden verschmierte Brustharnische glänzten nicht mehr. Fünf vulkanische Clans hatten auf dieser sandigen Ebene ihr Blut vergossen, der Luft den Gestank von Verwesung gegeben. Nur wenige überlebten, um Lieder von Mut, Tapferkeit und auch Verrat zu singen. Wie konnte eine derartige Stille voller Ruhm sein?

Komm.

Erneut erfüllte ihn der Drang, die Beine zu bewegen. Zuerst hatte er geglaubt, dieses Empfinden ginge auf seine Neugier zurück, auf den eigenen Willen. Doch inzwischen wußte er um den externen Ursprung des Rufs – er stammte von einer Oase des Lebens in diesem Meer des Todes.

Der Junge öffnete die Augen und ließ den Blick über die Landschaft schweifen.

»Vater?«

Die Antwort bestand aus einem inneren Zerren, das

seine Schritte nach Norden lenkte. Er verglich es mit einer Hand, die an einem Ärmel zupfte, weil die Lippen keine Worte mehr formulieren konnten.

Er ging nun schneller, da er die Richtung kannte, und der Schrecken um ihn herum schien zumindest ein wenig von ihm fortzuweichen. Die endlosen Variationen der Verstümmelung – verbrannte Glieder, gespaltene Schädel, aufgerissene Brustkästen – wiederholten doch nur ein Grundthema namens Tod. Zahllose Waffen lagen im Sand, ruhten in erstarrten Händen oder steckten in leblosem Fleisch. Sie alle hatten Blut getrunken, viel Blut. Manche Leichen wiesen keine sichtbaren Verletzungen auf, doch die Gesichter waren zu Fratzen verzerrt. Der Junge kannte die Ursache: Mentale Attacken hatten die Betreffenden umgebracht.

Die Überbleibsel einer hellroten Fahne weckten seine Aufmerksamkeit. Beklommenheit erfaßte ihn, als er sich näherte. Er fühlte sich innerlich hin und her gerissen zwischen dem Drängen des väterlichen Rufes und Furcht vor dem, was ihn erwartete. Ja, hier hatte seine Familie gekämpft. Durch eine Laune des Winds war das rote Banner um den Leib eines Clanmannes gehüllt – auf diese Weise gaben Heiler zu verstehen, daß sie nicht mehr helfen konnten. Der Junge wußte: Seine Suche ging nun zu Ende.

Mein Sohn.

Der Ruf war schwächer, aber er vermittelte dem Knaben die Botschaft, daß sein Vater in der Nähe lag.

Ein weiterer Schritt … Er zögerte, als er das Gesicht des Toten sah, der direkt vor ihm lag. Eine Lanze nagelte Surrell an den Boden. Offenbar hatte er mit verzweifeltem Strampeln versucht, sich zu befreien – ein schrecklicher Tod, in Agonie. Es war in jedem Fall traurig, einen Bruder zu verlieren, doch in diesem Fall handelte es sich auch noch um jemanden, den der Junge sehr gemocht hatte. Surrells Tod bereitete ihm mehr Kummer als all die Schrecken, die er auf dem Weg hierher gesehen hatte.

Kurz darauf gelangte er zu einem zweiten Bruder, dann zu einem dritten.

Dies waren keine namenlosen Toten. Der Knabe hatte die bleichen Gesichter beim letzten Mondfest gesehen, erinnerte sich daran, wie sie lächelten und lachten: Brüder, Onkel, Vettern. Zu viele, um über jeden einzelnen zu trauern.

»Vater!«

»Hier.« Das leise Wort wurde gesprochen, nicht von Gedanken übertragen.

Der Junge suchte zwischen den Leichen, bis er schließlich eine warme Hand berührte. Neben seinem Vater sank er auf die Knie. Blut schien dem kantigen Gesicht ganz neue, unvertraute Züge zu verleihen. Schmerz und Erschöpfung tilgten einen Teil des Glanzes aus den dunklen Augen, aber es blitzte erneut in ihnen, als der Junge den Arm seines Vaters berührte.

»Ich bin hier.«

»Nur du allein?« Zorn vibrierte in Stefs brüchiger Stimme. »Sind keine anderen Söhne übrig?«

»Nein, Vater, nur ich.«

»Nun gut. Ich werde weitere Söhne haben.« Stef atmete mühsam, sammelte Kraft für eine Bewegung und strich den Umhang beiseite. Ein kleines Objekt lag dicht neben ihm. »Dies ist dein Geburtsrecht und die Zukunft: der Königsmacher, das Ko N'ya!«

»Dafür sind meine Brüder gestorben?« fragte der Junge. Er hatte gehört, wie Surrell und die anderen im Dunkeln flüsterten, wenn sie glaubten, daß er schlief. Sie erzählten sonderbare Geschichten von einem Relikt, das große Macht verkörperte und dem Clan, der es besaß, enormen Reichtum brachte. Doch dieser graue

Stein schien nicht einmal einen Tag von Surrells Leben wert zu sein.

»Der Tod ist ein geringer Preis für unseren Platz in der Geschichte«, brachte Stef hervor. »Meine Dynastie wird Vulkan einen.« Er griff nach dem Stein, hob ihn und sprach lauter. »Wir werden ewig leben, ewig herrschen.«

Der Junge streckte die Hand aus, um das Ko N'ya zu berühren, doch Stef nahm es fort.

»Es gehört mir!« zischte er. »Hab es nicht so eilig damit, meine Nachfolge anzutreten.«

»Nein, Vater, ich wollte nur ...«

Stefs qualvoller Schrei übertönte die Rechtfertigung des Jungen. Der Mann zuckte, und seine Muskeln verkrampfen sich, raubten ihm die Kraft, den Stein zu halten. Er rutschte aus den zitternden Fingern, und der Knabe fing ihn, bevor er zu Boden fallen konnte.

Es gehört mir!

»Vater?«

Das Raunen der geistigen Stimme verlor sich, wich mentaler Stille.

Der Junge lehnte sich zurück, mit dem Ko N'ya in den Händen. Er war der einzige lebende Vulkanier auf der Ebene von Ishaya.

Die Wüstennächte auf Vulkan sind kalt. Die von der Sonne stammende Wärme verweilt nicht lange im Dunkeln. Ein Junge, nur in dünnes Leinen und eine ärmellose Weste gekleidet, müßte sich eigentlich ganz nah ans Feuer setzen, um bis zum Morgen zu überleben.

Bei diesem Jungen lag der Fall anders.

Mit überkreuzten Beinen saß er auf dem kalten Boden, doch er zitterte nicht. Der Stein lag in seinen Händen: Die ganze Nacht über hielten sie sein Gewicht, ohne jemals zu ermüden. Im Mondschein verwandelte er sich in einen glitzernden Kristall, der von innen her zu leuchten schien, doch am Morgen kehrte das unscheinbare Grau zurück.

Eine heisere Stimme hallte über die Ebene, und als der Junge aufsah, bemerkte er mehrere Gestalten in der Ferne. Zunächst vermutete er, daß die Leute aus seinem Dorf kamen, um ihre Toten zu holen, aber als sich die Gruppe näherte, vernahm er einen fremden Akzent. Die Fremden sprachen nicht wie Heiler, sondern mit der Schärfe von Kriegern. Die Repräsentanten eines anderen Clans. Ghe'Hara, nahm der Junge an, als er ihre Rüstungen sah. Er zählte acht Männer, die übers Schlachtfeld stapften, zwischen den Leichen hin und her gingen, offenbar nach etwas suchten.

Weitere Rufe erklangen, als einer der Männer die rote Fahne von Stefs Clan entdeckte. Die Krieger liefen los, traten einfach über die Toten hinweg und hatten es so eilig, daß sie den stumm und reglos dasitzenden Jungen erst im letzten Augenblick bemerkten.

»Th'a!« fluchte einer der Männer und sprang so jäh zurück, als sei eine Schlange aus dem Gras gekrochen. Er feuerte seinen Phaser ab, und der Energieblitz verfehlte den Knaben nur knapp. »Sieh nur, was ich gefunden habe, Garamond!«

Einer der Krieger wandte sich um. Er war groß und brachte mit jeder einzelnen Bewegung Selbstbewußtsein zum Ausdruck. Seine Gefährten trugen Rüstungen, die auch vor modernen Waffen schützten, doch dieser Mann zog die traditionelle Kleidung vor. An seiner Seite baumelte ein dekoratives Schwert, das ebenso tödlich sein konnte wie ein Phaser.

Garamond brummte überrascht, als er den Jungen sah – und das, was er in den Händen hielt. »Du hast etwas, das mir gehört.«

Der Knabe hob den Kopf, blieb jedoch stumm.

Garamond wich zurück, und aus einem Reflex heraus

hob er das Schwert. In einem bestimmten Winkel einfallendes Licht verlieh dem Jungen das Gesicht eines alten Mannes. Kurzes Blinzeln genügte, um das Trugbild zu vertreiben.

»Gib mir den Stein, Kind.«

»Ich bin Surak«, sagte der Junge ruhig. »Und ich gebe dir den Stein nicht. Ich überlasse ihn keinem lebenden Wesen.«

»Willst du unbedingt sterben, Kleiner?« Garamond schob das Schwert in die Scheide zurück. Der überraschende Trotz des Kindes stimmte ihn neugierig.

»Nein, ich möchte nicht sterben«, erwiderte Surak. »Aber ich könnte auch nicht mit dem Wissen leben, daß du den Stein von mir erhalten hast.«

»Willst du ihn etwa für dich behalten?« Die anderen Krieger lachten grölend, doch in Garamond wuchs Unbehagen, und seine Hand schloß sich fester ums Heft des Schwertes. Wenn der Stein Macht brachte ... Dann mochte das Kind so gefährlich sein wie Clansoldaten und mußte getötet werden.

»Die Sonne ist aufgegangen, und deshalb brauche ich das hier nicht mehr.« Zu Garamonds großer Erleichterung beugte sich der Junge vor und legte den Stein zu Boden.

»Jetzt hast du ihn mir doch gegeben!« triumphierte der Krieger, nahm den Gegenstand und hielt ihn hoch.

Surak schüttelte den Kopf. »Du hast ihn aus freiem Willen genommen.«

»Ein feiner Unterschied, junger Philosoph«, sagte Garamond und wölbte eine Braue. »Warum lehnst du die Macht ab? Es heißt, dieser Stein, den du einfach so beiseite gelegt hast, könnte alle Wünsche erfüllen. Das Ko N'ya wäre sogar imstande, die Gefallenen deines Clans zu neuem Leben zu erwecken.«

Mit neuer Gelassenheit blickte Surak übers Schlachtfeld. »Sie haben ihr Schicksal selbst gewählt. Ihnen neues Leben zu geben, würde nur bedeuten, den Kampf zu verlängern.«

Er ballte die Fäuste, öffnete die Hände dann wieder und legte sie auf die Knie. »Ich strebe nicht die Erfüllung von Wünschen an. Ich habe beschlossen, die Wünsche zu beenden.«

Ich habe beschlossen, die Wünsche zu beenden.

Die Worte wurden auf Altvulkanisch formuliert, mit dem starken Akzent eines Dialekts, der aus einer Zeit vor der Reformation stammte. Picard drehte sich in seinem Bett auf die andere Seite, und die Bewegung brachte ihn dem Erwachen näher.

Das Flüstern wiederholte sich, aber diesmal blieben die gutturalen Laute ohne Bedeutung.

Das Selbst des Captains glitt in einen anderen Traum.

An den Wänden des Schlafgemachs hingen kunstvoll geknüpfte Tapisserien, deren Stickereien wundervolle Landschaften zeigten, doch Staub ließ die Farben verblassen. Läufer bedeckten die Bodenfliesen, aber die Schritte von fünf Generationen hatten ihre einst hübschen Muster abgewetzt. Früher einmal war der Raum mit Möbeln aus dunklem Holz eingerichtet gewesen: mit bequemen Stühlen, die Gäste einluden, länger zu verweilen; mit Tischen, die Wein und Brot anboten, auf daß die Gäste noch etwas länger blieben. Inzwischen existierten sie nicht mehr. Sie waren Stück um Stück entfernt worden, als sich der Wunsch nach Gesellschaft immer mehr verringerte, um schließlich ganz zu verschwinden.

Eine Aura des Alters und Zerfalls hatte sich ausgebreitet und war dort besonders dicht, wo eine ausgemergelte Gestalt im Bett lag.

»Ich bin alt, J'ross. Die Angehörigen unseres Volkes sterben jung auf dieser neuen Welt, aber ich bin auch nach den Maßstäben alt, die vor unserem Ausbruch von Vulkan galten.«

Garamond hatte dieses Jammern schon so oft wiederholt, daß die Frau an seiner Seite gar nicht mehr versuchte, ihm Trost zu spenden. Statt dessen beobachtete sie die faltige, fleckige Haut seines Gesichts mit neuem Interesse. Sie bemerkte nun eine braune Tönung, die am vergangenen Tag noch nicht dagewesen war. Darüber hinaus wirkte Garamond noch hohlwangiger. Ob die Kammerwächter den Unterschied festgestellt hatten?

Mit der einen Hand tastete die Frau nach dem Korb unterm Bett – der Inhalt schien soweit in Ordnung zu sein. Sie holte ein kleines, in Leder gebundenes Buch hervor und öffnete es an einer markierten Stelle. »Soll ich dir heute morgen etwas vorlesen?«

»Nein, ich sterbe.«

Diese Worte sprach er Tag für Tag, seit einem Jahr, aber heute mochte er recht haben. Sein Atem zischte jetzt nicht mehr, sondern kratzte und rasselte – offenbar hatte sich der Zustand seiner Lungen über Nacht verschlechtert. Erst seit einer Stunde war Garamond wach, aber es zeigten sich bereits dunkle Ringe unter seinen Augen, und die Lider wurden immer schwerer.

Sie sanken jetzt ganz nach unten, als der Greis wieder einschlief.

J'ross legte das Buch beiseite und stand vorsichtig auf, um Garamond nicht zu wecken. Mit routinierten Bewegungen – an Übung mangelte es ihr gewiß nicht – strich sie die zerknitterten Laken glatt. Der Alte rührte sich nicht.

Schließlich griff die Frau wieder nach dem Buch, bückte sich und streckte die Hand nach dem Korb aus.

»Wer ist da?« rief Garamond plötzlich. Er bebte am ganzen Leib, und seine Finger tasteten wie eigenständige Wesen umher. »Weg! Es ist weg!«

»Sei ganz ruhig, Gemahl. Es liegt unter der Decke.« J'ross lenkte die Hände zu dem Objekt und blickte dann über die Schulter, um zu sehen, wie die Wächter reagierten.

Pymer hatte sofort sein Messer gezogen und wirkte kampfbereit, trat nun zögernd einen Schritt vor. Deemus blieb ruhiger, hatte nur die Hand um das Heft des Schwerts geschlossen, ohne es aus der Scheide zu ziehen. Beide reckten den Hals, um herauszufinden, was passiert war.

»Eure Wachsamkeit ist lobenswert.« J'ross wich ein wenig beiseite, damit die beiden Wächter das Bett sehen konnten – der Greis lag dort, mit dem Stein in den Armen. »Es war nur ein Alptraum.«

Pymer brummte etwas Unverständliches, lehnte sich an die Wand und benutzte das Messer wie einen Zahnstocher. Deemus seufzte schwer. J'ross zweifelte kaum an ihrer Loyalität Garamond gegenüber, aber sie wußte auch, daß sie selbst nicht mit einer derartigen Treue rechnen durfte. Die junge Frau eines sterbenden Königs konnte sicher nicht mit Garamonds Neffen konkurrieren, wenn sie auch noch so schön war. Taramuks politische Macht basierte nicht nur auf dem Blut in seinen Adern, sondern auch auf seinem Ehrgeiz: Er versprach der Ägide einen neuen Sinn. Garamond hatte die Bedeutung der Wache auf die eines dekorativen, aber eigentlich nicht notwendigen Anhängsels des Hauses reduziert. Taramuk hingegen stellte den Soldaten globalen Krieg und letztendlich ein großes Reich in Aussicht.

Er brauchte nur das Ko N'ya.

J'ross kehrte an Garamonds Seite zurück, um ihn so schnell wie möglich zu beruhigen, auf daß er nicht mehr wimmerte. Pymer langweilte sich, und gelangweilte Soldaten konnten zu neugierig werden.

»Verraten.« Garamond flüsterte jetzt nur noch. »Du hast mich verraten.«

»Nein, das habe ich nicht.« Sie strich dem Greis eine lange weiße Strähne hinters spitze Ohr. Trotz seines Alters war er bei ihrer ersten Begegnung ein attraktiver Mann gewesen. »Ich bin dir treu, Gemahl, auf meine eigene Art und Weise.«

Erschöpft ließ er den Kopf aufs Kissen zurücksinken, und der Stein rollte aus der Armbeuge. Als Garamond nicht danach griff, legte J'ross ihn direkt neben ihren Gemahl. Dann nahm sie ein weiches Tuch und wischte ihm die Tränen von den Wangen. In Hinsicht auf die zuckenden Gliedmaßen und das mühevolle Atmen konnte sie ihm nicht helfen.

Eine Stunde verging, dann eine weitere. J'ross wartete geduldig, bis Garamond lauter als sonst ausatmete – um sich dann nicht mehr zu rühren. Ihre Finger tasteten nach dem Handgelenk, suchten dort vergeblich nach einem Puls. Der Greis hatte seine letzte Ruhe gefunden.

Sie zog den Korb unterm Bett hervor und begann mit der nächsten Aufgabe.

»Der König schläft«, sagte J'ross, als sie an den beiden Wächtern vorbeiging. »Stört ihn nicht.«

Deemus nickte. Pymer steckte sein Messer ein und folgte ihr. Als Gemahlin des Regenten hatte sie das Recht auf eine bewaffnete Eskorte, doch während des letzten Jahrs war es im Verhalten des Wächters zu subtilen Veränderungen gekommen. Als sich Garamonds Gesundheitszustand verschlechterte, fiel es J'ross immer schwerer, das Privileg von Pymers Gesellschaft *nicht* in Anspruch zu nehmen. Nur einige wenige Male gelang es ihr, unbeobachtet zu entkommen. Aus der Eskorte, dem Helfer und Beschützer, war längst ein Aufpasser geworden.

Ihre letzten Versuche, ein Gespräch mit Pymer zu beginnen, hatten ihn nur noch abweisender werden lassen, und deshalb blieb J'ross diesmal stumm auf dem

Weg zur Hausküche. In dem Mangel an Freundlichkeit ihr gegenüber sah sie einen Beweis dafür, daß die Ägidesoldaten bereit waren, ihre Loyalität auf Taramuk zu übertragen.

»Th'a!« entfuhr es Pymer, als sie die rückwärtige Treppe hinuntergingen. »Hier ist es heiß! Dies ist kein Ort für einen Soldaten.«

»Im Schlafgemach des Königs ist es kühler. Du hättest dort bleiben können.«

Der Krieger schnitt eine Grimasse und schwieg.

Vor J'ross hatte keine Königin jemals die Küche betreten, aber es war auch nie zuvor eine Bäckerin zur Hauskönigin geworden. Einige Bedienstete bewunderten ihren Aufstieg zum Adel, während andere ihren gewöhnlichen Ursprung verachteten. Sie alle wahrten Distanz, wenn J'ross ihre Domäne betrat.

Geschickt wich sie fleißig arbeitenden Köchen und Kellnern mit ihren Tabletts aus. Der Wächter erwies sich als schwerfälliger. Mehrere Flüche erklangen, weil er hier jemandem den Weg versperrte und dort jemand anders auf den Fuß trat. Als er zu J'ross aufschloß, hatte sie bereits eine Teigkugel aus dem Korb genommen und drückte die Risse in ihr zu. Sie legt den Teig auf ein breites, löffelartiges Holzinstrument und schob ihn in den nächsten Backofen.

Pymer begann zu schwitzen. »Wie lange dauert es?«

»Nicht lange«, erwiderte J'ross. »Gewürztes Kahla braucht nicht aufzugehen.«

Die Falten fraßen sich immer tiefer in seine Stirn, während sie warteten, und sein Gesicht glühte hellgrün, als J'ross schließlich verkündete, das Brot sei fertig.

»So was kann jeder«, meinte der Soldat, als sie zum Gemach des Königs zurückkehrten. Ärger löste ihm die Zunge.

»Es ist nicht so einfach, wie's aussieht«, entgegnete die Frau. Sie hielt den Korb in der einen Hand, und mit der anderen wischte sie sich verstohlen ein wenig Schweiß von der Stirn.

Als sie die Kammer betraten, gähnte der zweite Wächter gerade. »Der König schläft noch immer.«

»Ich wecke ihn nicht gern, aber er muß essen, um bei Kräften zu bleiben.« J'ross hob die Stimme, als sie sich dem Bett näherte. »Ich habe dir frisch gebackenes Kahla gebracht, Herr. Du magst es doch so gern.«

Sie blickte auf das leere Gesicht hinab. »Herr?«

J'ross ließ den Korb fallen und sank auf die Knie. »Der König! Der König ist tot!«

Sie warf sich auf den Reglosen, schluchzte und hörte die schweren Schritte der beiden Wächter.

»Zur Seite mit dir, Frau!« befahl Deemus und schob sie fort, um den König zu untersuchen. Er berührte die Wange des Mannes, und sofort zuckte seine Hand zurück. »Th'a! Er ist schon kalt!«

»Dann starb er während deiner Wache«, sagte Pymer hastig.

»Narr. Für Taramuk ist es völlig gleich, wann der alte König starb.« J'ross beobachtete, wie Deemus im Bett nach etwas suchte. »Jetzt kommt es vor allem auf den Stein an. Wo ist...« Er drehte sich um und hielt das Schwert in der Hand, als sein Blick die Frau durchbohrte.

Deemus ist viel intelligenter als Pymer, dachte J'ross.

»Laß ihn fallen. Andernfalls bin ich gezwungen, dich zu töten.«

»Wie tapfer von dir, der Hüterin des Ko N'ya zu drohen«, sagte sie spöttisch und nahm erleichtert zur Kenntnis, daß der Wächter erstarrte. »Mit Hilfe dieses Steins kann ich dein Herz verbrennen und dir die Eingeweide verknoten. Ich brauche nur zu winken, um das Schloß über euren Köpfen einstürzen zu lassen. Anschließend fallen die Überlebenden schrecklichen Krankheiten zum Opfer, und während der nächsten zehn Generationen werden alle Frauen, die dieses Land berühren, Ungeheuer zur Welt bringen.«

Das Entsetzen in Pymers Gesicht wies darauf hin, daß er vielleicht bereit gewesen wäre, J'ross entkommen zu lassen, um nicht mehr ihre Flüche zu hören. Doch Deemus' Reaktion auf die düsteren Worte bestand fast aus einem Grinsen – *fast.* Ein Rest von Unsicherheit haftete in seinem Denken und Empfinden fest.

»Gut gesprochen, Königin. Ich überlasse es meinen Vorgesetzten, über deine Drohungen zu befinden.« Er wich zur Tür zurück, ohne dabei den Blick vom Stein in J'ross' Händen abzuwenden. Pymer eilte ihm nach. Die beiden Wächter verließen den Schlafraum und verriegelten die Tür hinter sich.

Die Witwe blieb allein beim toten König zurück.

Ein schneller Kurier konnte die Nachricht von Garamonds Tod seinem Neffen in einer guten Stunde bringen. Für die Reise vom Nachbargut hierher brauchte Taramuk vermutlich etwas länger, schätzte J'ross. Wenn die Ägide ihn unterstützte… Dann konnte er mit jedem Widerstand in bezug auf die Vereinigung der beiden Häuser innerhalb kurzer Zeit fertig werden.

Bis zum Abend ist mein Schicksal besiegelt. So oder so.

Die Möglichkeit des eigenen Todes schreckte J'ross nicht. Sie hatte um die Risiken gewußt, als sie den alten Garamond heiratete und ihm dann ein Kind schenkte, das Taramuks Position als Thronerbe in Frage stellte. Damals ging sie von der Annahme aus, daß Garamond lebte, bis ihr Sohn groß genug geworden war, um nach dem König zum Herrscher zu werden. Unglücklicherweise hatten sich die Dinge anders entwickelt. Wahrscheinlich stand J'ross der Tod bevor, aber wenn sich Rume an die Anweisungen hielt, so kam das Kind mit dem Leben davon.

Wenigstens ein kleiner Sieg.

Noch ein Fingerbreit trennte die Sonne vom Horizont, als J'ross Schritte hörte. Metall kratzte über Holz, und Ägidesoldaten stießen die Tür auf.

Wie ich es erwartet habe.

Eins mußte man ihm lassen: Taramuk führte die Gruppe selbst an. Garamonds Neffe hatte breite Schultern, und die schwere Rüstung schien ihn überhaupt nicht zu belasten. Er war ein Krieger, der Herrscher werden wollte.

J'ross hob den Stein über ihren Kopf. »Meine Macht ist größer als die eurer Schwerter.«

Taramuk lachte nur. »Man braucht mehr als nur einige wenige Stunden, um zu lernen, mit einer solchen Macht umzugehen, J'ross. Aber ich habe damit gerechnet, daß du Widerstand leistest, und deshalb bin ich hiermit gekommen.«

Er klatschte in die Hände, und ein Soldat trat mit einem kleinen Bündel vor. Schwerer Stoff fiel beiseite, und ein weinendes Kind kam zum Vorschein. Sekunden später lag ein nackter Junge auf den Fliesen.

»Hast du wirklich geglaubt, ihn verstecken zu können? Seine Amme überließ ihn mir für nur eine Goldmünze.«

»Wag es nicht, ihn anzurühren!«

»Gib mir das Ko N'ya«, sagte Taramuk. »Wenn du dich weigerst, stirbt das Kind.«

J'ross schüttelte andeutungsweise den Kopf. »Den Sohn des Königs und seinen rechtmäßigen Thronerben töten? Dazu bist nicht einmal du fähig.«

»Hältst du mich für einen Narren, J'ross? Garamond war fast dreihundert Jahre alt – schon seit einem Jahrhundert konnte er keinen Sohn mehr zeugen.« Er stieß den zitternden Jungen mit dem Stiefel an. »Man hat dich beim Gespräch mit deinem Liebhaber gesehen. Dies ist der Sohn eines Töpfers, nicht das Fleisch und Blut eines Königs.«

»Du irrst dich. In den Adern des Knaben fließt das Blut dieses Hauses, Taramuk. Dadurch wird er zum Verwandten eines Schlächters.« Taramuk schnappte mit den Fingern.

»Nein!« rief J'ross, aber es war bereits zu spät. Das Messer des Kriegers bohrte sich in weiche Haut, und Blut spritzte aus der zerschnittenen Kehle des Jungen, strömte ihm über die Brust. Kurze Zeit später war er tot.

J'ross sank neben ihm auf die Knie.

»Und jetzt bist du dran«, sagte Taramuk.

Noch während er sprach, ließ J'ross den Stein los. Er rollte über den Boden, den triumphierenden Händen von Garamonds Neffen entgegen.

Die Frau rührte sich nicht und hielt den Kopf geneigt. Zwei Soldaten rissen ihr das Gewand vom Leib, zerrten grob daran, bis sie völlig nackt war. Den Schmuck nahm man ihr auf ähnlich rücksichtslose Weise ab, was zu Striemen und blauen Flecken an Hals und Handgelenken führte. Blut markierte jene Stelle, wo ein kleiner Kristall das Ohrläppchen geziert hatte. Selbst die Schuhe verlor sie. Den Soldatenfingern gelang es nicht, die ledernen Schnüre aus ihrem gebundenen Haar zu lösen, und deshalb schnitt man den Zopf einfach ab, mit dem gleichen Messer, das zuvor den Knaben getötet hatte.

Als die Männer ihr Werk vollendeten, hob J'ross den Kopf und erwartete den Todesstoß.

Taramuk winkte die Krieger zurück. »Wenn du weniger beliebt und weniger schön wärst, würde ich dich hier und jetzt töten. Statt dessen lasse ich dich am Leben, auf daß du in jenes schmutzige kleine Dorf zurückkehrst, aus dem dein Onkel kam.«

»Ich bitte dich nicht um Gnade«, erwiderte die Frau leise und monoton. »Aber ich möchte einen Mantel, um meine Blöße zu bedecken, und einen Laib Brot. Mir diese beiden Wünsche nicht zu erfüllen, brächte

Schande über dein Haus. Immerhin bin ich Königin gewesen.«

»Du warst eine bessere Bäckerin«, sagte Taramuk verächtlich, doch er nahm einen Mantel und warf ihn zu Boden. »Geh jetzt!«

J'ross verneigte sich ungeschickt, nahm den Mantel, streifte ihn über und zog sich die Kapuze tief in die Stirn. Anschließend griff sie nach dem Brotkorb und ging mit der gleichen würdevollen Anmut an Taramuk vorbei, die sie so oft im Thronsaal gezeigt hatte. Die Hauswächter wichen hastig beiseite und wandten den Blick ab, womit sie ihren Verrat eingestanden. Ungehindert verließ die Witwe Garamonds Schlafgemach.

Das Gut schien sich leer und verlassen zu erstrecken; nirgends waren Bedienstete oder Angehörige der Familie zu sehen. Aber J'ross spürte, daß ihr verstohlene Blicke folgten, als sie durch lange Flure schritt, und sie glaubte auch, flüsternde Stimmen hinter verschlossenen Türen zu hören. Ihre Anhänger lebten entweder nicht mehr oder versteckten sich.

Sie ging schneller, passierte Pforten, Tore und Treppen, erreichte schließlich den Hof. Weit über ihr verkündeten Hörner den Tod des Königs. Plötzlich konnte es J'ross nicht mehr ertragen, die gleiche Luft zu atmen wie Taramuk. Sie lief übers Kopfsteinpflaster, setzte den Weg später auf dem Pfad fort, der zum Dorf ihrer Geburt führte.

Als die Türme des Hauses in der Ferne verschwanden, blieb die Frau stehen und lachte schallend. Das angenehme, mühelose Leben im Haus hatte ihre Füße weich werden lassen, und sie schmerzten bereits, aber J'ross tanzte trotzdem. Bis zum Sonnenuntergang, so wußte sie, würde sie zu Hause sein, in Sicherheit.

»Ich bin eine bessere Bäckerin, als du ahnst, Taramuk

der Mächtige, Taramuk der Baumeister des Reiches, Taramuk der Tote!«

Der Brotkorb war schwer – viel schwerer, als es aufgrund eines einzigen Kahla-Laibs eigentlich hätte der Fall sein dürfen.

An diesem Abend würden J'ross und ihre Familie die dünne Kahla-Kruste über dem Ko N'ya verspeisen, das in dem Laib steckte. Taramuk genoß vielleicht köstliches Fleisch und erlesenen Wein, aber vermutlich war es seine letzte Mahlzeit. Der Stein, den er in die nächste Schlacht tragen wollte, stammte aus dem Ofen eines Töpfers, und gebrannter Ton bot wohl kaum Schutz vor den Waffen des Feinds.

J'ross und Rume hingegen… *Wir überleben, um auf Taramuks Grab zu spucken.* Wenn auch nur die Hälfte aller Geschichten über die Macht des Ko N'ya der Wahrheit entsprach, so konnte ihr Geliebter den Rest seines Lebens damit verbringen, die Statuen herzustellen, von denen er träumte. Und Garamonds Sohn… J'ross stellte sich vor, wie er groß und stark wurde, während die Knochen des getöteten Knaben – Taramuks eigener Sprößling, geboren von einer verstoßenen Mätresse – zu Staub zerfielen.

Die Frau unterbrach ihren Tanz und überlegte. Wenn der alte Garamond recht hatte, so durfte sie mit einem langen Leben rechnen, das irgendwie ausgefüllt werden mußte. Sicher dauerte es nur einige Jahre, um das Haus wieder unter Kontrolle zu bringen. Und womit sollte sie sich während der nächsten dreihundert Jahre beschäftigen? Im Gegensatz zum König hatte J'ross kein Interesse an banalen fleischlichen Freuden, aber sie beabsichtigte auch nicht, für den Rest ihres Lebens allein zu schlafen.

Sie dachte nach, und einige Sekunden später fiel ihr die Antwort ein.

Taramuk mochte durchtrieben und grausam sein,

doch er war nicht unbedingt ein Narr. Und J'ross hütete sich vor dem Fehler, zu stolz zu sein, um vom Feind zu lernen. Den Status der Königin hatte sie als sehr angenehm empfunden, und es war ihr gelungen, die Politik des Hauses mit großem Geschick zu bestimmen. Dieses Talent konnte bei der Herrschaft über ein Reich ebensogut funktionieren.

Vielleicht schaffte sie es sogar, das romulanische Volk wieder zu den Sternen zu führen.

J'ross tanzte erneut auf dem Pfad.

14

»Zwanzig ... neunzehn ... achtzehn ...« – Chief O'Brien hatte mit dem Countdown begonnen, und die meisten anderen Besatzungsmitglieder im Gesellschaftsraum stimmten mit ein.

Geordi LaForge gehörte nicht zu ihnen. Er wandte sich an den Klingonen, der ihm am Tisch Gesellschaft leistete. »Wenn noch ein Raumschiff in letzter Sekunde mit einer neuen Mission beauftragt wird, so kann kein Meisterschaftsturnier stattfinden. Dazu sind fünf Schiffe nötig.«

»Zu spät«, erwiderte Worf. Er setzte ein Glas mit Pflaumensaft an die Lippen und leerte es in einem Zug. »Die USS *Venture* ist vor einer Stunde eingetroffen. Damit sind's insgesamt sechs Schiffe.« Er winkte Guinan zu, um sich das Glas erneut füllen zu lassen.

»*Was?*« entfuhr es Geordi. Er hatte fast die ganze Zeit über gesprochen und daher kaum etwas getrunken. »Die *Venture* war doch überhaupt nicht für einen Abstecher nach Luxor IV vorgesehen!«

»Chefingenieur Logan hat gestern eine Fehlfunktion bei der Umlenkplatte gemeldet.«

»Verstehe.« Geordi gab sich schließlich geschlagen und ließ die Schultern hängen. »Ich wette, die Reparatur dauert ebenso lange wie das Turnier.«

Worfs Glas war noch immer leer. Der Klingone hob die Hand, um Guinan erneut zuzuwinken, ließ sie jedoch wieder sinken, als er die vielen Personen an der Theke sah.

»… vierzehn … dreizehn …«

William Riker schnupperte an dem bunten Gebräu, das er gerade von Guinan bekommen hatte. Er rümpfte die Nase und beobachtete zahllose Blasen, die sich vom Grund des Glases lösten und langsam nach oben stiegen.

»Ich habe einen Finnegan's Wake bestellt«, sagte er, als die Wirtin vorbeikam.

Guinan blieb mit einem Tablett stehen. »Das *ist* einer, soweit es mich betrifft.«

»Seit wann muß ein Finnegan's Wake purpurrot sein?«

»Seit die halbe Crew dieses Raumschiffs beschlossen hat, sich heute morgen hier im Gesellschaftsraum zu versammeln«, erwiderte Guinan und ging weiter.

»Ich verabscheue es, wenn's in meinem Glas sprudelt.« Riker schob den Drink beiseite und spielte mit mehreren bunten Stapeln aus Pokerchips. Selbst sitzend überragte er die Frau an seiner Seite.

»Ich habe Beverly eingeladen, sich unserer Gruppe anzuschließen«, sagte Deanna Troi und bohrte einen kleinen Löffel in leckeres Schokoladeneis. »Aber sie meinte, sie hätte zuviel Arbeit. Ich vermute jedoch, daß sie hauptsächlich mit Grübeln beschäftigt ist. Vielleicht glaubt sie, daß man ihr die Schuld daran gibt, daß wir nicht nach Luxor IV fliegen konnten.«

»Oh, ich weiß nicht, Deanna.« Riker zuckte mit den Achseln. »Wenn Beverly nicht gewesen wäre …«

»Will!«

»… sechs … fünf … vier …«

Ro Laren bemerkte den Ersten Offizier und bahnte sich einen Weg durchs Gedränge vor der Theke. Sie war schlank und muskulös, machte ausgiebig von ihren spitzen Ellenbogen Gebrauch. »Sind Sie bereit, Ihre Schulden zu bezahlen, Commander?«

Riker schüttelte den Kopf. »Erst wenn das Turnier wirklich ohne uns begonnen hat …«

»... eins ... null!«

Dutzende von Besatzungsmitgliedern stöhnten, als auf Luxor IV die ersten Karten des Poker-Meisterschaftsturniers ausgeteilt wurden.

Riker seufzte schwer und schob der Bajoranerin rote, blaue und grüne Chips entgegen. »Hier sind Ihre hundert Credits.«

»Pokerchips?«

»Die Art der Bezahlung haben wir nicht festgelegt.« Das Gesicht des Ersten Offiziers blieb vollkommen ernst, doch in seiner Stimme ließ sich eine gewisse Selbstgefälligkeit vernehmen. »Deshalb bezahle ich mit Chips.«

»Ist das erlaubt?« rief Ro Guinan zu, die erneut vorbeikam.

»Was ist denn?« Die Wirtin warf einen Blick über die Schulter, und Ro deutete auf die Pokerchips. »Ja, das lasse ich als Zahlungsmittel zu.«

»Ha!« Die Bajoranerin sammelte ihre Chips ein und verzog das Gesicht, als sie Rikers Lächeln sah. »Wahrscheinlich gewinnen Sie jeden einzelnen davon zurück.«

Das Lächeln des Ersten Offiziers wuchs in die Breite. »Ich werde es auf jeden Fall versuchen. Möchten Sie Ihr Glück heute abend auf die Probe stellen?«

»Nein, danke«, sagte Ro. »Ich verliere mein Geld lieber in der Starbase 193.«

Riker schüttelte den Kopf. »Tut mir leid, Fähnrich. Landurlaub ist diesmal nicht vorgesehen.«

»Nicht einmal für Senioroffiziere?« fragte Troi und sah vom Schokoladeneis auf.

»Es ist keinem Besatzungsmitglied der *Enterprise* gestattet, die Starbase aufzusuchen«, sagte Riker. »Dort gibt es ein Lokal namens Bezahl-oder-Stirb, dessen Eigentümerin mit Informationen handelt. Der Captain möchte vermeiden, daß sie von unserer gegenwärtigen

Mission erfährt. Das Zuhören scheint eine Spezialität jener Dame zu sein.«

»Wie bitte?« Guinan näherte sich. »Wie heißt die Frau?«

»Sie hat einen exotisch klingenden Namen.« Riker versuchte, sich daran zu erinnern. »Der Captain meinte, er stammt aus der griechischen Mythologie ...«

»Camenae?«

»Ja, das klingt richtig. Woher ...«

Aber Guinan hatte sich bereits umgedreht und eilte in Richtung Ausgang.

Bücher stapelten sich auf Picards Schreibtisch im Bereitschaftsraum, doch Guinans Aufmerksamkeit galt sofort dem grauen Stein inmitten des Durcheinanders. Er lag halb verborgen unter einem aufgeschlagenen Buch. »Störe ich, Captain?«

Picard legte den Band beiseite, in dem er gerade gelesen hatte. »Nein, Guinan, kommen Sie herein.«

Der trübe Schleier in seinen Augen deutete darauf hin, daß seine Gedanken noch immer an einem anderen Ort weilten. Die Besucherin beobachtete stumm, wie der Captain geistesabwesend die Hand ausstreckte und den Stein berührte.

Alter ging wie in Wellen von ihm aus. Nach langen Kontakten mit kurzlebigen Geschöpfen wie zum Beispiel den Menschen kam sich Guinan alt vor; das Objekt auf dem Schreibtisch erinnerte sie daran, kaum mehr als ein Kind im Universum zu sein.

»Das ist ein sehr ungewöhnlicher Briefbeschwerer.«

»Was?« Als Picard die Bedeutung der Worte verstand, schloß er eine Hand um den Stein. Mehrere Sekunden verstrichen, bevor er beschloß, Auskunft zu geben. »Man nennt diesen Gegenstand ›Herz des Teufels‹.«

Ja, ein sehr alter Stein. »Ich habe davon gehört.« Sie kannte auch andere düstere Namen dafür, und zwar aus der Mythologie ihrer Heimatwelt. Jene Welt existierte nun nicht mehr, und die Legenden waren mit ihr verloren.

Der Stein hingegen existierte nach wie vor.

Picard rieb sich den Nasenrücken. Guinan musterte ihn, sah die Anspannung in den Schultern. »Sie sehen müde aus.«

»Tatsächlich? Vielleicht habe ich in letzter Zeit nicht besonders gut geschlafen.« Er holte tief Luft, und das Trübe verschwand aus den Augen. »Nun, Guinan... Hat der große Andrang im Gesellschaftsraum Sie veranlaßt, zur Brücke zu fliehen?«

»Commander Riker glaubt, daß Sie von der ganzen Sache nichts wissen.«

»Manchmal ist die naive Unschuld der Jungen geradezu erschreckend«, kommentierte Picard und schmunzelte. »Als frischgebackener Lieutenant wettete ich einen Monatssold, daß die Crew meines Schiffes das nächste Meisterschaftsturnier gewann. Es sind nur fünf Starfleet-Schiffe notwendig, und als ich die Andockliste von Luxor IV sah... Da war mir sofort klar, daß jemand ein Pokerturnier organisieren würde.«

»Es hat die Besatzung sehr enttäuscht, nicht daran teilnehmen zu können.«

»Ja, das ist mir klar.« Das Lächeln verschwand von den Lippen des Captains. »Aber unsere Mission hatte Vorrang.« Sein Blick glitt kurz zum Stein, doch er bot keine weiteren Informationen an. »Kann ich Ihnen irgendwie helfen?«

»Ich würde gern die Starbase 193 besuchen.«

Picard musterte Guinan einige Sekunden lang. »Sie wissen sicher, daß ich entschieden habe, keinen Landurlaub zu gewähren.«

»Ja. Ich möchte trotzdem zur Starbase.«

Der Captain achtete die Privatsphäre anderer Personen. Er schnitt eine Grimasse. »Weshalb?«

»Um eine alte… Bekannte wiederzusehen.« Guinan hatte zunächst ›Freundin‹ sagen wollen, aber es war zuviel Zeit vergangen.

»Ich verstehe.« Picards nachdenklicher Gesichtsausdruck deutete darauf hin, daß er die Verbindung hergestellt hatte. »Na schön, Guinan. Hiermit genehmige ich Ihren Landurlaub.«

»Danke, Captain.«

Sie erreichte die Tür des Bereitschaftsraums, als der Captain hinzufügte: »Als ich Camenae das erstemal sah, glaubte ich, wir seien uns schon einmal begegnet. Jetzt weiß ich: Sie hat mich an jemanden erinnert, den ich kenne.«

Guinan lächelte und verließ den Raum, ohne ein weiteres Wort zu verlieren.

Als er wieder allein war, griff Picard nach dem Buch, in dem er bis eben gelesen hatte.

Surak… Ishaya… Garamond… J'ross…

Überall auf den Seiten sah er Namen von Familien und Orten, doch die wahren Einzelheiten der Präreformation ließen sich kaum von Legenden trennen. Einige Schilderungen von Suraks Leben widersprachen der Möglichkeit, daß er auf der Ebene von Ishaya über das Schlachtfeld geschritten war. Nur einer seiner Zeitgenossen überlieferte eine Version, die Picards Traum von der wichtigen Phase im Leben des Philosophen entsprach.

Nach dem Exodus von Vulkan wurde alles noch verwirrender. In ihrem Vorwort wies T'Sara darauf hin, daß sich ihre Darlegungen der frühen romulanischen Geschichte nicht durch andere Quellen belegen ließen. Nur jene, die den Pfad der Logik verlassen hatten, um neue Welten zu zähmen und ein Reich zu schaffen, wußten um ihre historischen Wurzeln.

Picard klappte das Buch zu.

Er glaubte, den Ursprung seiner Träume entdeckt zu haben. Zwar hatte er diese Texte zum letztenmal vor zwanzig Jahren gelesen, aber offenbar war etwas von ihnen in seinem Gedächtnis haften geblieben. Die Entdeckung des Ko N'ya stimulierte seine Phantasie und gab den alten Erinnerungen ein neues, buntes Gewand.

Träume ... Es sind nur Träume.

Als Guinan das Bezahl-oder-Stirb betrat, deutete der andorianische Barkeeper zum rückwärtigen Bereich des Etablissements. Jeder Schritt in jene Richtung erfüllte sie mit Abscheu. Es war dunkel in dem Lokal, aber nicht dunkel genug, um über den schmutzigen Boden und das schäbige Mobiliar hinwegzutäuschen. Nur wenige Gäste saßen hier und dort an den Tischen, starrten in die Gläser und schienen so sehr mit ihren eigenen Gedanken beschäftigt zu sein, daß sie Guinan überhaupt nicht bemerkten. Sie rechnete damit, daß ihr der norsikanische Wächter in den Weg trat, aber er wich wortlos beiseite und ließ sie passieren.

Das nächste Hinterzimmer war fast völlig kahl und noch finsterer. Camenae saß dort an einem einfachen Tisch, reglos und mit gefalteten Händen. Ihr Gesicht wirkte eisig, und nur ein kurzes Blitzen in den Augen wies darauf hin, daß sie die Besucherin erkannte. Sie blieb stumm, grüßte nicht.

»Offenbar hat man mich erwartet«, sagte Guinan auf Föderationsstandard. Sie nahm auf einem Stuhl Platz, der sich als unangenehm hart erwies. Und wenn schon: Sie beabsichtigte ohnehin nicht, lange in diesem Raum zu bleiben.

»Als die *Enterprise* andockte, zog ich die Möglichkeit deines Besuchs in Erwägung.«

»Du wußtest also, daß ich an Bord eines Starfleet-Schiffes arbeite?«

»Schon seit mehreren Jahren gehörst du zur Crew der *Enterprise*«, sagte Camenae. »So etwas spricht sich herum.«

Aber du hast nicht versucht, Kontakt mit mir aufzunehmen. »Ich hörte, daß du während des Borg-Angriffs in Außenwelt weiltest. Für dein Überleben gab es keine Bestätigung. Und meine Bemühungen, dich zu finden, blieben erfolglos.«

»Das Universum ist groß«, erwiderte Camenae schlicht. »Der kosmische Wind verstreute uns zwischen den Sternen.« In der Sprache ihres Volkes fügte sie hinzu: »Wenn Blätter von einem Baum fallen, so kehren sie nicht an einen Zweig zurück.«

Ein Hauch von lyrischer Poesie erklang in diesen Worten, doch Camenae hatte sich nie mit Tod und Zerfall befaßt. Guinan entsann sich an eine Camenae, die viel lachte; jetzt sah sie einen ernsten, kühlen Schatten des damaligen strahlenden Selbst.

Guinan schüttelte den Kopf und verdrängte eine andere Art von Düsternis, die nach ihrem Denken und Empfinden tastete. »Ich stelle mir uns lieber als Ableger vor, die in neuem Boden wachsen.«

Auf Föderationsstandard entgegnete Camenae: »Du wächst überhaupt nicht, wenn du an Bord eines Raumschiffs wie der *Enterprise* arbeitest. Reicht eine weitere Begegnung mit den Borg nicht aus? Mußt du darauf bestehen, immer wieder mit ihnen konfrontiert zu werden?«

»Derartige Gefahren gehören zu meinem Job.«

»Und dieser Besuch? Gehört er ebenfalls dazu? Hat Picard dich geschickt, um mich zu verhören?«

»Nein«, sagte Guinan und schüttelte erneut den Kopf. »Ich bin gekommen, um dich wiederzusehen.«

»Wie schmeichelhaft.« Camenae lächelte, doch ihr Gesicht wirkte dadurch nicht freundlicher. »Ich weiß nicht recht, ob ich dir glauben soll. Captain Picard war neugierig. Er hätte gern mehr über den Mord erfahren.«

»Mord?« wiederholte Guinan. »Ich habe von den toten Vulkaniern auf Atropos gehört, aber Picard weiß bereits, daß sie von Orionern umgebracht wurden.«

»Offenbar bist du keine gute Zuhörerin mehr. Einer meiner Mitarbeiter in der Starbase wurde umgebracht.«

Guinan nahm die Beleidigung mit einem Achselzucken hin. »Ich suche nicht nach solchen Informationen. Und die Offiziere der *Enterprise* besprechen keine als geheim eingestuften Dinge mit mir, nur persönliche Angelegenheiten.«

»Es ist nicht profitabel, das Liebesleben anderer Leute in Ordnung zu bringen.«

»Darum geht es dir nun? Um Profit?«

»Ja«, sagte Camenae. »Und ich höre weitaus interessantere Dinge als die banalen Probleme heimwehkranker Fähnriche.«

»Du weißt also, wer deinen Mitarbeiter ermordet hat...«

»Darüber kann ich keine Auskunft geben. Immerhin hat man mich bezahlt, um diese Sache vertraulich zu behandeln.«

»Um Mißverständnisse zu vermeiden...«, sagte Guinan ungläubig. »In dieser Starbase wimmelt es von Mördern und Dieben, aber du verrätst sie nicht, weil sie dich *bezahlen?*«

»Wenn du an irgendwelche ethischen Prinzipien appellierst, so muß ich dir dies mitteilen: Mir ist nur meine Geschäftsmoral geblieben. Und die möchte ich nicht ebenfalls aufgeben.«

Unter dem Zynismus verbarg sich eine Wahrheit, die Guinan so traurig stimmte, daß sie auf Vorwürfe verzichtete. »Wenn das so ist, möchte ich zu einem deiner Kunden werden.«

Camenae lachte, und es klang tatsächlich amüsiert,

nicht spöttisch. »Ich bin zu teuer für dich, Guinan. Die Wirtin des Gesellschaftsraums der *Enterprise* verdient nicht genug, um mich zu bezahlen.«

»Meine Lebenshaltungskosten sind gering. Ich kann die Schulden bei dir bezahlen, wenn du mir lange genug Kredit einräumst.«

Camenae schüttelte den Kopf. »Dein Dienst bringt erhebliche Gefahren mit sich. Du wärst ein Geschäftsrisiko.«

»Bisher bin ich immer mit dem Leben davongekommen, was bedeutet: Ich habe das Glück auf meiner Seite. Es dürfte sich also lohnen, in mich zu investieren.«

»Meinst du es ernst?«

»Ja«, bestätigte Guinan.

Camenae runzelte die Stirn und dachte nach. »Nun gut«, sagte sie schließlich. »Ich akzeptiere dich als Kundin.« Mit einer fließenden Bewegung legte sie drei Kreditmarken auf den Tisch. »Damit eröffne ich dein Konto. Du kannst Fragen stellen, bis ich alle drei Münzen zurückgenommen habe.«

Es lagen viele Fragen auf Guinans Zunge, doch eins erschien ihr wichtiger als alles andere. »Erzähl mir vom Herzen.«

»Was weißt du von seiner Geschichte?«

»Genug. Mir geht es vor allem um die aktuellen Ereignisse.«

Camenae zögerte kurz, um ihre Gedanken zu sammeln, und anschließend berichtete sie von T'Saras zehnjähriger Suche auf Atropos. Sie erwähnte die Kom-Mitteilung, auf die Grede sie hingewiesen hatte, ihre Veränderung, die dafür sorgte, daß Picards *Enterprise* einen Tag zu spät kam. Mit einigen knappen Worten schilderte sie auch die Auseinandersetzung der Orioner und Ferengi, ihren Kampf um T'Saras Entdeckung.

Die Informationshändlerin griff nach einer Kreditmarke und ließ sie verschwinden. »Manchmal können

Vulkanier unglaubliche Narren sein. Es mangelt ihnen an Habgier, aber sie sollten nicht vergessen, daß sich die Angehörigen anderer Völker von solchen Gefühlen und Bestrebungen leiten lassen.«

»Weißt du, wer das Herz jetzt besitzt?« fragte Guinan.

»Ich bin nicht ganz sicher«, erwiderte Camenae. »Aber ich habe eine Vermutung, die ich zu einem vernünftigen Preis anbiete.« Ihre Hand verharrte über der nächsten Münze.

»Ich bezahle dich, damit du die Vermutung für dich behältst.« Die zweite Kreditmarke verschwand. »Und damit du keine weiteren Informationen über das Herz des Teufels verkaufst.«

»Es hat jetzt keinen Sinn mehr zu versuchen, Exklusivität zu erwerben«, meinte Camenae. »Ich bin ohne Einfluß auf die Neuigkeiten, die sich immer mehr ausbreiten.«

»Ich bitte dich nur darum, nicht noch mehr Öl ins Feuer zu gießen.«

»Na schön.« Camenae seufzte und nahm die dritte Münze. »Damit sind unsere Geschäfte für heute beendet.«

Es war ein ziemlich abruptes Ende für das Gespräch, aber Guinan sah derzeit ohnehin keinen Sinn darin, es fortzusetzen. Sie raffte ihr weites Gewand zusammen, erhob sich, formulierte einen Abschiedsgruß in der Sprache ihres Volkes und wartete auf eine Antwort.

»Ich verkaufe keine Informationen über meine Kunden«, sagte Camenae. »Doch ich schenke dir einen Rat. Hütet euch vor dem Volk namens DiWahn. Es ist gefährlicher, als ich dachte.«

Nach dieser Warnung schwieg sie, und Guinan verließ den Raum.

Der Rest von Sendeis Kommuniqué scrollte über den Bildschirm auf dem Schreibtisch des Captains, und Picard bemühte sich, den in ihm emporquellenden Zorn zu unterdrücken.

Nach Sendeis Instruktionen sollten die Leichen der Archäologen sowie alle Gegenstände aus dem Lager zur Akademie der Wissenschaften gebracht werden. Der Rektor würde dann die Verteilung der persönlichen Gegenstände an die Verwandten vornehmen. T'Saras Besitz, der sowohl aus dem Forschungsgerät als auch aus allen gefundenen Artefakten bestand, würde Eigentum der Akademie.

Sendei verlangte auch das Herz.

Allerdings verzichtete er darauf, die Entdeckung des Ko N'ya zu würdigen. Offenbar ging er davon aus, daß der Stein nichts weiter als eine Kuriosität war, hergestellt von den Kunsthandwerkern der einstigen Atropos-Kolonie. So hieß es im Kommuniqué:

»Solange kein von vulkanischen Ärzten stammender medizinischer Untersuchungsbericht vorliegt, halte ich es für angebracht, von Sorrens Diagnose auszugehen und das Bendii-Syndrom zu vermuten. Unglücklicherweise schuf das auf dem Ferengi-Schiff sichergestellte Relikt einen Fokus für T'Saras Wahn.«

Mit typischer vulkanischer Herablassung setzte sich Sendei über Doktor Crushers Medo-Gutachten und Picards wissenschaftliche Einschätzungen in Hinsicht auf den Ursprung des Steins hinweg. Schlimmer noch: Er hielt T'Saras archäologische Leistungen schlicht und einfach für Wahnsinn. Er erwartete, daß man das Herz des Teufels in einen Container legte und zusammen mit den anderen Dingen aus dem Lager von einem Frachter nach Vulkan bringen ließ.

In Picard sträubte sich alles dagegen, die Mission der *Enterprise* auf eine so banale Weise zu beenden. Seine Ansicht nach gehörte es sich nicht, das Ko N'ya und T'Saras Leichnam so respektlos zu behandeln.

Nein, ich lasse es nicht zu.

Der Captain löschte die Bildschirmdarstellung und schrieb eine Nachricht an Admiral Matasu. Aufgrund seiner Position an der Akademie genoß Sendei beträchtlichen Einfluß bei Starfleet, aber auch Picard konnte die eine oder andere Beziehung spielen lassen. Und genau das beabsichtigte er nun.

»Nein, ich mag Tee nicht besonders gern«, sagte Guinan und deutete auf die dampfende Tasse.

»Trinken Sie ihn trotzdem«, erwiderte Picard. »Aus Erfahrung weiß ich, daß es bereits eine große therapeutische Wirkung hat, eine Tasse Earl Grey auch nur in der Hand zu halten.«

Guinan lächelte unwillkürlich.

Picard nahm neben ihr auf dem Sofa Platz, und schweigend nippten sie an ihrem Tee. Nie zuvor hatte sie den Captain im Bereitschaftsraum aufgesucht. Sie sah darin vor allem Picards Büro, einen Ort, an dem wichtige Entscheidungen vorbereitet wurden. Jetzt wurde ihr klar, daß man hier auch Zuflucht und Ruhe finden konnte. Das Fenster hinter dem Schreibtisch gewährte Ausblick ins All, so wie die größeren und breiteren Panoramafenster des Gesellschaftsraums. Eine Zeitlang starrte Guinan ins Universum hinaus, sah von Stern zu Stern. Die weichen Polster des Sofas vertrieben die Anspannung aus ihr, und die ruhige Gesellschaft des Captains gewährte mentalen Trost.

»Ich erlebe es nicht zum erstenmal, daß sich jemand so drastisch verändert«, sagte Guinan nach einer Weile. »Manche Personen aus meinem Volk reagieren auf diese Weise. Der Verlust unserer Familien, unserer Welt, auch unserer Identität... Es ist eine schwere Last, zu schwer für einige von uns. In ihnen stirbt etwas, und dadurch verbittern sie.«

»Doch Sie haben beschlossen, auf der Seite des Lebens zu bleiben«, entgegnete Picard sanft.

»Es ist meine Art, die Toten zu ehren. Und vielleicht auch um sie zu trauern.«

Guinan stammte aus einem Volk von Zuhörern und hatte ihre speziellen Fähigkeiten über Jahrhunderte hinweg verfeinert, aber jetzt schien sie jemanden zu brauchen, dem sie ihr Herz ausschütten konnte. Picard lauschte stumm, als sie das Kind namens Camenae beschrieb, dann die junge Frau, die zu einer begabten Dichterin heranreifte. Sie berichtete von einer Freundschaft, die fest genug erschien, um für ein ganzes Leben zu dauern.

Sie erzählte auch von Camenaes Warnung.

Picard stellte die Tasse ab, stand auf und ging zum Schreibtisch des Bereitschaftsraums. Dort griff er nach dem Herzen. »Danke für die Information. Aber ich glaube nicht, daß wir uns wegen der unDiWahn Sorgen machen müssen. Sehr bald verlassen wir Starbase 193 und diesen Sektor.«

»Haben Sie neue Einsatzorder erhalten?«

»Nein. Ich habe um die Erlaubnis gebeten, nach Vulkan zu fliegen.« Er schien in erster Linie zu dem Herzen des Teufels zu sprechen, als er hinzufügte: »Wir bringen T'Sara heim.«

15

Daimon Tork drehte den großen Ring am dritten Finger der linken Hand, während er den Wert des Schmuckstücks schätzte und sich fragte, welchen Preis er dafür auf dem offenen Basar erzielen konnte.

Das Geld reichte sicher nicht aus.

Er hatte die ganze Fracht besonders billig verkauft und damit zumindest einen Teil der Konsortiumschulden begleichen können, doch jetzt standen ihm nicht mehr genug Mittel zur Verfügung, um auch weiterhin die Starbase-Andockgebühren für sein Schiff zu bezahlen. Mit dem Rest des Treibstoffs hatte Tork Schmelzergriff erreicht, um dort festzustellen, daß die Nachricht von Maarcs Debakel vor ihm eingetroffen war. Niemand räumte ihm Kredit für den Erwerb neuer Vorräte ein. Nichts verschreckte seine früheren Geschäftspartner mehr als eine finanzielle Katastrophe.

Hingebungsvoll verfluchte er den Tag, als Maarc ihn an der Transaktion mit Camenae beteiligt hatte.

»Sie essen zuviel von meinen Nahrungsmitteln«, sagte Tork und schlug nach dem Ersten Offizier. Kazago saß auf einigen Kisten, die letzte persönliche Dinge und einige wertlose Gegenstände enthielten, die sich nicht verkaufen ließen. Er kaute sich gerade schmatzend durch ein Rationspaket, das aus den Notvorräten des Schiffes stammte.

»Es ist keineswegs so, daß ich dieses Zeug *mag*«, erwiderte Kazago in einem Tonfall, der an Unverschämtheit grenzte. »Aber schon seit einem Monat zahlen Sie mir keinen Lohn mehr, DaiMon. Deshalb kann ich es mir nicht leisten, woanders zu essen.« Er mampfte weiter.

»Genug der Klagen. Mir fällt bestimmt etwas ein. Das ist bisher immer der Fall gewesen.«

Tork blickte aus dem schmutzigen Fenster des Lagerraums. Mit der Miete für diese Kammer war er bereits einen Tag im Rückstand – so schlimm stand es um ihn. Doch dort unten wanderten Kunden umher, die Geld ausgaben. Irgendwie mußte es möglich sein, einen Teil davon in Ferengi-Taschen umzuleiten.

Plötzlich sah er sie: zwei Vulkanier, die Seite an Seite durch den zentralen Gang schritten, vorbei an Ständen, die gebrauchte Maschinenteile anboten. Es schienen Händler zu sein. Normalerweise blieben Vulkanier im stellaren Territorium der Föderation; ein Triebwerkschaden mochte diese beiden Männer hierher verschlagen haben. Tork mußte erst noch einen Plan entwickeln, aber instinktiv wußte er bereits: Die Vulkanier boten ihm die Chance, seine finanzielle Situation erheblich zu verbessern.

Erste Ideen formten sich in ihm.

»Haben wir den universellen Text-Translator verkauft?« fragte Tork den Ersten Offizier.

»Nein, DaiMon.«

Details füllten die Lücken im Plan. Ja, es konnte funktionieren. Und wenn die Vulkanier nicht darauf hereinfielen, so klappte es vielleicht bei einem anderen Volk.

»Wenn Sie jemals wieder Lohn von mir bekommen möchten, Kazago, so sollten Sie die beiden Vulkanier dort im Auge behalten und alle Halunken von ihnen fernhalten. Sie gehören *uns.*«

Kazago warf das halb verzehrte Rationspaket beiseite

und eilte hinaus. Tork holte den Translator und eine kleine Schreibtafel hervor, begann damit, einen Brief zu verfassen.

Zehn Minuten später hatte Tork alle notwendigen Vorbereitungen getroffen. Er griff nach dem Ausdruck des Briefes und eilte die Treppe zum Basar hinunter. Kazago wartete in der Nähe und wies ihm die Richtung. Erleichtert stellte der DaiMon fest, daß sich die beiden Vulkanier noch weiter genähert hatten.

»He, Vulkanier! Ich möchte mit Ihnen reden!«

»Wie Sie wünschen«, erwiderte einer von ihnen. Sie blieben beide stehen. Ihr schmucklosen Umhänge rochen nach Getreide und Gewürzen. »Vulkanier sind ehrenwert – das habe ich jedenfalls immer wieder gehört. Wie ein Narr glaubte ich an diesen Mythos und traute einem Vulkanier, obwohl ich sogar meiner eigenen Großmutter mit Argwohn begegne. Das Ergebnis: Einer aus Ihrem Volk hat versucht, mich zu betrügen! Er schuldet mir eine Menge Geld und bezahlt mit wertlosem Tand.«

»Was hat das mit uns zu tun?«

Die Vulkanier nahmen den unfreundlichen Wortschwall mit mehr Geduld hin, als sich Tork erhofft hatte. Jetzt wurde es Zeit, den Köder zu präsentieren und festzustellen, ob die Opfer hungrig genug waren, um ihn anzunehmen.

»Dieser Brief hier ...« Er hob den Ausdruck. »Angeblich erklärt er die Gemeinheit. Aber er ist auf vulkanisch geschrieben!«

»Ich verstehe«, sagte der größere Vulkanier und nickte ernst. »Sie benötigen eine Übersetzung.«

»Eine geniale Schlußfolgerung«, lobte Tork verächtlich. »Ihr messerscharfer Verstand verhilft Ihnen sicher zu viel Reichtum und Glück.« Nach seinen Erfahrungen konnten Sarkasmus und Beschimpfungen gute Werkzeuge sein: Sie beugten dem Mißtrauen durch eine Ablenkung vor: Gib auf meine Laune acht, nicht auf deine Geldbörse.

Der DaiMon wedelte mit dem Blatt und überließ es dem kleineren Vulkanier. »Was bedeuten diese komischen Kritzeleien?«

Die beiden Händler lasen den Text und wechselten einen kurzen Blick.

»Das Schreiben ist an DaiMon Tork adressiert«, sagte der kleine Vulkanier. »Der Text lautet: ›Leider fehlt mir derzeit das Geld, um meine Schulden zu bezahlen. Deshalb schicke ich Ihnen ein Erbstück der Familie als Pfand und Zeichen meines guten Willens. Das Objekt selbst hat einen nur geringen Wert, aber meine Familie schätzt es sehr.‹ Die Unterschrift stammt von einem gewissen Suprell.«

Sie haben angebissen, freute sich Tork. In der von ihm selbst verfaßten Nachricht hieß es, daß die Schulden mit dem Ko N'ya bezahlt wurden, doch darauf wiesen die beiden Händler nicht hin – also hatten auch Vulkanier ihren Preis.

»Was soll ich machen?« jammerte Tork und bot seinen beiden Gesprächspartnern die Möglichkeit, seine Situation auszunutzen. »Ich brauche Geld, keine leeren Versprechen.«

»Sie sind nicht betrogen worden, DaiMon«, sagte der Große. »Wir Vulkanier sind ein ehrenvolles Volk, was ich Ihnen beweisen werde. Ich kenne Suprells Familie und bin bereit, das Pfand einzulösen.«

»Ausgezeichnet!« Tork strahlte glücklich. Zwar rühmte man die Vulkanier wegen ihrer Intelligenz, aber sie konnten unglaublich naiv sein, wenn es um praktische Dinge ging. Der DaiMon beschloß, in Zukunft mehr Geschäfte mit ihnen zu tätigen. »Kommen Sie, hier entlang, hier entlang. Lassen Sie uns alles regeln.«

Er griff nach dem Ärmel des großen Händlers, zog ihn durch die Menge und eine schmale Treppe hoch.

Kurze Zeit später befanden sie sich im gemieteten Lagerraum, und die Tür fiel mit dem Geräusch einer zuschnappenden Falle ins Schloß.

Tork schob Kisten beiseite, bis eine große Truhe zum Vorschein kam. Er zerrte an dem Schloß, kramte dann eine Zeitlang in ihr. Schließlich fand er ein großes, rundes Objekt. »Ah, hier ist es!«

Der DaiMon drehte sich mit dem falschen Ko N'ya in den Händen um – und begriff seinen Fehler eine halbe Sekunde später.

Vulkanier lächelten nicht, doch die beiden vermeintlichen Händler grinsten breit. Dann sah Tork, wie sich romulanische Intervaller auf ihn richteten.

Es ist nicht meine Falle, sondern ihre.

Das Haus im Alten Viertel stand noch immer, nach fünfhundert Jahren Beweis für die Kompetenz des Architekten, der massive Mauern und ausladende Seitenflügel entworfen hatte. Zu Anfang war es prächtig eingerichtet gewesen, doch jede spätere Generation entfernte einen Teil der Schätze, Zimmer für Zimmer, um auf diese Weise das Abgleiten in die Armut zu verlangsamen. Schließlich blieb nur noch das Haus, um von vergangenem Ruhm und vergessenem Wohlstand zu künden.

An diesem Abend schritt ein junger Krieger durch die kalten, leeren Flure. Zwar hatte die Familie längst ihre einstige Bedeutung verloren, aber in der Haltung des Mannes kam jener arroganter Stolz zum Ausdruck, der sich auch bei vielen anderen Klingonen auf dem Planeten Kronos beobachten ließ. Er kam am Fuß einer breiten Wendeltreppe vorbei, duckte sich in den Zugang eines dunklen Korridors, der zum warmen Licht des Bedienstetenbereichs führte.

Inzwischen gab es keine Diener mehr. Der alte Mann, der den Krieger erwartete, war der Herr des Hauses.

Kruger saß an einem auf Böcken stehenden Tisch und konzentrierte sich so sehr auf die Mahlzeit, daß er nicht hörte, wie sich die Tür öffnete.

»Sie ist tot«, sagte der junge Mann.

Der Alte bohrte die Zähne ins Fleisch und zerrte einen weiteren Streifen vom Knochen. Er kaute, spuckte ein Stück Knorpel auf den Boden. »Vor fünfzig Jahren hätte mich eine solche Nachricht vielleicht berührt.«

Krugers Enkel nahm am Tisch Platz, ohne die Speisen auf dem Tablett anzurühren. Es war nur noch wenig übrig, und er konnte später weitaus besser essen, auf Kosten einiger Speichellecker, die sich von seiner Abstammung beeindrucken ließen. »Nach Sicherheitsberichten, die in hohen Kreisen der Föderation zirkulieren, wurde sie von orionischen Schmugglern umgebracht.«

»Hast du das von einem *Vetter* erfahren?« Das vorletzte Worte sprach Kruger mit unüberhörbarem Abscheu aus.

»Großvater, Botschafter Nedec hat Zugang zu geheimen Dokumenten, aus denen hervorgeht...«

»Nedec kriecht vor dem Emporkömmling Gowron!« donnerte der Alte. »Er wirft dir einige Informationsbrocken zu wie Essensreste einem Targ. Dir! *Du* solltest *Nedecs* Gebieter sein!« Er warf den abgenagten Knochen zu Boden. »Natürlich erst nach meinem Tod!«

»Nach den bereits erwähnten Dokumenten steht T'Saras Tod auch mit den Ferengi in Zusammenhang«, fuhr Krugers Erbe ungerührt fort.

»Verdammte vulkanische Vettel! Dein Vater war ein Narr, weil er mit ihr redete, weil er etwas verriet, das nur der Familie bekannt sein sollte.«

»Du bist der Narr!« erwiderte der junge Krieger. Seine scharfe und nicht besonders taktvolle Antwort brachte ihm die volle Aufmerksamkeit des Alten ein. »Verstehst du denn nicht? T'Sara fand etwas, das Orioner und Ferengi für sich wollten. Etwas, das die *Enterprise* jetzt nach Vulkan bringt.«

»Meinst du den Pagrashtak?«

»Ja, Großvater. Ich bin ziemlich sicher.«

Kruger hob den Bierkrug, trank einen großen Schluck und kniff nachdenklich die Augen zusammen. »Also ist dein Vater vielleicht nicht so töricht gewesen, wie ich dachte.«

»Mit dieser Einschätzung dürftest du recht haben. Immerhin: T'Sara hat ihr Wort gehalten und darauf verzichtet, Kessecs Schande in ihren Texten zu erwähnen. Statt dessen nutzte sie das Wissen um seine Aktivitäten für ihr Bestreben, die Spur des Blutsteins zu verfolgen.«

»*Unseres* Blutsteins«, sagte Kruger fest.

»Ja, Großvater. Ich kümmere mich persönlich um diese Sache.«

Diat Manja weinte, als er von T'Saras Tod hörte.

Fast sechzig Jahre war es her, daß sie sich zum letztenmal in diesem Raum aufgehalten hatte, aber wohin Diat auch sah: Überall erblickte er Erinnerungen an ihre Präsenz. T'Saras Lehrbücher und Monographien standen in den Regalen, neben dicken Sammelmappen, die ihre Korrespondenz enthielten. Stundenlang hatte sie in diesem mit Schnitzereien verzierten Holzsessel am Schreibtisch gesessen und in den Übersetzungen geblättert. Bei anderen Gelegenheiten nahm sie am Erkerfenster Platz, um während des Lesens die Wärme des Sonnenscheins zu genießen. Welches Manuskript er auch öffnete: Immer fand er handschriftliche Notizen am Seitenrand.

Es gab nur noch wenige iconianische Traumtexte aus der Vorzeit. Andernfalls wäre T'Sara damals vielleicht länger geblieben.

Die meisten Dynasianer an der Universität hatten sich von der Außenweltlerin ein wenig abgestoßen gefühlt:

Ihre Stirn war zu glatt, und hinzu kam die hellgrüne Haut. Abgesehen vom jungen Manja erklärte sich kein anderer Gelehrter seiner Fakultät bereit, der Besucherin bei ihren Nachforschungen zu helfen. Im Gegensatz zu seinen Kollegen faszinierten ihn T'Saras Entschlossenheit und der Umstand, daß es ihr völlig gleichgültig zu sein schien, was andere Leute von ihr dachten. Diese beiden Eigenschaften fehlten ihm.

Er griff nach einem zerfransten Schal, und seine Finger strichen langsam über den Stoff, so zärtlich wie über die Wangen einer Geliebten. Es handelte sich um einen recht dicken vulkanischen Schal, den T'Sara die ganze Zeit über getragen hatte – selbst eine Hitzewelle während des dynasianischen Sommers war kälter als der vulkanische Winter. Über viele Jahre hinweg fragte sich Manja, ob sie den Schal ganz bewußt zurückgelassen hatte oder ob allein Zufall dahintersteckte. Vulkanier waren von Natur aus alles andere als sentimental, aber T'Sara wußte um das emotionale Potential von vielen verschiedenen Völkern. Wenn sie die ihr geltende Liebe des jungen Mannes erahnte, so ersparte sie ihm Demütigungen, indem sie seine Gefühle taktvoll ignorierte.

Nachdem sie Dynasia verlassen hatte, verehrte er sie aus der Ferne und fand Trost in den Briefen, die sie sich schrieben. Andere hätten so etwas für kaum der Rede wert gehalten, doch er fand in diesen geistigen Kontakten mehr Erfüllung als in den Armen seiner Gemahlin.

Jetzt würden keine Briefe mehr kommen.

Vor drei Tagen hatte Manja der Vulkanierin eine Dringlichkeitsnachricht geschickt: In den Archivgewölben der Flugtechnikbibliothek war eine verlorene iconianische Schriftrolle gefunden worden. Man hatte die Sternkarte irrtümlicherweise als ein Werk klassifiziert, das mit Technologie in Zusammenhang stand – bis einer von Manjas früheren Studenten es als Teil der Traumserie erkannte.

Doch T'Sara starb, bevor die Nachricht sie erreichte, und jemand anders antwortete.

Der Professor griff nach der zerknüllten Mitteilung, die vor etwa einer Stunde eingetroffen war. Er strich das Blatt glatt, zwinkerte einige Tränen fort und las den kurzen Text noch einmal. Sendei schilderte das Ende der Archäologin auf typisch vulkanische Weise: mit einigen knappen, kühlen Worten. Bei der zweiten Lektüre erkannte Manja die doppelte Tragödie in T'Saras Tod.

Die Wissenschaftler der vulkanischen Akademie weigerten sich, T'Saras größte Leistung anzuerkennen! Der Rektor glaubte, sie sei dem ersten Stadium des Wahnsinns zum Opfer gefallen.

»Nein!« entfuhr es Diat Manja. »T'Sara verdient es, daß man ihren Erfolg ehrt! Nach hundert Jahren der Suche gelang es ihr, das Ko N'ya zu finden, das Juwel des alten Iconia. Ich werde dafür sorgen, daß man überall in der Föderation die Wahrheit über ihre Entdeckung erfährt!«

Er sank in den Sessel zurück, und Verlegenheit über den plötzlichen Gefühlsausbruch verlieh seinem Gesicht eine indigoblaue Tönung.

Wie sollte er seinen Schwur halten? Er war ein müder alter Mann, der nicht einmal auf Dynasia über großen Einfluß verfügte. Professoren für antike Literatur genossen kein hohes Ansehen auf einer Welt, die vor allem technische Weiterentwicklung anstrebte. Außerdem: Ihre Reputation hätte für T'Sara keine oder nur eine sehr geringe Rolle gespielt.

Aber sie hat immer großen Wert auf die Wahrheit gelegt, dachte Manja.

Er nahm einen Stift vom Schreibtisch. Dies war die einzige Waffe, mit der er sich auskannte – er mußte den Kampf mit Worten führen.

Es gab eine Person auf Dynasia, die vielleicht dafür sorgen konnte, daß man dieser Sache Aufmerksamkeit schenkte, eine Person, die darüber hinaus in ständigem Kontakt mit Mitgliedern des Föderationsrates stand. Zwar unterhielt Manja keine Beziehungen zu dem Kustos, aber einer seiner früheren Studenten arbeitete als Sekretär jenes Mannes. Ganin konnte sicher gewährleisten, daß Kustos Chandat diesen Brief las, und anschließend zögerte Chandat bestimmt nicht, sich für die Gerechtigkeit einzusetzen.

Manja begann zu schreiben.

16

Ein Sofa stand ganz in der Nähe des Schreibtischs, aber Picard hatte zu lange damit gewartet, sich den weichen Polstern anzuvertrauen. Seit Stunden lag der Schlaf auf der Lauer, und nun sprang er heran, nahm dem Captain die Kraft und den Willen, sich zu bewegen.

Das Buch, in dem er bis eben gelesen hatte, glitt aus erschlaffenden Fingern und rutschte auf den Schreibtisch. Jean-Luc schob es beiseite, ließ den Kopf auf die verschränkten Arme sinken und gab der Müdigkeit nach.

Der Captain atmete immer leiser und verharrte in fast völliger Reglosigkeit; nur seine Brust hob und senkte sich kaum merklich. Nach einer Weile zuckten die Finger der einen Hand und tasteten umher, bis sie die rauhe Oberfläche des Steins berührten. Dann erstarrten sie wieder.

Zeit verstrich, und die andauernde Stille im Zimmer veranlaßte den Computer, das Licht zu löschen. In der Dunkelheit begann das Herz des Teufels zu glühen. Ein innerer Glanz flackerte wie das Licht einer Kerze.

Picards Lippen bewegten sich und formten fremde Worte.

»Dieser hier …«

»… ist tot«, sagte Telev automatisch, obgleich niemand in der Nähe weilte, der ihn hören konnte. Die nächste Pflegerin befand sich auf der anderen Seite des Krankensaals und verteilte dort Näpfe mit Suppe an jene, die noch kräftig genug waren, ohne fremde Hilfe zu essen. Die Frau hielt inne und hustete – vermutlich dauerte es nicht mehr lange, bis sie ebenfalls auf eine der schmalen Liegen sank. Telev hoffte, daß es dann noch jemanden gab, der *ihr* etwas zu essen brachte.

Der Heiler wandte sich wieder dem Toten zu. Bei einer kurzen Überprüfung stellte sich heraus: Das einzige Identifizierungsmerkmal bestand aus einem Clantuch. Telev betrachtete die halb vertrauten Muster, doch angesichts seiner Erschöpfung dauerte es eine Welle, bis er sie deuten konnte.

O ja, Assan.

In der letzten Woche hatten sich drei Verwandte um ein erkranktes Mitglied des Assan-Clans gekümmert. Sie arbeiteten als Weber und waren zu arm, um die Stadt zu verlassen – aber nicht arm genug, um auch auf die Behandlung im Hospiz verzichten zu müssen. Telev sah sich das aufgedunsene Gesicht des Toten genauer an und erkannte ihn als einen der drei Familienangehörigen. Der Umstand, daß ihm kein Verwandter Gesellschaft leistete, deutete wahrscheinlich darauf hin, daß überhaupt keine Assan mehr übrig waren.

Telev band das Clantuch um den Hals des jungen Mannes. Irgendwann kam sicher jemand und brachte den Leichnam nach draußen, damit er vom nächsten Totenkarren mitgenommen werden konnte. Die Wagen rollten jetzt stündlich durch die Straßen der Stadt und brachten ihre Last zu den Bestattungsfeuern, die Tag und Nacht loderten, um alle Opfer der Epidemie zu verbrennen.

Der Heiler trat zum nächsten Bett, in dem zwei Kinder schliefen, dicht aneinandergeschmiegt, als wollten sie sich gegenseitig wärmen. Frösteln und ein Gefühl der Kälte in den Gliedmaßen – das waren die ersten Symptome der Krankheit. Doch in diesem Fall sollte die Umarmung vielleicht nur gegenseitigen Trost spenden. Telev lauschte dem Atmen der beiden Kinder und stellte erleichtert fest, daß mit den Lungen alles in Ordnung war. Die Haut zeigte nach wie vor ein helles Blau und keine verdächtigen dunklen Flecken. Eigentlich ging es diesen beiden Kindern viel zu gut, um einen Platz im Hospiz zu beanspruchen, und außerdem liefen sie hier Gefahr, sich anzustecken. Aber wenn Telev die Waisen fortschickte ... Er fürchtete, daß sie dann in den Straßen herumirrten, bis sie entweder verhungerten oder krank wurden. Man starb nicht nur an der Seuche; es gab noch andere Möglichkeiten, ums Leben zu kommen.

Der Zustand der letzten Patientin in dieser Reihe war nicht so vielversprechend. Der Heiler kannte Evalla seit seiner Kindheit und hatte beobachtet, wie das lebhafte Mädchen zu einer anmutigen jungen Frau heranwuchs, die bei der letzten Herbstsonnenwende die *Sissalya*-Zyklen tanzte. Jetzt war ihr einst weißes Haar so gelb wie das einer Greisin, der Leib steif und angeschwollen.

Telev nahm auf der Bettkante Platz und sah sich Evalla aus der Nähe an. Die Luft strömte mit einem leisen, pfeifenden Zischen in die Kopffühler hinein und wieder heraus – deutlicher Hinweis auf eine Entzündung. Die Haut wirkte inzwischen fast purpurn.

»Sie will nicht essen«, sagte Shaav, Gemahl der Kranken. Er hob ein halb verzehrtes Stück Brot und sammelte sorgfältig alle Krumen, die sich von Evallas Mund gelöst hatten.

»Das Schlucken tut weh«, sagte die Patientin und schnappte nach Luft, »Es geht mir schlechter, nicht wahr?«

»Ja, viel schlechter.« Telev kannte einige Kräuter, die wenigstens den Schmerz linderten, aber den letzten Vorrat hatte er schon vor einer ganzen Weile aufgebraucht. Es gab niemanden mehr im Hospiz, der auf

Wiesen und in Wäldern nach ihnen suchen konnte – und der wußte, wonach es Ausschau zu halten galt.

»Sterbe ich?«

»Ja.« Zu Anfang hatte Telev den Kranken Hoffnung angeboten. Falsche Hoffnung. Die meisten von ihnen starben, ebenso wie diejenigen, die um sie trauerten. Jetzt fehlte dem Heiler die Kraft, auch weiterhin zu lügen.

Evalla rang sich ein schiefes Lächeln ab. »Ich habe die Behandlungsrechnung noch nicht bezahlt.«

»Da haben Sie Glück. Unser Kassierer ist gerade krank geworden.«

Shaav reagierte nicht auf die Worte und fuhr damit fort, Krumen zu sammeln. Er hatte laut gejammert, als vor einem Monat seine Mutter starb, und kurze Zeit später brach er nach dem Tod seiner jüngeren Schwester in Tränen aus. Anschließend beobachtete er stumm, wie der Vater, zwei Brüder und ein Vetter kurz hintereinander zu den Bestattungsfeuern gebracht wurden. Er kümmerte sich hingebungsvoll um seine Gattin, sprach jedoch nur noch selten.

Als Telev aufstand, eilte eine alte Frau durch den Mittelgang des Saals. Sie bemerkte ihn sofort – nur er stand, umgeben von Dutzenden von liegenden Patienten.

»Ich brauche ein Bett für meinen Sohn«, sagte sie, laut genug, um das Stöhnen und Wimmern der vielen Kranken zu übertönen.

Der Heiler deutete zum toten Assan. Die Zeit genügte nicht, um die Laken zu wechseln, aber was spielte das schon für eine Rolle? Es gab ohnehin keine sauberen mehr. »Sie bekommen die Liege dort, wenn Sie den Leichnam fortschaffen.«

»Abgemacht«, erwiderte die Frau zufrieden und hastete fort, um jemanden zu holen, der ihr half.

Ein neuer Patient.

Und nach ihm würde es noch einen geben, und dann

noch einen und noch einen – während die Toten fortgetragen wurden, um den Sterbenden Platz zu machen. So viel Arbeit wartete auf Telev. Und er konnte nur wenig tun.

Er floh aus dem Krankensaal.

Alle zur Verfügung stehenden Räume – unter ihnen auch jene, die als Studienzimmer und Schlafkammern für die Heiler gedient hatten – wurden nun für die Pflege und Behandlung der Kranken verwendet. Dennoch war es Telev gelungen, einen kleinen Raum als seine ganz persönliche Zuflucht zu reservieren. Er bot gerade genug Platz für eine schmale Liege – die er gestern aufgegeben hatte, zusammen mit einigen Hemden. Jetzt lag nur noch eine Matratze auf dem Boden. Vorräte lagerten hier längst nicht mehr.

Abgesehen von dem Behälter mit *Talla*-Borke. Sie hatte keinen medizinischen Wert und wurde dafür verwendet, vor der Verabreichung eines Abführmittels den Magen zu füllen. Trotzdem fühlte sich Telev schuldig, weil er sie vor den anderen versteckte, ganz allein für sich beanspruchte.

Er öffnete den Behälter, wählte einige kleine, trockene Rindenstücke und gab sie in eine Tasse mit heißem Wasser, die er auf dem Weg hierher von einem Suppentablett genommen hatte. Er ließ die *Talla*-Brühe nur eine Minute lang ziehen und trank den ersten ungeduldigen Schluck.

Ah, das bringt Wärme in meine kalten Knochen …

Ja, die Hände fühlten sich kalt an. Über Wochen hinweg war die Luft immer angenehm warm gewesen, doch an diesem Abend erschien sie sehr kühl.

Nun gut. Auch Heiler müssen sterben.

Telev trank noch einen Schluck von der Brühe. Sie bot einen armseligen Ersatz für Tee, aber einen anderen Luxus gab es nicht mehr für ihn. Wenn es doch nur Srjula gewesen wäre! Aber die reichen Kaufleute hatten die Stadt bei den ersten Anzeichen der Epidemie verlassen. Wenn es in Andor noch Tee gab, so lagerte er in verschlossenen Lagerhäusern, um nach der Rückkehr der Händler an Leute verkauft zu werden, die dafür bezahlen konnten.

Wahrscheinlich bekomme ich nie wieder Gelegenheit, Srjula zu kosten.

Ein kleines Fenster in der Außenwand des winzigen Zimmers gewährte Ausblick auf die Stadt, die sich nun im orangefarbenen Licht der untergehenden Sonne erstreckte. Telev lehnte die Stirn ans Glas und hielt nach Leuten in den Straßen Ausschau, nach Lichtern in den Häusern, nach frisch gewaschener Wäsche, die an Leinen hing und im Wind flatterte. Hier und dort gab es tatsächlich Anzeichen dafür, daß jemand überlebt hatte. Aber in dieser Stadt hatte einst eine halbe Million Bewohner gelebt, und jetzt wirkte sie … leer.

Der Heiler beobachtete auch den Horizont und suchte an den Berggipfeln nach den Rauchfahnen der letzten Tage. Sie schienen sich inzwischen verflüchtigt zu haben. Man hatte von gewaltigen Bränden jenseits des Gebirges gemunkelt.

Jemand klopfe an die Tür, leise und sanft.

Mit zwei Schritten durchquerte Telev den Raum und sah in den Korridor. »Was gibt's, Sathev?« Der Helfer war ein Patient gewesen und gehörte zu den wenigen Leuten, die sich von der Krankheit erholt hatten. Doch jetzt bestand sein Gesicht nur noch aus Narben, Grund genug für ihn, im Hospiz zu bleiben.

»Jemand am Südtor möchte mit dem Heiler sprechen, der für die Aufnahme von Patienten zuständig ist.«

Telev lachte über die Absurdität einer so förmlichen Anfrage. Die üblichen Aufnahmeverfahren hatten an Bedeutung verloren, als immer mehr Heiler erkrankten und starben.

»Ich habe versucht, unsere Situation zu erklären«,

sagte Sathev müde. »Aber die Frau beharrte auf ihrem Anliegen.«

»Schon gut. Ich kümmere mich darum.«

Manchen Leuten gelingt es erstaunlich gut, die Augen vor der Realität zu verschließen, dachte Telev, als er zum Tor ging. *Die vertraute Welt geht unter, doch sie halten trotzdem an den alten Traditionen fest.*

Eine Frau und zwei Männer warteten am Südtor. Vor ihnen lag jemand, in schmutzige Tücher gehüllt. Telev hätte eine Leiche vermutet, wenn nicht ein leises Stöhnen gewesen wäre.

»Ich bin Viloff«, sagte die Frau und hob eine Laterne, damit Licht in ihr Gesicht fiel. Sie trug einen unscheinbaren Umhang aus dem groben Stoff der Handwerker, doch ihre Haltung brachte mehr Würde und Stolz zum Ausdruck, als gewöhnlichen Leuten zustand. Der eine Arm baumelte wie entspannt an der Seite, doch Telev vermutete, daß die betreffende Hand jederzeit bereit war, ein hinter dem Gürtel steckendes Messer zu ziehen. »Wir brauchen ein Zimmer für unseren Freund. Er ist sehr krank.«

»Einen freien Raum haben wir nicht. Vielleicht gibt es in einer Stunde ein Bett für ihn.«

»Das genügt nicht. Er benötigt einen privaten Bereich. Und zwar sofort.« Die Frau verlagerte ihr Gewicht, und ihre Hand tastete zur Waffe.

»Sie können mich hier auf der Treppe erstechen, doch ein Zimmer bekommen Sie dadurch nicht. Das einzige Ergebnis bestünde darin, daß diese Stufen mit Blut verschmiert werden.«

»Genug!« zischte die Frau. »Bringen Sie mich zu Ihrem Vorgesetzten.«

Damit verriet sie ihre eigene Identität und auch die ihrer beiden stummen Begleiter.

»Wie ist Ihr Rang, Viloff?« fragte der Heiler.

»Sie sehen zuviel, Alter.«

»Und Sie sind nicht nur Soldatin, sondern auch eine närrische junge Frau.« Telev rieb die Hände, um die Steifheit aus ihnen zu vertreiben. »Es gibt keine anderen Heiler. Ich bin der letzte.«

»Der letzte ...«, wiederholte Viloff fassungslos. Die kühle Arroganz fiel ganz plötzlich von ihr ab. »Ich bin Subcommander gewesen in der letzten Woche, aber inzwischen könnte ich schon Bataillonsadmiral sein. Bei uns brach die Seuche vor einem Monat aus, und dann erfolgte ein Angriff... Zwei Tage lang sind wir unterwegs gewesen, ohne einen anderen Offizier zu sehen.«

»Bringen Sie Ihren Freund in den Krankensaal«, sagte Telev. Er wollte nicht länger im kalten Wind stehen. »Ich sorge für ihn.«

Viloff schüttelte den Kopf, rang einige Sekunden lang mit sich selbst, griff nach dem Arm des Heilers und zog ihn zu dem Bündel. Dort bückte sie sich und zog ein Tuch beiseite.

Im Licht der Laterne sah Telev genug, um sofort auf die Bitte der Frau einzugehen.

»Sie können mein Zimmer benutzen«, sagte er und winkte die Gruppe ins Hospiz.

Die beiden Männer hoben das Bündel vorsichtig hoch und ignorierten das leise Stöhnen darin. Mit schweren Schritten folgten sie dem Heiler zum kleinen Zimmer. Es bot nicht genug Platz für sie alle, und Viloffs Begleiter nutzten die gute Gelegenheit, um in den Korridor zurückzukehren. Sie standen rechts und links von der Tür Wache, schienen dankbar dafür zu sein, die Sache dem Subcommander überlassen zu können.

Viloff stellte die Laterne auf ein hohes Regal.

Telev hockte neben der Matratze, und mit zitternden Händen zog er die Tücher fort. Er hatte die feuchten Flecken für Blut gehalten, doch nun sah er, daß sie dunkelgrün waren.

»Wo haben Sie ... dies hier gefunden?« Er fand keine geeigneten Worte, um den Fremden zu beschreiben.

»Wir wurden angegriffen«, sagte Viloff. »Von fliegenden Schiffen, wie wir sie nie zuvor gesehen haben. Unsere Waffen konnten nichts gegen sie ausrichten. Innerhalb weniger Stunden vernichteten sie unsere Streitkräfte in der westlichen Provinz. Doch dann geschah ein Wunder: Ihre Schutzschilde schienen zu versagen, und wir konnten sie nacheinander abschießen. Ich habe ein Wrack durchsucht und nur diesen Überlebenden gefunden.«

Der Heiler löste das letzte Tuch vom Leib des Fremden. Zwar bekam er es nun zum erstenmal mit einem solchen Wesen zu tun, aber es ließ sich auf den ersten Blick erkennen, daß die Beine gebrochen waren. Breite Risse zeigten sich im Unterleib, und zerfetztes Muskelgewebe ragte daraus hervor. An Torso und Armen diagnostizierte Telev Dutzende von Quetschungen.

»Häßliche Geschöpfe, nicht wahr?« murmelte Viloff. »Die anderen – die toten – sahen diesem ähnlich.«

»Ich versuche immer, Schönheit in allem Lebendigen zu erkennen.« Obwohl sich das in diesem Fall als besonders schwierig erwies. Selbst wenn man dem seltsam dunklen Haar und der grünlichen Haut keine Beachtung schenkte – der vorspringenden Stirn und den verkümmert wirkenden Hörorganen mangelte es gewiß an Ästhetik. Der nackte Leib wirkte im Vergleich zu einem andorianischen Körper grobknochig und gedrungen. Die Geschlechtsorgane – wenn sie tatsächlich solchen Zwecken dienten – befanden sich an einer viel zu verwundbaren Stelle.

»Ich bin Kaiser Vitellius!«

Telev zuckte zusammen und drehte die Kopffühler zur Seite. Die Stimme des Fremden war unangenehm laut; hinzu kamen ein scharfer Akzent und Worte, die aus zu vielen Konsonanten bestanden.

»Ich führe das romulanische Volk zum Sieg.«

Die Glieder des Fremden zuckten, doch er war zu schwach, um auch nur den Kopf zu heben. Telev stellte fest, daß der Blick ins Leere reichte, ihre Präsenz überhaupt nicht zur Kenntnis nahm. Bei einem Andorianer hätten solche Symptome auf ein Versagen des Eadilium hingedeutet, aber vielleicht gab es bei diesem Geschöpf gar keine derartige organische Komponente.

»Entweder unterwerft ihr euch meiner Macht, oder ihr seid des Todes!«

Telev hörte nur heiseres Zischen und Fauchen, verstand überhaupt nichts.

Vermutlich hatte der Fremde eine große Menge grünes Blut verloren, doch der Heiler konnte es nicht ersetzen. Die übliche Behandlung – eine Wasser-Infusion – mochte diesen Patienten auf der Stelle töten. »Es gibt nichts, das ich oder ein anderer Heiler für dieses Wesen tun könnte. Es ist dem Tode bereits näher als dem Leben. Ich müßte viel mehr über die biologische Struktur herausfinden, um eine sinnvolle Behandlung einzuleiten, und dafür reicht die Zeit nicht mehr aus.«

»Schade«, sagte Viloff. »Es ist sehr wichtig, daß wir mehr über unsere Feinde erfahren.«

Telev beugte sich tiefer, um die Untersuchung fortzusetzen. Eine Überraschung erwartete ihn – der Fremde stellte plötzlich einen Blickkontakt her.

»Laßt mich gehen! Ich befehle es euch: Laßt mich gehen!«

Das Geschöpf bewegte die Hände und tastete in den beiseite gelegten Tüchern umher. Viloff seufzte. »Der Fremde trägt einen Talisman bei sich, vielleicht eine Art Clanzeichen. Wir wollten ihm das Objekt wegnehmen, als wir ihn fanden, aber er wollte es einfach nicht loslassen. Zu jenem Zeitpunkt war er noch kräftiger.«

»Ihr müßt mir gehorchen. Andernfalls wird euch das Ko N'ya vernichten.«

Das Wesen hob einen grauen Stein, schüttelte ihn und bewies damit erstaunlich viel Kraft.

»Gebt auf! Ich bin unbezwingbar!«

Der Fremde erbebte am ganzen Leib, und die Hand mit dem Stein sank jäh auf die Matratze zurück.

»Ich bin ... der Kaiser ...«

Die Stimme des Geschöpfs wurde zu einem Flüstern und verstummte dann ganz. Die dunklen Augen schlossen sich. Telev hielt einen Finger an den kurzen Hals, ertastete den Puls und fragte sich, ob er zu langsam oder zu schnell war. Selbst wenn ihm die Antwort bekannt gewesen wäre – wie hätte er eine Stabilisierung bewirken können?

Schließlich hörte das Pochen auf

»Der Fremde ist tot«, sagte Telev. Übrig blieb nur das sonderbare Relikt von einer fernen Welt. Neugierig zog der Heiler es aus den erschlafften Händen des Toten. »Ein abergläubisches Volk«, brummte er, als er den Stein von allen Seiten betrachtete und eine Wärme fühlte, die vermutlich vom Fieber des Wesens stammte.

»Es bleibt uns nichts anderes übrig, als die Leiche selbst zum nächsten Bestattungsfeuer zu tragen«, meinte Viloff. Sie trat zur Tür und beauftragte die beiden Männer, den Toten fortzuschaffen.

»Skae!« fluchte einer von ihnen, als sie den Leichnam einwickelten. »Bestimmt rieche ich später nach seinem Blut.«

»Vergiß, was du hier gesehen hast, Heiler«, sagte die Frau. »Andor hat auch so schon genug Sorgen.«

»Wer würde mir glauben?« Telev hob den Stein. »Was ist hiermit?«

Doch die Soldaten waren bereits gegangen und verschwanden in den Schatten der Nacht. Der einzige Beweis für ihren Besuch bestand aus einer unbrauchbar gewordenen Matratze.

Und dem Stein.

Er war noch immer warm und vertrieb das schmerzhafte Pochen aus Televs Händen. In der Dunkelheit schien er an bestimmten Stellen zu glitzern und zu funkeln. Dies und eine Tasse Talla-Brühe spendeten Telev nun den einzigen Trost – doch beides zusammen kam einem Schatz gleich.

Der Heiler hielt den fremden Talisman in der Armbeuge, als er nach dem *Talla*-Behälter griff und ihn zum Krankensaal trug. Sathev verwendete den Inhalt für fünf Tassen Tee, die er an einige noch wache Patienten verteilte. Ein sanftes Wort, eine zärtliche Berührung – allein mit diesen Waffen mußte Telev gegen die Seuche kämpfen. Er vergaß keinen einzigen Kranken, sprach auch zu jenen, die bereits schliefen.

Als er seine Runde durchs Hospiz beendet hatte, spürte er eine solche Erschöpfung, daß er nicht weitergehen konnte. Er sank auf den Boden und rollte sich zusammen, den feurigen Glanz des Steins im Zentrum seines Selbst. Er glaubte zu fühlen, wie die ganze Kraft zusammen mit dem Leben aus ihm heraussickerte.

Muß sich der Knoten schon so bald lösen?

Während er auf die endgültige Trennung seiner Verbindung zur Welt wartete, hörte Telev lachende Stimmen und die Schritte laufender Kinder. Er wußte, ohne zu sehen: Die Sterbenden erhoben sich nun von ihren Betten. Evalla tanzte durch die Flure, und Shaav sang eine triumphierende Ballade über ihre wundersame Heilung. Sathev weinte, als er die glatte Haut in seinem Gesicht belastete, und Avae hustete nicht mehr.

Offenbar habe ich mir etwas Glück von den Sternen geliehen.

Falls sein Leben durch die Macht des Talismans ein schnelleres Ende finden würde ... Der Handel erschien ihm fair. Immerhin war er Heiler.

Freudige Hände streckten sich Telev entgegen, um ihn in den Kreis der Feiernden zu ziehen, doch er starb, bevor sie ihn erreichten.

17

Die gelbe DiWahn-Sonne mußte erst noch über den Horizont steigen, aber König Akhanatos war bereits auf den Beinen, als ein Diener in sein Gemach eilte.

»Euer Hoheit, ein Besucher ist eingetroffen und bittet um eine private Audienz.« Akhanatos wollte die Hand zu einer ablehnenden Geste heben, doch der Diener fügte rasch hinzu: »Er ist ein unDiWahn.« Der König nickte zustimmend, woraufhin der Bedienstete forthastete. Nur wenige Sekunden schienen verstrichen zu sein, als sich die Tür erneut öffnete. Ein Fremder kam herein, das Gesicht halb im Schatten einer weiten Kapuze verborgen. Die würdevolle Haltung bot einen Hinweis, und Akhanatos erkannte Meister Kieradán.

»Ich grüße Sie, Akhanatos«, sagte der unDiWahn. Er offenbarte die typische Arroganz der Gläubigen, verneigte sich nicht und verzichtete auch darauf, den Titel des Regenten zu nennen.

»Ihr Besuch ehrt mich.« Der König war erleichtert darüber, daß sich keine anderen Untertanen in der Nähe befanden – niemand beobachtete, daß er die Respektlosigkeit einfach so hinnahm. Angesichts der recht hohen finanziellen Schulden gegenüber dem Orden durfte er seinen Unmut jetzt nicht zeigen, aber er nahm sich vor, später Vergeltung zu üben.

»Ich bringe Ihnen eine Mitteilung von Admiral Jakat.«

Erster Argwohn regte sich in Akhanatos, als er diesen Namen hörte. »Was soll das heißen? Der Admiral braucht niemanden, der mir seine Nachrichten bringt. Er spricht direkt mit mir.«

»Jetzt nicht mehr.« Kieradán breitete die Arme aus. »Jakats wahrer Name lautet Daramadán. Er gehört zum Orden der Gläubigen und dient allein dem Gedenken an unsere iconianischen Vorfahren.«

»Bitte lassen Sie die dummen Scherze, unDiWahn!« entfuhr es Akhanatos. Es gelang ihm nicht mehr, Ärger und wachsende Besorgnis zu verbergen. »Gerade heute morgen habe ich keine Zeit für Ihren mystischen Unsinn.«

»O ja. Weil Sie heute mit der Offensive gegen das Königreich von Roshamel beginnen wollten.«

Der Instinkt verlangte von Akhanatos, heftig zu widersprechen, aber die Furcht, durchschaut worden zu sein, lähmte seine Zunge. Entsetzt hörte er zu, als der unDiWahn die Einzelheiten des Angriffsplans nannte, den er Jakat vor drei Tagen erläutert hatte.

»Ihre Vereinbarung mit dem Orden sieht vor, daß die Schiffe für friedliche Zwecke verwendet werden, nicht für den Krieg«, fuhr Kieradán fort. »Das von uns verwaltete iconianische Wissen soll allen DiWahn dienen und nicht nur einem kleinen Königreich zum Vorteil gereichen. Sie haben den Schwur verletzt und damit gegen unsere Gesetze verstoßen.«

»Frieden wollen Sie?« Akhanatos fand Sprache und Stolz wieder. »Nur die unDiWahn können sich einen solchen Traum leisten. Ich habe einen hohen Preis für Ihr heiliges Wissen bezahlt, und noch mehr kostete mich der Bau der Flotte. Dachten Sie etwa, daß ich mich zur großen Freude meiner Feinde in den Ruin treibe?«

»Nein«, erwiderte der Meister und lächelte geheimnisvoll. »Sie haben sich genau so verhalten, wie wir es von Ihnen erwarteten. Als Strafe für den versuchten Verrat an den Gläubigen erheben wir hiermit Anspruch auf das, was mit unserem Wissen geschaffen wurde.«

»Sie setzen also meine eigenen Truppen gegen mich ein.« Akhanatos begriff plötzlich die bitteren Konsequenzen seiner Leichtgläubigkeit. Zuerst hatte ihn der Orden dazu gebracht, sich hoch zu verschulden, und jetzt nahm er ihm die Möglichkeit, mit Kriegsbeute reich zu werden. Es kam sogar noch schlimmer: Er sollte den eigenen Waffen zum Opfer fallen.

Kieradán überraschte den König, indem er den Kopf schüttelte. »Jakat ist kein Verräter, und wir haben kein Interesse an Ihrem Reich. Der Admiral ist damit beschäftigt, eine Mission für uns vorzubereiten. Wenn Sie bei der Rückkehr der Flotte noch hier sind, so können wir über die zukünftige Verwendung der Schiffe reden.«

»Wenn ich dann noch...« Akhanatos sprach den Rest der Frage nicht aus, als ihm die Antwort einfiel.

Roshamel griff bestimmt an, sobald er vom Aufbruch der Flotte erfuhr. Die Bodentruppen der beiden Reiche waren ungefähr gleich stark, was bedeutete: Ein Sieg mußte schwer erkämpft werden. Und wer auch immer übrigblieb: Er hatte keine andere Wahl, als aus einer Position der Schwäche heraus mit den unDiWahn zu verhandeln.

»Bei diesem Spiel kann ich Sie übertreffen.« Akhanatos lachte höhnisch, um dem Meister seine Verachtung für die durchtriebenen politischen Strategien des Ordens zu zeigen. »Ich warne Sie: Wenn ich mit Roshamel Frieden schließe, so wächst die Macht beider Königreiche.«

»So vernünftige Maßnahmen würden wir begrüßen, Akhanatos«, entgegnete Kieradán. »Mögen Ihre Gegner ebenso weise sein wie Sie.« Der unDiWahn ehrte den König mit einer respektvollen Verbeugung, drehte sich um und verließ das Gemach.

Zu Kanda Jiaks Erleichterung war das Terminal von Davenport kleiner als das der Starbase 75, und außerdem hielten sich hier nicht so viele Reisende auf. Als er den Andockbereich verlassen hatte, stellte er fest: Eine einzelne Kuppel enthielt alle Einrichtungen für die Abfertigung von Passagieren.

Der Iconianer trat an den Ticketschalter heran und schob seinen ID-Chip in den Abtaster. »Ich möchte eine Passage nach DiWahn, nur Hinflug.«

»Nach DiWahn!« Der Benzit am Tresen lachte, nahm den Chip aus dem Scanner und gab ihn Jiak zurück. »Ausgeschlossen. Selbst unter günstigen Umständen ist unbefugten Föderationsbürgern der Aufenthalt auf DiWahn verboten. Es handelt sich um einen politisch sehr instabilen Planeten.«

»Aber ich ...«

»Und derzeit kann von günstigen Umständen keine Rede sein«, fügte der Benzit hinzu. Er schniefte und atmete den Dampf des Inhalationsapparats unter seinem Kinn ein.

»Aber ich ...«

»Der gesamte Verkehr von und nach DiWahn ist für unbestimmte Zeit unterbrochen. Wenn wir diplomatische Beziehungen zu der Welt unterhielten – was *nicht* der Fall ist –, so wären sie seit heute morgen ausgesetzt.«

»Seit heute morgen?« wiederholte Jiak. Er stöhnte innerlich, als ihm klar wurde, daß er um wenige Stunden zu spät gekommen war. »Was ist heute morgen passiert?«

»Das geht Sie nichts an«, fauchte der Benzit. Er winkte die Dunstschwaden vor seinem Gesicht beiseite und musterte den jungen Mann. »Nach Ihren Bio-Referenzen stammen Sie von Redifer III, aber Sie haben gewisse Ähnlichkeit mit einem DiWahn.«

»Tatsächlich?« Jiak war so aufgeregt, daß er nicht auf die Gestalt achtete, die sich ihm näherte.

»Ja, die Ähnlichkeit ist kaum zu übersehen«, murmelte der Benzit nachdenklich und auch mißtrauisch.

»Ein Zufall, weiter nichts«, sagte Del scharf. Die Kommandantin des Frachters schob sich zwischen Jiak und den Tresen. »Kommen Sie, Kanda. Sie haben diesem Beamten schon genug Zeit gestohlen. Er muß sich noch um viele andere Dinge kümmern.«

»Ja, das stimmt!« bestätigte der Benzit sofort. Die meisten Angehörigen seines Volkes verabscheuten es, wenn man sie bei ihrer bürokratischen Routine störte.

Del schloß die Hand um Jiaks Oberarm und zog ihn fort.

»Lassen Sie mich los.« *Sie hat kein Recht, mir zu folgen,* dachte Jiak zornig. Er war kein Waisenkind, das einen Schutzengel brauchte. »Ich kann auf mich selbst aufpassen.«

»Beruhigen Sie sich«, sagte die Kommandantin leise. »Sonst landen Sie noch in einer Arrestzelle.«

Die Warnung ließ Jiak verstummen, aber er versuchte noch immer, sich aus dem eisernen Griff zu befreien. Es nützte ihm nichts. Del hatte ihn zur anderen Seite des Terminals von Davenport gezerrt, bevor es dem jungen Mann gelang, sich zu befreien.

»Meine Crew ist noch immer nicht vollständig«, sagte Del. »Ich könnte Sie an Bord der *Haverford* gebrauchen.«

Jiak rieb die schmerzende Stelle am Arm. Eine ganz andere Pein bereitete ihm die Enttäuschung darüber, den Flug nach DiWahn nicht fortsetzen zu können. »Dies hier ist nur die erste Etappe. Ich wollte weiter nach Dynasia.«

»*Was?* Der gottverlassene Planet ist eine Milliarde Lichtjahre von hier entfernt.« Del deutete auf eine Stelle links von Jiaks Kopf. Zwar hatte sie die Entfernung stark übertrieben, aber der junge Mann war ziemlich sicher, daß die Richtung stimmte. Die Kommandantin verfügte über ein verblüffendes Orientierungsvermögen und schien alle Welten in der Galaxis zu kennen, selbst die abgelegensten.

»Und wenn es noch so weit ist«, brummte Jiak mürrisch. »So heißt mein nächstes Ziel: Dynasia.«

»Dann haben Sie nicht mehr Verstand als ein meeganischer Glühwurm.« Del seufzte schwer, als Jiak schwieg. »Die *Marshall* hat am Andockbereich 3 festgemacht. Wenden Sie sich an den Ersten Offizier Conrad, und sagen Sie ihm, daß ich Sie geschickt habe. Sein Frachter fliegt zum Heuhain-Kreuz – es gibt keine Föderationsstation, die Dynasia näher ist. Von dort aus sind Sie auf sich allein gestellt.«

Jiaks Gesicht verfärbte sich aus Scham über den Zorn, den er bis eben empfunden hatte. »Danke, Captain.«

»Nur Mitglieder meiner Besatzung nennen mich Captain«, erwiderte die Frau. »Für meine Freunde bin ich Del.« Sie schlang die Arme um den Jungen und drückte so fest zu, daß sie ihm die Luft aus den Lungen preßte. Dann ging sie fort, ohne noch einmal zurückzusehen.

Danke, Del.

Jiak wäre ihr fast nachgelaufen – nur die Vorstellung, bald Dynasia zu erreichen, hielt ihn zurück. Er nahm seinen Rucksack und schritt wieder in Richtung der Andockbereiche; ein neues Schiff wartete auf ihn.

18

»Ausführung.« Rikers Vorstellung verband dieses Wort mit dem dumpfen Brummen des Triebwerks, mit Sternen, die zu Beginn des Warptransfers bunte Streifenmuster bildeten. Ein Hauch Aufregung ließ sich in Jean-Luc Picards Stimme vernehmen – er blieb nie gleichgültig, wenn er diesen Befehl gab.

»Wenn wir die gegenwärtige Warpgeschwindigkeit beibehalten, erreichen wir Vulkan in drei Komma sechs Tagen«, sagte Data.

Picard wahrte die Haltung selbst dann, wenn er im Kommandosessel saß. Die einzigen Anzeichen von Entspannung bestanden darin, daß er die Beine übereinanderschlug und sich zurücklehnte. An diesem Tag wirkte der Captain noch würdevoller als sonst. Mit kerzengeradem Rücken saß er da und hielt den Kopf hoch erhoben, während er zum großen Wandschirm sah. Allein die Erwähnung von Sareks und T'Saras Heimatwelt genügte, um ihn respektvoll zu stimmen. Nur eines paßte nicht ganz ins Bild der Förmlichkeit: Das Herz des Teufels ruhte in der Armbeuge.

»Ich bin mehrmals nach Vulkan geflogen«, sagte der Erste Offizier. »Aber ich habe nie Gelegenheit zu einem Abstecher auf den Planeten gefunden. Eine solche Chance erhoffe ich mir nun.«

Stille folgte diesen Worten, und als sie zu lange dauerte, beugte sich Troi in ihrem Sessel neben dem Captain vor. »Ja, ich freue mich ebenfalls auf entsprechenden

Landurlaub. Vulkan dürfte sehr interessant sein, wenn auch ein wenig warm.«

Wieder blieb es still.

»Bestimmt werden wir bereits an der vulkanischen Akademie der Wissenschaften erwartet«, fuhr Riker fort, obwohl sein Unbehagen immer mehr zunahm. Er hatte dieses Gespräch begonnen, und jetzt schien er nicht imstande zu sein, es zu beenden. »Das Herz ist ein sehr ungewöhnlicher ...«

»Was haben Sie gesagt?« Picard wandte sich dem Ersten Offizier zu. »Was ist mit dem Herzen?«

»Nun, die Archäologen der Akademie sind sicher sehr neugierig darauf. Als historisches Relikt dürfte es sie für eine Weile beschäftigt halten.«

Der Captain reagierte auf diese harmlose Bemerkung, indem er die Stirn runzelte. Mit der freien Hand zog er am Saum der Uniformjacke. »Ja. Da haben Sie vermutlich recht.«

»Besteht darin nicht der Sinn dieser Reise?« warf Troi ein. Riker fragte sich, welche Emotionen sie wahrnahm. Immerhin schien sie es für notwendig zu halten, diesen Punkt zu bestätigen. »Wir beabsichtigen doch, die von T'Sara ausgegrabenen Artefakte nach Vulkan zu bringen, oder?«

»Natürlich, Counselor.« Picard verzog ungeduldig das Gesicht. »Darauf habe ich während unserer Besprechung hingewiesen, nicht wahr?«

Troi nickte stumm.

»In der Zwischenzeit bietet das Herz ausgezeichneten Gesprächsstoff«, kommentierte Riker scherzhaft. Niemand lachte. »Offenbar ist es leichter, als es aussieht. Ihnen scheint das Gewicht nichts auszumachen.« Er konnte kaum deutlicher auf den Wunsch hinweisen, das Objekt einmal selbst in die Hand zu nehmen. Abgesehen von Picard hatte nur Data es berührt.

»Darüber habe ich noch gar nicht nachgedacht«, entgegnete der Captain. Er verzichtete darauf, den Stein Riker anzubieten. Der Erste Offizier fragte sich, warum Picard ihn überhaupt zur Brücke mitgenommen hatte.

Die nächste Stille zog einen Schlußstrich unter dieses Thema, sehr zu Rikers Erleichterung. Doch die Unruhe regte sich erneut in ihm, als Data den Sessel drehte und sich dem Kommandobereich zuwandte.

»Captain, ich habe die Untersuchungsgeräte im Laboratorium demontiert, überprüft, wieder zusammengesetzt und rejustiert. Sie befinden sich in einem einwandfreien Zustand. Wenn ich die Untersuchungen des Steins fortsetzen könnte, so wären wir imstande, den Wissenschaftlern der Akademie wichtige Basisdaten zu liefern.«

»Ein guter Hinweis, Mr. Data.«

»Danke, Captain.« Der Androide wollte aufstehen, um den Stein zu holen.

»Schon gut«, sagte Picard. »Ich bringe das Herz am Ende Ihrer Dienstschicht ins Labor.«

Data sank wieder in den Sessel.

»Bis dahin möchte ich mich noch mit einigen historischen Nachforschungen befassen«, fügte der Captain hinzu. »Sie haben das Kommando, Nummer Eins.«

»Aye, Captain.«

Riker fühlte sich regelrecht erleichtert, als Picard die Brücke verließ und den Bereitschaftsraum aufsuchte. Es war ein ganz neues Empfinden, das der Erste Offizier nicht willkommen hieß.

»Er ist sehr müde, Will«, sagte Deanna leise, bevor er sie nach dem emotionalen Zustand des Captains fragen konnte. »In letzter Zeit hat er schlecht geschlafen, und darunter litt seine Stimmung.«

»Leidet er wieder an den Borg-Alpträumen?«

Troi zögerte und schüttelte dann den Kopf. »Nein, ich glaube nicht. Er ist nicht so… erschüttert, nur müde und abgelenkt.«

»Vielleicht sollten wir die Bordärztin bitten, ihm warme Milch zu verschreiben.«

»Warme Milch?« wiederholte Data, der den Wortwechsel zwischen Counselor und Erstem Offizier gehört hatte.

Riker verabscheute es, seine Witze dem Androiden zu erklären – dadurch klangen sie immer viel zu banal. »Es war eine scherzhaft gemeinte Anspielung auf ein altes Mittel gegen Schlaflosigkeit.«

»Ah. Wenn ich eine ähnliche Anspielung benutzen darf... Nicht einmal mit einem speziellen Schraubenschlüssel könnte ich dem Captain das Herz abnehmen.«

Data blinzelte überrascht, als Riker laut lachte. »War das komisch?« fragte er hoffnungsvoll.

»Ja, und ob!« Das Lächeln verschwand von Rikers Lippen, als er Deannas Besorgnis bemerkte. Die Counselor wirkte ganz und gar nicht amüsiert.

Als Erster Medo-Offizier der *Enterprise* wußte Beverly Crusher, wie die einzelnen Besatzungsmitglieder auf Anspannungen reagierten und damit fertig wurden. Einige Methoden konnten recht gefährlich werden und führten oft dazu, daß die betreffenden Personen der Krankenstation einen Besuch abstatteten. Miles O'Brien zum Beispiel liebte es, mit einem Floß auf reißenden Strömen zu fahren. Deanna Troi hingegen vertilgte große Mengen an Schokolade. Das Ergebnis: Bei Miles wurde gelegentlich die Regenerierung von Muskelgewebe und Knochen nötig, während Deanna an die Wichtigkeit einer ausgewogenen Ernährung erinnert werden mußte.

Wenn es Crusher zuviel wurde, suchte sie das Holodeck auf und tanzte dort mit holographischen Partnern. Doch wenn sie sich besonders niedergedrückt fühlte, endete sie ebenfalls in der Krankenstation.

»Macht es Ihnen wirklich nichts aus, die Inventarlisten auf den neuesten Stand zu bringen, Dr. Crusher?« fragte der Krankenpfleger und reichte ihr einen elektronischen Datenblock. Lewis gehörte erst seit kurzer Zeit zu Beverlys Mitarbeiterstab und hatte noch nicht gelernt, solche Situationen auszunutzen.

»Nein, überhaupt nichts.« Crusher nahm den Datenblock, um dem Mann keine Gelegenheit zu geben, weitere Einwände zu erheben. Zwei Krankenschwestern und ein Arzt hatten sich bereits darüber gefreut, ihr einen ganzen Haufen langweiliger Verwaltungsarbeit zu überlassen. Normalerweise haßte Beverly so etwas und beauftragte einen Kollegen damit, dem unglücklicherweise die Patienten ausgegangen waren.

»Äh, ich weiß das wirklich zu schätzen...« Lewis rührte sich nicht von der Stelle und schien noch immer auf den Haken zu warten.

»Störe ich?« erklang eine Stimme von der Tür.

»Ganz und gar nicht, Geordi.« Beverly winkte den immer noch verwirrten Pfleger fort und musterte den Chefingenieur, als er sich näherte. Ganz offensichtlich war LaForge weder verletzt noch krank. Seine Miene zeigte nur ungewöhnlichen Ernst. »Kann ich Ihnen helfen?«

»Es geht nicht um eine medizinische Angelegenheit, Doktor. Ich bin nur gekommen, um Sie zu fragen, ob Sie heute abend an der Pokerpartie teilnehmen.«

Crusher schnitt eine Grimasse, als sie plötzlich die Ursache ihrer Deprimiertheit erkannte. Erstaunlicherweise war es ihr den ganzen Morgen über gelungen, den Grund dafür vor sich selbst zu verbergen.

Geordi bemerkte ihre Reaktion und seufzte. »Ich bedauere die letzten Tage sehr. Sie trifft keine Schuld daran, daß wir nicht an der Pokermeisterschaft teilnehmen konnten – das wissen wir alle. Ich würde es sehr bedauern, wenn Sie nicht mehr Poker mit uns spielen, weil wir uns wie Narren aufgeführt haben.«

»Danke, Geordi.« Beverlys Lächeln wuchs in die Breite. »Zufälligerweise habe ich heute abend schon etwas vor, aber ich danke Ihnen sehr für die Einladung.«

»Sie sind beim nächsten Mal dabei?«

»Garantiert.«

»Freut mich.« Die Zusage heiterte Geordi auf. Er lächelte ebenfalls und verließ die Krankenstation.

Die letzten Reste der Melancholie lösten sich auf, und nur mit Mühe widerstand Crusher der Versuchung, das Abendessen mit dem Captain abzusagen, um sich der Pokerrunde hinzuzugesellen. Ihre ›Ehrenrettung‹ konnte noch ein wenig warten. Zuerst die Verabredung mit Picard. Seit einiger Zeit sah sie ihn nur noch selten ...

Beverly warf einen Blick auf den Schreibtisch, der ihr einige Datenblocks und mehrere Stapel Unterlagen präsentierte. Plötzlich hatte sie nicht mehr das geringste Interesse an dieser Arbeit.

Die angenehmen Stunden des Abends gehörten nun zu einer sehr fernen Zukunft.

Data hörte das Geräusch schwerer Schritte auf der Rampe. Nur einem Mitglied der Brückencrew gelang es, trotz des weichen, geräuschabsorbierenden Teppichbodens so laut zu gehen.

»Ihre Dienstschicht ist vorbei ... Sir.«

Seit Riker den Kontrollraum verlassen hatte, saß der Androide im Kommandosessel. Er sah jetzt auf und stellte fest, daß der klingonische Sicherheitsoffizier vor ihm stand. »Danke, Lieutenant Worf. Ich habe auf den Captain gewartet.«

Worf drehte den Kopf und blickte zur geschlossenen Tür des Bereitschaftsraums. »Er ist beschäftigt.«

»Ja. Und offenbar hat er deshalb unsere Vereinbarung vergessen. Vielleicht sollte ich ihn daran erinnern ...«

Falten bildeten sich in Worfs Stirn. »Wer den Pagrashtak besitzt, darf nicht wegen unwichtiger Dinge gestört werden … Sir.« Er schob sich ein wenig zur Seite, versperrte Data damit den Blick zur Tür. »Der Captain möchte jetzt bestimmt nicht gestört werden.«

»Dann dürfte es besser sein, die Analyse des Steins auf einen späteren Zeitpunkt zu verschieben«, entschied der Androide. Worf mochte immer recht aggressiv klingen, aber vermutlich hatte er recht mit seiner Bewertung der aktuellen Situation.

»Sie sind der ranghöchste anwesende Offizier«, stellte Worf fest. »Möchten Sie das Kommando behalten?«

»Nein.« Data stand auf. »Ich ziehe es vor, mich auf dem Achterdeck mit wissenschaftlichen Analysen zu befassen.«

Die Antwort besänftigte den Klingonen ein wenig – er blickte nicht mehr ganz so finster drein. Data spürte, wie ihm der Blick des Sicherheitsoffiziers folgte, als er zum Achterdeck ging. Manchmal erweckte Worf den Eindruck, es mit der Wahrnehmung seiner Pflichten *zu* genau zu nehmen, insbesondere dann, wenn es um Captain Picards Wohlergehen ging. Für den Leiter der Sicherheitsabteilung war das zweifellos ein lobenswertes Verhalten, doch Data spekulierte: Wenn er zu echten Emotionen fähig gewesen wäre, hätte er sicher Gelegenheit gefunden, sich dann und wann über Worf zu ärgern.

Er nahm an einer wissenschaftlichen Station Platz, schaltete die Displays auf besonders schnelle Anzeige um und begann mit der Arbeit.

Während der letzten Stunde seines Dienstes hatte er einen Ausweichplan entwickelt, für den Fall, daß er den Stein des Captains nicht direkt untersuchen konnte. Solange neue Testergebnisse fehlten, wollte er von der Annahme ausgehen, daß die bisher ermittelten anomalen Daten korrekt waren. Auf der Grundlage dieser Hypothese plante er, in archäologischen und geologischen

Datenbanken nach ähnlich widersprüchlichen Resultaten zu suchen.

Er begann mit einer Suche nach Beispielen dafür, daß bei Gegenständen Variationen in bezug auf Datierung und Materialzusammensetzung festgestellt worden waren. Raum-Zeit-Verzerrungen konnten als Erklärungsmöglichkeit ausgeschlossen werden, und anschließend begrenzte Data die Auswahl auf Objekte mit weniger Masse als ein schwarzes Loch. Er klammerte auch künstlich erzeugte Anomalien aus, die sich auf esoterische physikalische Experimente zurückführen ließen.

Die Darstellung auf dem Monitor erstarrte kurz.

Ein Mensch hätte sicher nichts bemerkt. Aber der Androide verarbeitete Informationen viel schneller, und deshalb war die Verzögerung für ihn offensichtlich.

Für eine Mikrosekunde erschien eine neue Dateiliste auf dem Schirm – um dann zu verschwinden und den zuvor angezeigten Daten zu weichen.

»Suche beendet. Es sind keine weiteren Daten vorhanden, die den Suchparametern entsprechen.«

»Das stimmt nicht«, sagte Data. »Öffne archäologische Datei TGOF-1284-678A.«

»Die gegenwärtige Datenbank enthält keine solche Datei.«

Da irrte sich der Computer. Data hatte sie in der Liste gesehen. »Ich wiederhole: Öffne archäologische Datei TGOF-1284-678A.«

Schwärze vertrieb alle Darstellungen vom Monitor. »Outputfehler: Die genannte Datei gehört nicht zur aktuellen Datenbank.«

Der Androide erinnerte sich ganz deutlich an den Eintrag im Listing – offenbar handelte es sich um eine recht große Datei. Er beschloß, es auf eine andere Weise zu versuchen. »Korreliere die Daten über das Herz des Teufels mit denen der archäologischen Datei TGOF-1284-678A und …«

»Starfleet Command, Prioritätsmodul aktiv. Achtung, Lieutenant Commander Data, USS *Enterprise:* Sie haben geheime Daten angefordert. Ihre derzeitige Sicherheitsklassifikation erlaubt Ihnen keinen Zugriff auf die betreffenden Dateien.«

»Interessant.« Der Androide klopfte auf seinen Insignienkommunikator. »Data an Commander Riker.«

Knapp zehn Minuten später stand der Erste Offizier neben Data.

»Computer«, sagte Riker streng, »hier spricht Commander William T. Riker. Zeig mir die archäologische Datei TGOF-1284-678A.«

Der Bildschirm blieb leer, und die Sprachprozessorstimme verkündete: »Starfleet Command, Prioritätsmodul aktiv. Achtung, Commander William T. Riker, USS *Enterprise:* Sie haben geheime Daten angefordert. Ihre derzeitige Sicherheitsklassifikation erlaubt Ihnen keinen Zugriff auf die betreffenden Dateien.«

»Na, so was.« Der Erste Offizier aktivierte seinen Insignienkommunikator. »Riker an Picard.«

Knapp zwei Minuten später erreichte der Captain das Achterdeck und hörte geduldig zu, als Data den Vorfall schilderte. »Glauben Sie, die Datei enthält Informationen über das Herz?«

Der Androide schüttelte den Kopf. »Über den Inhalt kann ich erst Auskunft geben, wenn ich ihn gesehen habe. Doch eins steht fest: Die Korrelationsanweisung aktivierte das Prioritätsmodul.«

»Dann bin ich ebenfalls der Ansicht, daß wir dieser Sache auf den Grund gehen sollten«, sagte Picard. »Computer, hier spricht Captain Jean-Luc Picard. Ich verlange Zugriff auf die archäologische Datei TGOF-1284-678A.«

»Starfleet Command, Prioritätsmodul aktiv. Achtung, Captain Jean-Luc Picard, USS *Enterprise:* Sie haben geheime Daten angefordert. Setzen Sie sich mit Admiral

Emm Wilkerson in Verbindung, dem Direktor des Sonderprojekts von Starfleet, und nennen Sie ihm die Gründe für Ihre Datenanfrage.«

»Nun, wenigstens ein kleiner Fortschritt«, sagte Picard und lächelte schief. »Ich werde dem Admiral sofort eine Mitteilung schicken.«

Data rechnete kurz und kam zu folgendem Ergebnis: Angesichts ihrer derzeitigen Entfernung vom Starfleet-Hauptquartier konnte eine Antwort nicht vor einigen Stunden eintreffen. Nun, in der Zwischenzeit gab es die Möglichkeit, weitere Labortests durchzuführen.

»Mr. Data ...«, fuhr der Captain fort. »Bis wir eine Erklärung von Starfleet Command erhalten haben, sollten wir keine weiteren Versuche unternehmen, das Herz zu analysieren.«

»Wie Sie wünschen, Captain.«

»Warum bin ich nicht überrascht?« murmelte Riker, als er beobachtete, wie Picard in den Bereitschaftsraum zurückkehrte.

Data erkannte die rhetorische Natur der Frage, und daher gab er keine Antwort. Interessiert stellte er fest, daß seine eigene Reaktion der des Ersten Offiziers ähnelte.

Beverly Crusher hatte gerade den letzten Absatz auf der letzten Seite eines ausgesprochen langweiligen Berichts begonnen, als sie hörte, wie sich die Tür der Krankenstation öffnete und dann wieder schloß. Ihre Finger huschten schneller über die Tasten.

»Ich bin fast fertig, Jean-Luc ...« Sie sah auf. »O Deanna.«

»Sie haben den Captain erwartet«, sagte Troi.

»Ja, das stimmt. Er hat mich zum Abendessen eingeladen.«

Deanna wölbte überrascht die Brauen. »Ein recht spätes Essen.«

Crusher sah aufs Chronometer und mußte verblüfft zur Kenntnis nehmen, daß sie fast den ganzen Abend über geschrieben hatte. »Ich bin so sehr in die Arbeit vertieft gewesen, daß ich die Zeit völlig vergessen habe. Jean-Luc hätte mich schon vor Stunden abholen sollen ...« Ärger regte sich in der Ärztin. »Ich glaube, der Captain hat die Bordärztin versetzt – schon wieder.«

»Oh.« Unverhohlene Neugier leuchtete in den großen Augen der Betazoidin. »Es ist also schon einmal geschehen?«

»Ja.« Crusher rang sich ein Lächeln ab. »Gestern abend wollten wir gemeinsam essen, weil wir das Frühstück verpaßten. Aber Jean-Luc kam nicht. Heute morgen entschuldigte er sich und meinte, ein unerwartetes Gespräch mit Guinan hätte ihn aufgehalten. Als Ausgleich versprach er mir das Essen für heute abend.«

»Wie ich den Captain kenne, denkt er überhaupt nicht mehr ans Essen und versucht nur noch, das Herz zu enträtseln.«

»Ja, wahrscheinlich.« Diese Erklärung tröstete Crusher kaum. »Er ist sehr davon fasziniert.«

»Nun, ich bin gekommen, um Sie zu einer Siegesfeier einzuladen. Ich habe gerade fünfzig Credits gewonnen, und zwar von ...«

»Die Pokerrunde!« entfuhr es Beverly. »Ich hab' sie ganz vergessen. Wenn der Captain das gemeinsame Essen abgesagt hätte ... Dann wäre es mir möglich gewesen, den Abend mit Ihnen und den anderen zu verbringen.«

»Es ist noch nicht zu spät, ihm einen Besuch abzustatten, Beverly«, sagte Troi im typischen Counselor-Tonfall.

»O nein!« Crusher verstaute Datenfolien und Speichermodule in der Schublade. »Wer bin ich schon, daß ich zwischen einen Mann und seinen Stein treten könnte?«

Mit überkreuzten Beinen saß er auf dem Bett, so wie einst der junge Surak auf dem kalten Boden der Wüste, und das Herz des Teufels ruhte in seinen Händen. Der Junge hatte auf den Morgen gewartet, doch Picard wartete auf die Nacht.

So schwer es ihm auch fiel, die Augen offenzuhalten – er kämpfte noch etwas länger gegen die Müdigkeit an.

Dunkelheit herrschte in der Kabine, so wie während der ersten Nacht, als er nach dem Traum von T'Saras Tod aufwachte und den Stein verändert sah. Oder war das glitzernde Licht Teil des Traums gewesen?

Konnte er das Wachen überhaupt noch vom Träumen unterscheiden? Seit drei Nächten schwamm er in Erinnerungen, die ihm fremde Welten und fremde Personen zeigten. Es konnte sich nicht nur um Trugbilder handeln, die in keiner wie auch immer gearteten Beziehung zur Realität standen – dafür waren die einzelnen Szenen viel zu detailliert und ... klar.

Visionen ...

Raumschiffkommandanten sollten eigentlich keine Visionen haben. Picard wußte: Es wäre besser gewesen, jemandem von seinen Erfahrungen zu berichten. Doch er fürchtete, daß der seltsame Zauber dadurch ein jähes Ende fand.

So müde. Zu müde, um den Stein noch länger zu betrachten. Picard sank aufs Bett und drückte T'Saras Relikt an die Brust.

Träume waren oft die Stimme des Herzens, und er wollte ihnen aufmerksam zuhören.

19

Halaylah huschte durch die größer werdende Menge und wich säulenartigen Körpern aus, die sie weit überragten. Es hatte sich schnell herumgesprochen, daß man eine Bahre brachte – die Nachricht schien Halaylah während ihres Laufs zum Großen Saal überholt zu haben. Vielleicht war sie sogar ein wenig zu schnell. Und als der Wagen mit seiner blutigen Last durch die Straße rollte – schuf er zu beiden Seiten nicht so etwas wie gespannte Erwartung?

Drei in Rüstungen gekleidete Admiräle standen am Zugang der Thronkammer wie unerschütterliche Monumente der Realität. Doch ihr leises, kehliges Raunen verriet Unbehagen. Normalerweise flüsterten Klingonen nicht. Sie schrien und brüllten wie verletzte Targs, ganz gleich, ob sie gute oder schlechte Laune hatten. Auf dem Schlachtfeld sollten sie ebenso klingen wie im Bett. Seit zehn Jahren lebte Halaylah nun schon auf diesem Planeten, und die allgemeine Lautstärke seiner Bewohner hielt sie noch immer für einen der schlimmsten Aspekte ihrer Gefangenschaft.

Sie näherte sich dem bewachten Zugang und nahm die Furcht der Admiräle als ungewöhnliche Süße im normalerweise bitteren, fast beißenden klingonischen Geruch wahr. Sie lauschte dem gräßlichen Zischen und Fauchen, verbarg dann ein Lächeln. Das Blut von zahllosen raumfahrenden Völkern klebte an den Händen dieser mächtigen Krieger, und doch fürchteten sie den Imperator. Jeder von ihnen versuchte verzweifelt, eine

Ehre ganz besonderer Art zu meiden – keiner der Admiräle wollte den Imperator darauf hinweisen, daß sich die Prozession näherte.

Flink sauste Halaylah an ihnen vorbei, duckte sich unter den Schwertern der imperialen Gardisten hinweg und erreichte die Kammer, in der sich nur die mächtigsten Monarchen aufhalten durften – und die niedrigsten aller Diener.

Trübes rotes Licht täuschte über die öde Schmucklosigkeit der kahlen Steinwände und des Bodens hinweg, konnte jedoch nicht die Kühle aus dem Raum vertreiben. Selbst die Krieger aus Halaylahs Volk hatten Schönheit zu schätzen gewußt, doch die Klingonen schienen Kunst und Musik zu verachten. Sie war einmal mutig genug gewesen, um nach dem Grund für diesen Mangel an ästhetischer Entwicklung zu fragen. Daraufhin erinnerte sie Kessec recht freundlich daran, daß ihre so anmutige und elegante Heimatwelt im Kampf eine Niederlage erlitten hatte. Trotzdem: Halaylah überlegte, ob ein Sieg über die Klingonen Anlaß zur Freude gegeben hätte, wenn Tehalai so häßlich gewesen wäre. Der Verlust von Blumengärten und Springbrunnen schuf mehr Trauer in ihr als der Verlust ihrer Freiheit.

Sie trug leichte Pantoffel, und auf den harten Bodenfliesen verursachten sie Geräusche, die an ein leises Seufzen erinnerten. Jemand hörte es und ließ seine tiefe Stimme erklingen. »Komm näher und zeig… Oh, du bist's, Kind.«

Niemand befand sich in der Nähe. Immer häufiger traf Halaylah Kessec allein an – er erlaubte ihr, zu ihm zu kommen und zu bleiben, wenn er alle anderen fortgeschickt hatte. Trotz seiner Zurückgezogenheit trug er immer den Umhang seines Amtes und ein Kettenhemd. Gerade und mit hoch erhobenem Haupt saß er auf dem breiten Metallthron, schien jeden Augenblick bereit zu sein, seine Admiräle und Minister zu ermahnen. Und wie immer hielt er den Pagrashtak in der Hand.

»Hält man mich für taub?«

Kessec hörte besser als Halaylah, und selbst sie vernahm das Murmeln der draußen wartenden Menge.

»Deine Söhne bringen eine Bahre hierher«, sagte Halaylah.

»Alle meine Söhne?«

»Jene, die noch am Leben sind, Imperator.«

»Ah.« Von allen Klingonen, die Halaylah kannte, war nur Kessec imstande, sich vorsichtig und gewählt auszudrücken. Er schwieg, bis die Träger eintrafen. Wächter wichen beiseite, um die Söhne des Imperators und ihre Last passieren zu lassen. Die Prozession schritt durch den Zugang und verharrte.

»Kommt näher und zeigt euch!«

Halaylah hockte im Schatten neben dem Thron und beobachtete, wie der älteste Sohn Mohtr vortrat und salutierte. Er war ebenso kräftig gebaut wie sein Vater, doch in der zerzausten Mähne zeigten sich weiße Strähnen, während Kessecs Haar dunkel blieb.

»Durall, Sohn von Kessec, hat seiner Familie Ehre gebracht!«

Halaylah blickte kurz nach oben und musterte den Imperator. Kessecs Gesicht verriet keine Emotionen, obgleich er Durall sehr geliebt hatte. Sie atmete tief durch und roch den Duft des Kummers.

»Wie viele teilten die Ehre mit ihm?« fragte Kessec.

Mohtr zögerte. Von ihm ging der gleiche Geruch aus wie auch von den Admirälen draußen. »Niemand. Er fiel einem Unfall zum Opfer, Vater.«

»Dann ist die Ehre nur gering«, sagte Kessec. »In letzter Zeit häufen sich die Unfälle bei meinen Söhnen. Es kam zu verschiedenen Verletzungen und gebrochenen Knochen. Jetzt starb jemand.«

»Wir sind Krieger!«

Kessec beugte sich vor. Seine Lippen wichen zurück, entblößtem die Zähne. »Krieger sterben im Kampf, nicht durch Unfälle. Sie töten Feinde, nicht ihre Brüder.«

»Du hast uns kaum Feinde übriggelassen, gegen die man in den Kampf ziehen kann, Herr«, erwiderte Mohtr und fletschte ebenfalls die Zähne.

»Ja, solche Enttäuschungen muß man hinnehmen, wenn man überwältigende Siege erringt.« Kessec sank wieder zurück. »Noch enttäuschender ist es zu beobachten, wie die Söhne um das Recht streiten, meine Nachfolge anzutreten.«

»Wenn wir jemals Gelegenheit dazu erhalten, Herr. Im Gegensatz zu dir werden wir alt. Wir sterben lieber wie Durall, anstatt dein hohes Alter zu erreichen und uns noch immer das Nachfolgerecht zu wünschen!«

»Genug, Mohtr.« Kessec unterbrach den ältesten Sohn mit einer abrupten Geste und rief. »Bringt mir Duralls Leiche!«

Selbst im trüben Licht sah Halayiah die plötzliche Verdrießlichkeit in den Mienen der fünf Träger, als sie vortraten und die Bahre vor dem Podium des Imperators abstellten. Duralls Leib, einst von vibrierender Vitalität erfüllt, war nun schlaff und bleich. Blut bildete dicke Krusten im Bereich des eingedrückten Brustkastens. Halaylah rümpfte die Nase, als ihr Verwesungsgestank entgegenwehte. Der Tod roch hier genauso wie auf Tehalai.

»Offenbar hattet ihr es nicht eilig, mir diese Ehre zu bringen«, sagte Kessec und stand auf. Der Pagrashtak ruhte in seiner Armbeuge.

»Wir waren weit von zu Hause entfernt, Vater«, murmelte der Viertgeborene Tagre. »Es gab einige Reiseprobleme.«

»Zweifellos.« Kessec trat vom runden Podium herunter. Einige seiner Söhne überragten ihn und hatten auch breitere Schultern, aber Halaylahs Meinung nach fehlte ihnen die stattliche Ausstrahlung des Vaters. Sie fragte sich, ob er damit geboren war – oder ob es sich um ein Geschenk des Steins handelte.

Mit einer Hand strich Kessec dem toten Durall eine Locke aus der Stirn. Die sanfte Geste schien ihm Schmerz zu bereiten, einen physischen Schmerz, der dazu führte, daß er sich versteifte. Erstaunlicherweise schnupperte Halayiah vergeblich nach dem Aroma des Kummers. Die Finger des Imperators tasteten nach Duralls Kehle. Zeit verstrich, und das einzige Geräusch in der Kammer bestand aus Kessecs schnaufendem Atem. Es war Halaylah nie gelungen, die klingonische Disziplin des Wartens zu erlernen, doch diesmal wagte sie es nicht, sich zu rühren. Sie roch Veränderungen in dem Leichnam – im *Körper* –, und kurz darauf wurde die Haut dunkler: Es floß wieder Blut.

Als sich Durall schließlich bewegte, glitt Kessecs Hand beiseite.

»Gibt es irgend etwas, das sich mit dem Pagrashtak nicht bewerkstelligen läßt?« fragte der Zweitgeborene Gistad. Nur er nahm die Rückkehr des Lebens mit einem freudigen Lächeln zur Kenntnis – die kluge Reaktion eines Mannes, der ebenfalls damit rechnen mußte, einem ›Unfall‹ zum Opfer zu fallen.

Halaylah bemerkte, wie Kessecs Schultern krumm wurden. Es schien ihm große Mühe zu bereiten, den Kopf auch weiterhin erhoben zu halten. Die Hand mit dem Pagrashtak sank nach unten.

»Du bist müde, Vater«, sagte Mohtr und trat einen Schritt näher an den Imperator heran. Er vermied es, zum Stein zu blicken, zuckte jedoch kaum merklich zusammen, als Kessec den Talisman in die andere Hand nahm.

»Bis morgen früh habe ich mich erholt, ebenso wie Durall. Und dann erfahre ich von ihm mehr über den

Unfall, der ihn vorübergehend ins Reich der Toten verbannte.«

»Es ist sicher ein Wunder, ihn sprechen zu hören. Aber Wunder können auch recht anstrengend sein. Du mußt essen, um bei Kräften zu bleiben.« Mohtr brüllte einen Befehl, dessen Echo kaum verhallt war, als Diener Schüsseln mit Fleisch, dampfende Pasteten und Krüge mit Bier brachten.

»Ich finde es rührend, daß dir soviel an meinem Wohlergehen liegt, Mohtr.«

Kessec winkte andeutungsweise. Seine Hand bewegte sich kaum dabei, aber Halaylah hatte die ganze Zeit über auf ein solches Zeichen gewartet und kroch nun aus dem Schatten des Throns.

»Ich habe eine Vorliebe für das *Rougath*«, sagte er und nahm einen Kloß.

Halaylah beugte sich vor und nahm das Aroma der Spezialität in sich auf. Am Geruch des eigentlichen Nahrungsmittels gab es nichts auszusetzen, aber der herben, klebrigen Soße haftete der deutliche Duft von Furcht an. Sie blickte zum Imperator empor, und ihr Blinzeln verkündete folgende Botschaft: *Besser nicht.*

Kessec seufzte. »Vielleicht esse ich später.«

»Läßt du dein Leben von einer dummen Sklavin bestimmen?«

»Eine Exzentrizität von mir. Dir steht es natürlich frei, der Warnung keine Beachtung zu schenken.« Kessec bot den Kloß dem Erstgeborenen an.

»Ich bin nicht hungrig.«

»Nein, natürlich nicht.« Kessec ließ das *Rougath* in die Schüssel fallen und wischte sich die Hände am groben Stoff des Umhangs ab. »Geht jetzt. Ihr alle.«

Er sprach leise, aber selbst das Flüstern eines Imperators verlangte Gehorsam. Die Diener flohen, ließen die vergifteten Speisen zurück. Die Söhne versuchten, an ihrer Würde festzuhalten, aber niemand von ihnen wagte zu protestieren, als sie langsam fortwichen.

Sie hatten den Ausgang fast erreicht, als sich Kessec zum letztenmal an Mohtr wandte.

»Atme tief durch, Erstgeborener. Noch tiefer! Den dumpfen Schmerz, den du tief in der Brust spürst ... Er stammt vom Gorаultfieber, an dem du während deiner Kindheit gelitten hast. Nur wenige Kinder überstehen die Krankheit.«

»Mein Überleben beweist, wie stark ich bin!« donnerte Mohtr trotzig und verließ die Kammer.

»Oh, natürlich.«

Halaylah blieb. Sie spürte, wann der Imperator keinen Wert auf ihre Gesellschaft legte, und diesmal war das Gegenteil der Fall.

»Komm näher, Kind.« Zu Beginn ihres Dienstes für den Imperator hatte Kessec versucht, mit seiner dicken klingonischen Zunge die Silben ihres Namens zu formulieren – um anschließend zusammen mit ihr über das Resultat zu lachen. Inzwischen lachte er schon seit einem Jahr nicht mehr, und niemand sonst sprach Halaylahs Namen aus, wie ungeschickt auch immer.

»Ich möchte dir eine weitere Geschichte erzählen«, sagte er, und sie nahm zu seinen Füßen Platz.

»Vor langer Zeit lebten zwei Brüder, geboren von der gleichen Mutter und am gleichen Tag. Kessec und Batahr hießen sie. So ähnlich sahen sie sich, daß man glauben konnte, ein Mann und sein Spiegelbild wanderten nebeneinander. Auch ihre Herzen glichen sich. In beiden brannte die Blutgier von wahren Kriegern. Wenn sie in den Kampf zogen, stoben die Feinde davon wie trockenes Heu im Wind. Kaum jemand hatte den Mut, sich ihnen zum Kampf zu stellen.

Sie teilten den Ruhm ihrer Siege, teilten auch ihre Waffen, das Haus und die Frauen. Im Lauf der Zeit teilten sie auch die Herrschaft über ein großes Territorium:

Um seine Grenzen zu erreichen, mußten die Brüder vom Ort ihrer Geburt aus zwei Wochen lang marschieren.«

Die tiefe Stimme des Imperators verklang.

»Dann geschah es ...«, sagte Halaylah leise, als die Stille zu lange dauerte. Die Art der Erzählung erschien ihr vertraut, doch diese Geschichte von Kessecs Leben hatte sie noch nie gehört, und deshalb lauschte sie mit besonderem Interesse.

»Ah, ja, und dann geschah es, daß die beiden Brüder ihren größten Feind besiegten, das Oberhaupt des benachbarten Königreichs. Und dieser Sieg brachte ihnen etwas ein, das sie nicht teilen konnten. Der erste Bruder, der den Pagrashtak berührte, fühlte die Wärme und hörte sein Flüstern. Schon bald fiel es ihm immer schwerer, den Stein aus der Hand zu legen. Er schwor, die Früchte seiner Macht nicht für sich allein zu behalten, doch der zweite Bruder wurde immer neidischer und argwöhnischer. Er vergaß die Ehre und erschlug seinen Zwillingsbruder im Schlaf.«

Halaylah schnupperte wachsam an einem Krug, bevor sie ihn Kessec gab. Er trank einen großen Schluck vom warmen Bier und fuhr dann fort:

»Der Verräter ergriff den Stein und fühlte seine Macht, aber er bereute auch den Mord. Mit Hilfe des Pagrashtak brachte er den toten Bruder ins Leben zurück.«

»Du hast ihn ebenso gerettet wie Durall!« rief Halaylah und stampfte erfreut mit dem Fuß. Klingonische Geschichten endeten nur selten auf so zufriedenstellende Weise.

»Nein, Kind«, widersprach Kessec. »Batahr ließ *mich* von den Toten wiederauferstehen. Wofür ich ihn so schnell wie möglich umbrachte. Ich verbrannte den Leichnam und verstreute die Asche, so daß ich nie in Versuchung geraten konnte, ihm neues Leben zu geben.« Doch kein so gutes Ende, fand Halaylah.

»All das trug sich vor langer Zeit zu«, sagte Kessec und beendete damit die Geschichte. Er betrachtete das Gesicht seines jüngsten Sohnes, der besonders große Ähnlichkeit mit ihm aufwies – und der wahrscheinlich wie sein toter Zwillingsbruder aussah. »So dachte ich jedenfalls.«

Durall atmete mühsam, und die Wunden verursachten so starke Schmerzen, daß Arme und Beine zitterten. Kessec legte die flache Hand auf die Brust seines Sohns und ließ sie dort liegen, bis der junge Mann seufzte und einschlief.

Die Anstrengung kostete den Imperator so viel Kraft, daß er den Pagrashtak nicht mehr festhalten konnte. Halaylah quiekte kummervoll, als der Stein fortrollte.

Die nächsten Worte des Imperators erfüllten sie mit Besorgnis. »Nimm ihn, schnell! Bevor ich wieder zu Kräften komme. Bevor die Gier erneut erwacht.«

»Herr?«

»Nimm ihn!«

Halaylah kam der Aufforderung nach und hielt den Pagrashtak in beiden Händen. Er fühlte sich warm an und war nicht so schwer, wie sie zunächst vermutet hatte.

»Geh jetzt«, hauchte Kessec. »Geh so weit wie möglich, Kind. Gründe ein eigenes Reich, wenn du willst, aber bring diesen Fluch fort von mir und meiner Familie.«

Halaylah schob den Stein in ihren einfachen Umhang, wo er sich einem lebenden Wesen gleich an ihren Bauch zu schmiegen schien. Dann lief sie zum letzten Mal aus der Kammer des Imperators.

Die leisen Schritte hallten noch immer durch die Gewölbe von T'Saras Bewußtsein, als sie die Augen öffnete. Tief atmete sie die kühle Luft in der Grabkammer der Sammlerin. Die Wüstennacht außerhalb des Turms war sicher noch kälter.

»Das bist du also einmal gewesen«, murmelte die Vulkanierin, während ihr Blick der mumifizierten Leiche galt. »Und sieh nur, was aus dir geworden ist.«

Wann hatte sich das edle, großmütige Sklavenmädchen in jene egoistische und habgierige Fanatikerin verwandelt, die T'Sara aus den Träumen kannte?

Nach zehn Jahren Forschung stand fest: Halaylah hatte die Macht des Pagrashtak verwendet, um eine Künstlerkolonie auf Atropos zu gründen, die jedoch nur ein Jahrhundert lang blühte. Im Lauf der Zeit reduzierte sich ihr Wunsch, Schönheit zu schaffen, auf das Bestreben, allein ihren Besitz zu mehren.

T'Sara hatte versucht, Sorren die damaligen Ereignisse zu erklären, ihn *fühlen* zu lassen, mit welchem Entsetzen die Angehörigen der Künstlerkolonie auf Halaylahs Selbsteinmauerung reagierten. Zwar räumte er ein, daß es unleugbare Hinweise für eine Auflösung der Kolonie gab, doch er wagte es nicht, über die Gründe zu spekulieren. Ein solches Verhalten war typisch für junge Vulkanier: Sie fürchteten um die Stabilität ihrer emotionalen Kontrolle, und deshalb mieden sie das Risiko von Empathie.

»Aber ich bin alt genug, um darüber nachzudenken, woran ich mir *kein* Beispiel nehmen möchte: Du wolltest das Ko N'ya für alle Ewigkeit behalten. Ohne mich wäre dein Wunsch vermutlich in Erfüllung gegangen. Doch jetzt habe ich dir den Stein genommen.«

T'Saras Fingerkuppen strichen über die schimmernde Kostbarkeit. »Hat sich noch niemand gefragt, was *du* möchtest, Ko N'ya? Ich kenne einen großen Teil deiner Reisen, doch in den Träumen suche ich noch immer nach einer Antwort auf die Frage, wohin du unterwegs bist.«

Sie neigte den Kopf zurück, stützte ihn an die Wand der Grabkammer.

Ich bin alt… und so müde… Vielleicht habe ich nicht genug Kraft, um die Antwort zu finden.

Sie schloß die Augen…

…und die äußere Schale des Traumgespinsts zerbrach, als Picard die Lider hob. Er fühlte sich so alt und müde wie T'Sara, bis er nach Luft schnappte und seine eigenen Kräfte erneuerte.

»Eine Reise?« fragte er das glühende Herz an seiner Seite. »Darum geht es?«

Das innere Feuer des Steins schien heller zu brennen als vorher.

20

Estrella Miyakawa erreichte den Rang des Lieutenant Commander an Bord der USS *Brande* allein durch harte Arbeit, aber an jener Stelle ihrer beruflichen Laufbahn war bereits klar: Die Beförderungen blieben immer weiter hinter denen ihrer einstigen Akademie-Studienkollegen zurück. Schließlich gab Starfleet Command zu verstehen, daß sie nur dann zum Commander befördert werden würde, wenn sie den Dienst an Bord von Raumschiffen aufgab. Miyakawa stand vor der Wahl, auf Dauer einen niedrigen Rang hinzunehmen oder einen Verwaltungsposten zu akzeptieren.

Sie rechnete mit irgendeinem Routinejob in einer wichtigen Starbase, mit etwas, das sowohl Ansehen als auch Langeweile brachte. Statt dessen fand sie sich am Rand des Föderationsraums wieder – schlimmer konnte es kaum kommen.

Während des ersten Jahrs in der Starbase 193 hegte Miyakawa einen bitteren Groll gegen Starfleet und die sogenannte ›Charakterbewertung‹ – ein Test, der ihr die Chance nahm, jemals das Kommando über ein Raumschiff zu bekommen. Im Verlauf des zweiten Jahres setzte sich der ehrliche Aspekt ihres Wesens durch, und aus dem Zorn wurde Einsicht: Zwar verfügte sie über jene geistige Unabhängigkeit, die jeder gute Captain brauchte, aber sie hatte nie gelernt, bei dieser Eigenschaft maßzuhalten. Häufig übertrieb sie es mit ihrer unverblümten Offenheit, und hinzu kam Ungeduld

Untergebenen gegenüber. An Bord von Starfleet-Schiffen hatte sie sich den Ruf erworben, schwierig zu sein und Spannungen in der Crew zu verursachen.

Während des dritten Dienstjahrs begriff Miyakawa, daß sie ihren Platz im Leben gefunden hatte. Als einziger Offizier der Starbase war sie nur sich selbst gegenüber verantwortlich. Früher hatte sie mit ihrer brüsken Art und schroffen Befehlen Unmut geschaffen; hier errang sie dadurch den Respekt der Einheimischen und eine rasche Beförderung zum Captain. Nach fünf Jahren war die Starbase 193 zu ihrer neuen Heimat geworden, und sie strebte keine Versetzung mehr an.

Allerdings wünschte sie sich manchmal die Gesellschaft eines anderen Starfleet-Offiziers.

Zum Beispiel jetzt.

Miyakawa sah auf das Blatt in ihrer Hand und las die Mitteilung erneut. Trotz der recht trockenen Ausdrucksweise weckte das Starfleet-Sicherheitskommuniqué Besorgnis in ihr. Während seines kurzen Besuchs hatte Picard mit leisem Spott auf die Neigung von Verwaltungspersonal hingewiesen, die Bedeutung gewisser Probleme zu übertreiben. Miyakawa war von der in diesen Worten verborgenen Kritik an ihrer Situationsbewertung verärgert gewesen, doch jetzt sehnte sie sich nach einer Möglichkeit, die Meinung des Captains zu hören.

Sie sah aus dem gewölbten Fenster ihres Büros und beobachtete mit wachsendem Unbehagen die ruhige Routine außerhalb der Starbase. Ein andorianisches Passagierschiff schwebte vorbei und suchte nach den vom Dockmeister vorgegebenen Anlegekoordinaten. Wartungsroboter krochen wie fleißige Ameisen über die Außenhülle eines tellaritischen Frachters. Ein Shuttle transportierte Bergungstechniker zu den Resten eines Ferengi-Schiffes. Alles deutete darauf hin, daß ein neuer ereignisloser Tag begann.

Doch wenn es dort draußen *tatsächlich* ein romulanisches Kriegsschiff gab, so flog es bestimmt mit aktivierter Tarnvorrichtung und war deshalb nicht zu erkennen.

Miyakawa schüttelte den Kopf und richtete den Blick einmal mehr aufs Kommuniqué. Allein die Vorstellung, daß sich Romulaner diesem Sektor näherten, erschien völlig absurd. Auch wenn der Starfleet-Geheimdienst damit recht hatte, daß ein romulanisches Schiff die Neutrale Zone durchquert hatte: In der Starbase 193 gab es nichts, das für die Feinde der Föderation von Interesse wäre. Sechs andere Raumsektoren hatten die Warnung ebenfalls erhalten, und der – hypothetische – Angriff mochte jedem von ihnen gelten.

Die Kommandantin der Starbase klopfte auf ihren Insignienkommunikator. »Miyakawa an Dockmeister.«

»Hier Ramsey.«

»Legen Sie alle Andockoperationen auf der Grundlage von Sicherheitsstufe eins still.«

Miyakawa war daran gewöhnt, daß ihre Mitarbeiter sofort gehorchten, doch unter den gegenwärtigen Umständen konnte sie Ramseys Zögern verstehen.

»Was ist los, Commander?«

»Ich möchte mir nur ein wenig die Langeweile vertreiben.« Sie wollte ihre Anweisung niemandem erklären, nicht einmal sich selbst.

»Na schön. Diese Sache dürfte etwas Schwung ins Leben aller Beteiligten bringen. Stillegung auf der Basis von Sicherheitsstufe eins eingeleitet.«

Nach einigen Sekunden hielt das andorianische Passagierschiff an. Die Wartungsroboter krochen von der Außenhülle des tellaritischen Frachters und verschwanden in einem Hangar. Das Shuttle mit den Bergungstechnikern kehrte rasch zur Station zurück. Ohne die ausdrückliche Genehmigung der Starbase-Kommandantin waren jetzt kein An- oder Ablegemanöver mehr möglich. Mehr noch: Alle Besatzungsmitglieder und Passagiere wurden automatisch zu ihren jeweiligen Schiffen zurückbeordert.

Die Entscheidung, alle Dienstleistungen zu unterbrechen, würde jeden Captain in diesem Sektor verärgern, Flugpläne durcheinanderbringen, Tausenden von Passagieren und vielen Kaufleuten Unannehmlichkeiten bereiten. Bevor es zur ersten Welle von erzürnten Kom-Mitteilungen kam, gab Miyakawa eine zweite Order.

»An das Starbase-Personal. Hiermit wird ein Sicherheitsalarm der Stufe eins ausgelöst. Dies ist keine Übung. Ich wiederhole: Dies ist keine Übung.«

Während der nächsten fünfzehn Minuten würden alle Leute genug damit zu tun haben, die Läden zu schließen und ihre Unterkünfte aufzusuchen. *Mir bleibt also eine Viertelstunde, um meine Befehle zu rechtfertigen,* dachte Miyakawa.

Sie seufzte. *Man wirft mir bestimmt vor, es übertrieben zu haben.*

Camenae war dafür genau die richtige Person, fuhr es der Kommandantin durch den Sinn, als die Eigentümerin des Bezahl-oder-Stirb ihr Büro betrat. Während eines Sicherheitsalarms galt ihre Politik der offenen Tür natürlich nicht, aber Camenae stand ohnehin nicht in dem Ruf, es mit den Vorschriften sehr genau zu nehmen.

»Ich muß mit Ihnen reden, Commander.«

Bei einem normalen Alarm hätte sich Miyakawa nicht stören lassen, doch in diesem Fall mußte es erst noch zu einem echten Notfall kommen. Sie sah also keinen triftigen Grund, Camenae fortzuschicken. »Sie sind vermutlich hier, um im Namen der Geschäftsleute offiziell zu protestieren?«

»Nein. Ich war bereits auf dem Weg hierher.« Die Frau nahm Platz, stützte die Ellenbogen auf den Schreibtisch und sagte: »Vier zwei drei Strich sieben Null sechs Strich drei sechs sieben.«

Miyakawa dachte kurz nach. »Die Koordinaten betreffen einen Ort in diesem Raumsektor.« Sie gab die Daten ein und blickte auf den Bildschirm. »Nach den Sternkarten der Föderation zu urteilen, gibt es dort nur einige Asteroiden.«

Camenae schüttelte den Kopf. »Einer davon durchmißt drei Kilometer und ist somit groß genug, Schmelzergriff in seinem hohlen Innern zu beherbergen.«

»*Was?* Schon seit Jahren versucht Starfleet, Schmelzergriff zu lokalisieren. Jetzt kommen Sie und nennen mir einfach die Koordinaten. Warum?«

»Weil ich glaube, daß jener Stützpunkt nicht mehr existiert.«

In Miyakawa verdichtete sich das Gefühl drohender Gefahr. »Wie meinen Sie das?«

»Einer meiner Mitarbeiter war in Schmelzergriff tätig.« Camenae zögerte und fügte dann geradezu verblüffend offen hinzu: »Er versuchte, eine Spur von Reyjadán zu finden.«

»Der DiWahn, der Grede umbrachte?« spekulierte Miyakawa, ohne mit einer Antwort zu rechnen. Camenaes Nicken ließ ihre Sorge weiter anwachsen.

»Der Squib beobachtete eine sonderbare Szene im Basar.« Camenae sprach immer schneller, schien es sehr eilig zu haben. »DaiMon Tork versuchte, zwei Händler zu überlisten – zwei Vulkanier. Er verließ den Basar in ihrer Gesellschaft und kehrte nicht zurück.«

Miyakawa ballte die eine Hand zur Faust, zerknüllte damit das Kommuniqué. »Wie hoch ist die Wahrscheinlichkeit dafür, daß vulkanische Händler von Schmelzergriff wissen?«

»Das war auch mein erster Gedanke. Aber ich bekam keine Gelegenheit, irgendwelche Fragen zu stellen. Die

Kom-Verbindungen mit dem Stützpunkt wurden plötzlich unterbrochen.«

Ein jäher Adrenalinschub beschleunigte Miyakawas Puls. »Camenae… Kennen Sie einen Grund, warum ein romulanisches Kriegsschiff hierher unterwegs sein sollte?«

»Vielleicht soll es das Ko N'ya holen.«

»So etwas kann ich mir kaum vorstellen.« Es entsprach nicht ganz der Wahrheit. Miyakawa hatte so etwas vermutet, und deshalb wurde ihr Empfinden immer mehr von Furcht bestimmt. »Würden die Romulaner für so wenig einen Krieg gegen die Föderation und ihre Verbündeten riskieren?«

»Wenn die Romulaner das Ko N'ya bekommen, könnten sie den Krieg vermutlich gewinnen«, erwiderte Camenae.

Miyakawa klopfte erneut auf ihren Insignienkommunikator. »Achtung! An das Starbase-Personal. Beginnen Sie mit der Evakuierung. Dies ist keine Übung. Ich wiederhole: Dies ist keine Übung.«

Sie wußte nun, was es zu unternehmen galt.

»Schaffen Sie ihn weg«, sagte Commander Taris und trat von dem erschlafften Leib fort.

Wie gleichgültig wartete sie, als zwei Sicherheitswächter vortraten und den Ferengi vom Stuhl zerrten. Zwar wirkte sie gelassen, aber es fiel ihr schwer, ruhig zu bleiben. Alles in ihr drängte danach, die beiden Wächter aufzufordern, sich zu beeilen. Viel zu langsam wurden die Gurte des Gefangenen gelöst.

Subcommander Vedoc konnte seine Ungeduld nicht so gut im Zaum halten – Taris hörte, wie der eine Stiefel mehrmals auf den metallenen Boden pochte. »Der verdammte Ferengi hat also tatsächlich die Wahrheit gesagt und nichts vor uns verborgen.«

»Ich hätte mich auch mit weniger Informationen zufriedengegeben«, erwiderte Taris trocken. Der Ferengi hatte wie ein Wasserfall geredet, noch bevor er an den Mentalsondierer angeschlossen wurde. Ob alle Angehörige seines Volkes so willensschwach und feige waren?

Der letzte Gurt löste sich, und einer der beiden Wächter hob den kleinen Fremden mühelos hoch. Die Augen des Gefangenen waren noch geöffnet und bewegten sich unabhängig voneinander. Wenn man den Mentalsondierer auf höchste Stufe schaltete, so konnte das Gehirn schon bald gewisse Muskeln nicht mehr kontrollieren. Die negativen Folgen beschränkten sich nicht nur darauf. DaiMon lebte noch, in einem streng biologischen Sinn, aber es würde nicht mehr lange dauern, bis sein Nervensystem versagte.

Als die Wächter den Ferengi fortgebracht hatten, erlaubte es sich Taris, offener zu sprechen. »Die *Enterprise!* Ich hätte mir denken können, daß sie mit dem wiederaufgetauchten Ko N'ya in Verbindung steht.«

»Aber, Commander... Er hat uns größtenteils nur Spekulationen genannt, keine Fakten.«

»Lernen Sie, Ihrem Instinkt zu vertrauen, Vedoc.« Taris vertrat die Ansicht, daß es ihm an vielen Fähigkeiten mangelte, die ein guter Kommandant brauchte, unter anderem auch an Instinkt. Außerdem schien er nur wenig über den Feind zu wissen. »Der Captain der *Enterprise* hat ein Faible für alte Kulturen, und dies wäre nicht das erste Mal, daß er sich in unsere Angelegenheiten einmischt.«

»Vielleicht nicht das erste Mal, aber bestimmt das letzte!«

»Ihr Enthusiasmus ist hiermit zur Kenntnis genommen«, sagte Taris.

Der junge Mann nahm Haltung an und schob die Brust raus – er hielt den Sarkasmus für ein echtes Lob. Wie schade, daß mit dem attraktiven Gesicht keine Intelligenz einherging.

Die Kommandantin seufzte leise, drehte sich abrupt um und verließ das Verhörzimmer mit langen Schritten. Vedoc folgte ihr hastig.

Als sie die runde Brücke erreichten, nahm Taris eine Atmosphäre von Effizienz und Tüchtigkeit wahr. Sofort vergaß sie ihren Ärger. Die an den einzelnen Stationen arbeitenden Soldaten gehörten schon seit Jahren zur Crew der *Haakona*, im Gegensatz zum Subcommander. Taris hatte die Schwachen und Dummen aussortiert. Das Ergebnis bestand aus einer kleineren Besatzung als an Bord anderer romulanischer Kriegsschiffe. Dafür gab es hier weitaus mehr Kompetenz.

Sie trat auf das Podium mit dem Kommandosessel. Jeder Offizier warf ihr einen kurzen Blick zu, der Bereitschaft signalisierte. Ein kurzes Nicken von Taris hätte genügt, um einen Statusbericht anzufordern, und selbst komplexe Anweisungen ließen sich mit einigen wenigen Gesten übermitteln. Diese subtile, stille Kommunikation verwirrte Vedoc, der es vorzog, seine Befehle fast zu schreien.

Ein plötzliches orangefarbenes Glühen wies auf eine Veränderung im Status des Schiffes hin.

»Perimeteralarm der dritten Stufe«, meldete der Waffenoffizier. »Schiff eins nähert sich auf direktem Abfangvektor, sieben Minuten. Schiff zwei nähert sich ebenfalls auf direktem Abfangvektor, elf Minuten. Schiff drei ist in fünf Minuten auf Gefechtsreichweite heran.«

Das Tarnfeld schützte die *Haakona* vor Entdeckung, aber es schuf auch einen Schleier auf dem Hauptschirm. Undeutlich waren drei runde Objekte zu erkennen, die langsam anschwollen.

»Wir werden umzingelt«, hauchte Vedoc. Trotz des Halbdunkels im Kommandobereich sah Taris, wie er zitterte.

»Umzingelt von zwei Frachtern und einem Passagierschiff«, sagte der Waffenoffizier, ohne daß auch nur eine

Andeutung von Spott in seiner Stimme erklang. Seemus war viel zu diszipliniert, um einem vorgesetzten Offizier gegenüber Verachtung zu zeigen – selbst wenn der Betreffende nicht den Unterschied zwischen einem Alarm und einer Warnung erkannte.

»Volle Energie in die Tarnvorrichtung!« befahl Taris. Sie sprach ruhig, aber ihre Stimme ließ sich auch im entferntesten Winkel des Kontrollraums vernehmen. »Ausweichmanöver durchführen, um Kollision zu vermeiden.«

Das erste Schiff füllte den ganzen Schirm aus und kippte dann zur Seite. Der Steuermann hatte die *Haakona* mit einer nur knappen Kurskorrektur in Sicherheit gebracht. Er ließ die Kriegsschwalbe unter dem zweiten Frachter hinwegtauchen und brachte sie dann zum ursprünglichen Flugvektor zurück.

»Wir erreichen die Starbase in zwölf Minuten.«

Wenn die *Haakona* ein wenig Glück bei ihrer Mission hatte ... Dann würden die *Enterprise* und ihr Captain bald den Diebstahl von romulanischem Eigentum bereuen.

Ein neues Objekt erschien auf dem Hauptschirm, die dreieckige Silhouette einer Raumstation. Das Tarnfeld verhinderte eine hohe Auflösung, aber trotzdem sah Taris: Wo normalerweise Raumschiffe angedockt waren, herrschte jetzt Leere.

Sie bedachte den Navigator mit einem fragenden Blick.

»Die Sensoren entdecken keine Lebenszeichen in der Starbase, Commander«, sagte Etrajan.

»Ihre Instrumente müssen defekt sein!« Vedoc trat hinter den Mann und sah selbst auf die Anzeigen. »Die Lebenserhaltungssysteme der Starbase funktionieren einwandfrei ... Energiekollektoren bei fast maximaler Leistung ...« Er schnitt eine finstere Miene und fügte hinzu: »Keine Lebenszeichen.«

»Und keine *Enterprise.*« Etwas anderes spielte für Taris kaum eine Rolle.

Vedoc plapperte auch weiterhin. »Die Föderationsstation muß gewarnt worden sein. Eine Evakuierung würde die Schiffe erklären, die wir vorhin passiert haben. Wir könnten zu einem davon aufschließen und ...«

»Nein«, sagte Taris scharf. Sie hatte die Sturheit des jungen Mannes satt; ein guter Soldat lernte, sich dem Auf und Ab des Krieges anzupassen. »Jene Schiffe haben für uns nicht die geringste Bedeutung. Uns geht es um viel wichtigere Beute.«

»Ja, Commander.« Vedoc schien die Ablehnung als Tadel zu interpretieren und sich deshalb gedemütigt zu fühlen. Er brachte einfach nicht genug Mumm auf, um an seiner Meinung – wenn auch an einer falschen – festzuhalten. Nach der gegenwärtigen Mission wollte Taris dem einflußreichen Onkel mitteilen, daß er besser einen anderen Posten für seinen Neffen suchte. Sie lehnte es ab, Vedoc auf Dauer in ihre Crew einzugliedern.

»Und jetzt?« fragte er.

»Wir zerstören wie geplant die Starbase.«

Der junge Mann blinzelte verwirrt. »Aber dort hält sich niemand mehr auf.«

»Das spielt keine Rolle, Subcommander.« Vielleicht läßt es sich irgendwie bewerkstelligen, daß der Narr im Kampf stirbt, überlegte Taris. Sein Onkel wäre ihr vermutlich dankbar gewesen. »Die Nachricht von der Zerstörung einer Starbase wird dafür sorgen, daß das nächste Starfleet-Schiff hierherbeordert wird.«

»Und das nächste Starfleet-Schiff ist die *Enterprise*«, sagte Vedoc, als er endlich das Offensichtliche verstand.

»Photonentorpedos auf Ziel ausgerichtet«, meldete Seemus.

»Feuer.«

Mehrere dunkle Geschosse sausten unter dem gewölbten Rumpf der *Haakona* hervor. Taris verlor sie aus den Augen, als sie durchs All rasten, doch der Waffenoffizier beobachtete sie mit Hilfe der Sensoren.

»... drei ... zwei ... eins ...«

Commander Taris lächelte, als die Starbase explodierte, sich in eine Wolke aus glühenden Trümmern verwandelte.

Das Feuer der Vernichtung loderte einem Fanal gleich in der kalten Nacht des Weltraums.

21

Data gelangte zu dem Schluß, daß ihm weitere Elaborationen keine zusätzlichen Erkenntnisse bescheren konnten. Er drehte den Sessel an der Operatorstation und wandte sich dem Mann zu, der den Platz des Captains einnahm.

»Commander Riker, während des Pokerspiels am vergangenen Abend haben Sie immer wieder die ›Göttin Fortuna‹ um Hilfe gebeten. Trotzdem muß ich feststellen, daß Sie erstaunlich oft verloren haben.«

Der Erste Offizier seufzte. »Das Glück ist unbeständig, Data.«

»Erklärt das Ihrer Meinung nach, warum Counselor Troi gewann?«

»Nein«, erwiderte Riker. »Deanna hat gemogelt.«

»Interessant.« Mit dieser Erklärung hatte Data nicht gerechnet. »Ich habe nicht die geringsten Anzeichen dafür bemerkt, daß ...«

»Es war nur ein Scherz.«

»Oh, natürlich.« Ein Scherz, dessen Qualität zu wünschen übrigließ, fand Data nach einer kurzen Bewertung. Er beschloß, nicht zu lachen. Geordi hatte ihn ohnehin darauf hingewiesen, daß sein Kichern noch verbessert werden mußte.

Der Androide wollte sich wieder der Operatorkonsole zuwenden, als ein leises Piepen vom Achterdeck seine Aufmerksamkeit weckte.

»Eine Mitteilung von Starfleet Command«, brummte Worf und blickte auf die Displays der Kommunikationsstation. »Priorität eins, mit einem Sicherheitscode verschlüsselt. Die Nachricht stammt vom Starfleet-Sonderprojekt.«

»Wahrscheinlich die Antwort auf unsere Anfrage über das Herz«, sagte Data. Die Reaktionszeit war um drei Stunden und dreizehn Minuten kürzer als zunächst angenommen, was bedeutete: Er hatte die Dringlichkeit dieser Angelegenheit unterschätzt.

»Öffnen Sie einen Kom-Kanal zum Bereitschaftsraum des Captains, Lieutenant«, sagte Riker und stand auf.

Data erhob sich ebenfalls, um den Ersten Offizier zu begleiten.

»Tut mit leid, Mr. Data«, sagte Worf fest. »Aus den Sicherheitsinstruktionen geht hervor, daß nur Captain Picard und Commander Riker über den Inhalt der Nachricht informiert werden dürfen.«

Der Androide setzte sich wieder.

»Machen Sie sich nichts draus, Data«, wandte sich Riker an ihn. »Sie wissen ja, daß die hohen Tiere großen Wert auf ihre Geheimnisse legen. Am Ende dieser Mission können wir Sie bestimmt über die Details informieren.«

»Danke, Commander. Ich fürchte allerdings, daß ich keine Gelegenheit bekommen werde, dieses ganz besondere Rätsel zu lösen. Glücklicherweise habe ich keine ...«

»... Emotionen«, beendete Riker den Satz.

»In der Tat. Deshalb bleiben mir Empfindungen wie Enttäuschung und Frustration erspart.«

Der Erste Offizier hob und senkte die Schultern. »Wenn Sie glauben, Data ...«

»Ich glaube es tatsächlich, Commander.« Die Bestätigung schien Riker zu amüsieren, und er lächelte noch immer, als er den Bereitschaftsraum betrat. Auf diese Art von Skepsis stieß Data manchmal auch bei anderen Besatzungsmitgliedern. Dr. Crusher und der Captain ließen gelegentlich entsprechende Bemerkungen fallen, wenn er auf seine Emotionslosigkeit hinwies.

Data sah den klingonischen Sicherheitsoffizier an. »Ich bin nicht zu Gefühlen fähig.«

»Das ist mir gleich ... Sir«, knurrte Worf.

»Was hat es mit dem Sonderprojekt auf sich?« fragte Riker, als er dem Captain gegenüber am Schreibtisch Platz nahm.

»Nur wenige Personen, die nicht den Rang eines Admirals bekleiden, scheinen davon zu wissen.« Picard nahm das Herz von einigen Büchern und schob diese vom Monitor fort. »Man spricht in diesem Zusammenhang auch von der Abteilung ›Schwarzes-Loch‹ – Informationen gelangen hinein, aber nicht wieder heraus.«

»Nun, dann sollte die Sache sehr interessant sein.«

Eine Gestalt erschien im Projektionsfeld. Admiral Wilkerson erwies sich als hagere ältere Frau, die ihr verblassendes korallenrotes Haar zu einem Knoten zusammengesteckt hatte. Ihr Gebaren wirkte forsch und gleichzeitig sympathisch.

»Captain Picard ... Wenn ich mich streng an die Vorschriften hielte, würden Sie nichts von mir erfahren. Glücklicherweise räumt man dem Sonderprojekt einen gewissen Ermessensspielraum ein, und meiner Ansicht nach sollten Sie von der ganzen Tragweite erfahren.«

Wilkerson wurde ernster.

»Die von Ihnen berichteten Untersuchungsanomalien sind nicht einzigartig. Wir sind schon einmal auf ein solches Phänomen gestoßen, bei einem Etwas, das ungeheuer alt ist und sowohl ein künstliches Objekt als auch ein Wesen sein könnte. Ich meine den Wächter der Ewigkeit. Vieles deutet darauf hin, daß es sich bei dem Relikt in Ihrem Besitz um ein Fragment des Wächters handelt.«

Aus den Augenwinkeln sah Riker, wie sich Picards Hand schützend um den Stein schloß.

»Wenn das stimmt«, fuhr Wilkerson fort, »sind all die Legenden über die Macht des Herzens vielleicht nicht übertrieben. Der Wächter entzieht sich unserem Verständnis. Wir haben nicht einmal herausgefunden, ob er über ein Eigenbewußtsein verfügt oder nicht. Hinzu kommen Eigenschaften und Fähigkeiten, die hier besser nicht erwähnt werden sollten.«

Zum Beispiel? dachte Riker. Das Unbehagen in ihm verdichtete sich.

»Auf Vulkan erwarten Sie einige Forscher des Sonderprojekts mit dem Auftrag, das Herz an einen sicheren Ort zu bringen. Lassen Sie bei dem Flug dorthin besondere Vorsicht walten, Captain Picard. Der Stein darf auf keinen Fall den Feinden der Föderation in die Hände fallen.«

Nach diesen Worten verschwand die Admiralin vom Schirm.

»Der Wächter der Ewigkeit«, murmelte Picard und blickte aufs Herz hinab. »Dorthin gehörst du?«

»Captain?«

Picard sah auf und schien überrascht zu sein, daß ihm jemand Gesellschaft leistete. »Ja?«

»Bisher haben wir angenommen, daß der Stein ein harmloses archäologisches Relikt ist.« Riker schüttelte den Kopf, als er an Wilkersons Enthüllungen dachte. »Aber wenn die Admiralin recht hat… Dann wäre es ungefährlicher für Sie, einen Photonentorpedo in den Händen zu halten. Vielleicht sollten wir das Herz in einer bewachten Sicherheitskammer aufbewahren.«

Der Captain runzelte die Stirn. »Ich glaube nicht, daß so etwas notwendig ist. Dadurch würden wir nur noch mehr Aufmerksamkeit auf das Herz lenken. Wie dem auch sei: Um auf Nummer Sicher zu gehen, ordne ich hiermit ein Ende der Laboranalysen an.«

Das hatte Riker eigentlich nicht bezwecken wollen. Picard kam Einwänden zuvor, indem er sagte: »Das ist alles.«

»Aye, Sir.« Riker erhob sich, verließ den Bereitschaftsraum und kehrte auf die Brücke zurück.

Data wandte sich halb von der Operatorstation ab, und unbeantwortete Fragen leuchteten in seinen goldenen Augen.

»Halten Sie nicht den Atem an, Data.«

»Sir?«

Der Erste Offizier ging weiter, trat die Seitenrampe hoch und klopfte auf seinen Insignienkommunikator. »Riker an Troi. Bitte kommen Sie ins zentrale Besprechungszimmer.«

Der Kommandosessel des Captains war recht bequem – Worf wußte das aus eigener Erfahrung –, aber er zog seinen Platz auf dem Achterdeck vor, bis er irgendwann einmal sein eigenes Kommando bekam. Von seinem Posten aus beobachtete er alle Aktivitäten auf der Brücke und hörte fast jedes Gespräch. Dabei sammelte er Informationen, denen er kein persönliches Interesse entgegenbrachte, doch als Sicherheitsoffizier hielt es Worf für seine Pflicht, über die banalen Probleme der Besatzungsmitglieder ebenso Bescheid zu wissen wie über alle wichtigen Angelegenheiten.

Deshalb übersah er nicht die Besorgnis in Rikers Gesicht, als der Erste Offizier zum Konferenzraum schritt. Und er nahm auch den Umstand zur Kenntnis, daß die Bordcounselor verständigt wurde.

»Offenbar gibt es ein Problem«, sagte Data. Der Androide neigte dazu, jedes noch so belanglose Ereignis zu kommentieren. An Bord eines klingonischen Schiffes hätte er damit keine große Zukunft gehabt.

»Menschliche Probleme«, entgegnete Worf und konnte nicht vermeiden, daß seine Stimme beim ersten Wort verächtlich klang. Trois Beteiligung an dieser Sache wies darauf hin, daß Gefahr für die Ordnung und Disziplin an Bord drohte.

»Eine rechtzeitige Intervention der Counselor kann rein theoretisch die Entwicklung weiterer Schwierigkeiten verhindern.«

»Eine schlechte Theorie.« Worf glaubte nicht, daß der Androide solche Dinge verstand. »An Bord von klingonischen Schiffen gibt es keine Counselor und weitaus weniger Probleme.«

Bevor Data antworten konnte, wandte sich Worf seiner Konsole zu – er wollte sich nicht länger mit menschlichen Schwächen befassen müssen.

Flackernde grüne Anzeigen deuteten auf die Präsenz schwacher Kom-Signale im Sektor von Starbase 193 hin. Ein beständig glühender blauer Indikator verkündete, daß es sich um eine aufgezeichnete, automatisch gesendete Nachricht handelte, die in regelmäßigen Abständen wiederholt wurde. Allerdings reichte die Sendeenergie nicht aus, um dafür zu sorgen, daß die Mitteilung ein Raumschiff im Warptransfer erreichte.

Der Sicherheitsoffizier berührte mehrere Schaltflächen und rejustierte die Empfänger der *Enterprise.* Kurz darauf veränderte er ihre Empfangsstruktur erneut.

Als Riker zusammen mit Counselor Troi zur Brücke zurückkehrte, hatte Worf folgendes herausgefunden: Die Mitteilung wurde auf den von Frachtern und Passagierschiffen verwendeten Frequenzen gesendet, und zwar so, daß sie alle Regionen des betreffenden Raumsektors erreichte. Nur eine Starbase verfügte über die dafür notwendigen Ressourcen, woraus sich der Schluß ziehen ließ: Commander Miyakawa wandte sich mit einer wichtigen Nachricht an den lokalen Raumschiffverkehr.

Worf leitete mehr Reserveenergie in die Verstärker der Subraum-Transceiver.

Deanna Troi betätigte den Türmelder des Bereitschaftsraums. Während sie auf eine Reaktion wartete, spürte sie Rikers Blick im Rücken. Die Besorgnis des Ersten Offiziers hing wie eine Wolke über der Brücke, doch während der Besprechung im Konferenzzimmer hatte er zunächst nicht die richtigen Worte gefunden, um zu beschreiben, was ihn belastete. Schließlich zuckte er mit den Achseln und bat Deanna, selbst einen Eindruck zu gewinnen und festzustellen, ob sich der Captain verändert hatte.

»Herein.«

Die Counselor trat vor. Nach zwei Schritten blieb sie wieder stehen und wartete, bis die beiden Türhälften hinter ihr zuglitten, eine Barriere schufen, die Rikers Beunruhigung fernhielt. Sie holte tief Luft, verbannte alle Erwartungen aus dem Zentrum ihres Selbst und näherte sich dem Schreibtisch.

Sie war mit der Absicht gekommen, ein ganz normales Gespräch zu beginnen und dabei Picards Stimmungen zu sondieren. Doch als sie am Schreibtisch verharrte, spürte sie so intensive Emotionen, daß ihr eine subtile Vorgehensweise unangemessen erschien. Zwar sah der Captain sie an, aber seine Gedanken galten einem Buch und dem Herzen des Teufels neben seiner rechten Hand.

»Seit einiger Zeit sind Sie sehr beschäftigt«, sagte Troi.

»Ich bin einer Ahnung gefolgt«, erwiderte Picard. Deanna hörte Aufregung in den Worten, fast so etwas wie Jubel. Der Zufall wollte es, daß sie einen günstigen Zeitpunkt für den Besuch gewählt hatte: Der Captain brauchte ein Publikum. »Ich glaube, T'Sara entdeckte ein Muster in den Reisen des Herzens zu verschiedenen Welten – dadurch schaffte sie es, dem Stein nach Atropos zu folgen. Der Überfall auf das Lager der Archäologen zerstörte zwar die Aufzeichnungen der Forschungsergebnisse, doch T'Saras Bücher enthalten viele der ursprünglichen Hinweise.«

»Erzählen Sie mir mehr«, forderte Troi den Captain auf. Sie interessierte sich für das Herz – und noch mehr für Picards Reaktionen darauf.

»Zum Beispiel erscheint das Herz des Teufels sowohl in der andorianischen Mythologie als auch in der klingonischen Frühgeschichte«, erläuterte Picard. »Aber wie gelangte es von Andors Heilern zum Imperator Kessec? Die Antwort auf diese Frage verbirgt sich im ersten Kontakt zwischen Andorianern und Ferengi. Die Ferengi drohten mit einem Gemetzel für den Fall, daß man ihnen keine ›Handelsware‹ überließ.«

»Wie reizend von ihnen.« Deanna bemerkte, daß sich die Falten in Picards Gesicht deutlicher abzeichneten als sonst. Hatte er in den vergangenen Tagen abgenommen?

»Unter denen als Tribut gezahlten Objekten befand sich vielleicht auch das Herz. Die Ferengi ahnten nichts von seinem wahren Wert, verstauten es in ihrer Frachtkammer und flogen fort.« Picard öffnete das Buch an einer gekennzeichneten Stelle. »Zu T'Saras Anhang gehört auch die Frachtliste des betreffenden Ferengi-Schiffes. Darin gibt es die Kategorie ›diverser Plunder‹. Man verkaufte ihn später an die barbarischen Bewohner des in technischer Hinsicht primitiven Planeten Kronos.«

»Das ist alles sehr faszinierend, aber welche Bedeutung hat es für unsere gegenwärtige Mission?«

»Sehen Sie denn nicht, daß das Herz ein Ziel hat, eine eigene Mission?«

»Nun …« Deanna zögerte. »Ich bin nicht sicher, ob ich Ihre Schlußfolgerungen teilen kann.«

Picard schien den Zweifel überhaupt nicht zu hören.

Er drehte den Monitor auf dem Schreibtisch und zeigte der Counselor die Sternkarte. Enthusiasmus umhüllte ihn mit einer dichten Aura. »Wenn ich den Weg bestimmen kann, den das Herz bisher zurückgelegt hat... Dann erhalte ich vielleicht Aufschluß über sein Ziel. Und über seine Absichten.«

»Das klingt so, als sei der Stein lebendig.« Deanna beugte sich vor und griff nach dem Gegenstand. Vom Herzen spürte sie nichts, aber an Picards Empfindungen bestand kein Zweifel. »Es ist Ihnen nicht recht, daß ich es berühre. Warum?«

»Sie irren sich, Counselor. Ich bin nur besorgt...«

»Riker an Captain Picard. Wir empfangen einen Notruf von Starbase 193.«

Eine Ironie des Schicksals, dachte Deanna. Riker hatte sie gebeten, mit dem Captain zu reden – und ausgerechnet er hinderte sie nun daran.

»Ich bin unterwegs, Nummer Eins«, erwiderte Picard und stand auf.

Troi wich beiseite und ließ ihn passieren. Er zögerte gerade lange genug, um ihr den Stein aus der Hand zu nehmen. »Wir setzen unser Gespräch bei einer anderen Gelegenheit fort«, sagte er mit einem frostigen Lächeln.

Picard legte das Herz nicht auf den Schreibtisch zurück, sondern nahm es mit.

Wie alle Mitglieder der Brückencrew stellte Lieutenant Worf hohe Anforderungen an sich selbst. Für die Erfüllung seines Dienstes erwartete er kein Lob. Er hielt Kompetenz und Tüchtigkeit für selbstverständlich, nicht für etwas, das Belohnung rechtfertigte. Trotzdem fühlte er eine gewisse Zufriedenheit darüber, daß er die Kom-Mitteilung von Starbase 193 empfangen hatte, kurz bevor die *Enterprise* außer Reichweite geriet. Er hatte in seinen Bemühungen nichts weiter gesehen als eine Übung beim Umgang mit den Kom-Geräten – das

Ergebnis überraschte ihn durch ein hohes Maß an Bedeutung.

»Statusbericht, Nummer Eins«, sagte der Captain, als er aus dem Bereitschaftsraum kam.

Mit großer Genugtuung stellte Worf fest: Picard hielt den Pagrashtak so vorsichtig und würdevoll, wie es der Blutstein verdiente.

Riker stand auf und gab den Kommandosessel frei. »Lieutenant Worf hat einen automatisch gesendeten Notruf von Starbase 193 empfangen.«

Der Erste Offizier nickte, und daraufhin berührte Worf eine Schaltfläche. Miyakawas Stimme drang aus dem Lautsprecher, klang kühl und sachlich.

»... keine Übung. Ich wiederhole: Dies ist keine Übung. Starbase 193 ist evakuiert worden. Halten Sie sich von der Raumstation fern und versuchen Sie kein Andockmanöver. Ich rate allen Schiffen dringend, diesen Sektor zu verlassen. Dies ist keine Übung. Ich wiederhole ...«

Worfs Finger huschten über die Kontrollen, und von einem Augenblick zum anderen herrschte Stille.

»Warum fand eine Evakuierung statt?« fragte Picard.

»Es wird keine Erklärung genannt«, sagte Riker und zuckte mit den Achseln.

Der Klingone sah auf die Displays, und nach einigen Sekunden schüttelte er den Kopf. »Die Empfangskanäle sind offen, aber eine Antwort auf unsere Anfragen steht noch aus.«

»Versuchen Sie auch weiterhin, einen Kontakt herzustellen, Lieutenant.« Der Captain ließ sich in den Kommandosessel sinken und blickte zur Navigationsstation. »Nehmen Sie Kurs auf Starbase 193.«

Zwar behielt Worf die Anzeigen der taktischen Konsole im Auge, aber er lauschte auch weiterhin der allgemeinen Brückenaktivität: Data programmierte einen neuen Kurs; Geordi bestätigte genug Energie für den

Flug mit einer Dauergeschwindigkeit von Warp acht; Picard schickte die *Enterprise* zur Starbase zurück.

Das Deck unter Worfs Füßen vibrierte, als das Schiff fast bis auf maximale Geschwindigkeit beschleunigte. Schon nach wenigen Sekunden reagierten die Empfänger wieder auf schwache Kom-Signale der Raumstation.

»Wir erreichen Starbase 193 in vier Stunden und sieben Minuten«, meldete Data.

Direkt vor Worfs taktischer Station, auf dem tiefer gelegenen Hauptdeck, erörterten Picard und Riker mögliche Gründe für die neueste Entwicklung. Ihre leisen Stimmen drangen zu dem Klingonen empor.

»Vielleicht kam es in der Starbase zu irgendeiner gravierenden Fehlfunktion«, spekulierte Riker.

»Aber warum hat man uns nicht informiert? Miyakawa kannte unseren Kurs und hätte sich mit der Bitte um Hilfe direkt an die *Enterprise* wenden können ...«

Scharlachrote Indikatoren leuchteten auf der taktischen Konsole, und Worf sah sofort, daß sich in den Anzeigefeldern der Operatorstation die gleichen Muster bildeten.

»Captain!« rief er. »Die Fernbereichsensoren orten eine Explosion.«

Der Androide bestätigte den Hinweis mit einem knappen Nicken. »Die Menge der freigesetzten Energie entspricht der Detonation des Generatorkomplexes einer Starbase.«

»Der Notruf wird nicht mehr gesendet«, fügte Worf hinzu. Die Empfänger registrierten keine Kom-Signale mehr.

»Verdammt!« Riker sprang auf. »Wir müssen sofort Rettungsgruppen mit Medo-Personal zusammenstellen und ...«

»Warten Sie«, sagte Picard. Diese beiden Worte genügten, um den Ersten Offizier erstarren zu lassen.

»Lieutenant Worf, befinden sich noch andere Föderationsschiffe in der Nähe?«

Der Klingone überprüfte sofort die letzten von Starfleet Command übermittelten Positionsberichte. »Mit Warp neun könnte die *Portsmouth* Starbase 193 in sechs Komma fünf Stunden erreichen. Die *Plath* braucht sieben Stunden.«

»Captain!« protestierte Riker. »Die zusätzliche Zeit könnte für einige Leute in der Station den Unterschied zwischen Leben und Tod bedeuten.«

»Wir müssen Commander Miyakawas Tüchtigkeit vertrauen und davon ausgehen, daß eine komplette Evakuierung gelang. Wenn sie Hilfe von der *Enterprise* gewollt hätte, wäre sie zweifellos imstande gewesen, uns eine direkte Nachricht zu schicken. Sie wollte, daß wir uns von jenem Bereich fernhalten.«

»Aber warum ...«

»Ich vermute, die Starbase wurde von jemandem zerstört, der es auf das Herz abgesehen hat«, sagte Picard. »Wir sind zu einem Magneten für Schwierigkeiten geworden, Nummer Eins. Und wir sollten dafür sorgen, daß nicht noch mehr Leute mit hineingezogen werden.«

»Indem wir uns ganz bewußt als Ziel darbieten?«

»Ja.«

Picard stand auf und trat in die Mitte der Brücke. Als er sich dem Achterdeck zuwandte, sah Worf, daß er den Pagrashtak in beiden Händen hielt, so wie ein Krieger das Heft seines Schwerts.

»Lieutenant Worf, schicken Sie der *Portsmouth* folgende nicht verschlüsselte Nachricht: ›Die *Enterprise* muß sich um dringende Angelegenheiten kümmern. Bitte fliegen Sie unverzüglich zur Starbase 193, um dort Überlebenden Hilfe zu leisten.‹ Senden Sie die gleiche Mitteilung zu den Koordinaten der Starbase. Und nennen Sie unsere Position.«

Der Captain wandte sich an den Androiden: »Mr.

Data, nehmen Sie Kurs auf… eins dreiundzwanzig Komma zwölf. Reduzieren Sie die Geschwindigkeit auf Warp sechs.«

Der Kurs schien zufällig gewählt zu sein, was den Ersten Offizier offenbar besorgte. Im Gegensatz zu Riker kannte Worf das Ziel – er blickte ihm nicht nur mit Mut, sondern auch mit gespannter Erwartung entgegen.

Seit den Tagen von Imperator Kessec hatte sich kein Klingone über die Ehre freuen können, jemandem zu dienen, der über die Macht des Pagrashtak gebot. *Diese Reise wird zu einer Legende,* dachte Worf. Und alle klingonischen Legenden endeten mit dem Tod.

22

Gleich ist es soweit – halten Sie sich gut fest!« Miyakawa preßte sich tiefer in die Polster des Beschleunigungssessels.

Die würfelförmige Rettungskapsel schüttelte sich heftig, als sie in die ›Druckwelle‹ der gewaltigen Explosion geriet. Diese bestand aus expandierendem Gas sowie Myriaden von winzigen Trümmerstücken – mehr war nicht von Starbase 193 übrig geblieben. Kraftfelder schützten die Kapsel, aber jedes noch so kleine Partikel, das die Schilde traf, bewirkte einen Energieverlust.

Wenige Sekunden später ließen die Erschütterungen so plötzlich nach, wie sie begonnen hatten. Automatische Ausgleichssysteme sorgten dafür, daß die Manövrierdüsen in unregelmäßigen Abständen feuerten und die Fluglage des Rettungsbootes stabilisierten.

»Uns bleiben noch fünfundsechzig Prozent der ursprünglichen Energiereserven«, sagte Miyakawa nach einem Blick auf die Kontrollen.

»Ist das gut oder schlecht?«

Die Kommandantin der nicht mehr existierenden Starbase wandte sich ihrer Begleiterin zu. Das schwache Glühen des Displays spendete gerade genug Licht, um Camenaes breites Gesicht zu erkennen. »Es bedeutet, daß einer Person für sechsundfünfzig Tage Lebenserhaltungskapazität zur Verfügung steht. Mit anderen Worten: Wir beide können hier drin achtundzwanzig Tage lang überleben.«

Die dunkle Schwinge einer romulanischen Kriegsschwalbe glitt über den Hauptschirm und verdeckte die Sterne.

Miyakawa beugte sich rasch vor und betätigte den Schalter der manuellen Kontrolle. Wenn die Manövrierdüsen jetzt erneut zündeten, wären sie zweifellos entdeckt worden. Sie hielt den Atem an, bis das nicht getarnte Kriegsschiff in der Dunkelheit des Alls verschwand.

»Unsere Energiereserven spielen natürlich keine Rolle, wenn uns die Romulaner entdecken«, flüsterte Miyakawa. Die von den Kapselsensoren ermittelten Daten deuteten darauf hin, daß die Kriegsschwalbe in einem weiten Bogen durchs Trümmerfeld flog – bestimmt kehrte sie zurück.

»Bald müssen wir es riskieren, das Impulstriebwerk zu benutzen«, sagte Camenae. »Wenn wir beim Eintreffen der *Enterprise* noch hier sind, könnten wir ins Kreuzfeuer geraten.«

»Die *Enterprise* kehrt nicht hierher zurück«, erwiderte Miyakawa. »Vielleicht dauert es eine ganze Weile, bis Hilfe kommt.«

»Wie bitte?«

»Ich habe Starfleet nicht auf die Evakuierung hingewiesen und die Kom-Mitteilung nur auf den Frequenzen des lokalen Verkehrs gesendet. Die Romulaner benutzen meine Starbase als einen Köder, und ich wollte Ihnen nicht dabei helfen, ihre Falle vorzubereiten.«

»Ich verstehe.« Camenae rutschte in ihrem schmalen Sessel ein wenig zur Seite. »Angenehm wird der Aufenthalt hier drin sicher nicht. Ich habe Frachtkisten gesehen, die in ihrem Innern mehr Platz boten.«

Dem konnte Miyakawa nicht widersprechen. Die würfelförmige Rettungskapsel enthielt viele Kammern und Abteile, in denen fürs Überleben wichtige Vorräte lagerten. Den restlichen Platz beanspruchten vier Sessel. »Tut mir leid, Camenae. Ich dachte, Sie hätten die Station mit einem Frachter oder an Bord eines Passagierschiffs verlassen, so wie alle anderen. Wenn Sie meine Anweisungen befolgt hätten, wären Sie jetzt in Sicherheit.«

»Und *Sie* würden dann den Trümmern dort draußen Gesellschaft leisten. Wie ein melodramatischer Kapitän, der mit seinem sinkenden Schiff untergeht.«

Nach langem Schweigen erwiderte Miyakawa: »Ich habe den Überblick über die Zeit verloren.«

Camenae schnaubte abfällig. »Es blieb gar nicht so viel Zeit übrig, um den Überblick über sie zu verlieren.«

Miyakawa zuckte mit den Schultern und begriff eine Sekunde später, daß ihre Begleiterin in der Dunkelheit nichts davon sehen konnte. Sie hatte keine *bewußte* Entscheidung getroffen, in der Starbase zu bleiben, suchte jedoch erst nach einer Rettungskapsel, als sie der wie ziellos umherwandernden Camenae begegnete. »Moment mal… Wieso waren Sie noch in der Raumstation?«

Camenae schwieg so lange, daß Miyakawa schon glaubte, sie wollte nicht antworten. »Ich habe dies schon einmal erlebt«, sagte sie schließlich, und ihre Stimme vibrierte ein wenig. »Ich wollte nicht erneut eine Überlebende sein.«

Also hatten sie sich gegenseitig gerettet – widerstrebende Heldinnen, die nicht das eigene Leben opferten, sondern ihren Tod – damit die andere nicht sterben mußte.

»Ich werde dafür sorgen, daß Sie auch diesmal überleben, ob es Ihnen paßt oder nicht«, sagte Miyakawa mit einer Entschlossenheit, die tief in ihr wurzelte. »Eine Starbase kann neu gebaut werden. Und man kann im Leben noch einmal von vorn beginnen.«

»Die Jungen sind dazu vielleicht imstande.« Camenae seufzte müde. »Aber ich bin viel älter, als ich aussehe.«

»Für Selbstmitleid sind Sie offenbar nicht zu alt.«

»Danke, Commander«, sagte Camenae trocken. »Ich weiß Ihre Anteilnahme sehr zu schätzen.«

Miyakawa lachte. »Meine Liebenswürdigkeit ist überall in Starfleet bekannt. Welch ein Glück für Sie, ausgerechnet mit mir ...«

Ein blinkendes Display wies auf die Aktivierung des Transceivers hin. »Nachricht wird empfangen.«

Miyakawa betätigte ein Schaltelement.

»Achtung, USS *Portsmouth:* Notruf der Priorität eins... Starbase 193 wurde zerstört... Die *Enterprise* muß sich um dringende Aufgaben kümmern... Sie werden aufgefordert, unverzüglich eventuellen Überlebenden Hilfe zu leisten.«

»Das verstehe ich nicht.« Miyakawa schüttelte ungläubig den Kopf. »Eine unverschlüsselte Nachricht. Jedes Schiff in diesem Sektor kann sie empfangen.«

»Sehen Sie!« Camenae deutete zum Bildschirm.

In der Ferne änderte die romulanische Kriegsschwalbe den Kurs. Aus der gewölbten Flugbahn wurde eine gerade Linie, und die Geschwindigkeit wuchs rasch. Das Schiff schien kurz zu wabern und verschwand dann in einem Tarnfeld.

»Verdammter Mist!« entfuhr es Miyakawa. »Ich habe mein Leben riskiert, um die *Enterprise* zu schützen, und jetzt schnappt die Falle der Romulaner doch noch zu.«

»Unterschätzen Sie Captain Picard nicht.« Camenae lächelte im dunklen Innern der Rettungskapsel. »Ich glaube, er stellt gerade selbst eine Falle.«

Wenn das stimmte, so war dies eine höchst gefährliche Kriegslist.

»Viel Glück, Jean-Luc«, hauchte Miyakawa.

»Beschleunigung«, sagte Commander Taris. »Jetzt!«

Die *Haakona* sprang in den Warptransfer, und Vedoc taumelte, stieß an die Wand hinter ihm. Die Trägheitsabsorber reagierten zu spät – eine halbe Sekunde lang hatte der junge Mann das Gefühl, eine tonnenschwere Last würde ihn zermalmen.

Bei den übrigen Brückenoffizieren gab es ebenfalls Atemprobleme, aber keiner von ihnen zeigte sich überrascht. Es handelte sich also nicht um eine Fehlfunktion. Vedoc kannte diesen Raumschifftyp gut genug, um zu wissen: Offenbar hatte Taris die Trägheitsabsorber auf einen Wert unter der normalen Spezifikation eingestellt. Die dadurch eingesparte Energie kam sicher den Waffensystemen zugute.

Der starke Andruck ließ nach. Vedoc schnappte erleichtert nach Luft und kehrte zu seinem Posten neben dem Sessel der Kommandantin zurück.

Taris empfing ihn mit einem herablassenden Lächeln. »Es ist natürlich eine Falle.«

Vedoc gab sich eine Sekunde zu spät überrascht und fürchtete, daß sie sein Täuschungsmanöver durchschaute. Doch die Geringschätzung in Taris' Zügen wies darauf hin, daß sie sein schlechtes Timing für Dummheit hielt.

»Eine Falle, Commander?« fragte er übertrieben verwirrt. Die Kommandantin hielt ihn für einen Narren und schien nicht bereit zu sein, etwas anderes als Idiotie in seinem Verhalten zu erkennen.

»Ihre Leichtgläubigkeit ist rührend, Vedoc.« Taris genoß es, dem Subcommander deutlich zu zeigen, daß sie ihn verachtete. Wenn sie als Offizier eine Schwäche hatte, so bestand diese aus dieser blinden Arroganz. »Picard hat seine Position absichtlich preisgegeben. Die Föderation legt großen Wert darauf, Zivilisten zu schützen. Deshalb geht sie manchmal solche Risiken ein, um Kämpfe in abgelegene Regionen des Alls zu verlagern. Um so besser. Wir sind der *Enterprise* mehr als nur ebenbürtig.«

Vedoc nickte unterwürfig und war zu abgelenkt, um eine ausreichend dumme Antwort zu geben. Die Modifikationen in den Bordsystemen der *Haakona* ließen durchaus den Schluß zu, daß Taris allen Grund hatte, zuversichtlich zu sein. Diese Erkenntnis drängte ihn noch mehr zur Eile, doch dabei ergab sich ein Problem: Während der letzten Tage hatte er keine Möglichkeit gefunden, maßgeblichen Einfluß auf die Ereignisse zu nehmen, die sich um ihn herum entfalteten.

Hätte Surak passiv auf eine gute Gelegenheit gewartet? Oder wäre er aktiv geworden, um eine solche Gelegenheit zu schaffen? Vedoc wünschte sich, seinen Lehrmeister danach fragen zu können, doch die Katakomben von Romulus waren viele Lichtjahre entfernt.

»Commander Taris.« Er gab sich wie ein eifriger Schüler, der versuchte, seinem Lehrer zu gefallen. »Ich möchte nicht nur an Ihrer Seite stehen, sondern mich nützlich machen und einen aktiven Beitrag zum Sieg über die *Enterprise* leisten.«

Die Kommandantin schnaubte leise, um nicht laut zu lachen.

Die Besorgnis bildete einen Klumpen in Vedocs Kehle. »Ich gehöre erst seit kurzer Zeit zur Crew der *Haakona,* aber an Bord von anderen Schiffen habe ich gute Dienste geleistet. Geben Sie mir wenigstens die Möglichkeit, die Kontrollen der zweiten Waffenstation zu bedienen.«

»Na schön«, erwiderte Taris. »Aber wenn Etrajan Grund hat, sich über Ihre Leistungen zu beklagen, kehren Sie sofort zur Brücke zurück.«

»Wie Sie befehlen, Commander!« rief Vedoc und salutierte. Normalerweise ließen sich die Brückenoffiziere nichts anmerken, aber diese archaische und melodramatische Reaktion ließ sie lachen. Wie verlegen floh Vedoc von der Brücke.

Seine Stiefel klackten laut übers metallene Deck, als er durch den Hauptkorridor in der oberen Sektion des Schiffes sprintete. Die zweite Waffenstation in unmittelbarer Nähe der technischen Abteilung wurde nur dann besetzt, wenn ein Gefecht unmittelbar bevorstand. Wenn er schnell genug war, blieben ihm einige Minuten Zeit, bevor Etrajan eintraf. Zwar litt er noch immer an den Nachwirkungen des Gravitationsschubs, aber er zwang sich trotzdem, mit voller Kraft zu laufen. Er nahm den bitteren Geschmack von Blut wahr und wurde trotzdem nicht langsamer. Eine einzige Sekunde mochte über Erfolg oder Scheitern seiner Mission entscheiden.

Als der Subcommander die leere Wartungsnische erreichte, hatte er bereits das Ziel ausgewählt. Mit einem raschen Blick vergewisserte er sich, daß sich kein Techniker in der Nähe befand, dann nahm er einen speziellen Schraubenschlüssel aus dem Werkzeugfach. Nun kniete er vor dem Bugschildgenerator.

Eine kurze Untersuchung bestätigte Vedocs Verdacht: Taris hatte auch am Deflektorsystem einige ungewöhnliche Modifikationen vorgenommen. Doch jeder Vorteil wurde irgendwo durch einen Nachteil bezahlt, woraus folgte: Eine höhere Kapazität der Schilde bedeutete, daß andere Bordsysteme weniger gut funktionierten. Welche Funktionen hielt Taris wohl für entbehrlich?

Vedoc hielt sich nicht damit auf, nach einer Antwort zu suchen. Die Deaktivierung der Diagnosesensoren im Generator kam einem Sabotageakt gleich. Als gelangweilter Fähnrich hatte er sich die Zeit damit vertrieben, solche Komponenten zu montieren und zu demontieren, während sein Schiff an der Neutralen Zone patrouillierte. Vielleicht waren es jene langen, ereignislosen Einsätze gewesen, die ihn schließlich dazu brachten, über Geschichte und Philosophie nachzudenken.

Der nächste Schritt brachte noch weniger Schwierigkeiten mit sich, obwohl die Folgen noch ernster sein konnten. Die zu jedem Schildgenerator führende energetische Weiche war ein wichtiges Bindeglied, das kaum jemals beschädigt wurde. Es befand sich zu tief im Innern des Kriegsschiffes, um von den Waffen eines Feindes erreicht zu werden. Vedoc stellte die richtige Frequenz am elektronischen Schraubenschlüssel ein und löste die Halterungen des Gehäuses.

Jetzt brauchte er nur noch fest zu ziehen.

Ist dies der richtige Weg?

Er folgte den Lehren von Spock nicht lange genug, um zu wissen, daß seine Pläne tatsächlich Suraks Philosophie entsprachen. Doch dem jungen Vedoc standen keine Jahre oder gar Jahrzehnte zur Verfügung, um die Diktate der Logik zu erlernen. Ihm blieben nur wenige Minuten.

Seine Hände schwebten über den Schaltkreisen.

Wenn er wirklich den Mut aufbrachte, für seine Überzeugungen das eigene Leben zu opfern – gab ihm die Logik das Recht, auch die anderen Personen an Bord zu töten? Surak hatte den Frieden postuliert, das Ende des Tötens. Doch wenn Vedoc einen streng pazifistischen Standpunkt vertrat, so erbeutete die *Haakona* ein Objekt, mit dem sich die ganze Föderation unterwerfen ließ. Dann starben viele Millionen Unschuldige.

Letztendlich mußte er seine Entscheidung mit dem eigenen Gewissen vereinbaren.

Dies ist das beste für mein Volk.

Vedoc zog den Schaltkreis weit genug aus dem Gehäuse, um die Verbindung zu lockern, ohne den Stromkreis zu beeinflussen. Wiederholte energetische Belastungen des aktivierten Bugschilds würden schließlich dazu führen, daß es an dieser Stelle zu einer Überladung kam – was eine Unterbrechung der Energieversorgung bewirkte.

Der Subcommander sprang auf, legte den Schraubenschlüssel ins Werkzeugfach zurück und hastete zur Photonentorpedokonsole. Dort fand ihn Etrajan kurze Zeit später.

»Rühren Sie nichts an«, sagte der Mann und schnitt eine finstere Miene.

»Zu Befehl«, erwiderte Vedoc und verbeugte sich, um die Schweißperlen auf seiner Stirn zu verbergen.

Er nahm neben Etrajan Platz und dachte über die Konsequenzen der von ihm verübten Sabotage nach.

Das Ko N'ya würde auf der *Enterprise* bleiben. Er kannte die blutige Geschichte des Steins gut genug, um zu ahnen: Vielleicht hatte die Föderation keinen Grund, ihm dafür zu danken.

Keyda Chandat sah zum Nachthimmel empor und suchte nach einem Hinweis auf das Raumschiff hoch über dem Planeten. Starfleet mochte die USS *Sullivan* der Miranda-Klasse für kaum mehr als ein Scoutschiff halten, doch der mit Warppotential ausgestattete Diskusraumer war weitaus beeindruckender als alle anderen den Bewohnern von Dynasia bekannten Raumfahrzeuge.

»Dort, Kustos«, sagte die Föderationsbotschafterin und zeigte mit dem Finger nach oben.

»Ja, ich sehe es.« Eine Lüge. Chandat sah nur Sterne. Er senkte den Kopf wieder, bevor ihn einer seiner Assistenten sah und glaubte, daß er wie ein närrisches Kind von der verlorenen Pracht Iconias träumte.

Als sie den Weg durch die Gartenanlage fortsetzten, hielt er den Blick auf die Pflanzen zu beiden Seiten des Pfades gerichtet. Die Schönheit der blühenden Stauden mochte ihn vor der Versuchung bewahren, erneut nach oben zu sehen. »Von allen Angehörigen meines Volkes wird erwartet, daß sie sich mit den alten Texten befassen. Ich spezialisierte mich auf Flugtechnik und wünschte mir nichts sehnlicher, als irgendwann einmal die von meinen iconianischen Vorfahren entwickelten Wunder zu berühren. Als ich schließlich einsehen mußte, daß dieser Wunsch nie in Erfüllung gehen kann, wurden die schematischen Darstellungen nur noch zu Linien auf dem Papier. Daraufhin beschloß ich, Bürokrat anstatt Wissenschaftler zu sein.« Seine Fingerspitzen strichen über die Metallscheibe an der dicken goldenen Halskette. »Natürlich habe ich nicht damit gerechnet, daß mein Amt jemals so schwere Bürden mit sich bringt wie in diesem Jahr.«

»Wenn sich die dynasianische Fakultät für einen Beitritt zur Föderation ausspricht, sind Ihre Kinder eines Tages an Bord von Raumschiffen unterwegs, vielleicht sogar als deren Kommandanten.« Botschafterin Tommas versäumte keine Gelegenheit, für die Sache des Völkerbunds einzutreten.

»Vorher könnte es geschehen, daß meine Kinder im Bürgerkrieg sterben«, erwiderte Chandat. Nach der stundenlangen Ratssitzung fühlten sich seine Beine steif an, und er begrüßte die Gelegenheit, sich endlich ein wenig Bewegung zu verschaffen. »Welche Entscheidung auch immer die Fakultät trifft: Bestimmt gibt es eine Opposition, die dagegen protestiert. Wenn sich die Konservativen durchsetzen, sind vielleicht Massenhinrichtungen nötig, um die Aufstände der Einheimischen niederzuschlagen. Und wenn sich die Befürworter durchsetzen ... Es würde ein Ende der zentralen Autorität und den Beginn der Anarchie bedeuten. Sie haben einen Sturm geschaffen, der meine Welt zerreißt, Botschafterin. Aber Sie sind nicht bereit, militärisch zu intervenieren ...«

»Wir müssen die Erste Direktive achten, Kustos.«

»Ja, von Ihrem Nichteinmischungsprinzip habe ich oft genug gehört«, entgegnete Chandat bitter. »Erst zerstören Sie unsere politische Einheit und dann treten Sie zurück, um zu beobachten, wie wir uns gegenseitig umbringen.«

»Das ist nicht fair.« Die blassen Wangen der Botschafterin wurden dunkler, und Chandat fragte sich, welches menschliche Gefühl darin zum Ausdruck kam. »Dekan

Shagrets Antrag auf Mitgliedschaft in der Föderation stellte eine offizielle Einladung dar.«

»Er hatte kein Recht, einen solchen Antrag zu formulieren!«

»Er hatte kein Recht, aber die Mittel.« Tommas seufzte. »Sie können uns wohl kaum für sein Doppelspiel verantwortlich machen.«

»Das stimmt, Botschafterin. Meine Müdigkeit spricht lauter als die Vernunft.«

Shagret hatte seinen Verrat schlau vorbereitet und durchgeführt. Ein Leben lang leistete er hervorragende Arbeit im Verwaltungsdienst und errang dadurch den begehrten Posten des Dekans der Kommunikation – was ihn in die Lage versetzte, dem Föderationsrat eine Kom-Botschaft zu schicken. Wer hatte ahnen können, daß ein angesehener konservativer Professor mit den Radikalen sympathisierte?

Chandat drehte sich ruckartig um, als er das Geräusch hastiger Schritte vernahm. In der letzten Woche hatten sich einheimische Partisanen Zugang zu Lesesälen und Bibliotheken verschafft – Bereiche, die man bis dahin für absolut sicher gehalten hatte. Stießen sie nun auch in den Fakultätspark vor?

Erleichtert stellte Chandat fest, daß sich ein Helfer näherte, dem er vertraute. Aber konnte man überhaupt noch jemandem vertrauen?

»Kustos!« rief der Junge. »Der Fakultätsrat ist bereit, die Debatte fortzusetzen.«

Nachdem er diese Nachricht gebracht hatte, machte der Helfer kehrt und eilte in die Richtung zurück, aus der er gekommen war. Auch die Schüler und Studenten schienen von der Furcht vor Terroristen angesteckt zu sein.

»Können wir uns nach der Sitzung treffen?« fragte die Botschafterin, als sie ihre Schritte zu den Strebepfeilern des Athenäums zurücklenkten.

»Nein«, sagte Chandat, obwohl er gern eine andere Antwort gegeben hätte. »Wir sehen uns erst wieder, wenn der Rat eine Entscheidung getroffen hat.« Er fand zu großen Gefallen an den Gesprächen mit Tommas. In ihm rührte sich wieder die alte Sehnsucht, verlorene Wunder zu berühren, und darunter litt seine Objektivität.

Oder eröffnen sich mir neue Perspektiven?

Der Kustos dachte über diesen Interessenkonflikt nach, während er sich einen Weg durch die Menge aus Professoren und Studenten am Eingang der Ratskammer bahnte.

Drinnen stellte er fest, daß die Debatte ohne ihn begonnen hatte.

»Verräter! Eine Aufnahme in die Föderation schwächt unsere Autorität und unsere finanzielle Basis auf diesem Planeten.«

Das letzte Fakultätsmitglied erreichte den Saal und hörte, wie der Dekan für Architektur ihre politischen Widersacher attackierte. Als Kustos war Chandat für Ordnung verantwortlich, aber er wußte: Wenn er jetzt versucht hätte, die Diskussion unter Kontrolle zu bringen, wären die Gemüter nur noch mehr erhitzt worden. Er beschloß, Thorina noch eine Zeitlang toben zu lassen.

»Was auch immer die dynastanischen Einheimischen besitzen – sie bekamen es von uns. Sie krochen im Dreck, als wir kamen. Und ohne unsere überlegene Technik lägen sie noch immer im Schmutz.«

»Jene ›dreckigen‹ und ›schmutzigen‹ Geschöpfe haben sich über Jahrtausende hinweg um uns gekümmert«, erwiderte Shagret mit dem arroganten Gebaren eines selbstgerechten Eiferers. Seine Stirn zeigte die komplexen Höckermuster einer adligen Familie, doch er sprach mit dem Akzent eines Einheimischen. »Sie bauten Getreide für uns an, errichteten unsere Bibliotheken, badeten uns sogar. Als Gegenleistung gaben wir ihnen einige Brocken unserer Technologie – wie Bonbons, mit denen man ein gehorsames Kind belohnt. Und wir richten jene hin, die davon Gebrauch machen, ohne uns zu bezahlen.«

Thorina winkte verächtlich ab. »Eine ungebremste Entwicklung hätte die Kultur der Einheimischen zerstört.«

»Jede wahre Entwicklung haben wir schon vor Jahrhunderten im Keim erstickt«, sagte Shagret. Der Kustos stellte voller Unbehagen fest, daß noch einige weitere Professoren hinter ihn getreten waren, um Unterstützung zu signalisieren. »Wir philosophieren abseits jeder Realität und haben vergessen, wie man Gedanken Substanz verleiht, sie zur Grundlage von konkretem Handeln macht. Der Meisterplan unserer Vorfahren wird ignoriert, weil er eine Beteiligung der Einheimischen vorsieht. Die Ideale unserer iconianischen Ahnen sind zu egoistischer Ausbeutung verkommen.«

»Der Beitritt zur Föderation ist unvermeidlich!« rief ein junges Mitglied der physikalischen Fakultät. Es leitete die wachsende Fraktion der Pragmatiker. »Wenn wir beschließen, Mitglied des interstellaren Völkerbunds zu werden, so erschließen sich uns ganz neue Quellen des Wissens.«

»Ihre Naivität ist bemerkenswert«, kommentierte Thorina. »Und sehr gefährlich.«

Der einzige einheimische Professor der Fakultät – bisher hatte ihn niemand ernst genommen – stand auf, um zu sprechen. Oomalos Schuppen zeigten den besonderen Glanz von Zorn. »Wenn Sie uns die Möglichkeit der Weiterentwicklung nehmen, so wird mein Volk in den ›Dreck‹ zurückkehren. Allerdings müssen Sie diesmal mit uns im Schmutz kriechen, wenn Sie überleben wollen. Ohne unsere Arbeit vermodern die prächtigen Bibliotheken und bleiben Ihre Mägen leer.«

Von einem Augenblick zum anderen herrschte Chaos

im Saal. Chandats Ordnungsrufe verhallten ungehört, als jene Professoren schrien, die sich vor einem Aufstand der Einheimischen fürchteten. Gleichzeitig erklang empörtes Heulen von den Fakultätsmitgliedern, die für Oomalos Volk eintraten.

Der Kustos fragte sich, wie so unterschiedliche Meinungen als Grundlage einer gemeinsamen Entscheidung dienen sollten. Er schwieg und verzichtete darauf, dem Tumult die eigene Stimme hinzuzufügen.

Als das Durcheinander andauerte, senkte sich eine Hand auf Chandats Schulter herab. Er drehte den Kopf und erkannte seinen Sekretär.

»Kustos ...« Der Mann drückte ihm ein Dokument in die Hand. »Ich bringe eine dringende Mitteilung von Professor Manja.«

»Von Manja? Bei den drei Toren, nicht jetzt!« zischte Chandat. Diesmal hatte der halb senile Gelehrte einen besonders schlechten Zeitpunkt für seine Finanzierungsanfrage gewählt. Selbst unter den besten Umständen gehörte iconianische Literatur nicht zu den Prioritäten des Rates.

»Lesen Sie die Botschaft, Kustos!« drängte Ganin mit einem Nachdruck, der Chandat so sehr erstaunte, daß er der Aufforderung nachkam.

Er las die Nachricht. Und dann las er sie noch einmal.

Als ein Mann der Wissenschaft glaubte der Kustos nicht an Wunder, doch die auf diesem Blatt niedergeschriebenen Worte kamen der Antwort auf ein Gebet gleich. Er hatte nicht genug Zeit, um die Richtigkeit einer so ungeheuren Behauptung zu bestätigen, aber ob wahr oder nicht: Er konnte sie sofort verwenden.

Chandat stand auf und bat mit wiederholten Gesten um Ruhe. Als er schließlich die Aufmerksamkeit der verschiedenen Fraktionen gewonnen hatte, präsentierte er eine vorsichtig redigierte Version von Manjas Bericht.

Die Reaktion bestand aus verblüffter Stille. Dieses

eine Mal waren die versammelten Professoren sprachlos.

Chandat zögerte nicht, die allgemeine Verwirrung zu seinem Vorteil zu nutzen.

»Das Ko N'ya ist jenes Juwel, mit dem Kanda Jiak ein Tor durch Raum und Zeit öffnete – es ermöglichte uns, von Iconia aus diese Welt zu erreichen. Wir müssen sofort handeln, um es den Leuten abzunehmen, die nichts von seiner Macht ahnen. Wenn sich das Juwel wieder in unserem Besitz befindet, so erreichen wir die Höhen, die unsere iconianischen Ahnen erklommen. Dann kommen die Gesandten der Föderationswelten zu uns und betteln um Technologie, die sie nicht verstehen. Und dann genießen alle Bewohner von Dynasia einen Reichtum, der weit über die Grenzen ihrer bisherigen Vorstellungskraft hinausgeht.«

Alle Anwesenden blickten zum Kustos, mit patriotischem Feuer in den Augen.

Chandat jubelte. Es war ihm gelungen, seine Welt wieder zu einen.

23

T'Sara.« – *Nein ... Ich möchte nicht erwachen, Ich bin so müde ...*

»T'Sara.«

Sie öffnete die Augen und stellte fest, daß nicht etwa Sorren sie aus der Heiltrance geweckt hatte. Natürlich nicht – Sorren war tot.

Und ich sterbe hier und jetzt.

Kühle herrschte im Grabgewölbe der Sammlerin, doch zum erstenmal fröstelte sie nun. T'Sara rieb sich die Hände, um sie zu wärmen. Eine Sekunde später verharrte sie plötzlich, senkte den Kopf ...

... und sah ihre *leeren* Hände.

»Ich habe ihn jetzt«, sagte der vor ihr kniende Fremde und schloß seine Finger um den Stein.

»Wenn ich das Ko N'ya nicht mehr halte, so ist dies Ihr Traum, junger Mann«, sagte T'Sara.

In seinen Augen glänzte wache Aufmerksamkeit, ähnlich der eines Vulkaniers, doch er lächelte bei ihren Worten. »Es ist viele Jahre her, seit man mich als jungen Mann bezeichnete.«

»Ihr Haar mag licht und weiß geworden sein, aber Sie werden nie so alt wie ich«, erwiderte T'Sara schlicht, und er nahm ihren Hinweis mit einem knappen Nicken zur Kenntnis. Menschen waren kurzlebig, wenn man vulkanische Maßstäbe anlegte, doch dieses Individuum schien seine Zeit besser genutzt zu haben als andere seiner Art. »Warum haben Sie mich geweckt?«

»Ich versuche herauszufinden, welchen Weg das Ko

N'ya nahm, T'Sara. Es begann beim Wächter der Ewigkeit, aber ich weiß nicht, warum es jenen Ort verließ und wohin es unterwegs ist. Auch der Grund der Reise ist mir ein Rätsel.«

»Wissensdurstiger Mensch.« T'Sara seufzte. »Nicht einmal ich könnte lange genug leben, um all diese Fragen zu beantworten. Wie dem auch sei: Fast hätte ich die Wahrheit des Wohin berührt.«

»Fast?«

»In einer meiner letzten Visionen sah ich die nächste Phase der Reise. Es ist nicht das Ende der Mission des Ko N'ya, aber vielleicht das Ende seiner Interaktionen mit uns.«

»Erzählen Sie mir davon, T'Sara!« drängte der Mann mit einem Eifer, der die Vulkanierin traurig stimmte.

Sie deutete zum mumifizierten Leib der Sammlerin auf dem steinernen Thron. »Halaylah lernte den Stein besser kennen als sonst jemand, doch als sie die gleiche Vision sah, mauerte sie sich ein. Sie wollte das Ko N'ya für sich behalten, es nicht seiner Bestimmung überlassen.«

»Ich denke anders als die Sammlerin. Ich möchte weiterführen, was Sie ...«

»Nein!« entfuhr es T'Sara. Ihre schwindende Kraft genügte nicht, um die jähe Pein unter Kontrolle zu halten. »Belasten Sie mich nicht mit der Bürde Ihrer Entscheidungen. Ich trage auch so schon genug Verantwortung.«

»›Ich überlasse den Stein keinem lebenden Wesen‹«, zitierte der Mann langsam. »So lauteten Ihre Worte.«

»Und auch die Suraks. Bereits als Kind war er weiser, als ich es jemals sein kann. Er ließ das Ko N'ya los, bevor es ihn über die Grenzen seiner Selbstdisziplin hinaus in Versuchung führen konnte. Ich glaubte, ebenfalls dazu imstande zu sein, aber ich wartete zu lange. Auch Sie haben zu lange gewartet.«

Der Mann schüttelte den Kopf und schien sich über die letzten Worte zu ärgern. »Der Stein ist nicht böse, T'Sara.«

»Nein, böse nicht, aber gefährlich.« Sie begriff, daß ihr nur noch wenig Zeit blieb. Und auf der anderen Seite des Traums wartete der Tod. »Das Ko N'ya stammt nicht aus unserer Welt. Seine Macht ist für andere Zwecke bestimmt. Es versucht ständig, sich aus dem Netz unserer habgierigen Hände zu befreien.«

Die Erschöpfung wurde so groß, daß T'Sara den Kopf an die Wand stützte. *Muß sich der Knoten schon so bald lösen?*

»Nein, T'Sara!« rief der Mann. »Ich muß wissen, wohin der Stein unterwegs ist!«

Sie streckte den Arm aus, und ihre Finger tasteten nach bestimmten Nervenpunkten an der Schläfe des Menschen. Der Mann versteifte sich, leistete jedoch keinen Widerstand. Dies war nicht seine erste Mentalverschmelzung.

Sie tauchte ein in das fremde Bewußtsein.

Als ihre Gedanken eins waren, zeigte sie ihm den Ort: eine ganz bestimmte Sternkonstellation und einen feurigen Boten, der aufs Ko N'ya wartete.

Dort!

T'Saras Arm sank nach unten, und dadurch endete die psychische Verbindung. Die Finger zitterten, schlossen sich wie stählerne Klauen um den Stoff eines Uniformpullis. Mit ihrer letzten Kraft zog sie den Mann zu sich herab, so nahe, daß er ihren heißen Atem an der Wange spürte. »Denken Sie immer daran... Das Blut fließt auch weiterhin.«

Picard taumelte aus dem dunklen Grabgewölbe der Sammlerin und erreichte kurz darauf den weiten Platz mit den Resten des eingestürzten Turms.

Er blickte gen Himmel und versuchte, im Muster der

Sterne die soeben gesehene Konstellation wiederzuerkennen. Die Strukturen stimmten nicht, und es wurde immer wichtiger, daß sie ein *richtiges* Bild ergaben. Er hob die Hände, um den Konstellationen die richtige Form zu geben, um die Sterne zurechtzurücken, damit sie dem von T'Sara übermittelten Muster entsprachen ...

... doch die Finger des Captains stießen an die transparente Barriere eines gewölbten Deckenfensters.

Er stand in der Mitte seines Quartiers.

Trotz des abrupten Erwachens verharrte das Gefühl in Picard, daß Eile geboten war – irgendwie mußte es ihm gelingen, den Sternen die richtige Struktur zu geben. Er trat zum Schreibtisch, griff dort nach Stift und Datenblock und begann damit, kleine Kreise zu zeichnen. Zwar wußte er nicht, worum es ging, aber er wollte unbedingt das vor seinem inneren Auge schwebende Bild festhalten.

Schließlich hielt er inne, obwohl er um die Unvollständigkeit der Darstellung wußte. Etwas fehlte, ein Faktor, ein charakteristisches Merkmal.

Kein weiterer Stern, sondern ...

... ein Komet.

Einige Linien formten den Schweif des Kometen – und damit war die Zeichnung komplett.

Picard schloß die Hand fester um den elektronischen Datenblock und ging zum Schlafzimmer. Wenn das Herz des Nachts zu schimmerndem Leben erwacht war, so hatte er nichts davon gesehen. In der Dunkelheit ließ sich die runde Silhouette auf dem Nachtschränkchen kaum erkennen.

»Wenn ich dich zu jenem Ort bringen soll, so muß ich den Grund dafür erfahren«, flüsterte Picard in der Finsternis.

24

Während der Bordnacht ging es auf der Brücke immer recht ruhig zu.

Riker empfand es sogar als zu ruhig. Zwar waren alle Stationen besetzt, aber die Männer und Frauen sprachen mit leisen Stimmen und übten mehr Zurückhaltung als ihre Kollegen von der Tagschicht. Die gedämpfte Atmosphäre weckte eine gewisse Befangenheit im Ersten Offizier. Riker war ein großer Mann und daran gewöhnt, sich frei zu bewegen, Platz zu beanspruchen. Er mochte es nicht, sich im Zaum zu halten, aus welchen Gründen auch immer.

Tagsüber hätte er es sich im Kommandosessel gemütlich gemacht, von dort aus alle Informationen angefordert, die er für nötig hielt, und Gespräche quer durch den ganzen Kontrollraum geführt. Doch während der Nacht fühlte er sich angesichts der allgemeinen Stille verpflichtet, von Station zu Station zu gehen, um Berichte entgegenzunehmen.

»Status, Lieutenant?« fragte Riker zu laut.

»Schilde sind aktiv«, sagte Worf. Sein Baß schien nicht so weit zu reichen wie Rikers Stimme. »Energiereserven bei fünfundneunzig Prozent stabil. Die Sensoren orten keine Raumschiffe, die uns verfolgen.«

»Offenbar funktioniert der Plan des Captains nicht. Vorausgesetzt natürlich, daß die Starbase 193 tatsächlich angegriffen wurde.«

Riker sah, wie Worf die Augen zusammenkniff. Alle Klingonen neigten zu absoluter Loyalität dem kommandierenden Offizier gegenüber, aber Worf reagierte besonders empfindlich auf jede offene oder verdeckte Kritik an Captain Picard. »Vergessen Sie nicht den Bericht über ein romulanisches Schiff, das ins stellare Territorium der Föderation vordrang.«

»Die nicht bestätigte Ortung einer Kriegsschwalbe, ohne einen Hinweis darauf, wohin sie fliegt...« Der Erste Offizier zuckte mit den Achseln. »Nun, ich schätze, eine derartige Möglichkeit läßt sich nicht ganz ausschließen.«

»Wir müssen wachsam sein.«

»Da haben Sie völlig recht«, bestätigte Riker. Diese Worte besänftigten den Klingonen ein wenig, und der Schatten des Ärgers verschwand aus der dunklen Miene. »Machen Sie weiter wie bisher, Lieutenant.«

Riker wollte seine Tour durch die Brücke gerade fortsetzen, als ein rhythmisches Summen von der Kommunikationskonsole erklang – eine Nachricht wurde empfangen. Er wartete auf die Meldung des Sicherheitsoffiziers.

»Eine codierte Mitteilung, Commander...« Worf sah aufs Display und las die Signal-Identifizierung. »Von Commander Miyakawa, derzeit an Bord der *Portsmouth.*«

»Das wurde auch Zeit!« platzte es aus Riker heraus, und er sprach laut genug, um mehrere Männer und Frauen zusammenzucken zu lassen. *Schluß mit der Zurückhaltung,* dachte er.

»Beginne mit der Entschlüsselung.«

Riker trat an Worfs Seite, als Klartext über einen Monitor scrollte.

Er hatte noch nicht den ganzen Bericht der Stationskommandantin gelesen, als er auch schon auf seinen Insignienkommunikator klopfte. »Captain Picard zur Brücke.« Er wandte sich an den Sicherheitsoffizier, atmete tief durch und sagte: »Schilde hoch. Und gehen Sie auf Alarmstufe Gelb.«

Die Ruhe der Nachtschicht fand ein abruptes Ende, als bernsteinfarbenes Licht pulsierte und Sirenen heulten. Erschrockene Besatzungsmitglieder nahmen aus einem Reflex heraus Haltung an oder eilten zu ihren Posten. Riker wußte, daß er gerade Hunderte von Schlafenden an Bord geweckt hatte.

Wir sind zu einem Magneten für Schwierigkeiten geworden.

Die unheilvollen Worte des Captains hallten durch Rikers Erinnerung. Er schloß die Hände ums Geländer des Achterdecks, beugte sich ein wenig vor und sah zum großen Wandschirm.

Ein Kubikmeter Weltraum sah genauso aus wie jeder andere, aber irgendwo in der dünnen Suppe aus interstellarem Gas flog ein getarntes romulanisches Kriegsschiff – ein unsichtbarer Jäger, der nach deutlich erkennbarer Beute suchte.

Deanna Troi versuchte, ein Gähnen zu unterdrücken. Glücklicherweise war der vor ihr sitzende Fähnrich so sehr mit seinem eigenen Elend beschäftigt, daß er ihren vorübergehenden Mangel an Aufmerksamkeit nicht bemerkte. Er saß auf der Kante des Sofas und berichtete von den Einzelheiten einer gescheiterten Romanze.

»Wie soll ich weiterleben, obwohl ich die eine Person verloren habe, die meiner Existenz Sinn gab?«

Der Stubengenosse des Fähnrichs war angesichts der Depressionen des Kameraden so besorgt gewesen, daß er mitten in der Nacht beschloß, die Counselor zu informieren. Troi hatte schon nach kurzer Zeit festgestellt, daß Asadourian überhaupt nicht an Selbstmord dachte; er wollte nur ein wenig theatralisch sein und bemitleidet werden. Deanna fragte sich, ob sie Beverly Crusher auf ihn aufmerksam machen sollte. Vielleicht konnte die Bordärztin sein schauspielerisches Talent auf der Bühne gebrauchen.

Als Troi sicher war, daß sich der junge Mann den größten Teil seines Kummers von der Seele geredet hatte, forderte sie ihn mit sanftem Takt auf, ihr Quartier zu verlassen.

»Morgen früh geht es Ihnen bestimmt besser«, versicherte sie dem Fähnrich, als sie das Counselorbüro verließen. Sie spürte, daß er ihr nicht glaubte. Nun, liebeskranke junge Männer blieben in diesem Zusammenhang immer skeptisch.

Während Deanna durch die stillen Korridore des Raumschiffs wanderte, gestand sie sich einen Hauch Neid auf Asadourians Leidenschaft ein. Sich bis über beide Ohren zu verlieben ... Es mochte sich als enorme Belastung beweisen, aber es konnte auch herrlich sein. Vor vielen Jahren hatte sie ähnliche Empfindungen kennengelernt, in bezug auf einen großen, dunkelhaarigen Starfleet-Offizier.

»Schonen Sie sich, bis das ganz verheilt ist.«

Troi ging schneller, als sie eine vertraute Stimme hörte, brachte eine Ecke hinter sich und sah, wie Beverly Crusher in die Krankenstation zurückkehrte. Ihr Rat galt Fähnrich Brengle, der langsam forthumpelte.

Deanna beschloß spontan einen kleinen Umweg. Da sie ohnehin wach war, konnte sie die Gelegenheit nutzen und sich um gewisse Spannungen zwischen Captain Picard und seinem Ersten Medo-Offizier kümmern.

Im Eingangsbereich hielten sich keine Patienten auf, aber einige Krankenschwestern reinigten medizinische Instrumente. Crusher stand in der Mitte des Raums, starrte auf den Datenblock in ihrer Hand und runzelte die Stirn.

»Viel zu tun?« fragte Troi.

»Und ob.« Die Ärztin seufzte. »Zum Glück gibt es keine echten Notfälle, aber immer wieder müssen Unfallpatienten behandelt werden. Wußten Sie, daß ein Holodeck-Programm für Dinosaurierreiten existiert?«

»Klingt nach einer von Wesleys Ideen.«

»Ich bin ziemlich sicher, daß er dahintersteckt«, pflichtete Crusher der Counselor bei.

»Aber er würde doch kein gefährliches Programm im Speicher des Holo-Computers hinterlassen, oder?«

Beverly schüttelte den Kopf. »Nicht einmal Marte gab dem Computer die Schuld an ihrem Unfall. Die integrierten Sicherheitsfaktoren verhindern, daß man von einem Allosaurier niedergetrampelt wird, aber sie verhüten nicht, daß man über eine Wurzel aus der Jura-Zeit stolpert und sich den Fuß verstaucht.«

»Scheint ein interessantes Programm zu sein, aber ich bleibe lieber bei modernem Sport.« Troi gab sich möglichst nonchalant, als sie fragte: »Wann geht Ihr Dienst zu Ende?«

Crusher schrieb eine kurze Notiz auf den Datenblock und reichte ihn einer vorbeikommenden Krankenschwester. »Jetzt.«

Kurz darauf waren sie allein, was Troi die Möglichkeit gab, ihre nächste Frage zu stellen: »Wollen Sie morgen früh – beziehungsweise heute morgen – mit dem Captain frühstücken?«

»Nein«, sagte Crusher mit Nachdruck. »Ich beabsichtige nicht, in absehbarer Zeit mit dem Captain zu speisen.«

»Ich verstehe.« Deanna zögerte kurz. »Er hat sich nicht fürs vergessene Abendessen entschuldigt.«

»Er hat sich nicht einmal an unsere Verabredung erinnert.«

»Trotzdem wüßte ich es sehr zu schätzen, wenn Sie bald mit ihm reden würden.« Troi hob die Hand, um dem Protest zuvorzukommen. »Seit einer Weile schläft er nicht mehr sehr gut.«

»Vielleicht hat er ein schlechtes Gewissen.«

»Es geht ihm schlecht, Beverly«, beharrte Troi. »Ich mache mir Sorgen um ihn, ebenso wie Will. Das Interesse des Captains am Herzen hat ein Ausmaß erreicht, das an Besessenheit grenzt.«

»Meinen Sie das ernst?« Crusher verschränkte die Arme und musterte die Counselor argwöhnisch. Vielleicht witterte sie einen Trick.

»Ich meine es sogar sehr ernst.« Glücklicherweise konnte Deanna diesen Worten das ganze Gewicht der Aufrichtigkeit geben. »Ich bin noch nicht bereit, offiziell eine medizinische Untersuchung zu beantragen, aber ich möchte wissen, wie Sie den Fall beurteilen.«

»Die Sache ist also inoffiziell?«

»Ja.«

»In Ordnung.« Crusher entspannte sich und schob die Hände tief in die Taschen des Medo-Kittels. »Sie haben gewonnen. Ich besuche den Captain in seinem Quartier und ...«

Die letzten Silben verloren sich im Heulen der Alarmsirenen.

Soviel zu meinem cleveren Plan, dachte Troi. Hinzu kam die Erkenntnis, daß sie in dieser Nacht nicht mit viel Ruhe rechnen durfte.

Der Umstand, daß Data nicht schlief, war an Bord der *Enterprise* allgemein bekannt, und so kam es häufig vor, daß er auch spät in der ›Nacht‹ Besucher empfing. Geordi LaForge und Miles O'Brien schauten gelegentlich bei dem Androiden vorbei, wenn sie den nächtlichen Dienst beendeten und sich nach Gesellschaft sehnten.

Captain Picard hingegen neigte nicht zu Überraschungsbesuchen. Dennoch stand er nun im Korridor vor Datas Unterkunft, und seine Finger trommelten ungeduldig auf einen Datenblock.

»Kommen Sie herein, Sir«, sagte der wissenschaftliche Offizier und wich beiseite, um den Captain eintreten zu lassen.

Nach drei Schritten blieb Picard stehen und hörte, wie

sich die Tür hinter ihm schloß. »Ich brauche Ihre Hilfe, Data.«

»Natürlich, Sir. Ich...« Der Androide unterbrach sich und blickte aufs Display des Datenblocks, den ihm Picard in die Hand drückte. Er betrachtete die Darstellung einige Sekunden lang und wagte dann eine Hypothese. »Die kleinen Kreise symbolisieren Sterne?«

»Ja. Diese Konstellation betrifft einen ganz bestimmten Ort, den ich... unbedingt identifizieren muß. Ich brauche die Koordinaten.«

Data drehte den Datenblock langsam. »Die zweidimensionale Abbildung eines dreidimensionalen Raumbereichs genügt nicht, um Koordinaten festzustellen. Ich brauche einen Bezugspunkt.«

»Es gibt keinen.« Picard schüttelte ungeduldig den Kopf. »Sieht man einmal vom Kometen ab.«

»Kometen sind alles andere als ungewöhnlich, Captain. Die astronomischen Datenbanken von Starfleet enthalten derzeit...«

»Mir ist durchaus klar, daß es sich nicht um eine leichte Aufgabe handelt, Mr. Data. Ich möchte noch einmal betonen, wie wichtig es ist, daß Sie die Koordinaten dieses Ortes feststellen.« Picards Zeigefinger deutete aufs Display.

»Ich werde mir alle Mühe geben.« Die Kreise formten ein klares Muster. Data blinzelte kurz – eine unwillkürliche Reaktion auf die Aktivierung von neuralen Subprozessoren –, und stellte fest, daß die Konstellation nicht mit den Bildern in Beziehung gebracht werden konnten, die in seinen internen Speichermodulen abgelegt waren. »Doch die Nachforschungen könnten viel Zeit in Anspruch nehmen. Vielleicht bin ich erst in Wochen oder Monaten imstande, Ihnen Auskunft zu geben.«

Picard runzelte enttäuscht die Stirn und nahm dem Androiden das kleine Gerät aus der Hand. »Wenn ich mich doch nur erinnern könnte ...« Er schloß die Augen, und seine Finger strichen über die gezeichneten Linien.

Data wartete geduldig.

»Wir waren bei der Sammlerin ... Sie sah die Vision ebenfalls.« Picards Lider zuckten nach oben. »Ich schlage vor, Sie gehen von folgender Annahme aus: Man sieht die Konstellation, wenn man auf dem Platz in der Nähe des Forschungslagers der Archäologen steht.«

»Danke«, sagte Data. »Diese Spezifizierung müßte genug Informationen liefern, um die Suchparameter zu begrenzen.«

»Gut, gut. Geben Sie mir sofort Bescheid, wenn ...«

»Captain Picard zur Brücke«, tönte es aus den Kom-Lautsprechern.

Unmittelbar darauf heulten Alarmsirenen und wiesen unüberhörbar auf eine wichtige Veränderung im Status des Schiffes hin: Jetzt herrschte Alarmstufe Gelb.

»Unser Gegner ist aufgetaucht«, sagte Picard, und für einen Sekundenbruchteil glaubte Data, Triumph in seinem Gesicht zu erkennen. Der Captain legte den Datenblock beiseite, der bisher seine Aufmerksamkeit beansprucht hatte, drehte sich um und verließ die Kabine.

Data folgte ihm in den Korridor – und verharrte dort gerade noch rechtzeitig genug, um eine Kollision zu vermeiden. Picard war stehengeblieben und zögerte, schien nicht genau zu wissen, welche Richtung er einschlagen sollte.

»Captain?«

»Ich habe etwas in meiner Kabine gelassen ...« Picard sah über die Schulter. Das pulsierende gelbe Licht ließ ihn noch hohlwangiger wirken. »Aber es muß bis später warten. Die Zeit ist zu knapp.«

Zwar handelte es sich um eine ganz gewöhnliche Aussage, aber Data hörte dennoch eine Frage darin. »Ich bin ebenfalls der Ansicht, daß alle Verzögerungen vermieden werden müssen.«

Picard setzte sich wieder in Bewegung. »Worauf warten Sie dann?« rief er und hastete durch den Korridor.

Data beeilte sich, um zu ihm aufzuschließen.

Einsatzbesprechungen fanden meistens in der Beobachtungskammer oder einem Konferenzzimmer statt, doch diesmal kamen die Offiziere stillschweigend überein, die Lage im Kommandobereich der Brücke zu erörtern. Es mußten unverzüglich Entscheidungen getroffen und in die Tat umgesetzt werden.

Riker beugte sich vor und stützte die Hände an den Knien ab, als er Picard und Data von der empfangenen Nachricht unterrichtete. Worf stand am Geländer des Achterdecks und hörte genau zu.

»Commander Miyakawa weist darauf hin, daß der romulanische Raumer unweit der zerstörten Starbase kreuzte, als wir der *Portsmouth* eine unverschlüsselte Nachricht schickten. Wenige Sekunden später aktivierten die Romulaner ihre Tarnvorrichtung und verschwanden, vermutlich mit Kurs auf die *Enterprise.*«

Data neigte den Kopf zur Seite, als sein positronisches Gehirn rechnete, Zeit und Entfernung berücksichtigte. »Wenn das stimmt, müßte die Kriegsschwalbe in siebzehn Minuten bis auf Gefechtsreichweite heran sein.«

»Das ist mir ein bißchen zu nahe«, sagte Riker und blickte unwillkürlich zum Wandschirm.

»Bitte denken Sie an folgendes, Commander: Meine Mutmaßungen basieren auf einer theoretischen Leistungsquote von hundert Prozent. Wenn die Effizienz von Schiff und Besatzung geringer ist, so ergibt sich ein größerer zeitlicher Spielraum für uns.«

»Gehen wir um der Sicherheit willen davon aus, daß die Romulaner sehr tüchtig sind«, sagte Picard. »Geschwindigkeit auf Warp neun erhöhen.«

»Aye, Sir.« Der Androide drehte seinen Sessel sofort zur Navigationskonsole und berührte Schaltflächen. Im

Maschinenraum schien Geordi mit einer solchen Anweisung gerechnet zu haben, denn das Triebwerk reagierte sofort und beschleunigte die *Enterprise.*

Picard wandte sich ans Achterdeck. »Lieutenant Worf, reduzieren Sie das energetische Niveau in den sekundären Sektionen des Schiffes und leiten Sie alle zur Verfügung stehende Energie in die Deflektoren.«

Riker senkte die Stimme, damit ihn nur der Captain hören konnte. »Glauben Sie, daß wir ihnen entgegenkommen können?«

»Das dürfte kaum möglich sein«, erwiderte Picard. »Romulanische Schiffe sind ziemlich schnell. Andererseits: Tarnvorrichtungen verbrauchen viel Energie, und mit einer höheren Geschwindigkeit können wir dafür sorgen, daß die Systembelastung bei den Romulanern wächst. Wenn sie auch weiterhin unsichtbar bleiben, haben sie weniger Energie für die Waffen.«

»Und wenn sie die Tarnvorrichtung deaktivieren, bekommen wir ein klar zu erkennendes Ziel.«

»In der Tat, Nummer Eins.« Picard strich sich mit der Hand übers Gesicht, so als wollte er auf diese Weise eine Patina aus Erschöpfung fortwischen. »Jetzt können wir nur noch warten.«

Riker hörte aus der Nähe ein Kratzen in Picards Stimme. Seine Augen waren gerötet – ein weiteres Zeichen dafür, daß er in dieser Nacht kaum geschlafen hatte. Daß er schon so kurze Zeit nach Beginn der Alarmstufe Gelb auf der Brücke eintraf, ließ nur einen Schluß zu: Als die Sirenen heulten, war er bereits wach gewesen.

»Captain ...«, grollte Worf. »Die Fernbereichsensoren orten ein Schiff auf Abfangkurs. Gefechtsreichweite in fünfzehn Sekunden.«

»Alarmstufe Rot, Lieutenant«, sagte Picard grimmig, und einen Sekundenbruchteil später glühte rotes Licht im Kontrollraum.

Riker schüttelte ungläubig den Kopf. »Die Romulaner sind dem Zeitplan voraus.«

»Offenbar habe ich mich geirrt«, erwiderte Data und sah über die Schulter. Riker hatte keine Kritik an seiner Schätzung üben wollen, doch der Androide hielt es trotzdem für nötig, sich zu rechtfertigen. »Allem Anschein nach haben die Romulaner zugunsten von Geschwindigkeit und Waffenenergie auf den Einsatz der Tarnvorrichtung verzichtet.«

»Distanz nur noch fünfhunderttausend Kilometer«, warnte Worf.

Riker sah, wie Picard nickte – ein Zeichen dafür, daß er sich für eine bestimmte Strategie entschieden hatte.

»Gehen Sie auf mein Zeichen hin auf ein Viertel der Impulsgeschwindigkeit«, sagte der Captain. »Mit ein wenig Glück rasen die Romulaner noch ein ganzes Stück weiter.«

»Vierhunderttausend Kilometer... dreihunderttausend...«

»Jetzt!« befahl Picard.

Die jähe Unterbrechung des Warptransfers ließ das Diskussegment der *Enterprise* erzittern. Auf dem Wandschirm war zu sehen, wie das romulanische Schiff weiterflog, aber nicht mit Warpgeschwindigkeit.

»Verdammt!« fluchte Riker. »Sie haben mit einem derartigen Manöver gerechnet.«

»Und sind mit voller Impulsgeschwindigkeit trotzdem über uns hinausgeschossen«, sagte Picard. Sie beobachteten, wie die Kriegsschwalbe wendete und zurückkehrte. »Dadurch bekommen wir einige zusätzliche Sekunden Zeit.«

»Phaser auf Ziel gerichtet«, meldete Worf.

»Feuer frei, Lieutenant.«

Rikers Hände schlossen sich fester um die Armlehnen seines Sessels. Ein schwerer Kampf stand ihnen bevor.

Phaserstrahlen zuckten durchs All, bildeten einen

Vorhang aus destruktiver Energie, den die Kriegsschwalbe einfach durchflog. Als die Distanz zwischen den beiden Raumern schrumpfte, kamen weitere Strahlbahnen hinzu und bildeten ein komplexes Zickzackmuster. Das Brückendeck bebte, als die Schilde der *Enterprise* mehrere Entladungen absorbierten.

»Ausweichmanöver«, ordnete Picard an.

Die *Enterprise* kippte erst zur einen Seite und dann zur anderen, änderte immer wieder den Flugvektor. Doch der Pilot des romulanischen Schiffes erwies sich als sehr geschickt. Die beiden Raumer ähnelten zwei Tänzern, die an einem ganz besonderen Ballett teilnahmen, sich dabei nie weit voneinander entfernten. Normalerweise waren Kriegsschwalben nicht gerade für ihre Anmut bekannt, aber in diesem Fall sah die Sache anders aus. *Der Unterschied könnte sich als tödlich erweisen,* dachte Riker.

»Kapazität der Schilde auf siebenundfünfzig Prozent gesunken!« rief Fähnrich Taylor vom Achterdeck.

Immer wieder wurde Riker in seinem Sessel hin und her geworfen, als die romulanischen Phaser auf die Deflektoren der *Enterprise* einhämmerten. Worf erzielte ebenso viele Treffer, doch die meisten verpufften an den Schilden des Angreifers; nur wenige erreichten tatsächlich den Rumpf des romulanischen Schiffes.

»Geringe Schäden bei der Steuerbordschwinge«, stellte Worf fest.

Dieser Erfolgsmeldung erfolgte ein Schadensbericht anderer Art. »Im Bereich der technischen Abteilung, Sektor zweiundfünfzig, steht ein Versagen der Deflektoren unmittelbar bevor.«

»Die Reserveenergie ist fast erschöpft«, klang Geordis Stimme aus den Lautsprechern der internen Kommunikation. »Wir können die Schilde nicht verstärken, ohne das energetische Niveau der Lebenserhaltungssysteme zu senken.«

»Strukturlücke in den Deflektoren beim primären Rumpf, Sektor sechsunddreißig.«

Als weitere Meldungen dieser Art eintrafen, erkannte Riker allmählich ein Muster. Der Feind griff die *Enterprise* an Stellen an, die nicht von zentraler Bedeutung waren und wo einige starke Entladungen genügten, um die Schilde zu durchschlagen.

»Was haben die Romulaner vor?« fragte Riker. »Wollen Sie uns Schraube für Schraube in unsere Einzelteile zerlegen?«

»Sie versuchen, uns kampfunfähig zu machen«, erwiderte Picard. »Um sich anschließend das Herz des Teufels zu holen.«

Ein weiterer Treffer erschütterte die *Enterprise.* Worf betätigte Schaltflächen, und mehrere Phaserstrahlen zerstoben an den noch immer stabilen Deflektoren des romulanischen Schiffes. Kriegsschwalben waren allein für den Kampf bestimmt und somit sehr gefährlich, doch die *Enterprise* hätte ein ebenbürtiger Gegner sein sollen. Allerdings deutete alles darauf hin, daß sich gegen diesen Kontrahenten kaum etwas ausrichten ließ.

»Leck bei Deck achtunddreißig!«

»Drohender Schildkollaps in Sektor neunundfünfzig der technischen Abteilung.«

»Wir könnten jetzt ein Wunder gebrauchen!« stieß Riker zwischen zusammengebissenen Zähnen hervor.

»Wenn wir diesen Kampf nicht gewinnen können, so müssen wir ihn vollständig verlieren«, sagte Picard. »Die Romulaner dürfen auf keinen Fall das Herz bekommen.« Er atmete tief durch. »Nummer Eins, treffen Sie Vorbereitungen für die Aktivierung der Selbstzerstörungssequenz ...«

»Captain!« rief Data. »Die Sensoren entdecken eine Lücke in den Schutzschirmen der Romulaner. Ein Bugschild ist ausgefallen.«

Riker sprang auf. »Worf, richten Sie die Phaser ...«

Der Klingone handelte bereits. Er reagierte mit den raschen Instinkten des geborenen Kriegers und nutzte die unerwartete Gelegenheit.

Ein Phaserstrahl brannte durch die Lücke in den romulanischen Schilden und bohrte sich ins Schiff bis hin zum Warptriebwerk.

»Jetzt sind sie erledigt!« knurrte Worf und fletschte die Zähne.

Die Kriegsschwalbe schüttelte sich, als es in ihrem Innern zu mehreren Explosionen kam. Ein spinnenartiges Netz aus Rissen bildete sich in der Außenhülle. Flammen züngelten aus Lecks; an anderen Stellen zerfaserte Qualm in der Leere des Alls.

»Was wollten Sie sagen, Captain?« fragte Riker.

»Ich hab's vergessen.« Picard stand auf und blieb neben dem Ersten Offizier stehen. Gemeinsam blickten sie zum Wandschirm und beobachteten das romulanische Wrack. »Sie hatten um ein Wunder gebeten, Nummer Eins.«

»Beim nächsten Mal werde ich nicht so lange damit warten.« Riker überlegte, ob die jetzt toten Soldaten an Bord des romulanischen Schiffes sich ebenfalls ein Wunder erhofft hatten.

25

Beverly Crusher traf als letzter Senioroffizier ein, nahm am Konferenztisch Platz und fühlte sofort den fragenden Blick des Captains auf sich ruhen.

»Doktor?«

Zwar hatte sie einen Datenblock mitgebracht, doch sie erinnerte sich an alle Einzelheiten des medizinischen Berichts, den sie nun einem aufmerksamen Publikum präsentierte.

»Hier und dort werden noch immer leichte Verletzungen gemeldet. Wir haben insgesamt fünfunddreißig Schwerverletzte. In der Intensivstation werden sieben Patienten behandelt: Bei zwei von ihnen ist der Zustand kritisch, bei den fünf anderen etwas besser. Zwölf Patienten befinden sich im normalen Behandlungsbereich der Krankenstation. Die übrigen konnten inzwischen wieder entlassen werden.« Beverly seufzte tief und traurig, bevor sie hinzufügte: »Drei Besatzungsmitglieder kamen ums Leben.«

Picard reagierte auf die letzte Bemerkung, indem er kurz die Lippen zusammenpreßte. Doch er gab keinen Kommentar ab, nickte nur knapp und wandte sich an Geordi LaForge.

»Wartungsgruppen haben die Lecks abgedichtet«, sagte der Chefingenieur. »Auf Deck achtunddreißig herrscht schon wieder normaler Luftdruck. Mehrere Feldverstärker für die Steuerborddeflektoren und mindestens zwei Gravitationsgeneratoren wurden stark beschädigt.«

Crusher hörte Geordis Bericht nur mit halbem Ohr zu – ihr eigentliches Interesse galt Picard. Für Trois Besorgnis gab es offensichtlich guten Grund. Über den langen Konferenztisch hinweg konnte sie kaum eine genaue Diagnose erstellen, aber eines stand fest: Der Captain bot einen beunruhigenden Anblick.

Seine Hohlwangigkeit hatte sie sofort bemerkt. Picard war hager, fast dürr, aber jetzt traten die Wangenknochen deutlicher hervor, und über ihnen spannte sich blasse Haut. Beverly wußte aus Erfahrung, daß Jean-Luc dazu neigte, Gewicht zu verlieren, wenn er über längere Zeit hinweg besonderem Streß ausgesetzt blieb. Doch ein nervöses Zucken hatte sie nie zuvor an ihm beobachtet: Die Finger waren nun ständig in Bewegung, klopften auf den Tisch oder malten imaginäre Muster.

Crusher wartete, bis auch die anderen Offiziere Bericht erstattet hatten und anschließend den Raum verließen. Dann stand sie auf und näherte sich Picard. Er saß noch immer am oberen Ende des Tisches, und die Finger trommelten einen Rhythmus, der sich ständig wiederholte. Sein Blick glitt durchs Fenster ins All, schien dort nach etwas zu suchen.

»Captain«, sagte die Ärztin und beschloß, förmlich zu sein.

Langsam und widerstrebend hob er den Kopf. »Ja, Doktor?« erwiderte er ungeduldig.

Beverly sah so etwas wie Trotz in Picards Zügen und begriff: Mit sanftem Takt würde sie nur Zeit vergeuden. »Sie sehen aus wie der Tod auf Urlaub. Wenn ich Ihnen einen medizinischen Rat geben darf: Sie sollten sich ausruhen, und zwar sofort.«

Sie war nicht überrascht, als der Captain den Kopf schüttelte. »Angesichts des derzeitigen Zustands der *Enterprise* kann ich es mir leider nicht erlauben, meine Pflichten zu vernachlässigen, um Ihre Launen zu befriedigen, Doktor. Bitte widmen Sie Ihre medizinische Anteilnahme den Patienten in der Intensivstation.«

Crusher schnappte nach Luft – die Worte schmerzten. Aber sie wußte auch, daß Picards Gereiztheit nur ein weiteres Symptom seiner Erschöpfung darstellte. Bevor sie eine rücksichtsvolle Antwort geben konnte, fühlte die Ärztin eine Berührung am Arm. Riker war in der Tür umgekehrt und stand nun dicht neben ihr.

»Captain...« Der Erste Offizier lächelte freundlich. »Mit ein paar Stunden Schlaf vernachlässigen Sie bestimmt nicht Ihre Pflichten. Dies ist eine gute Gelegenheit, ein wenig an der Matratze zu horchen. Dann sind Sie ausgeruht, wenn Geordi erneut Bericht erstattet.«

Crusher kam einer Ablehnung des Captains zuvor. »Und wenn Sie Probleme mit dem Einschlafen haben, verschreibe ich Ihnen ein geeignetes Mittel.« Unter den gegebenen Umständen handelte es sich um einen ganz normalen Vorschlag, doch sie wußte, daß Picard eine versteckte Drohung darin sah.

Der Blick des Captains wanderte zwischen Riker und Crusher hin und her. »Medikamente irgendeiner Art sind nicht notwendig, Doktor«, sagte er und stand auf. »Ich ziehe mich ohne weitere Einwände in mein Quartier zurück.«

»Sehr vernünftig«, entgegnete Beverly in einem leichteren Tonfall, doch an Picards kühler Zurückhaltung änderte sich nichts. Er verließ den Raum ohne ein weiteres Wort.

Crusher wandte sich an den Ersten Offizier, der jetzt nicht mehr lächelte. »Wie lange ist er schon so, Will?«

»Während des letzten Tages hat sich sein Zustand erheblich verschlechtert«, sagte Riker. »Ich glaube, die Veränderung hat begonnen, als er das Herz fand.«

Crusher seufzte. »Diese Antwort habe ich befürchtet. Dagegen kenne ich leider kein Mittel.«

Picard streifte die Uniformjacke ab und legte sie beiseite – darin sollte in dieser Nacht sein einziges Zugeständnis an die Bequemlichkeit bestehen. Dr. Crusher konnte ihn zwar in seine Unterkunft beordern, aber dort entzog er sich ihrer Kontrolle.

Schlafen? Völlig ausgeschlossen. Es war schon zuviel, auch nur die Augen zu schließen – überall lagen Erinnerungen an Unheil und Verderben auf der Lauer. Auf dem Weg zu seinem Quartier war er durch Korridore geschritten, an deren Wänden sich Rußspuren zeigten. Die knappen Mitteilungen von Reparaturtechnikern drangen aus den Interkom-Lautsprechern. Mehrmals hatte das Deck unter ihm gezittert, als Gravitationsstabilisatoren ausfielen.

Wenn Picard jetzt aus dem Fenster blickte, sah er das romulanische Wrack.

Counselor Troi hätte vielleicht darauf hingewiesen, daß es ein Symbol für seinen Sieg über den Feind darstellte. Sie mochte ihn daran erinnern, daß sich nicht alle Konflikte friedlich lösen ließen – manchmal reichten die richtigen Entscheidungen nicht aus, um Gewalt zu verhindern.

Mit solchen Hinweisen konnte Picard derzeit nicht viel anfangen. Ihn erinnerte das Wrack an etwas anderes: Er hatte bei dem Bemühen versagt, das eigene Schiff zu schützen.

Die *Enterprise* war beschädigt, trieb weit außerhalb der Föderationsgrenzen im All. Und für die derzeitige Situation trug allein er, Jean-Luc Picard, die Verantwortung.

Er drehte den Kopf und sah zum Herzen – es wirkte wie ein primitiver, ungeeigneter Tafelschmuck für den eleganten gläsernen Tisch, auf dem es ruhte.

Und wenn die angebliche Mission des Steins – seine Reise – nur ein Hirngespinst darstellte? Wenn das der Fall war, so bezahlte die ganze Crew der *Enterprise* den

Preis für diese Selbsttäuschung. Andererseits … Bot das Herz vielleicht eine Möglichkeit, die derzeitigen Probleme der *Enterprise* zu lösen?

Auch Sie haben zu lange gewartet …

T'Sara hatte ihm geraten, den Stein aufzugeben oder zumindest damit aufzuhören, von seiner Macht Gebrauch zu machen. *Bisher habe ich mich darauf beschränkt, an den Träumen teilzuhaben,* dachte Picard. Das konnte doch nicht schaden, oder? Vielleicht zeigten ihm die Träume den Weg zur Sicherheit.

Er beugte sich vor und griff nach dem Herzen – fast gierig schlossen sich seine Hände um das vertraute Objekt. Sicherheit … Wenn eine solche Chance tatsächlich existierte, so war sie gewiß ein Risiko wert.

Mit zielstrebigen, entschlossenen Schritten suchte Picard das Schlafzimmer auf. Er legte den Stein neben das Kopfkissen, schlüpfte dann unter die Decke, ohne sich vorher zu entkleiden.

Der Captain schloß die Augen und wartete ungeduldig auf den nächsten Traum …

Die Morgensonne hing noch tief am Himmel von Delula, doch Picard spürte, wie sich erste Schweißperlen in seinem Nacken bildeten. Er fröstelte, als ihm kühler Wind über die feuchte Haut strich. Geistesabwesend trocknete er sich die schwitzenden Hände am dünnen T-Shirt ab und spürte dabei erneut die unangenehme Leere in der Magengrube. Er versuchte sich einzureden, daß er Hunger hatte, doch allein der Gedanke an etwas zu essen weckte Übelkeit in ihm. Er schluckte und fürchtete einige Sekunden lang, sich übergeben zu müssen.

»Nervös, Picard?« Chiangs Frage klang mitfühlend, doch die Mundwinkel neigten sich andeutungsweise nach unten. Er war kräftiger gebaut als der drahtige Picard; Shorts und T-Shirt saßen tadellos.

»Nein, ich bin nicht nervös.« Seine Stimme klang heiser, verriet einen wunden Hals.

»Nein, natürlich nicht. Immerhin gewinnst du den Lauf.« Aus Chiangs Lächeln wurde ein höhnisches Grinsen, als er ausholte und ein weißes Handtuch warf. »Nimm das, bevor dein Schweiß hier alles überflutet.«

Picard sprang vor, um das Handtuch aufzufangen, bevor es auf den Boden fiel. Chiangs Geste kam natürlich einer Beleidigung gleich – immerhin war Jean-Luc nur ein einfacher Student im ersten Semester. Als er sich aufrichtete, sah er, wie Chiang zu einigen älteren Studenten trat, die vor den Umkleidekabinen standen.

»Verdammt«, hauchte Picard, ohne in dem Fluch Erleichterung zu finden. Verstohlen blickte er zu den anderen Kadetten und fragte sich, wie viele von ihnen den Wortwechsel gehört und seine Bedeutung verstanden hatten. Die anderen schienen ganz auf ihre eigenen Angelegenheiten konzentriert zu sein. Drager und T'Soron befanden sich auf dem Rasen und befaßten sich mit Streckübungen, um Sehnen vorzubereiten und Muskeln zu lockern. Miyakawa knüpfte das Haar zu einem komplexen Knoten, damit es ihr später nicht ins Gesicht fiel. Gareth schnürte die Schuhe zu – um die Schnürsenkel gleich wieder zu lösen. Er suchte immer vergeblich nach dem perfekten Sitz.

»Zu eng diesmal?«

Der junge Andorianer sah kurz auf. »Zu locker«, sagte er und senkte den Blick sofort wieder. Nie zuvor hatten sie ein kürzeres Gespräch geführt; normalerweise war Gareth geradezu geschwätzig.

Verlegenheit ließ Picard erröten, und mit der zusätzliche Wärme ging weiterer Schweiß einher. Gareth hatte es also gehört.

Das galt vermutlich für alle Kadetten der Akademie.

Mit Chiangs Handtuch wischte er sich Gesicht und Hals ab, strich dann eine eigenwillige Haarsträhne aus der Stirn. Die Sache ließ sich nicht mehr ändern. Die Prahlerei war bekannt und führte bei Picard zu einer zusätzlichen Belastung.

Er hörte schwere Schritte und verstelle sich unwillkürlich – was den positiven Effekt des gerade beendeten Warmlaufens beeinträchtigte.

»Jean-Luc ...«

»Oh, hallo, Walker.« Picard trocknete sich auch weiterhin ab, erst den einen Arm und dann den anderen. Ganz bewußt entschied er sich dagegen, seinen Freund anzusehen. Walter Keel mangelte es an sportlichem Talent; böse Zungen behaupteten sogar, daß er sich nicht für einen Kommandoposten eignete. Doch derzeit wäre Picard sofort bereit gewesen, seine dreiste Tollkühnheit gegen ein paar Gramm von Walkers stiller Würde einzutauschen.

»Wir warten am Ziel auf dich.«

Jean-Lucs Hände bohrten sich tiefer ins Handtuch. »Ist auch Jack da?«

Aus den Augenwinkeln sah er, wie Walker nickte. »Es hat sich bereits ein recht großes Publikum eingefunden. Wir wechseln uns dabei ab, unseren Platz zu sichern.«

»Nun, eigentlich wäre es mir lieber ... ich meine ...« Picard brachte es nicht fertig, Walker und Jack aufzufordern, nach Hause zu gehen. Sie hatten ihm keine Arroganz vorgeworfen, als er ihnen im betrunkenen Zustand den Sieg versprach. Doch ihnen am Ziel zu begegnen ... Das bereitete ihm ebensoviel Unbehagen wie die Aussicht, für den Rest des Semesters den Spott der ganzen Akademie ertragen zu müssen. »Weißt du was, Walker? Ich rede zuviel.«

»Ja, das habe ich bemerkt«, erwiderte Walker und lächelte. Er klopfte Picard auf den Rücken, wollte ihn damit ermuntern und ihm gleichzeitig seine Freundschaft zeigen. Dann schritt er fort und gesellte sich zu den Zuschauern an der Startlinie.

»Auf die Plätze!«

Überall auf dem Sportplatz verharrten in Blau gekleidete Gestalten, als sie diesen Aufruf hörten. Anschließend setzten sie sich wieder in Bewegung und schritten langsam zu der weißen Linie, die den Beginn der vierzig Kilometer langen Marathonstrecke markierte. Picard gab sich ebenfalls ruhig und lässig, aber er spürte die eigene Steifbeinigkeit viel zu deutlich. Er sehnte sich nach einigen weiteren Streckübungen, doch dafür reichte die Zeit nicht mehr aus.

Als dreiundfünfzig Läufer an der Startlinie Aufstellung bezogen, wurde Picard von einem weiteren unangenehmen Gedanken abgelenkt: *Hat vielleicht auch Boothby meine Prahlereien gehört?*

Das plötzliche Knallen der Startpistole überraschte ihn. Er lief los, und durch sein Zögern geriet er hinter den Pulk aus Läufern, die versuchten, sich in eine gute Position zu bringen und das Tempo zu bestimmen. Picard war daran gewöhnt, vorn zu laufen – er verabscheute es, aufholen zu müssen –, doch mangelnde Konzentration hatte ihn an dem kurzen Startsprint gehindert, der nötig war, um nach vorn zu gelangen. Vor ihm erhob sich eine Mauer aus pumpenden Beinen und schwingenden Armen. Als er diese Barriere sah, zögerte er erneut – und breitete sich instinktiv auf eine Kollision mit dem nächsten Läufer hinter ihm vor. Er riskierte es, kurz den Kopf zu drehen.

Es befanden sich keine Läufer hinter ihm. Er war der letzte.

Noch nie hat ein Student im ersten Semester den Akademie-Marathon gewonnen – bis jetzt!

Diese Worte – törichte Worte, die von ihm selbst stammten – trieben ihn an. Schluß mit dem Selbstmitleid; ein langer Lauf stand ihm bevor. Er verdrängte die Verzweiflung aus sich und rückte die Erfordernisse des Hier und Jetzt ins Zentrum seiner Aufmerksamkeit. Der

Boden war rauh genug, um guten Halt zu bieten, ohne die dünnen Sohlen der Laufschuhe zu lange ›festzuhalten‹. Nur unbewußt nahm er die großen Bäume zur Kenntnis, die den ersten Teil der kurvenreichen Strecke säumten, aber er wußte ihren Schatten zu schätzen, als ihm immer wärmer wurde.

Während der ersten beiden Kilometer lockerte er die angespannten Muskeln und suchte den richtigen Atemrhythmus. Er ging an sechs von den dreiundfünfzig Läufern vorbei, zählte sie einen nach dem anderen. Nach fünf Kilometern hielt er sich nicht mehr mit solchen Dingen auf und überholte andere Läufer, ohne bewußt auf sie zu achten – er wich einfach Hindernissen aus.

Als er den Wald verließ und in hellen, heißen Sonnenschein geriet, bemerkte er eine Markierung, die auf das Ende des ersten Viertels der Rennstrecke von Delula hinwies. Er hörte die lauten Stimmen des Publikums und brauchte nur die Hand auszustrecken, um nach einem Becher mit kühlem Wasser zu greifen. Gierig trank er, nahm dann einen zweiten. Neuerlicher Jubel der Zuschauer erklang, als hinter Picard weitere Läufer aus dem Wald kamen.

Wenigstens bin ich nicht mehr der letzte.

Die Erinnerung an den schlechten Start ließ ihn schneller laufen, und er atmete auch weiterhin regelmäßig. Jemand drückte ihm einen dritten Becher in die Hand, aber er widerstand der Versuchung, zuviel zu trinken, entleerte ihn statt dessen über dem Kopf.

Er begann damit, einfach aus Spaß zu laufen.

Als die Hälfte der Strecke hinter ihm lag, hatte Picard Gareth überholt und gesehen, wie Miyakawa mit einem Wadenkrampf ausscheiden mußte. Alle anderen Erstsemester liefen nun hinter ihm.

Als er die Marke am Ende des dritten Viertels erreichte, näherte er sich einer Gruppe aus älteren Studenten. Er hörte ihr mühevolles Atmen – sie liefen ein wenig zu schnell in dem Versuch, sich von den anderen zu lösen. Picard wandte sich nach links und schob sich durch eine schmale Lücke am Rand des Wegs. Ärger zeichnete sich in den Gesichtern seiner Konkurrenten ab, als es plötzlich noch enger wurde. Ein Ellenbogen stieß an Jean-Lucs Seite – einer der Läufer wollte ihn nicht passieren lassen. Aus einem Reflex heraus beschleunigte Picard.

Kurz darauf lief er allein.

Die ebene Strecke ging in einen hügeligen Bereich über. Während des Trainings hatte er immer darauf geachtet, bei den Steigungen die ursprüngliche Geschwindigkeit zu wahren. Jetzt nutzte er das Gefälle, um schneller zu laufen, und anschließend bemühte er sich, nicht langsamer zu werden, wenn es bergauf ging. Schweiß rann ihm in die Augen und brannte dort. Der weiche Stoff von Shorts und T-Shirt scheuerte über feuchte Haut. Das leichte Prickeln in den Waden- und Oberschenkelmuskeln konnte sich in ein kräftezehrendes Zittern verwandeln, wenn er es übertrieb und zuviel von sich verlangte. Das Haar klebte ihm in der Stirn, und er schüttelte den Kopf, um die Strähnen zu lösen. Gleich darauf schob er solche Dinge mit einem gedanklichen Achselzucken beiseite. Es war wichtig, den Körper zu spüren – der Schmerz gehörte dazu –, aber er durfte sich dadurch nicht vom Laufen ablenken lassen.

Picard erreichte die Kuppe eines weiteren Hügels und sah vier Läufer weiter vorn. Chiang befand sich an der Spitze, doch die anderen versuchten, zu ihm aufzuschließen. Eine Frau belegte den zweiten Platz – vermutlich Telegar, die Schnellste unter den Andorianern. Bei den anderen beiden Kadetten handelte es sich vermutlich um Dorgath und Stemon. Beide galten als Favoriten. Und beide warteten darauf, daß sich die Läufer vor ihnen erschöpften.

Jean-Luc Picard lief weiter: einen Fuß vor den anderen setzen, rollen, mit den Zehen abstoßen, gleichmäßig atmen, ein, aus … Ein dumpfes Brummen gesellte sich den allgemeinen Anfeuerungsrufen hinzu. Picard sah Hunderte von Personen, die den Streckenverlauf am nächsten Hügel säumten.

O nein, es war nicht nur der nächste Hügel, sondern Mount Bonnell, die letzte Anhöhe des Marathons.

Noch nie hat ein Student im ersten Semester den Akademie-Marathon gewonnen – bis jetzt!

Vielleicht war es doch kein leeres Prahlen gewesen. Picard mobilisierte seine letzten Kraftreserven und lief noch schneller. Er passierte Dorgath, als das Gelände wieder anstieg. Vor ihm befand sich der auf den dritten Platz zurückgefallene Chiang.

Reines Bewegungsmoment trug ihn die ersten Meter den Hang hinauf. Als sich die Steigung bemerkbar machte, rechnete Picard damit, langsamer zu werden, aber sein Körper schien nun auf diese Geschwindigkeit programmiert zu sein.

Jähes Entsetzen keimte in ihm empor.

Es passiert hier, jetzt gleich.

Er glaubte zu fühlen, wie der Geist die leiblichen Fesseln abstreifte, um das Geschehen zu beobachten.

Ich habe dies schon einmal erlebt, im Traum.

Chiang war mit seinen Kräften am Ende. Es fiel nicht weiter schwer, ihn zu überholen.

O Gott, es ist ein Alptraum!

Telegar und Stemon blieben weiterhin vorn. Als Picard die Andorianerin erreichte, gewann die Furcht in ihm immer klarere Konturen.

Gleich stolpere ich. Es kann nur noch wenige Sekunden dauern.

Er wollte erwachen, um nicht noch einmal die Demütigung des Falls hinnehmen zu müssen. Die letzten Minuten des Laufs erstreckten sich endlos vor ihm. Wie oft hatte er sich mit diesen Visionen gequält?

Das Mitleid, die falsche Anteilnahme ... Die Leute waren erleichtert, als ich stolperte und fiel. Sie sahen mich dem Sieg viel zu nahe.

Jetzt lief nur noch Stemon vor Picard. Der Vulkanier hatte überlegene Muskelkraft und größere Ausdauer, aber die hohe Feuchtigkeit in der Luft von Delula verklebte ihm die Lungen und reduzierte ihre Leistungsfähigkeit. Doch wenn ihn sein sehr gutes Gehör darauf hinwies, daß sich Picard näherte ... Dann mochte er imstande sein, schneller zu werden, um den Abstand stabil zu halten.

Die Distanz zum Vulkanier schrumpfte.

Gleich passiert es. Nur noch einige Sekunden ...

Picard versuchte, sich auf den plötzlichen Ruck des Sturzes vorzubereiten. Aber er fühlte den eigenen Körper kaum noch und konnte ihn nicht mehr kontrollieren. Deshalb gab es keine Möglichkeit für ihn, die drohende Katastrophe abzuwenden.

Die Ereignissequenz war nicht starr und unveränderlich. Manchmal fiel er Chiang vor die Füße. Oder es gelang ihm tatsächlich, in Führung zu gehen, um dann keuchend zu Boden zu gehen und beobachten zu müssen, wie die vier älteren Studenten an ihm vorbeiliefen. Die vielen Variationen hatten ihm über Jahre so oft Alpträume beschert, daß er nicht mehr wußte, wann und wo er wirklich gefallen war. Seine damaligen Studienkollegen erinnerten sich bestimmt genau daran ...

Selbst der fünfte Platz wäre ein Grund zum Feiern gewesen – wenn ich vorher nicht so geprahlt hätte.

Darin bestand das Stolpern. Vielleicht hatte sein Unterbewußtsein nach einer Metapher für die Arroganz gesucht. Diese Erklärung war sicher ebenso plausibel wie der Stein oder die Wurzel, die er sich später als Grund für den Fall vorstellte.

Er ging an Stemon vorbei.

Jetzt. Es muß jeden Augenblick geschehen. In den Träumen kam ich höchstens bis hierher, nicht weiter.

Doch er erreichte die Kuppe des Mount Bonnell und raste den Hang mit geradezu halsbrecherischer Geschwindigkeit hinab. So schnell konnte man nur im Traum sein – in der Wirklichkeit wäre es gewiß zu einem Sturz gekommen. Die körperlichen Empfindungen kehrten zurück. Luft strich ihm über die Arme, die sich in Flügel zu verwandeln schienen.

Jubel hatte Picard begleitet, als er auf der anderen Seite des Hügels die Läufer vor ihm überholte, doch jener Lärm war nichts im Vergleich zu dem ohrenbetäubenden Applaus, der hier erklang.

Das weiße Band über der Ziellinie bewegte sich im sanften Wind, winkte ihm einen Gruß zu und wartete darauf, daß er es berührte.

Er schloß die Augen, fühlte sich viel zu elend, um weiter zuzusehen.

Nein. Dies ist mehr, als ich ertragen kann. So dicht vor dem Ziel zu versagen …

Dann spürte er das Band an der Brust.

Picard erwachte mit einem Schrei im Dunkeln. Ruckartig setzte er sich auf und schnappte nach Luft. Die Unterwäsche war schweißnaß, ebenso wie das zerzauste Laken – es erinnerte an das zerrissene weiße Band über der Ziellinie.

Ich habe gewonnen.

Er keuchte, und mit dem Ärmel wischte er sich Schweiß von der Stirn. Die Augen brannten noch immer.

Mit der einen Hand strich sich Picard über einen nun fast haarlosen Kopf.

Natürlich habe ich gewonnen. Den Lauf habe ich nur in meinen Träumen verloren. Oder verhält es sich genau umgekehrt?

Die beiden Erinnerungsversionen rangen um Vorherrschaft, versuchten sich gegenseitig zu verdrängen, um in den Mittelpunkt des Realitätsempfindens zu gelangen. Beide verblüfften Picard durch ihre erstaunliche Klarheit.

»Computer ...«

Das heisere Flüstern war unverständlich, und deshalb reagierte der Computer nicht darauf. »Computer, wer hat den Marathon gewonnen, der im Jahr 2324 von der Starfleet-Akademie auf Delula II veranstaltet wurde?«

Es summte leise, und dann erklang die Antwort.

»Den Akademie-Marathon auf Delula II gewann der Erstsemester-Kadett Jean-Luc Picard.«

Ja. Natürlich, Wie konnte ich daran zweifeln?

Picard strich das feuchte Laken ganz beiseite, stand auf und suchte nach sauberer, trockener Kleidung. Als er durch die Unterkunft schritt, erwachten andere Erinnerungen in ihm. Zwei Schritte hinter der Ziellinie war er zusammengebrochen – um dann von Jack Crusher, Walter Keel und anscheinend allen anderen Kadetten des ersten Semesters hochgehoben zu werden. Selbst Commander Hansen war damals zugegen gewesen, obwohl der zum Admiral beförderte Hansen seinem Protegé erst Jahre später davon erzählte.

In weniger als zwei Stunden verwandelte sich das arrogante Prahlen eines Erstsemester-Studenten in einen grandiosen Sieg. Er erwarb sich dadurch den Ruf, ein Kadett zu sein, den man nicht unterschätzen durfte.

Picard zog die oberste Schublade der Kommode auf und griff tief hinein. Doch seine Hände holten nicht etwa Wäsche hervor, sondern eine kleine, flache Schachtel. Seit Jahren hatte er sie nicht geöffnet und auch nicht das Bedürfnis danach gespürt. Ein kurzer Druck mit dem Daumen genügte, um den Deckel aufspringen zu lassen.

Die Medaille glänzte heller als das Bild in Picards Erinnerung, und sie war auch kleiner. Die Fingerkuppen des Captains strichen über die eingravierten Worte und ertasteten Kühle.

Ja, natürlich habe ich gewonnen.

Doch diese Trophäe hatte ihn nie in dem Sinne mit Zufriedenheit erfüllt. Sie stellte nur ein Symbol seiner Erleichterung dar. Nur ganz knapp war er einer öffentlichen Demütigung entgangen, und dieser Umstand ließ ihn in aller Deutlichkeit die Arroganz erkennen, die solche Katastrophen herausforderte. Es erfüllte ihn mit tiefer Dankbarkeit, daß diese Lektion in Bescheidenheit privater Natur geblieben war. Sein dummes Prahlen hatte ihn vier Jahre lang verfolgt, war in spöttischem Lächeln und geflüsterten Anspielungen zum Ausdruck gekommen. Und Chiang hatte den Rest der Studien- und Ausbildungszeit in eine Hölle für den jungen Jean-Luc Picard verwandelt ...

Schluß damit! Ich habe gewonnen. Der Rest gehört in die Sphäre übler Träume ...

Jene falschen Erinnerungen an den Sturz und die Zeit danach waren bemerkenswert genau. Picard holte tief Luft, und endlich wichen die schrecklichen Bilder von ihm.

Seine Finger schlossen sich fester um die kleine Metallscheibe, und ihre Kanten schnitten ihm in die Haut. Die Medaille war echt, ein Beweis.

Ich habe gewonnen. Ich muß gewonnen haben. Das Herz hat hiermit nichts zu tun.

26

Keyda Chandat hielt unwillkürlich den Atem an, als er die Schönheit von Dynasia aus dem All sah. Weiße Wolkenbänder erstreckten sich wie faserige Glasur über dem glänzenden grünen Juwel des Planeten. Von den Bildern Iconias in den alten Texten war er sehr beeindruckt gewesen, doch er hätte nie gedacht, daß sich diese neue Welt mit der iconianischen Pracht messen konnte.

»Haben Sie sich an diesen Anblick bereits gewöhnt, Captain Mycelli?« fragte der Kustos. »Erscheint er Ihnen so alltäglich, daß Sie nicht mehr über derartige Wunder staunen?«

»Nein«, erwiderte der sehr gepflegt wirkende Föderationsoffizier. Er blickte ebenfalls zum großen Bildschirm. »Ich quittiere den Dienst, wenn mich so etwas nicht mehr berührt.«

Botschafterin Tommas erkannte eine gute Gelegenheit und ließ sie nicht ungenutzt verstreichen. »Weitere Besuche an Bord dieses Raumschiffs könnten der Fakultät die Vorteile einer Föderationsmitgliedschaft demonstrieren.«

Mycelli ging sofort auf den Vorschlag ein. »Ich wäre bereit, Besucher durch die USS *Sullivan* zu führen, bevor der Rat erneut tagt.«

Der Kustos verneigte sich. »Wenn etwas die steinernen Herzen unserer Konservativen erweichen kann, so ist es Ihr Schiff.« Chandat brachte damit ein ehrliches, wahrhaftiges Empfinden zum Ausdruck, was seinen

Worten noch mehr Nachdruck verlieh. Mycelli und die anderen ahnten nichts.

»Captain ...« Der Erste Offizier Dier näherte sich dem Trio auf dem Achterdeck. »Die dynasianische Delegation ist für den Transfer bereit.«

»Wenn Sie mich bitte entschuldigen würden, Kustos«, sagte Mycelli. »Ich muß mich um unsere Gäste kümmern.«

Captain und Erster Offizier verließen die Brücke, um den Transporterraum aufzusuchen. Chandat löste seinen Blick vom großen Projektionsfeld und wandte sich Tommas zu. Er mußte in erster Linie an die Erfordernisse der sich entwickelnden Verschwörung denken.

»Ich weiß es sehr zu schätzen, daß wir die Konferenzeinrichtungen dieses Schiffes benutzen dürfen, Botschafterin. Die ganze Fakultät betrachtet es als notwendig, daß wir auf neutralem Territorium verhandeln. Außerdem sorgt die Sicherheit dieses Ortes dafür, daß Spannungen aufgrund der Furcht vor terroristischen Überfällen nachlassen.«

»Sie kommen also voran.«

»In gewisser Weise.« Chandat seufzte. »In Hinsicht auf einen möglichen Beitritt zur Föderation gehen die Meinungen noch immer weit auseinander, aber es ist mir gelungen, die Intensität des Streits zu reduzieren. Jede Fakultätsfraktion wird jetzt nur noch von einem Repräsentanten vertreten – diese Maßnahme führte zu einer deutlichen Verringerung des Lärmpegels unserer Debatten.«

Die Botschafterin lachte in Anerkennung dieses kleinen Fortschritts, und Chandat bedauerte, daß ihre sich vertiefende Freundschaft bald enden mußte. Sie sprachen über mehr oder weniger unwichtige Dinge, und wenn Tommas die wachsende Unruhe des Kustos bemerkte, so sah sie die Ursache vermutlich in der bevorstehenden Ratssitzung.

Das Zischen des aufgleitenden Schotts kündigte die Ankunft der Fakultätsmitglieder an. Mycelli geleitete eine Gruppe von Dynasianern aufs Achterdeck, als sich weiter vorn die Tür des Turbolifts öffnete – Dier kam mit einer zweiten Gruppe in den Kontrollraum der *Sullivan*.

Chandat wartete geduldig, während seine Kollegen so wie er vor einigen Minuten die Darstellungen des Hauptschirms bestaunten. Diese Erinnerung an den gemeinsamen Ursprung würde bestimmt das Gemeinschaftsgefühl stärken.

Nacheinander wandten sie sich von dem Projektionsfeld ab, und jeder von ihnen trat unauffällig zu einem Brückenoffizier.

Chandat breitete die Arme zu einer Geste des Willkommens aus und sagte: »Jetzt!«

Zu seiner großen Erleichterung gehorchten die Dynasianer.

Oomalo und Shagret – die kräftigsten Akademiker – waren damit beauftragt, den Captain und seinen Ersten Offizier zu überwältigen. Aufgrund der Starfleet-Ausbildung war Dier dem Dekan durchaus ebenbürtig, aber sie leistete keinen Widerstand mehr, als sie sah, wie Oomalo Mycelli in den Würgegriff nahm. Die Stiefel des um sich tretenden Captains trafen immer wieder den Schuppenleib, doch die Tritte schienen dem dynasianischen Einheimischen überhaupt nichts auszumachen.

Die Botschafterin befreite sich ohne große Probleme aus Dekan Thorinas Griff, blieb jedoch diplomatisch und rief. »Wehren Sie sich nicht!«

Glücklicherweise folgten die Starfleet-Offiziere dieser Anweisung. Oomalo ließ den keuchenden Captain zu Boden gleiten, und langsam wich die Röte aus Mycellis Gesicht.

»Danke, Botschafterin«, sagte Chandat. »Wir möchten niemanden verletzen.«

»Was hat es mit diesem Überfall auf sich?« fragte Tommas scharf. Der Zorn über den Verrat verbannte die Freundlichkeit aus ihrer Stimme.

»Wir brauchen die *Sullivan.*«

»Sind Sie übergeschnappt?« entfuhr es dem Ersten Offizier, während der Captain noch immer schwer atmete und kein Wort hervorbrachte. »Glauben Sie etwa, daß Sie dieses Schiff auf Dauer kontrollieren können?«

»Wir benötigen es nur für eine bestimmte Zeit, Commander Dier. Und wissen Sie ... gewisse iconianische Artefakte in unserem Besitz funktionieren nach wie vor.« Chandat griff nach dem Medaillon an seiner Amtskette. »Zum Beispiel dies hier.«

Er preßte den Finger in die zentrale Vertiefung und wartete gespannt.

Die Wirkung des Ultrawellengenerators zeigte sich sofort. Der Erste Offizier sank mit einem Stöhnen zu Boden, ebenso die Botschafterin und alle anderen Menschen.

Mir ist kein Fehler unterlaufen, dachte Chandat und staunte darüber, daß er die richtige Frequenz gewählt hatte, um diese Fremden zu betäuben. Vielleicht taugte er doch zum Wissenschaftler.

»Es hat geklappt!« freute sich Shagret, der ebenso verblüfft zu sein schien. Die Lippen des Dekans formten ein närrisches Lächeln, als er den Blick über die vielen reglosen Gestalten schweifen ließ. Er trat an Dier heran und bückte sich. »Sie atmet noch.«

»Natürlich«, erwiderte Chandat, obgleich er befürchtet hatte, daß die hohe Frequenz tödlich sein mochte. »Die Menschen bleiben stundenlang bewußtlos – lange genug, um sie an einem sicheren Ort unterzubringen und dafür zu sorgen, daß sie uns nicht gefährlich werden können.« Auch in dieser Hinsicht berief sich der Kustos auf das alte Wissen – er zweifelte jetzt nicht mehr daran, daß die Technik der iconianischen Vorfahren den überlieferten Beschreibungen gemäß funktionierte.

»Was ist mit den anderen?« fragte Oomalo mit der pragmatischen Haltung des Einheimischen.

Chandat trat über die bewußtlose Botschafterin hinweg zum Kommandobereich. »Zum Glück ist die Crew eines Raumschiffs der Miranda-Klasse recht klein, was bedeutet, daß wir die übrigen Besatzungsmitglieder mühelos überwältigen können.«

Jemand anders an Chandats Stelle hätte vielleicht im Kommandosessel Platz genommen, doch der Kustos entschied sich für die Navigationskonsole der *Sullivan.* Er setzte sich an die Kontrollen und rief nach Diat Manja.

Der Alte hatte abseits des allgemeinen Geschehens gewartet, ohne eine aktive Rolle zu spielen. Als er nun seinen Namen hörte, schlurfte er näher und preßte dabei eine alte Schriftrolle an die Brust.

»Kustos …«, brachte er fassungslos hervor. »Wie kann so viel Gewalt T'Saras Sache nützen?«

»Bitte belasten Sie sich nicht mit Gedanken in bezug auf die interplanetare Diplomatie, Professor – dafür bin ich zuständig.« Glücklich blickte Chandat auf die Schaltelemente des Navigationssystems hinab. Die nächsten Tage im All waren seiner Ansicht nach ein ganzes Leben wert. »Bitte geben Sie mir nun die Koordinaten des sogenannten Ortes der Bestimmung.«

Manja seufzte schwer und entrollte das brüchige Pergament. Zum Vorschein kam eine uralte Sternkarte.

Asao Matasu hatte gerade die Augen geschlossen, als das fast schrille Summen des Interkoms die Stille in seiner Kabine zerriß.

»Bitte entschuldigen Sie, daß ich Sie bei der Meditation störe, Admiral«, erklang die Stimme der Adjutantin. »Aber Lieutenant Commander Kiley-Smith betonte, die Angelegenheit sei sehr wichtig. Es geht um ein Raumschiff, das angeblich verschwand und alle unsere Kom-Anfragen ignoriert.«

»Danke, Lieutenant.« Admiral Matasu streckte die Glieder und gab den Lotossitz auf. »Ich erwarte Sie im Kommunikationszentrum.«

Als der Kommandant der Starbase 75 durch die Korridore wanderte, hielt er den Kopf ein wenig gesenkt, wodurch er einen nachdenklichen, meditierenden Eindruck erweckte. In Wirklichkeit gab es für diese Haltung keine philosophischen, sondern eher praktische Gründe: Der große Matasu mußte ständig darauf achten, nicht mit dem Kopf an die Decke zu stoßen.

Lieutenant Abell stand vor dem Kom-Zentrum und lächelte. »Hier entlang, Admiral«, sagte sie freundlich und drehte sich um. Sofort glitt das Schott vor ihr beiseite.

Matasu duckte sich und trat durch den Zugang. Sein letzter Adjutant hatte schließlich den Versuch aufgegeben, bei Gesprächen einen Blickkontakt mit ihm herzustellen, und seine Worte statt dessen an den Bauch des Admirals gerichtet. Abell erwies sich als höflicher, und Matasu hoffte nur, daß sie deshalb nicht zu sehr litt. Vielleicht sollte er Yoga-Übungen zur Entspannung der Nackenmuskeln empfehlen. Er selbst verwendete dieses Mittel, um entspannt zu bleiben, obgleich er den Kopf immer gesenkt halten mußte.

Als er den Zugang passiert hatte, konnte er sich endlich zu seiner vollen Größe aufrichten. Der Kontrollraum des Kommunikationszentrums war ein kuppelförmiger Saal, an dessen gewölbten Wänden sich große Datendisplays zeigten. Dutzende von Diagrammen und schematischen Darstellungen verdeutlichten Datenströme, die Starbase 75 erreichten und verließen.

»Noch immer keine Nachricht von der *Enterprise?«* fragte Matasu.

»Nein, Sir«, erwiderte Kiley-Smith und wandte sich von einer Konsole ab, die zur Überwachung des Kommunikationsverkehrs zwischen der Starbase und Raumschiffen diente. »Wir haben jetzt auch den Kontakt zur *Plath* verloren, einem klingonischen Schiff, dessen Crew aus zwölf Personen besteht.«

Der Konsolenoperator nannte weitere Einzelheiten. »Kurz nachdem uns von der *Enterprise* die Zerstörung der Starbase 193 gemeldet wurde, übermittelte der Navigator des klingonischen Kreuzers die aktuellen Koordinaten. Captain Duregh bot an, der *Portsmouth* bei ihrer Rettungsmission zu helfen, doch die *Plath* erreichte das Einsatzgebiet überhaupt nicht.«

Die Starbase 193 hatte einen Raumbereich kontrolliert, der sich weit jenseits des Sensorhorizonts der Starbase 75 erstreckte. Ihre Zerstörung führte dazu, daß Matasu in gewisser Weise ›blind‹ wurde: Er besaß keine Möglichkeit, um herauszufinden, was in jenem Sektor geschah. Er brauchte fremde Augen, um durch die Dunkelheit zu blicken. »Befinden sich andere Schiffe in der Nähe, die Ermittlungen anstellen könnten?«

Kiley-Smith schüttelte den Kopf. »Die *Portsmouth* und *Clarke* sind noch immer bei Luxor IV angedockt und an andere Missionen gebunden.«

»Ich werde dafür sorgen, daß zumindest eines der beiden Schiffe von seinen gegenwärtigen Verpflichtungen befreit wird«, sagte Matasu fest, obgleich er wußte: So etwas nahm viel Zeit in Anspruch, und hinzu kam die große Entfernung, die selbst für schnelle Schiffe einen langen Warptransfer erforderte. »Alarmieren Sie alle Starfleet-Basen in diesem Quadranten. Man soll nach der *Enterprise* und *Plath* Ausschau halten – und nach ihren Angreifern. Ich bereite einen Situationsbericht für Starfleet Command vor.«

»Aye, Sir.«

Als Matasu zu seinem Büro zurückkehrte und in den

Korridoren erneut mit gesenktem Kopf ging, faßte Abell die Sorgen des Admirals in Worte.

»Was geschieht dort draußen, Admiral? Eine vernichtete Starbase, verschwundene Raumschiffe ... Planen die Romulaner vielleicht eine neue Offensive?«

Matasu schüttelte den Kopf. »Kriegsschwalben haben ein großes Kampfpotential, aber ich glaube nicht, daß ein solches Schiff die *Enterprise* und einen klingonischen Kreuzer außer Gefecht setzen könnte.«

Abell akzeptierte diese Einschätzung des Admirals und runzelte die Stirn. »Was wäre dazu in der Lage?«

»Ich weiß es nicht, Lieutenant«, erwiderte Matasu. »Aber was auch immer für das Verschwinden der *Enterprise* und *Plath* verantwortlich ist – ich hoffe inständig, es hält sich von *dieser* Starbase fern.«

Und mögen Ihnen die Götter helfen, Jean-Luc Picard – wo auch immer Sie sind.

Kanda Jiak fröstelte, als er in die kalte Luft der Arrestzelle trat. Er sehnte sich nach dem dicken Wollpullover im Rucksack – ein Abschiedsgeschenk des Ersten Offiziers Conrad –, doch seine Sachen waren beschlagnahmt worden, als er den Sicherheitskomplex erreichte.

Jiak wandte sich an den bewaffneten Wächter und protestierte noch einmal. »Ich bin kein Dynasianer!«

»Ja«, entgegnete der Uniformierte und seufzte schwer. »Du siehst nur zufällig wie einer aus.« Er trat zum Kontrollfeld an der Wand, und dort huschten seine Finger über die Schaltflächen, gaben einen Code ein.

Der Gefangene wich zurück, als ein Summen darauf hinwies, daß im Zugang ein Kraftfeld entstand. Bei Hayhurst-Junction hatte der Einwanderungsbeamte die Festnahme als eine bürokratische Förmlichkeit bezeichnet, und deshalb glaubte Jiak zunächst, nur einige Stunden in irgendeinem Aufenthaltsraum verbringen zu müssen. Statt dessen wurde er in eine Sicherheitskammer gebracht, und dort verhörte man ihn. Er erinnerte sich an Fragen über Botschafter, Raumschiffe und Aufständische – Fragen, die ihm völlig unverständlich blieben. Er entsann sich auch an die Bestürzung der Starfleet-Offiziere. Irgendwie schien es den Dynasianern gelungen zu sein, der Föderation noch mehr Sorgen zu bescheren als die DiWahn.

Jiak näherte sich dem Eingang der Zelle und achtete darauf, das Kraftfeld nicht zu berühren, als er den Hals reckte und in den Korridor spähte. Vom Wächter war weit und breit nichts mehr zu sehen.

Ich bin ein politischer Gefangener.

Eine Erkenntnis, die ihm komisch erschien – und die gleichzeitig Furcht in ihm weckte. Wie dem auch sei: Es handelte sich um eine Realität, die nicht durch Wünsche oder Tränen geändert werden konnte. Jiak wischte sich verräterische Feuchtigkeit aus den Augen, bevor er zu dem anderen Häftling blickte.

Bisher hatte er nicht mehr gesehen als jemanden, der einen Kapuzenmantel trug und auf einer der beiden schmalen Kojen saß. Jetzt bemerkte der junge Iconianer Einzelheiten des Gesichts im Schatten der Kapuze. Die Stirn über den purpurnen Augen wies ein zartes, fächerförmiges Linien- und Höckermuster auf, und hinzu kam eine Hautfarbe, die ins Violette spielte. Es handelte sich nicht direkt um ein Spiegelbild von Jiaks Miene, aber eines stand fest: Sie hatten die gleichen Vorfahren.

Als er wieder atmen konnte, brachte Jiak hervor: »Sind Sie ein … Dynasianer?«

»Das behaupten jedenfalls meine ID-Unterlagen«, erwiderte der Mann und lächelte schief.

»Ich habe noch nie einen anderen Iconianer gesehen. Zumindest nicht seit meiner Kindheit.« Jiak versuchte, sich zu fassen. Die Gleichgültigkeit des anderen Häftlings erschien ihm sehr seltsam. »Mein Name lautet Kanda Jiak.«

»Der Namensvetter des Juwelhüters!« In den Augen des Dynasianers leuchtete plötzliche Aufregung. »Wie kommst du zu einem so erhabenen Namen?«

Das erwachte Interesse seines Mitgefangenen gab Jiak neuen Auftrieb. Mit überkreuzten Beinen nahm er vor dem Mann Platz, um die Geschichte von den letzten Tagen Ikkabars und seiner Reise von Redifer zu erzählen. »Bevor ich Hayhurst-Junction erreichte, habe ich versucht, nach DiWahn zu gelangen, aber ...«

»DiWahn!« Der Dynasianer beugte sich ruckartig vor und packte den erschrockenen Jiak am Kragen. »Was weißt du vom Planeten DiWahn?«

»Nur dies: Es findet kein Raumschiffverkehr mehr von und nach DiWahn statt.« Jiak fühlte sich von dem Blick des Mannes durchbohrt. »Conrad sprach in diesem Zusammenhang von einer Art Armada. Angeblich droht der Föderation die Gefahr eines Angriffs.«

»Die Flotte der Gläubigen ist gestartet.« Der Dynasianer ließ Jiak los, lehnte sich zurück und blickte in die Ferne, schien dort eine Vision zu sehen. »Nach vielen Generationen des Wartens ist nun die Zeit für uns gekommen, an den Träumen teilzuhaben.«

T'Saras Schriften über die Diaspora berichteten auch von den Überzeugungen der DiWahn: Ihre Besessenheit galt den Träumen der Juwelhüter. »Aber Sie haben behauptet, Dynasianer zu sein!« sagte Jiak.

»Und wenn schon.« Der Mann lachte kehlig. »Man überprüft gerade meine ID-Unterlagen, ebenso wie Ihre. Wer weiß, was dabei festgestellt wird? Wenn sich die Wahrheit herausstellt, verbringe ich den Rest meines Lebens in dieser oder einer anderen Arrestzelle.«

»Das tut mir leid«, erwiderte Jiak. Voller Unbehagen fragte er sich, welche Verbrechen dieser DiWahn begangen hatte. Eigentlich wurde nur Mord mit lebenslanger Haft bestraft.

»Sparen Sie sich Ihr Mitleid. Ich habe die Mission meines Lebens erfüllt; Sie hingegen stehen erst am Anfang.«

»Worin bestand Ihre Mission?«

Der DiWahn starrte noch immer wie entrückt in die Ferne. »Wie du habe ich meine Kindheit bei den Völkern der Föderation verbracht. Ich bin in der Fremde aufgewachsen, doch mein Vater zeigte mir den Weg der Gläubigen. Meine heilige Pflicht bestand darin, T'Sara zu folgen.«

»Sie kennen T'Sara?« platzte es aus Jiak heraus. Ihren Namen zu hören ... Ebensogut mußte es sich anfühlen, an einem fremden Ort einem guten Freund zu begegnen. »Bitte erzählen Sie mir mehr von ihr.«

Der DiWahn war so sehr in Gedanken versunken, daß er die Worte überhaupt nicht hörte. »Ich bedauere nur, daß ich nicht rechtzeitig heimkehren konnte, um mit der Armada aufzubrechen. Um zu vermeiden, von Ungläubigen gefangengenommen zu werden, fälschte ich ID-Karten und gab mich als Dynasianer aus – was sich als mein Verderben erwies.« Resigniert hob und senkte er die Schultern. »Nun, der Verlust der Freiheit ist ein geringer Preis für die Rückkehr des Juwels.«

»Des Juwels?« Jiak riß unwillkürlich die Augen auf. »Sie meinen ... das Traumjuwel ist mehr als nur eine Legende?«

Der DiWahn zögerte, als sich in der Ferne eine Tür öffnete. Im Korridor erklang das Geräusch von Schritten.

»Ja, es ist viel mehr als nur ein Mythos, Kanda Jiak, Juwelhüter«, flüsterte er. »Finde es selbst heraus. Schließ dich unserem Orden an, und höre dem Erzählen zu.«

»Aber wie ...«

»Wende dich an eine Frau namens Camenae in der

Starbase 193. Sie beantwortet alle deine Fragen, wenn du ihren Preis bezahlen kannst. Finde das Juwel. Dann findest du auch die Gläubigen.«

Die Schritte verharrten vor der Zelle.

»He, ich habe nicht den ganzen Tag Zeit«, ertönte die gereizt klingende Stimme einer Sicherheitswächterin.

Jiak sah auf und stellte fast, daß die energetische Barriere deaktiviert worden war. Die Wächterin im Korridor hielt seinen Rucksack in den Händen.

Sie winkte. »Das Föderationskonsulat hat bestätigt, daß Sie von Redifer III kommen. Sie dürfen die Junction verlassen, wenn Sie die Absicht aufgeben, nach Dynasia zu reisen.«

»Geh!« drängte der DiWahn leise.

Jiak stand auf. Ihm schwirrte noch immer der Kopf von den Enthüllungen des Mannes.

Vor vielen Jahrtausenden hatte das Traumjuwel jene drei Tore geöffnet, die das iconianische Volk vor dem Untergang bewahrten. Wenn der erste Kanda Jiak das Tor nach Ikkabar durchschnitten hätte, so wäre er mit der Macht des Juwels imstande gewesen, den Planeten zu zähmen. Ohne seine Hilfe verdorrte und starb der dritte Zweig der Iconianer.

Doch wenn Kanda Jiaks Namensvetter in den Besitz des Juwels gelangte ... Dann mochte es möglich sein, die tragische Geschichte zu korrigieren.

Der letzte Überlebende von Ikkabar nahm seinen Rucksack entgegen und eilte durch den Korridor. Er lief in Richtung Freiheit, lenkte seine Schritte einem neuen Ziel entgegen.

27

Im Maschinenraum herrschte nur selten Stille. Fast immer hörte man hier das dumpfe Brummen der Materie-Antimaterie-Wandler. Doch jetzt war das Warptriebwerk deaktiviert, und die Wandler erzeugten derzeit keine Energie. Dafür erklangen die Stimmen von Menschen: Techniker schritten von einer Konsole zur anderen, justierten, kalibrierten, eilten dann zum nächsten Pult.

Doch es gab eine Insel der Stabilität in dem wogenden Durcheinander. Der Primärsituation-Monitor beanspruchte den größten Teil der vorderen Wand, und während der letzten fünf Stunden war Geordi LaForge immer wieder zum Hauptdisplay zurückgekehrt, um die schematische Darstellung der *Enterprise* zu betrachten. Zu Anfang hatte es dort viele rote Anzeigen gegeben. Als der Chefingenieur nun kam, um einen Eindruck von den erzielten Fortschritten zu gewinnen, wechselte ein weiteres Indikatorfeld von Rot zu Grün.

Er wandte sich den nahen Instrumenten zu und las mehrere Werte ab. »Nun, die guten Neuigkeiten bestehen darin, daß unsere Schilde bald wieder funktionieren.«

»Und die schlechten?« fragte Riker.

»Die Kapazität der Deflektoren ist auf sechsundvierzig Prozent beschränkt. Und dabei bleibt's, bis wir mindestens fünf konforme Übertragungsgitter im primären Rumpf ersetzen und anschließend die ganze Anordnung neu ausrichten.«

»Ich schlage vor, Sie beginnen sofort damit.«

Geordi schüttelte warnend den Kopf. »Um an den Gittern zu arbeiten, müssen die Quellengeneratoren für die Gravitonpolarität ausgeschaltet werden, was bedeutete, daß wir vier Stunden lang *völlig* ohne Deflektoren sind. Für gewöhnlich finden derartige Reparaturen nur in einem Raumdock statt, weil ...«

»Weil die *Enterprise* andernfalls leichte Beute für jeden Angreifer wäre«, sagte Riker. »Man könnte uns sogar mit einem Pusterohr erledigen.«

»Ja«, bestätigte der Chefingenieur. »Hinzu kommt: Ohne Schilde könnten wir keinen Warptransfer durchführen, ohne zu riskieren, daß die *Enterprise* so viele Löcher bekommt wie ein Schweizer Käse. Und wenn wir unter solchen Bedingungen für längere Zeit mit voller Impulskraft fliegen ... Durch den Hagel von Mikrometeoriten käme es zu einer zunehmenden Beeinträchtigung des Duraniumsubstrats der Außenhülle.«

»Das klingt nicht besonders ermutigend, Geordi.«

LaForge zuckte mit den Achseln. »Ich dachte, Wunder fallen in Ihren Zuständigkeitsbereich, Commander.«

»Ich habe mein Pensum bereits erfüllt.« Der Erste Offizier sah zum Diagramm und runzelte die Stirn. »Captain Picard muß darüber entscheiden. Ich melde mich bei Ihnen, sobald ich mit ihm gesprochen habe.«

»In Ordnung.« Geordi lächelte freundlich. »Sie wissen ja, wo Sie mich finden.«

Er drehte sich um und beobachtete, wie eine weitere rote Anzeige in den grünen Bereich wechselte. Nach und nach kehrte das Schiff zu seinem Normalzustand zurück.

Die breiten gewölbten Fenster des Gesellschaftsraums im zehnten Vorderdeck boten einen besonders guten Blick ins All, und normalerweise fand Deanna Troi großen Gefallen an dem kosmischen Panorama. Diesmal aber erinnerte es zu deutlich an die gegenwärtige Gefahr. Die *Enterprise* schwebte antriebslos im Weltraum, direkt neben dem Wrack eines romulanischen Kriegsschiffes. Dieser Anblick schien auch anderen Besatzungsmitgliedern nicht zu gefallen, denn nur wenige Tische waren besetzt. Außerdem hatten alle Anwesende mit dem Rücken zu den Fenstern Platz genommen.

Die Counselor saß an der Theke und fragte sich, was sie bestellen sollte. Aus den Augenwinkeln beobachtete sie, wie Guinan zwei Gläser vor einem Pärchen am anderen Ende der Theke abstellte, um dann zu ihr zurückzukehren.

»Was darf's sein?« fragte die Wirtin. Sie trug einen reich bestickten, waldgrünen Umhang. Ein großer breitkrempiger Hut in der gleichen Farbe bedeckte ihren Kopf.

»Ich habe mich noch nicht entschieden«, erwiderte Troi. »Was schlagen Sie vor?«

»Nun, kommt ganz auf Ihre Stimmung an. Haben Sie mehr Lust zum Essen oder zum Trinken?«

»Eigentlich bin ich nicht hungrig«, sagte Troi. Durst hatte sie auch nicht, aber sie brauchte irgendeinen Vorwand, um ihre Präsenz im Gesellschaftsraum zu rechtfertigen.

Guinan griff nach einem kegelförmigen Glas. »Also ein Drink. Wie wär's mit einem venusischen Fruchtwein?«

»Genau danach steht mir der Sinn.« Deannas Begeisterung klang falsch, sogar für sie selbst. Guinan hörte es ebenfalls und machte keine Anstalten, das Glas zu füllen.

»Irgend etwas belastet Sie, Deanna.«

Troi seufzte und lächelte schuldbewußt. »Ich sollte hier die Counselor sein, erinnern Sie sich?«

Guinan lachte leise, und dabei kam ihre kehlige Stimme fast einem Schnurren gleich. »Gelegentlich braucht selbst eine Counselor jemanden, der ihr zuhört.« Sie wandte sich ab, um den Drink zu holen, gab Deanna dadurch Gelegenheit, ihre Gedanken zu ordnen.

Der Fruchtwein schmeckte ausgezeichnet, und nach einigen Schlucken fiel Troi das Sprechen leichter. »Das Interesse des Captains am Herzen des Teufels besorgt Will Riker. Er glaubt, daß eine regelrechte Besessenheit daraus geworden ist. Und ich teile seine Befürchtungen.«

»Was veranlaßt Sie dazu?«

»Nun, zum Beispiel die Kursänderung, die uns hierherbrachte.« Troi nickte in Richtung der Fenster. »Captain Picard meint, damit sollen unsere Verfolger von hilflosen Föderationskolonien abgelenkt werden, aber ich frage mich, ob es noch einen anderen Grund gibt. Vielleicht suchte der Captain nur nach einer Rechtfertigung dafür, das Herz nicht aufgeben zu müssen.«

Guinan neigte den Kopf, und für einige Sekunden verbarg die breite Krempe des Huts ihr Gesicht. Als sie wieder aufsah, wirkten ihre Züge normal, doch ein seltsamer Schatten schien die Augen noch dunkler werden zu lassen. »Ich kann mir nicht vorstellen, daß Captain Picard seine Kommandoentscheidungen vom Herzen beeinflussen läßt.«

»Offenbar sind Sie sehr sicher. Warum?«

»Weil die mir bekannten Geschichten nicht von Zwang berichten, sondern davon, daß der Besitzer des Steins in Versuchung geführt wird«, antwortete Guinan. »Das Herz ist imstande, die Wünsche des Betreffenden gewissermaßen als Waffe gegen ihn zu verwenden. Aber es kann ihn nicht dazu bringen, gegen seine eigene Natur zu handeln.«

»Und Captain Picard würde nie etwas gegen die *Enterprise* und ihre Crew unternehmen.« Guinan nickte, und Deanna spielte mit dem Gedanken, es bei dieser erleichternden Erkenntnis zu belassen. Doch sie wußte auch, daß sich Riker nicht so leicht beruhigen ließ. »Könnte ich noch einen Fruchtwein bekommen?«

»Freut mich, daß er Ihnen schmeckt.« Die Wirtin stellte das erste Glas beiseite und holte ein zweites unter der Theke hervor.

»Der Captain vertraut Ihnen mehr als jeder anderen Person an Bord, Guinan. Wenn Sie ihn dazu bewegen könnten, das Herz aus Sicherheitsgründen Ihnen zu überlassen ...«

Das Glas fiel der dunkelhäutigen Frau aus der Hand und zerbrach auf dem Boden.

»Was ist los?« Troi fragte sich, warum die sonst so unerschütterliche Guinan derart erschrocken war. »Fürchten Sie, daß sich der Captain weigert, Ihnen den Stein zu geben?«

»Nein, Counselor. Ich fürchte, daß er tatsächlich dazu bereit sein könnte.«

»Sie besäßen das Herz nur für kurze Zeit«, sagte Deanna. »Sie könnten es in einer abgeschirmten Sicherheitskammer unterbringen, wo es für den Rest unserer Reise bleibt.«

Guinan schüttelte den Kopf. »Wenn man älter wird, so lernt man im Lauf der Zeit die eigenen Grenzen kennen. Sie sprechen hier von einem Risiko, das ich auf keinen Fall eingehen möchte. Das Herz ist bei Jean-Luc Picard weitaus besser aufgehoben als bei mir.«

»Wieso denn?« Deannas Sorge in Hinsicht auf die Macht des Steins kehrte zurück, wuchs sogar noch weiter in ihr.

»Bei meinem Volk war das Herz als Herr aller Geschichten, bekannt. Für Zuhörer kann davon ein fataler Zauber ausgehen.«

»Zauber? Das klingt nach einem Märchen. Ist der Captain vielleicht ein armer Prinz, der das Opfer böser Magie wurde?« Troi lachte über ihre eigenen Worte, wurde dann wieder ernst und fragte: »Halten Sie das Herz für böse, Guinan?«

»Nur lebende Geschöpfe sind in der Lage, gut oder böse zu sein. Ist das Herz lebendig?«

»Ich spüre nichts davon. Doch der Captain spricht so davon, als sei es eine lebende Entität.« Die Counselor und Empathin dachte kurz nach. »Die ganze Angelegenheit erscheint mir sehr rätselhaft.«

»Mir ebenfalls«, entgegnete Guinan leise. »Mir ebenfalls ...«

Die Tür des Bereitschaftsraums öffnete sich, und Data nahm die Szene mit einem Blick in sich auf. Der Androide war ein neutraler Beobachter, und deshalb simulierte die Präsenz des Steins auf dem Schreibtisch überhaupt keine Emotionen in ihm. Allerdings weckte sie Assoziationen in Hinsicht auf die jüngsten Ereignisse, die sich durch eine sehr negative Natur auszeichneten. Deshalb hätte es Data aus rein intellektuellen Gründen vorgezogen, wenn das Herz nie an Bord der *Enterprise* gebracht worden wäre.

»Haben Sie gut geruht, Captain?« fragte Data, als er den Raum betrat.

»Was?« Picard sah vom Monitor auf. »Oh, die Ruhepause. Ja, danke.«

Data hatte oft festgestellt, daß Menschen die Sprache nicht immer nur benutzten, um Informationen zu übermitteln. Oft ging es auch nur darum, höflich zu sein oder Erwartungen zu entsprechen. Das mußte auch hier der Fall sein, denn der physische Zustand des Captains schien sich seit der Besprechung im Konferenzzimmer kaum gebessert zu haben.

Picard sah erneut zum Monitor und dann zu dem Datenblock in Datas Händen. »Habe ich nicht gerade Ihren Bericht erhalten?«

»Dies ist kein Status-Update«, erwiderte der Androide. »Es ist mir gelungen, die Koordinaten des Raumbereichs zu bestimmen, für den Sie sich interessieren.«

»Lassen Sie mich mal sehen.« Picard beugte sich vor, griff nach dem Datenblock und seufzte erleichtert, als er eine Sternkonstellation sah, die große Ähnlichkeit mit seiner Zeichnung aufwies. »Ja, das ist der Ort! Aber Sie haben ziemlich lange gebraucht, um ihn zu finden.«

»Ich entschuldige mich für die Verzögerung«, sagte Data. »Ein sonderbarer Aspekt der von Ihnen stammenden Darstellung fügte der Suche einen weiteren Schwierigkeitsfaktor hinzu. Der Komet nimmt die von Ihnen gezeichnete Position erst in achtundvierzig Stunden ein.«

»In der Zukunft ...«, murmelte Picard. Nachdenklich runzelte er die Stirn und tastete nach dem Stein. »Ja ... ja, natürlich. Es ist also noch Zeit, um etwas zu unternehmen.«

»Faszinierend. Welche Form von Aktivität schlagen Sie vor?«

»Danke für Ihre Hilfe, Mr. Data.« Der Captain wandte den Blick nicht von der Karte ab. »Sie können gehen.«

Das positronische Gehirn des Androiden stellte eine neue Verbindung her, zwischen der Sternkarte und dem Herz des Teufels. Er verließ den Bereitschaftsraum und berechnete die Wahrscheinlichkeit dafür, daß es bald zu einem weiteren katastrophalen Ereignis kam.

Troi spürte sonderbares Unbehagen, als sie die Brücke der *Enterprise* betrat. Als Empathin brauchte sie nur wenige Sekunden, um den Grund herauszufinden: Worfs Blick klebte an ihr fest, als sie zum Kommandobereich schritt. Sie fühlte in ihm jene besondere Unruhe, die sich bei ihm häufig bemerkbar machte, insbesondere dann, wenn es um Worfs Sohn Alexander ging. Doch diesmal kam auch noch etwas anderes hinzu, das sich nur schwer sondieren ließ. Aus irgendeinem Grund begegnete Worf der Betazoidin mit Argwohn.

Riker und Picard führten ein ernstes Gespräch, bei dem es um die Reparatur der Deflektoren ging. Deanna nahm schweigend neben dem Captain Platz.

»... müssen wir auf jeden Fall die Kapazität der Schilde erhöhen«, sagte Picard gerade. »Unsere Mission ist noch nicht vorbei, und wir brauchen soviel Schutz wie möglich, um sie fortzusetzen.«

»Da bin ich ganz Ihrer Meinung«, erwiderte Riker, obgleich Troi ein neuerliches Erwachen seiner Besorgnis spürte. Die Entscheidungen des Captains schienen ihm nicht sonderlich zu gefallen.

Sie las die Frage in seinen Augen, als er ihr einen kurzen Blick zuwarf. Deanna schüttelte andeutungsweise den Kopf, um darauf hinzuweisen, daß Guinan ihnen nicht helfen konnte. Worf schien die stumme Kommunikation zu bemerken, denn sein Mißtrauen wuchs, schloß nun auch den Ersten Offizier mit ein.

Der Captain hob die Stimme, um das Interkom-System zu aktivieren. »Picard an LaForge. Beginnen Sie mit der Reparatur der Deflektoren. Wir sollten sie so schnell wie möglich hinter uns bringen, bevor wir hier weitere Besucher anlocken.«

»Bestätigung, Captain.«

Während Picard und LaForge technische Informationen austauschten, begann Troi unauffällig damit, den physischen und emotionalen Zustand des Captains zu sondieren. Die Erschöpfung hatte sich jetzt noch weiter in ihm ausgebreitet. Er schien seine Kräfte zu schonen, indem er sich nur dann bewegte, wenn es sich nicht vermeiden ließ. Andererseits: Das mentale Prickeln der inneren Aufregung, die Deanna im Konferenzzimmer gespürt hatte, existierte jetzt nicht mehr. Was hatte den Captain beruhigt? Vielleicht das Herz, das nun wieder in seiner Armbeuge ruhte?

»Die konformen Übertragungsgitter im primären Rumpf sind deaktiviert«, sagte Geordi. »Gravitongeneratoren werden *jetzt* ausgeschaltet ...«

Troi erschauerte, als sie von der Brückencrew ein intensives Gefühl der Verwundbarkeit empfing. Sie verstärkte ihre empathischen Schilde, um die projizierten Emotionen von sich fernzuhalten. Gegen das eigene Gefühl von Hilflosigkeit konnte sie auf diese Weise jedoch kaum etwas unternehmen.

Als die ersten Minuten der Reparatur viel zu langsam verstrichen, dachte Deanna daran, daß die Instandsetzungsarbeiten vier Stunden dauerten – eine Ewigkeit.

Von einem Augenblick zum anderen heulten die Sirenen der Alarmstufe Gelb.

»Captain!« rief Data. »Die Sensoren orten ein Objekt, das nur zweihunderttausend Kilometer von uns entfernt ist.«

»Dort!« Riker deutete zum großen Wandschirm. Deanna drehte den Kopf und stellte fest, daß mitten im All etwas zu schimmern begann, das Licht der Sterne flackern ließ. Ein Raumschiff deaktivierte die Tarnvorrichtung.

»Phaser auf Ziel gerichtet«, knurrte Worf.

»Warten Sie auf meinen Befehl, Lieutenant.« Picard erhob sich.

Troi spürte: Der Captain widerstand nur mit Mühe der Versuchung, sofort das Feuer zu eröffnen, ohne auf eine Identifizierung des fremden Raumers zu warten. Doch die Starfleet-Ausbildung hinderte ihn daran, ein Gefecht zu provozieren, das er unmöglich gewinnen konnte. Selbst wenn das Schiff nur mit schwachen Schilden ausgestattet war: Es konnte dem Phaserbeschuß lange genug widerstehen, um Vergeltung zu üben. Und die *Enterprise* hatte derzeit überhaupt keine Deflektoren.

Das Schimmern im All gewann an Substanz. Weite

Schwingen wurden sichtbar, dazwischen ein schmaler, nach vorn geneigter Rumpf.

»Ein klingonisches Schiff«, sagte Riker und seufzte erleichtert.

»Captain …« Leiser Jubel vibrierte in Worfs Stimme, als er verkündete: »Captain Duregh von der *Plath* setzt sich mit uns in Verbindung.«

»Auf den Schirm, Lieutenant.« Picard schien viel zu müde zu sein, um sich von der allgemeinen Begeisterung anstecken zu lassen.

Das Bild im zentralen Projektionsfeld wechselte, zeigte nicht mehr die Sterne, sondern Dureghs Gesicht. Auf Troi wirkte er zu jung für einen Raumschiffkommandanten. Er hatte das schmale, grimmige Gesicht eines ehrgeizigen klingonischen Kriegers.

»Ich grüße Sie, Captain Picard.« Rotes Licht glühte im Kommandobereich der *Plath*, wodurch die Furchen in Dureghs Stirn noch tiefer wirkten. Schatten umhüllten die tief in den Höhlen liegenden Augen. »Von der *Portsmouth* erfuhren wir, in welcher Lage Sie sich befinden. Daraufhin folgten wir Ihnen, in der Hoffnung, am Kampf gegen die Romulaner teilzunehmen. Offenbar sind wir zu spät gekommen, um ebenfalls Ruhm und Ehre zu beanspruchen.«

»Ganz im Gegenteil, Captain – Sie kommen genau zur richtigen Zeit«, erwiderte Picard. »Wir brauchen Ihren Schutz, während wir wichtige Reparaturarbeiten durchführen.«

»Ah, ja. Mein Waffenoffizier teilte mir mit, daß Sie keine Deflektorkapazität mehr haben.« Duregh lächelte, aber trotzdem zeigte sich Anspannung in seinen Zügen. Deanna Troi senkte ihre mentalen Schilde, um eine genauere Sondierung vorzunehmen. »Unser Flug hierher war also nicht umsonst.«

Etwas stimmt nicht.

Troi erhob sich ruckartig. »Captain, ich spüre …«

Ihre Warnung kam zu spät.

Das klingonische Schiff setzte seine Phaser ein, und eine Explosion im primären Rumpf erschütterte die Brücke, raubte der Counselor das Gleichgewicht. Sie taumelte und hielt sich am Geländer des Achterdecks fest, sah aus den Augenwinkeln, wie der klingonische Raumer erneut auf die *Enterprise* feuerte und einen Treffer am sekundären Rumpf erzielte. Die Sirenen der Alarmstufe Rot übertönten Stimmen, die erste Schadensberichte formulierten.

Es gelang Picard, das Gleichgewicht zu wahren, ohne den Stein zu verlieren. »Feuer frei für Phaser!«

»Die Phaser sind nicht mehr einsatzbereit«, erwiderte Worf.

Duregh ließ seinem Verrat lautes Lachen folgen. »Unsere nächste Salve zerstört Ihr Schiff, Captain Picard.«

»Warum greifen Sie uns an?«

Der Blick des klingonischen Kommandanten galt dem Herzen in Picards Händen. »Weil der Pagrashtak mir gehört. Beamen Sie Kessecs Juwel an Bord meines Schiffes – dann lasse ich Sie am Leben.«

»Ausgeschlossen!« antwortete Picard scharf. »Dadurch würde ich nur das Chaos verlängern, das dieses Relikt stets begleitet hat. Ich gebe es weder Ihnen noch sonst jemandem, der bereit wäre, die Macht des Steins zu mißbrauchen.«

»Dann bereiten Sie sich auf den Tod vor. Ich hole mir den Pagrashtak aus den Trümmern Ihres Schiffes. Bestimmt finde ich ihn selbst dann, wenn er irgendwo im Schutt liegt, zwischen den Leichen Ihrer Besatzungsmitglieder.«

»Verräter!« donnerte Worf und stürmte vom Achterdeck herunter. »Sie sind ohne Ehre!«

»Narr«, höhnte Duregh. »Sie wissen überhaupt nichts. Ich brauche den Blutstein, um meine Ehre *wiederherzustellen.* Ich bin ein direkter Nachkomme von Durall,

Kessecs Sohn. Der Pagrashtak wurde ihm gestohlen, und damit auch mir. Meine Geburt gibt mir ein Recht auf ihn.«

Picard schüttelte den Kopf. »Nein, Sie irren sich. Imperator Kessec trennte sich aus freiem Willen von dem Stein ...«

»Schweigen Sie!«

»Er überließ ihn einer Sklavin, nicht seinen Söhnen«, betonte der Captain.

»Und für diese Schande wurde er von ihnen umgebracht!« heulte Kessecs Nachkomme. Sein Gesicht war nun eine wutverzerrte Fratze. »Sie bleiben nur noch für einige Sekunden am Leben, Captain. Und es ist mir jetzt gleichgültig, ob Sie kapitulieren oder nicht.«

Er hob den Arm, um seinen Offizieren das Zeichen zu geben.

»Duregh!« Picard hob das Herz wie einen Schild und rief: »Dafür sollen Sie in der Hölle schmoren!«

Der Arm des Klingonen sank nach unten. »Feuer!«

Ein Phaserstrahl löste sich vom Rumpf des imperialen Raumers, raste der *Enterprise* entgegen ...

... und verwandelte sich plötzlich in eine Feuerkugel, die zur *Plath* zurückkehrte, sie mit destruktiver Gier verschlang.

Troi stieß einen schmerzerfüllten Schrei aus und hob die Hände, als grelles Licht vom Wandschirm gleißte. Einige Sekunden später wagte sie, erneut zum großen Projektionsfeld zu sehen ...

Es zeigte die glühenden Reste des vernichteten klingonischen Schiffes.

»Captain?«

Picard stand wie erstarrt im Zentrum der Brücke und blickte voller Entsetzen auf das Herz des Teufels hinab, das er in den Händen hielt.

28

Ständig wehte kalter Wind durch die verlassene Stadt und wirbelte dichte Staubwolken auf. Trübes bläuliches Licht filterte durch den Dunst und erreichte schließlich den Boden, auf dem Picard schritt. Der Captain erkannte noch immer die Reste eines Weges, doch der größte Teil des Pflasters war von Staub und Sand fortgescheuert worden. Das Gewicht von Äonen hatte alle Gebäude zermalmt und selbst ihre Fundamente abgetragen. Picard glaubte zunächst, auf Atropos zu sein, doch dann begriff er: Dieser Ort war viel älter.

Alter lag wie ein Panzer aus Eis auf dem ganzen Planeten, doch das Herz wärmte die Hände des Captains. Wenn er vom Pfad abkam, bewegte sich der Stein und lenkte seine Schritte sanft auf den richtigen Weg zurück. Picard ließ sich führen und wanderte an Ruinen vorbei, bis er die Reste einiger Säulen erreichte. Dort verharrte er und blickte staunend zu der Skulptur weiter vorn.

Eine große dicke Felsplatte erhob sich dort vertikal. Einst mochte sie oval gewesen sein, doch jetzt war der Rand unregelmäßig geformt. Auch die Öffnung in der Mitte wies klare Anzeichen von Erosion auf.

Wellen einer unsichtbaren, aber deutlich spürbaren Kraft wogten Picard von dem Gebilde entgegen.

»Der Wächter der Ewigkeit«, flüsterte er voller Ehrfurcht.

Beim Klang seiner Stimme veränderte sich etwas. Das kristalline Gestein der ringförmigen Struktur flackerte und glühte von innen, zeigte den gleichen matten Glanz wie das Herz des Teufels.

Jean-Luc interpretierte die Reaktion als eine Art Antwort und fragte sich, wie er mit dieser Entität kommunizieren sollte. Viele Fragen lagen ihm auf der Zunge, aber eine erschien ihm wichtiger als alle anderen.

Picard hob das Herz. »Wächter ... Was hat es mit dem Stein auf sich, den ich hier in Händen halte?«

»Es ist ein Same«, ertönte eine tiefe, brummende Stimme. Das Licht flackerte im Rhythmus der Silben. »Er sollte in einem besseren Boden wachsen als auf dieser toten Welt.«

»Wie wurde er in unsere Geschichte involviert?«

»Meine Schöpfer schufen auch den Samen. Doch die Architekten waren sterblich, und nach ihrem Ende gab es niemanden, der dem Samen den Weg zeigte. Er ging verloren.«

Dunst sammelte sich in der zentralen Öffnung und wich dann ... Bildern.

Picard trat näher, wie hypnotisiert vom Detailreichtum der Visionen. Er sah, wie das Herz einem Meteor gleich von einem purpurnen Himmel fiel und sich in den Boden einer weiten Grasebene bohrte. Fremde Hände suchten im Krater, bis sie schließlich den Stein fanden. Entsetzt beobachtete der Captain, wie ein primitives Jägervolk namens T'Kon die Raumfahrt entwickelte und ein Sternenreich gründete, das schon bald wieder unterging.

Andere Hände ergriffen den Stein, und wieder begann ein Zyklus aus Krieg und Tod. Königreiche erblühten, um Habgier, Verrat und hemmungslosem Egoismus zum Opfer zu fallen. In einer Szene erkannte Picard Garamond und Kessec. Andere Besitzer des Herzens blieben unerkannt: vage Schemen, die schnell aufeinander folgten.

Die Wellen der Zerstörung dehnten sich immer weiter

aus und formten unaufhörlich Bilder vom Kampf um das Herz des Teufels.

»Können diese Schäden repariert werden, Wächter?«

»Ja«, antwortete die Entität. »Aber wenn der Same zum Anfang seiner Kontakte mit jenen Sterblichen zurückgebracht wird, so geht auch all das Große verloren, das seitdem entstand. Das jetzt bekannte Universum verliert seine Wurzeln, und die Ströme der Zeit fließen durch andere Kanäle.«

Picard schüttelte den Kopf. Eine solche Lösung kam nicht in Frage. Durch die Präsenz des Steins hatten sich zu viele Konsequenzen ergeben; eine temporale Korrektur hätte umfassende und kaum vorherzusehende Folgen für die historische Struktur vieler galaktischer Völker gehabt. »Ich muß das Herz aus der gegenwärtigen Zeit entfernen, damit nicht noch mehr Chaos entsteht. Bitte zeig mir, wie ich es auf den richtigen Weg bringen kann.«

Wieder verdichteten sich Dunstschwaden, um dann eine neue Szene zu enthüllen: die Schwärze des Alls, einige Sterne, vor ihnen ein Komet, dessen Schweif wie ein Banner wirkte.

»Ich kenne jenen Ort«, sagte Picard. »Er erschien in der Vision, die T'Sara mir zeigte.«

»Die Zeit der Saat rückt näher«, verkündete der Wächter der Ewigkeit. »Der Same muß dorthin gebracht werden.«

Das Herz schien diese Worte zu hören und erzitterte in Picards Händen. Er schob sich noch etwas näher, bis er ganz dicht vor dem Portal stand, betrachtete wie hingerissen das Abbild des Kometen. Die Sehnsucht des Samens, seine Reise fortzusetzen, hätte den Captain fast veranlaßt, durch die Öffnung zu treten. Seine Finger schlossen sich fester um den rauhen Stein. Er wußte nun, was das Herz wollte, doch die Trennung von ihm fiel ihm alles andere als leicht.

Er atmete tief durch und hob den Stein, um ihn durch die Öffnung zu werfen.

»Nein!« Eine spinnenartige Hand hielt Picards Arm fest. »Nicht so hastig.«

Der Captain drehte sich um und sah die dürre Gestalt der Sammlerin. Das – wenige – Fleisch ihres Körpers war noch nicht getrocknet und mumifiziert, doch im hohlwangigen Gesicht zeigte sich bereits der nahe Tod. Auf der anderen Seite ihres eigenen Traums hockte die eingemauerte Halaylah auf ihrem steinernen Thron.

»Lassen Sie mich los«, sagte Picard und wich fort von den knochigen Fingern. Der Anblick dieses Wesens erfüllte ihn mit Abscheu. »Sie sind gestorben, um das Herz für sich zu behalten. Jetzt gehört es mir, und ich entscheide, was damit geschieht.«

Die rissigen Lippen der Sammlerin verzogen sich zu einem höhnischen Lächeln. »Sie wissen überhaupt nicht, was Sie da wegwerfen wollen. Um klug zu handeln, sollten Sie eine bessere Vorstellung von der Macht des Steins gewinnen ...«

»... Captain.« Eine Hand berührte ihn am Arm. »Captain?«

Picard öffnete die Augen und stellte fest, daß er am Schreibtisch des Bereitschaftsraums saß, den Kopf auf die Arme gebettet, das Herz direkt neben dem linken Ellenbogen. Ein fremder und gleichzeitig sehr vertrauter Mann beugte sich halb über ihn.

Als sich die vom Traum stammende Verwirrung auflöste, erkannte Picard den Ersten Offizier. Er hob den Kopf und lehnte sich zurück, versuchte dabei, sich von der Benommenheit zu befreien. »Was ist los, Nummer Eins?«

»Wir haben Gesellschaft.« Der Erste Offizier trat vom Schreibtisch zurück und gab sich etwas förmlicher, als er Bericht erstattete. »Die Fernbereichsensoren haben an unserem Ortungshorizont eine Flotte von Raumschiffen entdeckt, die im Warptransfer fliegt. Angesichts der großen Entfernung läßt sich die genaue Anzahl der Schiffe nicht feststellen, aber Data meint, es seien mindestens zwanzig.«

Picard wünschte sich, allein zu sein, um die Einzelheiten des Traums in den Mittelpunkt seiner Aufmerksamkeit zu rücken. Er zwang sich, auf Jacks Worte einzugehen. »Wer könnte es sein?«

»Bisher haben wir nur einen Namen«, erwiderte Crusher. »Einige Signale ihrer Schiff-zu-Schiff-Kommunikation gelangten bis zu uns, und aus ihnen geht hervor, daß die Besatzungen der Schiffe aus sogenannten unDiWahn bestehen.«

»Die unDiWahn!«

»Sagt Ihnen diese Bezeichnung etwas?« Es blieb bei der Förmlichkeit – daher das Sie.

»Ja. Ich bin vor ihnen gewarnt worden, und zwar von...« Der Name fiel ihm nicht ein. Wo er sich befinden sollte, gab es eine Lücke im Gedächtnis.

»Von einem Traum?« fragte Crusher. Ein Hauch von Bitterkeit erklang in der Frage. Mit jedem verstreichenden Tag lehnte er das Herz mehr ab; seiner Meinung nach hatte es zu großen Einfluß auf den Captain.

»Jack...« Mit diesem einen Wort lenkte Picard das Gespräch auf ein persönliches Niveau und wies darauf hin, daß er jetzt vor allem der Freund namens Jean-Luc sein wollte und erst an zweiter Stelle der Captain.

Der Erste Offizier nickte, zog sich einen Stuhl heran und nahm vor dem Schreibtisch Platz. Seit der Ausbildung an der Starfleet-Akademie waren einige Jahrzehnte vergangen, und in dieser Zeit hatte der einst schlaksige Jack Crusher eine kräftigere Statur gewonnen. Graue Strähnen zeigten sich in seinem Haar, und eine gewisse Kühle in den Augen deutete darauf hin, daß es in seinem Leben auch sehr schwierige Phasen gegeben hatte.

»Ich mache mir Sorgen um dich, Jean-Luc. Und Beverly ist ebenfalls besorgt, als Ärztin und als Freundin.«

»Das Herz stellt keine Gefahr für mich dar«, sagte Picard. Es war so schwierig zu erklären, während Erschöpfung ihn in den Schlaf zu zerren versuchte. Er streckte die Hand aus, um den Stein zu berühren, um Kraft aus seiner Wärme zu gewinnen. »Es ist ein Geschöpf, Jack. Ein Wesen, das unsere Hilfe braucht. Ich behalte das Herz, bis es seine Bestimmung erreicht.«

Er war dem Verstehen so nahe gewesen, als die Sammlerin eingriff. Vielleicht konnte der Wächter seine Anweisungen im nächsten Traum vervollständigen.

Crusher senkte den Kopf und hob die Hände vors Gesicht. Als er wieder aufsah, zeigten sich tiefe Falten in seiner Stirn.

»Jean-Luc… Wenn du aus dem Fenster blickst, so siehst du die Wracks von zwei Kriegsschiffen. Die Konfrontation mit der *Plath* führte zu weiteren Schäden an Bord der *Enterprise,* die erst noch repariert werden müssen. Und wenn wir auch nur niesen, bekommen wir es vielleicht mit einer ganzen Flotte der unDiWahn zu tun. Je länger wir hierbleiben, desto geringer ist unsere Chance, lebend heimzukehren.«

»Ich bin fest entschlossen, weitere Opfer zu vermeiden.« In Picards Stimme ertönte eine Entschlossenheit, die durch den Traum vom Ursprung des Herzens neue Stabilität bekommen hatte. »Ich glaube, daß diese Mission enorme Bedeutung hat, daß wir sie unbedingt erfolgreich abschließen müssen, ganz gleich, welche Mühen das von uns verlangt.«

Crusher schwieg eine Zeitlang. »Du erwartest eine Menge von mir, Jean-Luc. Seit über zwanzig Jahren vertraue ich dir nicht nur mein Leben an, sondern auch das meiner Frau und meiner Kinder. Ich bin bereit, dir auch weiterhin zu vertrauen … Captain.«

Captain. Das letzte Wort wiederholte sich, aber das vermeintliche Echo stammte von einer anderen, leiseren Stimme – die Entfernung vieler Jahre schien sie zu dämpfen.

»Nein«, hauchte Picard und kämpfte gegen jähe Panik an – sie wuchs aus der Erkenntnis, daß irgendwo in ihm schreckliches Wissen lauerte. »Ich lasse mir dies nicht wegnehmen.«

»Was ist los, Jean-Luc?« Crusher stand besorgt auf.

»Nichts, Jack. Ich bin nur müde.« Picard fühlte eine geisterhafte Hand auf der Schulter, und die Finger übten erstaunlich starken, realen Druck aus.

Nein! Bitte nicht!

»Captain?«

Picard öffnete die Augen. Einmal mehr war er am Schreibtisch eingeschlafen, den Kopf auf den Armen. Er hob den Blick. Der Mann, der ihn geweckt hatte, war größer als Jack und trug einen kurzen Bart.

Will Riker … Mein Erster Offizier heißt Will Riker.

Kummer erfaßte Picard, und er schluckte Galle hinunter. Dies war die Wirklichkeit. Die andere Szene … Nur ein Traum.

Ich bin wach.

Wach … Doch die Erinnerungen an andere Menschen und eine alternative Vergangenheit quälten ihn nach wie vor. Wenn er den Traum ohne Unterbrechung beendet hätte … Wäre es dann möglich gewesen, auch weiterhin dem Pfad der anderen Realität zu folgen? Vermutlich ließ sich diese Frage mit einem klaren Ja beantworten.

Wenn er es sich stark genug wünschte, so war das Herz imstande, Commander Jack Crusher neues Leben zu geben.

Ich wollte es, Jack. Bitte glaub mir!

Eine weitere Erkenntnis reifte in ihm heran: Der Traum stammte von Halaylah, von der Sammlerin. Ihr hatte mehr Zeit als ihm zur Verfügung gestanden, um zu lernen, mit der Macht des Steins umzugehen. Wenn es sich mit Hilfe des Ko N'ya tatsächlich bewerkstelligen ließ, Tote ins Leben zurückzuholen, so konnte auch er solche Wunder vollbringen. Es dauerte sicher eine Weile, aber früher oder später war er in der Lage, die Umstände zu ändern, die den Tod seines Freundes bewirkt hatten. Und im Anschluß daran entfaltete sich die alternative Realität.

Doch wenn er den Stein aufgab... Dann erwachte Jack Crusher nicht zu einem zweiten Leben. Dann blieb Beverly Witwe. Und ihre anderen Kinder würden nie geboren.

»Captain?«

»Ja, was ist, Nummer Eins?« fragte Picard und schlüpfte in die Rolle des Kommandanten der *Enterprise* zurück.

Riker trat ein wenig vom Schreibtisch fort, um Bericht zu erstatten. »Lieutenant Worf hat Subraum-Signale empfangen, die vom Rand unserer Sensorreichweite stammen. Gesendet werden sie von Leuten, die sich...«

»... unDiWahn nennen«, sagte Picard, während sich ihm ein letzter Tentakel des Traums zitternd um die Brust schlang.

29

In den schematischen Darstellungen der *Enterprise* leuchteten wieder viele rote Indikatoren. Ihre Muster vermittelten die Illusion von Ordnung und klarer Struktur, doch Riker verstand die wahre Botschaft und stellte sich ein Raumschiff vor, das antriebslos im All schwebte, mit an mehreren Stellen durchlöcherter Außenhülle. Dieses Bild lastete schwer auf seinen Gedanken, als Data und er Geordi zuhörten.

»Die Reparatur der Waffensysteme sollte innerhalb der nächsten beiden Stunden abgeschlossen sein«, sagte der Chefingenieur und deutete auf den vorderen Teil des Diskussegments. Dort hatte die erste Salve der *Plath* mehrere Phaserbänke getroffen.

»Soviel zu unserem offensiven Potential.« Riker seufzte. »Wie sieht's mit dem defensiven aus?«

LaForge deutete zu einem anderen Bereich des Situationsmonitors, der noch immer viele rote Stellen zeigte. Die zweite Salve der *Plath* hatte die technische Abteilung des sekundären Rumpfs getroffen. »Wir sind fast mit der ursprünglich geplanten Reparatur der Navigationsschilde fertig ...«

Jene Reparatur, die uns in diese Lage brachte. Die Entscheidung, eine möglichst hohe Schildkapazität wiederherzustellen, hatte Riker zum betreffenden Zeitpunkt für sehr vernünftig gehalten. Er erinnerte sich nur sehr ungern daran, als er nun die Konsequenzen sah.

»Die neuen Beschädigungen der Deflektoren haben unser taktisches Verteidigungspotential beeinträchtigt«, fuhr Geordi fort. »Es gibt Grenzen für Reparaturen, die sich außerhalb eines Raumdocks durchführen lassen. Wie dem auch sei: In etwa vier Stunden kann ich Ihnen sagen, wie's um uns steht.«

Riker hätte sich von diesen Hinweisen vielleicht beruhigen lassen, wenn nicht die Ortung der unDiWahn gewesen wäre. »Eine ziemlich große Flotte hat gerade diesen Sektor passiert, Geordi. Derzeit scheinen die Schiffe verschwunden zu sein, aber es besteht die Möglichkeit, daß sie zurückkehren und uns finden. Ohne Waffen und Schilde bliebe uns in einem solchen Fall nichts anderes übrig, als die Flucht zu ergreifen.«

»Zum Glück deuten die Sensordaten auf eine niedrige Geschwindigkeit der Flotte hin«, meinte Data. »Vielleicht fehlt den unDiWahn die Möglichkeit, mit hohem Warpfaktor zu fliegen.«

»Im Augenblick ergeht es uns ebenso.« Einmal mehr zeigte LaForge auf das Diagramm, das die Fortschritte der Reparaturarbeiten verdeutlichte. »Der Kern des Warpreaktors ist schon seit einer Stunde deaktiviert. Die Abschaltung war notwendig, um die Generatorspulen in der Steuerbordgondel auszutauschen. Das bedeutet: Beim nächsten Warptransfer müssen wir ganz vorsichtig beschleunigen, weil eine Rejustierung der Materie-Antimaterie-Injektoren erforderlich ist.«

»Toll«, kommentierte Riker. »Beim ersten Anzeichen von Gefahr hinken wir von hier fort.«

»Eine dritte Salve der *Plath* hätte uns sogar die Möglichkeit genommen, von hier fortzu*kriechen.* Wir sind also noch recht gut dran.«

Diese Worte des Chefingenieurs veranlaßten Data, die Stirn zu runzeln. »Die Zerstörung der *Plath* erfüllt mich mit großer Neugier, Geordi.«

»Ich habe keine Erklärung dafür, Data. Vielleicht kam es zu einer Fehlfunktion im Waffensystem. Aber ich kann mir einfach nicht vorstellen, was imstande wäre, die Phaser eines Kriegsschiffes so explodieren zu lassen.« Geordi sah zum Diagramm. »Nun, um ganz ehrlich zu sein: Im Augenblick habe ich keine Zeit, um Gedanken an die *Plath* zu vergeuden.«

»Dann überlassen wir Sie jetzt Ihrer Arbeit«, sagte Riker. Es erleichterte ihn, daß der Chefingenieur nicht näher auf dieses Thema eingehen wollte.

Einige Minuten später, als er zusammen mit dem Androiden durch einen leeren Korridor ging, kam er noch einmal auf das Rätsel zurück. »Data ... Wir sollten mit den Spekulationen über die Zerstörung der *Plath* aufhören. Wenn jemand danach fragt, so können wir als Grund eine fehlerhafte Detonationskontrolle nennen.«

»Möchten Sie, daß ich lüge?«

»Nun ...« Riker suchte nach den richtigen Worten und seufzte. »Ich möchte vermeiden, daß man dieser Sache zuviel Aufmerksamkeit schenkt.«

»Weil es dadurch plausibler erscheint, daß das sogenannte Herz des Teufels tatsächlich über gewisse Kräfte verfügt?«

Der Erste Offizier schüttelte den Kopf. »Darüber kann ich leider keine Auskunft geben.« Es gab nur eine Person an Bord, die sowohl autorisiert als auch fähig war, derartige Fragen zu beantworten: der Captain. Und Riker wußte nicht, ob er wirklich Picards Erläuterungen hören wollte.

Data dachte noch immer über Rikers Hinweise nach, als eine Stimme aus den Interkom-Lautsprechern drang.

»Crusher an Commander Riker.«

»Hier Riker.«

»Ich bin jetzt für den Hausbesuch bereit.«

»In Ordnung, Doktor.« Der Erste Offizier blieb stehen. »Ich warte in Counselor Trois Büro auf Sie.«

Er wandte sich in eine neue Richtung – und begriff plötzlich, daß Data den kurzen Wortwechsel gehört hatte. Vielleicht kam er bei irgendeiner unpassenden

Gelegenheit darauf zu sprechen. Riker versuchte, sich eine harmlose Erklärung einfallen zu lassen, doch offenbar verriet sein Gesicht etwas, denn Data übernahm die Initiative.

»Commander ... Würden Sie es vorziehen, daß ich auch dieser Angelegenheit nicht zuviel Aufmerksamkeit schenke?«

»Ja, Data.« Riker seufzte erleichtert. »Das wüßte ich sehr zu schätzen.«

Doch wenn Beverly Crushers Bemühungen ohne Erfolg blieben ... Dann mußte Data der Gruppe informierter Offiziere hinzugefügt werden.

Die Beleuchtung des Bereitschaftsraums war auf die niedrigste Intensitätsstufe justiert. Crusher trat vorsichtig über die Schwelle und blickte in Richtung Fenster. Niemand saß am Schreibtisch, und doch hatte Beverly eben Picards Stimme gehört, als er »Herein!« sagte.

Hinter ihr schloß sich die Tür. Ohne das von der Brücke hereinfallende Licht wurde es im Bereitschaftsraum noch dunkler. »Captain?«

»Sind Sie gekommen, um mich in meine Unterkunft zu schicken, Doktor?« Erschöpfung führte dazu, daß die Worte ein wenig undeutlich klangen.

»Nein.« Crusher drehte sich in die Richtung, aus der die Stimme kam. Auf dem Sofa zeichneten sich die Konturen einer schattenhaften Gestalt ab. »Beim letztenmal scheint es kaum etwas genützt zu haben.«

»Der Schlaf schenkt mir keine neue Kraft. Er bringt Träume ... Ich habe gerade zu träumen begonnen, als Sie hereinkamen.«

Die Ärztin stellte fest, daß Picard wesentlich langsamer reagierte als sonst. Er schien noch immer nicht ganz erwacht zu sein. »Bitte entschuldigen Sie die Störung.«

»Oh, schon gut. Ich bin mir gar nicht sicher, ob ich noch einmal träumen möchte.«

Als sich ihre Augen an die Dunkelheit gewöhnt hatten, sah Crusher, daß sich der Captain übers Herz beugte. Ein oder zwei Sekunden lang gewann sie den Eindruck, daß der Stein in seinen Händen glühte. Doch als sie näher trat, wirkte er wieder grau und unscheinbar. »Ich würde dich gern untersuchen«, sagte sie und ging zum Du über.

»Was?« Ärger weckte Picard aus seiner Lethargie. »Ich soll mich in die Krankenstation begeben? Dafür habe ich keine Zeit.«

»Mit einem solchen Hinweis habe ich gerechnet.« Beverly klopfte auf ihren medizinischen Tricorder. »Darum habe ich das hier mitgebracht.«

»Na schön.« Picard wandte sich wieder dem Herzen zu. »Wie du willst.«

Crusher handelte rasch, um dem Captain keine Gelegenheit zu geben, es sich anders zu überlegen. Sie löste den peripheren Scanner vom Tricorder und nahm eine rasche Sondierung vor, die ihre Beobachtungen bestätigte: Picard war erschöpft.

»Die Biowerte deuten darauf hin, daß du ein wenig anämisch bist. Außerdem ist der Zuckerspiegel im Blut gesunken. Wann hast du die letzte ordentliche Mahlzeit zu dir genommen?«

Der Captain war ganz in Gedanken versunken und hörte die Ärztin überhaupt nicht. »Wenn ich die Macht des Steins besser verstünde ... Dann hätte ich die *Enterprise* schützen können, ohne die *Plath* zu vernichten und ihre ganze Crew zu töten.«

Crushers Daumen berührte eine Schaltfläche und beendete damit den Scan. Picards letzte Bemerkung stimulierte ihr Interesse an seinem geistigen Zustand. »Glaubst du wirklich, daß der Stein für die Explosion verantwortlich ist, Jean-Luc?«

»Ich habe versucht, eine andere Erklärung zu finden, aber es gibt keine. Ich bedauere sehr, was geschah ...«

Picard schüttelte den Kopf, als wollte er auf diese Weise alle Erinnerungen an die für Duregh und sein Schiff fatale Feuerkugel vertreiben. »Das Herz reagierte auf meinen Zorn, nicht auf meine Vernunft. Im Lauf der Zeit kann ich sicher lernen, besser mit seiner Macht umzugehen.«

»Lernen? Wie?«

»Es spricht zu mir, Beverly«, hauchte Picard. Crusher hockte sich neben ihm nieder, um die geflüsterten Worte zu verstehen. »In den Träumen sehe ich Wunder, die du dir nicht einmal vorstellen kannst. Ferne Regionen des Alls, längst vergangene Epochen, die doch in Reichweite rücken. Das Herz ist so alt wie die Sterne, und in ihm wohnt fast göttliche Macht. Die Vernichtung der *Plath* war ein Kinderspiel, weiter nichts. Ich könnte ...«

»Jean-Luc! Hast du überhaupt noch Kontrolle über dich?«

»Du verstehst nicht. Das Herz erzwingt keine Aktivität. Es stellt nur die Mittel zur Verfügung, mit denen man seine Ziele erreichen kann. Mit diesem kleinen Stein in meinem Besitz wäre die *Enterprise* vor allen ihren Feinden geschützt. Sie könnte das ganze Universum erforschen, ohne irgendwelche Gefahren befürchten zu müssen ... Mir unterliefen nie wieder Fehler.«

»Irren ist menschlich«, sagte Crusher. »Wir lernen aus unseren Fehlern.«

»Manchmal dienen sie überhaupt keinem Zweck. Einige Niederlagen bringen nur Schmerz und Demütigung.« Picard musterte die Ärztin und begegnete ihrem Blick. »Wenn es nur um mich ginge, Beverly ... Dann könnte ich mich vielleicht mit meinen Fehlern abfinden. Doch die Konsequenzen meiner Entscheidungen wirken sich auf viele andere Personen aus. Ich habe dir und Wesley Leid gebracht. Wenn ich jetzt die Möglichkeit bekomme, bestimmte Fehler zu korrigieren ...«

»Quäle dich nicht mit jenen Erinnerungen.« Crusher

legte dem Captain die Hand auf den Arm und versuchte, seinen Kummer zu besänftigen. Sie hatte Jacks Tod längst überwunden, offenbar im Gegensatz zu Picard. »Du kannst die Vergangenheit nicht ändern, Jean-Luc.«

»Vielleicht doch.« Er beugte sich so weit vor, daß sein Atem über Beverlys Wangen strich. Die Stimme klang nun irgendwie ... düsterer. »Vermutlich könnte ich auch lernen, wie man den Strom der Zeit manipuliert. Habe ich das Recht, eine derartige Macht abzulehnen? Würdest du als Ärztin die Möglichkeit zurückweisen, zu heilen. Leben zu retten und gar ... Tote wiederauferstehen zu lassen?«

Diese Worte schlugen Crusher in ihren Bann. Ihr Blick glitt zum Herzen, und diesmal sah sie es mit anderen Augen. Ganz deutlich bemerkte sie nun eine Aura des Seltsamen, die den grauen Stein umgab.

Sie streckte die Hand aus, um ihn zu berühren.

Sofort zog der Captain das Herz fort. *Es gehört mir!* lautete seine unausgesprochene Botschaft, als er sich den Stein an die Brust preßte. »Sind Sie mit der Untersuchung fertig, Doktor?« fragte er förmlich.

»Ja, Captain.« Crusher stand auf und wich zurück. Einige wenige Schritte genügten, um den Zauber zu beenden. Das Herz verlor seine sonderbare Aura, wurde wieder zu einem Objekt, das Beverlys Ansicht nach keine besondere Aufmerksamkeit verdiente.

Picard lehnte sich auf dem Sofa zurück und schlug die Beine übereinander. »Ich verspreche, von jetzt an besser auf mich aufzupassen«, sagte er in einem freundlichen Tonfall.

»Um mehr bitte ich nicht«, erwiderte Crusher mit einem Lächeln, das kaum über ihre Besorgnis hinwegtäuschte.

Sie ließ den Captain in der Dunkelheit des Bereitschaftsraums zurück.

Troi hatte ihr Counselor-Büro als besonders geeigneten und komfortablen Treffpunkt vorgeschlagen. Ein anderer Grund kam hinzu: Hier waren sie ungestörter als im Büro der Krankenstation. Doch der Umstand, daß gewissermaßen ›heimliche‹ Begegnungen stattfanden, führte zu allgemeinem Unbehagen, das sich nicht nur im empathischen Äther bemerkbar machte. Die gut gepolsterten Sessel sollten der Entspannung förderlich sein, aber Will saß auf der Kante, und Beverly hatte gar nicht erst Platz genommen, marschierte unruhig auf und ab, während sie von ihrem Besuch beim Captain berichtete.

»Es ergab sich keine Gelegenheit, ihm das Herz abzunehmen.« Irgendeine unangenehme Erinnerung ließ die Ärztin schaudern. »Und ich bin froh, daß ich den Stein nicht berührt habe.«

»Wieso?« fragte Troi neugierig.

Beverly zuckte mit den Achseln und schien nicht ganz sicher zu sein. »Im einen Moment wirkte der Captain fast normal, und im nächsten war er wie besessen.«

»Sind Sie für Exorzismus qualifiziert, Doktor?« erkundigte sich Riker. Seine ernste Miene wies darauf hin, daß seine Worte nicht nur scherzhaft gemeint waren.

»Ich glaube, das Problem ist nicht externer Natur«, warf Troi ein. Nach dem Gespräch mit Guinan verstand sie Picards Verhalten besser. »Selbst wenn das Herz eine denkende, intelligente Entität ist ... Es übt keine *Kontrolle* aus, fungiert eher als Verstärker für die Emotionen des Captains. Es hat seine Faszination in Hinsicht auf die Legenden um den Stein in Besessenheit verwandelt.«

»Es steckt noch mehr dahinter, Deanna«, sagte Crusher. »Wir alle wissen, daß Captain Picard nach Perfektion strebt. Er haßt es, Fehler zu machen oder zu verlieren. Nach der Entführung durch die Borg ...«

»O ja.« Die Counselor nickte, dankbar für diesen Hinweis. »Nach der Entführung fühlte er sich hilflos. Und jetzt besitzt er etwas, von dem er glaubt, daß es ihm so etwas wie Unfehlbarkeit gibt.«

Riker runzelte die Stirn. »Mit anderen Worten ... Das Herz hat ihm ein Angebot unterbreitet, das er nicht ablehnen kann?«

»Ja«, bestätigte Troi. »Ich glaube, man könnte es so ausdrücken.«

»Maschinenraum an Captain.«

Picard erwachte plötzlich und stellte fest, daß er noch immer auf dem Sofa des Bereitschaftsraums saß. War er gerade geweckt worden? Oder begann jetzt ein neuer Traum?

»Maschinenraum an Captain«, wiederholte LaForge geduldig.

»Hier Picard.«

»Der Reaktorkern ist reaktiviert, Captain. In zehn Minuten haben wir Warppotential.«

»Bestätigung, Lieutenant.«

Geordis Stimme klang vertraut, und es fehlte jene Desorientierung, die Jacks Präsenz begleitet hatte. *Dies ist kein Traum, sondern die Wirklichkeit.*

Er klopfte auf den Insignienkommunikator. »Picard an Riker. Treffen Sie Vorbereitungen für den Warptransfer.«

»Aye, Captain«, ertönte die zufriedene Antwort des Ersten Offiziers. Offenbar konnte es Riker kaum noch abwarten, ins stellare Territorium der Föderation zurückzukehren. *Er ist bestimmt enttäuscht, wenn ich einen anderen Kurs bestimme.*

Picard griff nach dem Herzen. »Du hast mir dein Ziel gezeigt«, flüsterte er. »Aber ich weiß noch immer nicht, was ich unternehmen soll, wenn wir jenen Ort erreichen.«

Wenn doch nur genug Zeit für einen weiteren Traum gewesen wäre ... Aber Picard hatte gegen den Schlaf angekämpft, obwohl er weitere Erkenntnisse brauchte. Nach der erschütternden Begegnung mit Jack Crusher fürchtete er sich vor den Träumen. Er kannte die Vergangenheit des Herzens, doch seine Zukunft blieb ihm verborgen.

Unglücklicherweise stand zuviel auf dem Spiel, um *nicht* sofort zu handeln. Picard mußte den Weg blindlings fortsetzen und darauf vertrauen, daß ihm der Stein schließlich auch sein letztes Geheimnis enthüllte.

Auf der Brücke ertönten die typischen Geräusche eines voll einsatzfähigen Schiffes. Alle Konsolen funktionierten; Besatzungsmitglieder schritten zwischen den Stationen hin und her. Außerdem schien die Luft mit jedem Atemzug frischer zu werden, fand Riker.

»Alle Systeme grün«, meldete LaForge von den technischen Kontrollen des Achterdecks. Der an den taktischen Displays stehende Worf wiederholte die Worte. Data blickte kurz über die Schulter und wies mit einem knappen Nicken auf den Bereitschaftsstatus der Navigationssysteme hin.

Für Riker konnte die Rückkehr zum Normalzustand erst dann komplett sein, wenn der Captain wieder im Kommandosessel saß. Der Erste Offizier neigte normalerweise nicht dazu, sich irgendwelchen wilden Phantasien hinzugeben, aber er stellte sich folgendes vor: Das Herz des Teufels spürte wachsende Ablehnung bei der Crew, und wie ein in die Enge getriebenes Tier versuchte es dauernd, in die Sicherheit seines Baus zurückzukehren.

Er stand auf, als sich die Tür des Bereitschaftsraums öffnete und Picard die Brücke betrat. Im hellen Licht wirkte das Gesicht des Captains blaß und eingefallen. Wie schützend schlang er die Arme um das Herz – Riker fühlte sich dadurch an seine Vision von dem Tier erinnert.

Während Picard zum Kommandobereich schritt, setzte der Erste Offizier die Vorbereitungen für den Warptransfer fort. »Mr. Data, programmieren Sie einen Kurs zur Starbase 75.«

»Nein«, widersprach der Captain. »Geben Sie folgende Kursdaten ein …«

Riker wußte nicht, auf welchen Ort sich die von Picard genannten Koordinaten bezogen, aber die Richtung bestürzte ihn. Allem Anschein nach erging es nicht nur ihm so. Die übrigen Brückenoffiziere erstarrten und wechselten verblüffte Blicke.

»Captain«, sagte Riker, »der Kurs führt uns *fort* von der Föderation.«

»Das ist mir klar, Nummer Eins«, erwiderte Picard. »Navigation?«

Data hatte zunächst gezögert, und jetzt huschten seine Finger noch schneller als sonst über die Schaltflächen. »Kurs programmiert, Sir.«

»Warp eins.« Der Captain gab mit seiner Hand das Zeichen zum Start. »Ausführung.«

Die Sterne auf dem Wandschirm bildeten Streifenmuster, als die *Enterprise* in den Warptransit ging. Es kam zu starken Vibrationen im primären Rumpf, doch sie ließen rasch nach, als LaForge die Injektoren justierte. Captain und Chefingenieur arbeiteten zusammen, erhöhten die Geschwindigkeit stufenweise bis Warp vier.

»Die Brücke gehört Ihnen, Nummer Eins«, sagte Picard schließlich. Abrupt drehte er sich um und kehrte in den Bereitschaftsraum zurück.

Als der Captain die Brücke verlassen hatte, herrschte eine Zeitlang Stille.

»Wohin fliegen wir, Data?« fragte Riker schließlich.

»Der Ort hat keinen Namen und scheint eigentlich ohne Bedeutung zu sein«, entgegnete der Androide. »Die Koordinaten beziehen sich auf eine Sternkarte im Besitz des Captains.«

»Eine Sternkarte? Woher stammt sie?«

»Das weiß ich nicht. Allerdings vermute ich einen Zusammenhang mit dem Herzen des Teufels.«

Dieser Hinweis kam nicht überraschend, aber trotzdem beunruhigte er sehr. »Data, wir müssen dem Captain das … Ding irgendwie wegnehmen.«

Skepsis zeigte sich in der Miene des Androiden. »Es widerstrebt ihm sehr, sich davon zu trennen.«

»Das reicht!« grollte Worf

Riker sah überrascht auf. Der Klingone stand am Geländer des Achterdecks, und sein finsteres Gesicht brachte nun offenes Mißtrauen zum Ausdruck.

»Der Pagrashtak ist am besten bei Captain Picard aufgehoben. Als Sicherheitsoffizier lasse ich nicht zu, daß man ihn mit Gewalt von dem Stein trennt.«

»Nein, natürlich nicht, Lieutenant«, sagte Riker. Die unerwartete Opposition zwang ihn zum hastigen Rückzug. »Die Entscheidung, das Herz aufzugeben, liegt ganz allein beim Captain.«

Doch Riker bezweifelte, ob Picard jemals eine solche Entscheidung treffen würde.

Was soll ich jetzt unternehmen? überlegte er, während die *Enterprise* durchs All raste und sich immer weiter von der Föderation entfernte.

30

»Herein«, sagte Picard und hob den Kopf, um zu sehen, wer den Bereitschaftsraum betrat.

Er hatte damit gerechnet, daß seine jüngsten Anweisungen nicht ohne Folgen blieben. Seine Verbindung zum Herzen schuf ein Bewegungsmoment, durch daß er die Crew der *Enterprise* mit sich riß, einem Ereignishöhepunkt entgegen, der sich ihrem Verständnis entzog. Auch Picard wußte nicht, worin das Ende dieser speziellen Mission bestand. Andernfalls hätte er sich größere Mühe gegeben, seine Entscheidungen zu erklären und zu begründen. Die Loyalität der Besatzung ihm gegenüber basierte auf einem festen Fundament, doch irgendwann war das Maß voll, und dann wurde die Situation kritisch.

»Legen Sie es jemals beiseite, Captain?«

Picard wandte den Blick vom Herzen ab und sah zu Troi, die ihn nachdenklich musterte. Er kannte diesen besonderen Gesichtsausdruck der Counselor – und er mochte ihn nicht.

»Was meinen Sie?« fragte er, obgleich er genau wußte, worum es ging.

Troi nahm den eher ungeschickten Versuch, ihr auszuweichen, mit einem Lächeln zur Kenntnis. »Allein seine Präsenz genügt, um Sie zu beruhigen, körperlich ebenso wie geistig und emotional.«

Diesen sehr aufmerksamen Beobachtungen der Counselor konnte Picard kaum widersprechen. Während der

Reparaturen war das energetische Niveau der Lebenserhaltungssysteme reduziert worden, um Energie zu sparen, mit dem Ergebnis, daß im Bereitschaftsraum die Temperatur um etwa fünf Grad sank. Doch solange der Kontakt mit dem Stein andauerte, spürte der Captain die Kühle überhaupt nicht. Wenn er ihn trug, in den Händen oder in der Armbeuge, erinnerte ihn das Gewicht ständig daran, daß das Herz Schutz verhieß.

»Ich habe mich gefragt, ob es Ihnen Kummer bereitet, sich vom Herzen zu trennen«, fuhr Troi fort. »Wie lange kommen Sie ohne das Objekt aus?«

»Counselor …« Picard rang sich ein Lächeln ab. »Sie sprechen so davon, als sei es eine Sucht.«

»Tatsächlich? Interessant.«

»O nein.« Der Captain schüttelte den Kopf. »Ich beabsichtige nicht, mich von Ihnen in ein Gespräch über Sucht und Besessenheit verwickeln zu lassen. Ich kann die Sache gleich klären, hier und jetzt.«

Er stand auf, schritt zur anderen Seite des Bereitschaftsraums und legte das Herz dort in ein hohes Regalfach. »Na bitte. Sind Sie jetzt zufrieden, Counselor?«

»Es geht hier nicht darum, daß Sie mich zufriedenstellen«, erwiderte Deanna. Ihr Blick glitt von unten nach oben, als sie die Höhe des Regals schätzte und zu dem Schluß gelangte: Der Stein lag außerhalb ihrer Reichweite. »Ich bitte Sie nur, darüber nachzudenken, auf welche Weise der Stein Sie beeinflußt hat. Wie fühlen Sie sich jetzt, nachdem Sie ihn weggelegt haben?«

»Ich spüre den Wunsch, endlich mal auszuschlafen.«

»Ja, Sie wirken erschöpft. Und seit einiger Zeit verbringen Sie viel Zeit allein.«

Diese Frau fand überall einen Kritikpunkt. »Wäre es Ihnen lieber, wenn ich dem Gesellschaftsraum häufigere Besuche abstatte?«

»Es geht nicht darum, was *mir* lieber ist, Captain. Sie sollten sich von *Ihren* Wünschen leiten lassen.«

Picard stöhnte. »Und ganz gleich, wie ich mich verhalte … Sie finden irgendeinen Grund, um mich zu beobachten und nachdenklich auszusehen.«

»Wahrscheinlich.« Troi lachte. »Gute Nacht, Captain.«

Die Counselor verließ den Bereitschaftsraum, doch ihre Herausforderung in bezug auf das Herz blieb und verspottete ihn. Schlimmer noch: Die Begegnung mit Deanna weckte Erinnerungen an eine andere Warnung.

Es ist nicht zu spät für mich, T'Sara. Ich habe nach wie vor die Kontrolle.

Picard fröstelte in der Kühle, und ganz automatisch streckte er die Hand nach der Wärme des Herzens aus.

Er hielt inne, bevor die Finger den Stein berührten, und das plötzliche Erstarren schien ihm die Zielstrebigkeit zu nehmen. Seine ursprüngliche Absicht hatte darin bestanden, auf einen neuen Traum zu warten, sich davon leiten zu lassen. Doch plötzlich hielt er den Bereitschaftsraum für einen viel zu öden, kalten Ort, um zu schlafen. Andererseits: Der Gedanke, die Brücke aufzusuchen, erfüllte ihn mit vager Sorge.

Was nun?

Guinans Augen glänzten unter der breiten Krempe eines burgunderroten Huts. »Tee?« fragte sie den neu eingetroffenen Gast.

Picard nickte. »Tee.«

»Ein Earl Grey, kommt sofort.«

»Nein«, sagte der Captain plötzlich. »Kein Earl Grey. Ich möchte Srjula.«

»Srjula? Sie meinen andorianischen Tee?« Die Wirtin wandte sich einigen kleinen Behältern im Regal hinter der Theke zu. Gewöhnlicher Tee konnte von den Synthetisierern oder Replikatoren geliefert werden, doch das molekulare Muster der exotischeren Sorten stand meistens nicht zur Verfügung. In solchen Fällen brauchte man echte Blätter. Guinan öffnete eine Dose und blickte hinein. »Der wird hier kaum bestellt.«

»Ich habe heute Lust auf etwas anderes.«

»Srjula ist gewiß *anders*«, sagte die Wirtin. Sie stellte eine leere Teetasse samt Untertasse auf die Theke. Anschließend zerrieb sie einige Teeblätter und gab die Fragmente in die Tasse. Sie waren orangefarben, doch als heißes Wasser hinzukam, wurden sie gelb und lösten sich auf. Guinan schnupperte, nahm den beißenden Geruch war und verzog das Gesicht. »Ich hab' das Zeug nie probiert.«

Picard nahm die Tasse, setzte sie an die Lippen und trank einen Schluck. Er widerstand der Versuchung, ebenfalls eine Grimasse zu schneiden, trank erneut. »Ja, genau richtig.«

»Tatsächlich?« fragte Guinan.

Der Captain nickte nachdrücklich. Srjula. Die Erinnerung an das herbe, bittere Aroma stammte aus einem Traum, aber er wußte, daß mit dem Geschmack alles in Ordnung war.

Guinan zuckte mit den Achseln und wandte sich dem nächsten Gast zu. Doch Picard spürte, wie ihr Blick ihm folgte, als er durch den Gesellschaftsraum ging und sich dem Tisch näherte, an dem Beverly Crusher saß und ein Stück Kuchen aß. Die Ärztin bemerkte den Captain und wischte sich hastig ein wenig Schlagsahne von der Oberlippe.

»Du bist allein gekommen, Jean-Luc.«

»Allein?« wiederholte er, als er Beverly gegenüber Platz nahm. Hinter ihr gewährte ein breites Fenster Ausblick ins All.

Crusher deutete auf die Hände, die sich nun um die Teetasse wölbten. »Kein Stein.«

»Ach, das meinst du.« Picard zog die Hände ein wenig zurück. Die warme runde Tasse hatte vertraut und beruhigend gewirkt. »Ich habe ihn in meiner Kabine gelassen. Es ist keineswegs so, daß ich nicht mehr auf ihn verzichten kann.«

»Oh, natürlich nicht.« Crusher versuchte, ihr Lächeln zu verbergen, indem sie den Rest Kuchen verspeiste. Aber das Zucken in den Mundwinkeln verriet sie.

»Laß uns nicht schon wieder vom Herzen sprechen«, sagte der Captain.

»Gute Idee.« Beverly schob den leeren Teller beiseite, beugte sich vor und senkte die Stimme zu einem verschwörerischen Flüstern. »Statt dessen könnten wir ...« Sie unterbrach sich und rümpfte die Nase. »Meine Güte, was ist das für ein Geruch?«

»Tee«, erklärte Picard und hob die Tasse.

»Du *trinkst* das?«

»Ja, natürlich.« Er nippte an dem Srjula, doch diesmal hätte er fast ausgespuckt. Inzwischen fühlte er nicht mehr das Bedürfnis, etwas so Bitteres zu trinken. Er schluckte trotzdem. »Schmeckt ausgezeichnet.«

Als er die Tasse absetzte, glaubte er, durch das Fenster hinter Beverly eine Bewegung zu sehen.

»Wie du meinst.« Crusher wich ein wenig zurück und begann noch einmal. »Nun, ich wollte dir gerade vorschlagen ...« Erneut unterbrach sie sich, als sie die plötzliche Veränderung in Picards Gesicht sah. Im Gesellschaftsraum herrschte jähe, unheilvolle Stille. »Was ist los, Jean-Luc?«

Er versuchte zu antworten, doch irgend etwas schnürte ihm den Hals zu.

Sie sind zurück.

Die Ärztin drehte den Kopf und sah aus dem Fenster. Ein großes, würfelförmiges Raumschiff hing draußen im All. Seltsame Metallstrukturen glänzten, reflektierten das Licht der Sterne.

»O mein Gott!« entfuhr es Crusher. »Die Borg!«

Das Heulen von Sirenen folgte ihren Worten, und von

Leuchtflächen ging pulsierendes rotes Licht aus. Picard stand ruckartig auf und stieß dabei den Tisch um. Er hatte nur noch einen Gedanken: *Weg von hier!*

»Captain zur Brücke! Captain zur …«

Die aus den Interkom-Lautsprechern dringende Stimme des Ersten Offiziers verlor sich im schrillen Summen eines Borg-Transporters. Picard erstarrte. Das Geräusch weckte Erinnerungen an schier unerträgliche Pein – er wäre zu allem bereitgewesen, um nicht noch einmal auf eine solche Weise zu leiden.

Fünf Borg materialisierten in der Mitte des Gesellschaftsraums. Rücken an Rücken standen sie, und ihre Formation schien einem satanischen Pentagramm nachempfunden zu sein. Jeder von ihnen trat einen Schritt vor und feuerte.

Nein! Nicht schon wieder. Bitte nicht.

Wieder ein Schritt, und erneut fauchten Strahler. Schreie erklangen. Menschliche Schreie. Mehrere Personen sanken zu Boden und starben.

Ich sollte etwas unternehmen. Ich muß etwas unternehmen. Ich bin der Captain. Doch Entsetzen lähmte ihn. Wenn er sich bewegte … Dann sahen ihn die Borg.

Picard beobachtete.

Er sah, wie Guinan einen Phaser hinter der Theke hervorholte. Ein Strahl traf sie, bevor sie von der Waffe Gebrauch machen konnte. Ihr ganzer Körper ging in Flammen auf.

Wieder traten die Borg einen Schritt vor und fünf weitere Besatzungsmitglieder stürzten aufs Deck. Einige wenige zuckten und stöhnten leise; die anderen lagen reglos und still.

Beverly Crusher lief an Jean-Luc vorbei, um einem Sterbenden zu helfen. Ein schwingender Borg-Arm schleuderte sie durch die Luft. In Picards Nähe blieb sie liegen, der Rücken seltsam krumm, das Gesicht erschlafft und leblos.

Der letzte Schritt. Ein Borg stand nun direkt vor dem Captain.

Die Gestalt hob einen Arm, und eine Metallstange schob sich daraus hervor. An ihrem Ende surrte ein kleiner Rotor, der Picards Uniformpulli zerfetzte, auch die Haut darunter, ihm ein Loch ins Herz bohrte ...

Picard erwachte mit einem schmerzhaften Brennen in der Brust. Er horchte in sich hinein, spürte ein seltsames Stechen in Muskeln und Knochen. Die Borg-Implantate waren vor zwei Jahren entfernt worden, aber der Körper erinnerte sich noch immer an sie. Er tastete nach dem Uniformpulli, und Übelkeit stieg in ihm empor, als die Finger über Feuchtigkeit strichen.

Es ist nur Schweiß.

Er schauderte und atmet tief durch. Eigentlich gar nicht übel. Immerhin hatte der Alptraum nicht dazu geführt, daß er schrie und in Tränen ausbrach. Es war jetzt nicht mehr nötig, daß er Deanna Troi mitten in der Nacht aus dem Bett holte, um ihr von dem Grauen zu berichten, von Feigheit und dem Verlust der Kontrolle. Dieser Traum war eine verständliche Reaktion darauf, daß sich vor einem Monat ein gefangener Borg an Bord der *Enterprise* befunden hatte. Dadurch erwachten in Picard Reminiszenzen an seine Zeit als Locutus.

Eine andere Erklärung fiel ihm ein.

Vielleicht war der Traum eine Warnung.

Nein, verdammt! Dies hat nichts mit dem Herzen zu tun.

Seine kalten, steifen Finger sehnten sich nach dem Feuer im Innern des Steins. Die Brust schmerzte noch immer. *Was habe ich erlebt?* fragte sich Picard. *Einen Alptraum? Oder eine Vision?* Das Herz hatte ihm die Vergangenheit gezeigt. Konnte es ihm auch einen Blick in die Zukunft gewähren?

»Picard an Brücke«, sagte er laut und schwang die Beine über den Rand des Sofas.

»Hier Data, Captain.«

Er stand auf und trat zum Regal auf der anderen Seite des Bereitschaftsraums. »Erhöhen Sie die Geschwindigkeit auf Warp sechs, und leiten Sie ein Ausweichmanöver ein, Lieutenant.«

»Sir?«

»Sie haben mich verstanden. An den Zielkoordinaten ändert sich nichts. Ich möchte nur, daß wir einen anderen Kurs nehmen als den ursprünglich geplanten.«

»Ja, Sir.«

Der Captain griff ins Regal und schloß die Hände um das Herz. Die Wärme des Steins durchströmte ihn und tilgte die Anspannung aus den Muskeln.

Die Schmerzen in der Brust ließen nach.

31

Kustos Chandat war daran gewöhnt, stundenlang ruhig zu sitzen und selbst bei überaus langweiligen Debatten Würde und Autorität auszustrahlen. Er hatte diese Fähigkeit bei zahllosen Fakultätsversammlungen entwickelt, und jetzt mußte er enttäuscht feststellen, daß sich die Aufgaben eines Raumschiffkommandanten kaum von seinen administrativen Pflichten unterschieden. Der Platz des Captains war bequemer als der Sessel im Sitzungssaal, doch unglücklicherweise bot die Brücke kein so interessantes Panorama wie die Ratskammer. Die Sterne auf dem Hauptschirm hatten zunächst aufregend gewirkt, aber nach zwei Tagen verlor der Anblick des Alls an Faszination.

»Wir erreichen das Ziel in einer Stunde und fünf Minuten«, verkündete Dekan Shagret, der am Navigationspult saß. Im Gegensatz zu Chandat konnte er sich die Zeit damit vertreiben, Werte von den Displays abzulesen und mit den Kontrollen herumzuspielen.

»Kurs und Geschwindigkeit halten.« Nach mehrmaliger Wiederholung fühlten sich diese Worte auf der Zunge des Kustos nicht mehr ganz so fremdartig an. Wenn er auf derartige Anweisungen verzichtete, neigte der Dekan dazu, neue Flugmanöver auszuprobieren – was dazu führte, daß Trägheitsabsorber, Stabilisatoren und andere Bordsysteme auf eine harte Probe gestellt wurden.

»Beginne mit Fernbereichssondierung«, meldete Thorina. Es war ihr dritter Scan in nur einer Stunde: Wenn Shagret einen Statusbericht lieferte, fühlte sie sich verpflichtet, die Sensoren einzusetzen und auch deutlich darauf hinzuweisen.

Ihre Rivalität begann kurz nach der Einleitung des ersten Warptransfers. Die beiden Dekane stritten darüber, welches Fakultätsmitglied berechtigt war, den Kommandosessel für sich zu beanspruchen. Chandat wußte um die symbolische Bedeutung dieses Machtzentrums an Bord der *Sullivan,* und deshalb gab er widerstrebend den Platz an der Navigationskonsole auf, um seine Stellung als Oberhaupt zu bestätigen. Mit dem ersten Befehl als Kommandant postierte er die beiden Dekane möglichst weit voneinander entfernt.

Ein leises Geräusch lenkte Chandats Aufmerksamkeit auf den Alten an seiner Seite. Bisher hatte der Professor geschwiegen.

»So nahe...«, flüsterte Manja. Kummer ließ seine Stimme heiser klingen. »Wenn T'Sara doch nur lange genug gelebt hätte, um diesen Moment mit mir zu teilen.«

Es wäre Chandat lieber gewesen, wenn sich der Historiker nicht im Kontrollraum der *Sullivan* aufgehalten hätte. Seine Präsenz erinnerte zu deutlich daran, daß das ganze Unternehmen auf einem uralten Mythos der Traumliteratur beruhte. Dennoch hielt der Kustos es geradezu für grausam, Manja jetzt fortzuschicken. Der Professor glaubte, daß sie seinetwegen unterwegs waren, um T'Saras Ehre zu retten. Es hätte ihn sicher sehr verletzt, aus dem Zentrum des Geschehens verbannt zu werden. Nun, letztendlich ließen sich Enttäuschungen für den Alten nicht vermeiden, aber Chandat wollte nicht schon jetzt daran denken.

Zum Glück waren die anderen Professoren so sehr damit beschäftigt, die Kontrollen zu bedienen, daß sie nicht zu viele Fragen in Hinsicht auf das Ziel der Reise stellten. Allerdings dauerte es jetzt nicht mehr lange, bis die *Sullivan* den Ort der Bestimmung erreichte, und dann mußte allen Dynasianern an Bord klarwerden, auf welchen Unsinn sie sich eingelassen hatten.

»Chandat!« Thorinas aufgeregte Stimme riß den Kustos aus seinen Grübeleien. »Die Scanner zeigen etwas an!«

»Könnten Sie sich etwas klarer ausdrücken?« fragte Chandat ruhig. Thorina hatte schon mehrmals falschen Alarm gegeben, und deshalb maß er ihren Bemerkungen keine große Bedeutung bei.

»Vor uns befindet sich ein Starfleet-Schiff mit der Registriernummer NCC-1701 D.«

Der Kustos stand auf und drehte sich um. »Sind Sie sicher?«

»Bestätigung«, sagte Oomalo und blickte über Thorinas Schulter hinweg auf die Anzeigen. »Es fliegt den gleichen Kurs wie wir. Offenbar sind auch noch andere Leute zum Ort der Bestimmung unterwegs.«

Das waren sehr beunruhigende Neuigkeiten – der Kustos hatte nie daran gedacht, ein anderes Raumschiff in irgendeinem Ausweichplan zu berücksichtigen. Chandat fragte sich, welche Anweisung jetzt angemessen sein mochte.

»Öffnen Sie die Grußfrequenzen.«

»Wie bitte?« entgegnete Thorina verwirrt. Sie schien den Erfolg ihrer Sondierung noch immer nicht ganz fassen zu können. »O ja, der Kommunikator.«

Skeptisch runzelte sie die Stirn und berührte eine Schaltfläche des Kommunikationsgeräts, woraufhin schrille Statik aus den Lautsprechern heulte. Thorina betätigte ein anderes Schaltelement, und die statischen Störungen wichen schnatternden Stimmen.

Chandat lauschte unverständlichen und doch irgendwie vertraut klingenden Silben.

»Das ist kein Föderationsstandard!« rief Shagret verächtlich.

»Die Signale stammen nicht von dem Starfleet-Schiff«, verkündete Oomalo. Das Schuppenwesen schob sich neben Dekan Thorina und offenbarte erfrischende Kompetenz, als es eine Befehlssequenz in die Konsole eingab. »Ich aktiviere den automatischen Translator.«

»Das wollte ich gerade«, protestierte Thorina, wich jedoch beiseite, um Oomalo besseren Zugang zu den Kontrollen zu ermöglichen.

Aus den sonderbaren Lauten wurden verständliche Worte.

»... müssen wir uns allein auf unsere zahlenmäßige Überlegenheit verlassen. Das Föderationsschiff verfügt über ein höheres offensives und defensives Potential als unsere Raumer.«

Oomalo sah zum taktischen Monitor. »Es handelt sich um die interne Kommunikation einer Flotte, die gerade diesen Sektor erreicht hat und ebenfalls zum Ort der Bestimmung unterwegs ist.«

Der offene Subraum-Kanal übertrug eine Antwort auf die erste Kom-Sendung. »Die unDiWahn sind wie zu einer mächtigen Faust vereint, Admiral. Wir zerschmettern die *Enterprise* und holen das Juwel zurück.«

»DiWahn?« entfuhr es Manja. »Habe ich wirklich Di-Wahn, gehört?«

»Ja«, bestätigte Chandat und schnappte nach Luft. »Bei den drei Toren!«

»Die alten Geschichten werden Wirklichkeit, Kustos!« Aufregung über die Entdeckung vertrieb den Kummer des Alten. Er war ein Dynasianer, und die erste große Liebe seines Volkes bestand aus Wissen.

Chandats Respekt in bezug auf T'Saras wissenschaftliche Leistungen überlagerte zunächst seine Besorgnis. Die Vulkanierin hatte dafür gesorgt, daß sich zwei verschiedene Zweige der alten iconianischen Familie wiederfanden.

Oomalo blieb unbewegt von Legenden, die sein Volk

überhaupt nicht betrafen. »Wir sollten den DiWahn eine freundliche Botschaft schicken, bevor sie uns für Repräsentanten der Föderation halten. Wenn wir uns verbünden, hat das Starfleet-Schiff keine Chance mehr.«

»Das kommt sehr ungelegen«, murmelte Chandat. Glücklicherweise ging seine ketzerische Bemerkung im allgemeinen Jubel der Fakultät unter.

Die alten Techniker und Ingenieure von Iconia hatten den Umstand berücksichtigt, daß Besatzungsmitglieder ab und zu Gelegenheit brauchten, in sich zu gehen. Nachdem Meister Kieradán an Bord des Flaggschiffs der unDiWahn-Flotte gegangen war, hatte er sich in eine kleine Meditationsnische zurückgezogen, um die Reise in Gesellschaft der eigenen Gedanken zu verbringen.

Normalerweise fand die Besinnung auf das Traumwissen in einem Kreis aus Gläubigen statt, doch Kieradán befaßte sich mit einem persönlichen Erzählen. Im Kreis des eigenen Bewußtseins träumte er und lauschte gleichzeitig, während er das gesammelte Wissen seines Ordens sortierte und nach neuen Erkenntnissen suchte. Die Männer und Frauen der Glaubensgemeinschaft hatten ihr ganzes Leben damit verbracht, die Lektionen aus den Träumen der Juwelhüter zu lernen. Jetzt blieben Kieradán fünf kurze Tage, um zum letztenmal über jene Weisheit zu urteilen.

»Meister.«

Eine leise Stimme holte das Ich des unDiWahn aus der Meditation. Admiral Jakat störte ihn sicher nicht ohne Grund, aber trotzdem regte sich Ärger in Kieradán. Ihm blieb nur noch so wenig Zeit …

Er zog den Vorhang beiseite, der die Nische vom Außenraum trennte. »Ja, Daramadán?«

Der Admiral trat etwas näher an den hohen Sims heran, auf dem Kieradán saß, bewegte sich dabei mit auffallender Steifbeinigkeit. »Wir haben Kom-Kontakt mit einem Raumschiff, das über eine Registriernummer der Föderation verfügt. Die Crew behauptet allerdings, iconianischer Abstammung zu sein. Kustos Chandat von Dynasia teilt uns mit, daß er und seine Begleiter wie wir zum Ort der Bestimmung unterwegs sind.«

Das erklärte die Anspannung in den Muskeln des Admirals. Kieradán erlebte nun eine ähnliche Reaktion und spürte, wie er sich versteifte.

»Also haben die Dynasianer auf der anderen Seite ihres Tors überlebt.«

Der Meister sah darin keinen Grund zur Freude. Eine weitere Gruppe von Iconianern konnte seine Pläne für das Juwel gefährden. Trotz des nicht unbeträchtlichen Risikos beschloß Kieradán, den Fremden die Weiterreise zu erlauben. Vielleicht gab es auch für sie einen Platz im Träumen.

»Schlagen Sie den Dynasianern ein Bündnis vor«, sagte er. »Aber weisen Sie deutlich darauf hin, daß *wir* alle wichtigen Entscheidungen treffen und um das Juwel verhandeln. Wenn sie mit diesen Bedingungen einverstanden sind, unternehmen wir nichts gegen sie.«

»Wie Sie wünschen, Meister.« Der Admiral ging, ohne um weitere Instruktionen zu bitten. Er war ebenfalls ein Mann, der zu führen verstand – und der genau wußte, worauf es ankam.

Kieradán zog den Vorhang wieder zu und setzte seine Meditation über die Zukunft des Traumjuwels fort.

Die Meister der vergangenen hundert Jahre hatten sich auf die Rolle der Gläubigen bezüglich des Juwels geeinigt. Als Kieradán zum Oberhaupt des Ordens wurde, schwor er, sich an die Vereinbarung zu halten, wenn er den Ort der Bestimmung erreichte. Andererseits: Die Autonomie seines Amtes gab ihm das Recht, sich gewisse Dinge anders zu überlegen. Diese Freiheit wurde nun zu einer Belastung. Über die Pflichten, die sich durch den Eid ergaben, ließ sich auf DiWahn wesentlich leichter nachdenken als hier im Weltraum, während die Distanz zum Juwel schrumpfte. Mit jeder verstreichenden Stunde entdeckte er neue Argumente *gegen* die Entscheidungen seiner Vorgänger.

Selbst wenn er die Schlußfolgerungen der anderen Meister bestätigte: Kieradán fragte sich, ob er genug Willenskraft aufbringen konnte, um auf dem richtigen Pfad zu bleiben. Der Titel des Meisters bezog sich auf die Kontrolle über das eigene Selbst, nicht auf Macht über andere Personen. Doch er war der erste unDi-Wahn, dem eine Konfrontation mit dem Juwel bevorstand – eine Konfrontation, die alle seine Prinzipien und Grundsätze einer Prüfung unterzog.

Kanda Jiak, letzter Iconianer mit dem Titel des Meisters, hatte versagt und dafür mit seinem Leben bezahlt.

32

Wie eine weiße Möwe, die über ein glattes, unbewegtes Meer segelte, glitt die *Enterprise* durchs All und schwenkte in den Orbit um einen alten, abkühlenden Stern.

Der weiße Zwerg besaß keinen Namen. Von den Astronomen, die diesen abgelegenen Raumbereich jenseits der Föderationsgrenzen kartographiert hatten, war ihm nur eine Nummer zugewiesen worden. Seit fünftausend Jahren brannte er einsam im All, doch jetzt ging die lange Wartezeit zu Ende: Der einzige Begleiter des Zwergs kehrte zurück.

Eine Kugel aus Felsgestein und Eis stürzte der kleinen Sonne entgegen, deren Wärme ihm einen langen Schweif schenkte. Für einige Monate, während der ihn die elliptische Umlaufbahn in die Nähe des Sterns brachte, verwandelte sich der Wanderer durch die Nacht in einen strahlenden Kometen. Später, wenn er sich wieder entfernte, würde der Schweif verschwinden, und dann verbarg sich der Gefährte des weißen Zwergs für fünftausend Jahre in der Anonymität.

Riker wußte, daß Kometen nichts weiter waren als kosmische Kiesel, die von gravitationellen Gezeitenkräften hin und her gestoßen wurden. Während seines Starfleet-Dienstes hatte er weitaus eindrucksvollere Exemplare gesehen als dieses hier, *aber jeder* Komet zeichnete sich durch eine einzigartige Schönheit aus. Vielleicht lag es daran, daß sich ihre Pracht nur für kurze Zeit zeigte.

Als er den Bereitschaftsraum betrat, sah er einen Captain, der aus dem Fenster blickte, den weißen Zwerg und seinen Begleiter beobachtete. Mit einem leisen, verärgerten Seufzen wandte sich Picard von dem Panorama ab, um den Statusbericht des Ersten Offiziers entgegenzunehmen.

»Den Spezialisten aus der technischen Abteilung ist es gelungen, siebenundfünfzig Prozent Schildkapazität wiederherzustellen«, sagte Riker. »Geordi rechnet mit weiteren zehn Prozent im Lauf der nächsten Stunden, aber derzeit sind wir nur unzureichend geschützt.«

Picards Blick glitt fort vom Ersten Offizier und schien zum Fenster zurückkehren zu wollen. Die Hände des Captains blieben in ständiger Bewegung, tasteten erst nach dem Herzen und dann zum Datenblock auf dem Schreibtisch. »Nutzen Sie unser Potential so gut wie möglich, Nummer Eins.«

Riker schlüpfte dem Captain gegenüber oft in die Rolle des Advocatus Diaboli – Picard ermutigte ihn häufig dazu, Gegenargumente zu nennen, die es ermöglichten, die Dinge aus einer anderen Perspektive zu sehen. Diesmal stand besonders viel auf dem Spiel. »Wir sollten in den Warptransit gehen, bevor uns jemand angreift, Captain.«

Diese Bemerkung sorgte dafür, daß Picard dem Ersten Offizier seine volle Aufmerksamkeit schenkte. »Stellen Sie meine gegenwärtigen Kommandoentscheidungen in Frage?«

»Nein, Sir. Aber unsere Order ...«

»Ich bin beauftragt, das Herz auf keinen Fall in die Hände von Feinden der Föderation fallen zu lassen«, sagte Picard kühl und scharf. »So lautet der Befehl, und daran halte ich mich.«

Riker ahnte eine versteckte Bedeutung in diesem Hinweis. »Aber Sie wollen es auch nicht ins stellare Territorium der Föderation zurückbringen, oder?«

»Nein.« Picard nahm den Stein vom Schreibtisch, schien ihn an der Diskussion um sein Schicksal beteiligen zu wollen. »Einer der wichtigsten Grundsätze der Starfleet-Philosophie heißt Selbstbestimmung. Als intelligente Entität hat das Herz einen Anspruch darauf, selbst zu entscheiden, was aus ihm werden soll. Hinzu kommt: Es entspricht den besten Interessen der Föderation, das Herz von unseren Angelegenheiten fernzuhalten. Captain Dureghs Verrat überzeugte mich davon, daß die Präsenz des Ko N'ya beziehungsweise des Pagrashtak sogar unsere Bündnisse in Gefahr bringen könnte.«

»Wie wollen Sie das Herz von unseren Angelegenheiten separieren?« fragte Riker. Er hatte auf die Gelegenheit gehofft, sich nach Picards Plänen für den Stein zu erkundigen.

»Dieser Ort ist sehr wichtig. Wir müssen hierbleiben, bis ...« Der Captain suchte nach den richtigen Worten und wies damit viel zu deutlich auf das Ausmaß der eigenen Ungewißheit hin. »Bis sich die Mission des Herzens ganz offenbart hat.«

»Je länger wir hier warten, desto größer wird die Wahrscheinlichkeit, daß die Flotte der unDiWahn ...«

»Die unDiWahn stellen keine Gefahr dar, Nummer Eins.« Picard hielt das Herz wie einen Talisman, der alles Böse abwehren konnte. »Sie haben mit eigenen Augen gesehen, wozu ich imstande bin. Solange ich dies hier besitze, haben wir nichts zu befürchten.«

Troi spürte Rikers intensive Emotionen, noch bevor er zur Brücke zurückkehrte. Als er den Bereitschaftsraum verließ, stellte die Counselor erleichtert fest, daß er Ärger und Sorge hinter einem angedeuteten Lächeln versteckte.

Sie beobachtete, wie der Erste Offizier übers Kommandodeck schlenderte. Nur jemand, der über empathische Fähigkeiten verfügte, konnte ihn durchschauen. Alle anderen mußten den Eindruck gewinnen, daß er gerade ein ganz normales Gespräch mit dem Captain geführt hatte. Fast verriet sich Riker mit einem kurzen Blick zum Achterdeck, doch zum Glück war Lieutenant Worf viel zu sehr auf die taktischen Anzeigen konzentriert.

Will nahm neben Deanna Platz und schüttelte den Kopf: kein Erfolg.

»Und nun?« fragte Deanna leise.

Riker zuckte mit den Achseln. »Jetzt bist du wieder dran.«

»Nein. Sobald ich mich ihm nähere, geht er innerlich auf Distanz. Wenn er mir nicht einmal zuhören will, dürfte er wohl kaum bereit sein, mir das Herz zu überlassen.«

»Nun, in dem Fall ...«

Troi und Riker drehten synchron den Kopf, um den Blick auf Data zu richten.

Picard schien von dem, was er durchs Fenster sah, regelrecht gefesselt zu sein. Data stand vor dem Schreibtisch des Bereitschaftsraums und hielt es für besser, sich zunächst in Geduld zu fassen. Während er wartete, dachte er darüber nach, wie er dem Anliegen des Ersten Offiziers am besten gerecht werden konnte.

Captain Picard davon zu überzeugen, das Herz aufzugeben, war zweifellos eine interessante Herausforderung in Hinsicht auf persönliche Interaktionen. Doch Data glaubte, daß es ihm in diesem Bereich an Kompetenz mangelte. Immerhin ging es dabei um recht starke Emotionen, und deshalb bezweifelte der Androide, ob er dort erfolgreich sein konnte, wo Doktor Crusher und Counselor Troi versagt hatten.

Er bemerkte die Bücher auf dem Schreibtisch und erinnerte sich an den großen Respekt des Captains gegenüber T'Sara und Botschafter Sarek. Vulkanier appellierten nicht an Gefühle, und Picard hatte sein Denken und Empfinden nachhaltig von jenen Schriften beeinflussen lassen. Vielleicht bot Logik einen geeigneten Ansatzpunkt.

»Wie lange muß ich noch auf eine Antwort warten?« hauchte Picard.

Data vermutete, daß die Worte dem Herzen in den Händen des Captains galten. Offenbar blieb es stumm, denn Picard drehte den Sessel und wandte sich dem Androiden zu.

»Was ist, Mr. Data? Haben meine Senioroffiziere beschlossen, mich einzeln zu besuchen? Wie soll ich konzentriert nachdenken, wenn man mich dauernd stört?«

Data beschloß, auf Einleitungen aller Art zu verzichten. »Wir befürchten, daß Ihr Verhalten zu sehr vom Herzen bestimmt wird.«

»Sie brauchen sich keine Sorgen mehr zu machen – ich agiere aus freiem Willen.« Picard schien die knappe, brüske Antwort sofort zu bereuen, denn er holte tief Luft und fügte hinzu: »Data, das Herz benötigt etwas. Es muß einen Ort erreichen, aus Gründen, die ich nicht verstehe, die ich vielleicht gar nicht verstehen kann. Ich weiß nur eines: Es ist sehr wichtig.«

»Bedeutet das, Sie wollen sich von dem Stein trennen, damit sich seine Bestimmung erfüllt, Captain?«

»Ja … natürlich.« Ein Schatten fiel auf Picards Züge, als er daran dachte. »Aber zu der Trennung kommt es erst, wenn die Zeit reif ist.«

»Interessant. Wann dürfte es Ihrer Meinung nach soweit sein?«

»Jetzt noch nicht«, erwiderte Picard. »Bestimmt erkenne ich den richtigen Zeitpunkt.«

»Ich bewundere Ihre Gewißheit. Eine von mir durchgeführte Analyse der Geschichte des Herzens deutet jedoch auf folgendes hin: Wenn Sie zu lange warten, wird sich der Stein von Ihnen lösen, indem er uns einem Angriff aussetzt.«

»Nein! Das Herz schützt uns.«

»Wirklich?« entgegnete Data. »Bei dieser Reise hat es eine Spur aus Tod und Vernichtung hinterlassen. Es handelte sich nicht mehr um Legenden oder Mythen, sondern um eine Tatsache. Denken Sie nur daran, was mit den Orionern und Ferengi geschah.«

»Das Herz ist für jene Todesfälle nicht verantwortlich«, sagte Picard und schüttelte voller Nachdruck den Kopf. »Die Orioner fielen ihrer eigenen Habgier zum Opfer, ebenso die Ferengi. Von ganz allein wählten sie den Weg, der zum Tod führte.«

»Und was ist mit den Vulkaniern? Verdiente auch T'Sara ihr Schicksal?«

So etwas wie Schmerz huschte durch die Züge des Captains. Erneut schüttelte er den Kopf, sanfter diesmal.

»Nach meinen bisherigen Beobachtungen gewährt das Herz keinen Schutz mehr, wenn es jemanden findet, bei dem es besser aufgehoben ist. Wann hat es Ihre Obhut satt?«

Picard blickte in die Ferne und schwieg einige Sekunden lang, bevor er erwiderte: »Sie sind nicht der erste, der warnend darauf hinweist, daß ich das Herz zu lange festgehalten habe.« Ein leiser vulkanischer Akzent erklang in seiner Stimme, als er sagte: »Es versucht ständig, sich aus dem Netz unserer habgierigen Hände zu befreien.«

Das Eingeständnis von Zweifel ermutigte den Androiden, seinen Standpunkt noch deutlicher zu vertreten. »Während der Jahre meines Dienstes an Bord der *Enterprise* haben Sie mehrmals betont, wie sehr Sie meine besondere Perspektive zu schätzen wissen. Captain, ich bitte Sie, auch jetzt meiner Objektivität zu vertrauen, meiner Emotionslosigkeit. Ich sehe eine größere Gefahr in diesem Herzen als in der Flotte der unDiWahn. Geben Sie es auf, solange Sie noch die Möglichkeit dazu haben. Wenn Sie seine Macht nutzen wollen, um uns zu schützen, so erwartet uns alle sicheres Verderben.«

Data streckte die Hände aus, um den Stein entgegenzunehmen.

»Weder Surak noch T'Sara wollten ein anderes lebendes Wesen damit belasten«, ächzte Picard. »Auch ich habe nicht das Recht dazu.«

»Ich habe den Stein schon einmal gehalten, ohne mich verändert zu haben, Captain. Als Androide kann ich seinen Verlockungen nicht erliegen.«

Picards Hände zitterten, als er das Herz hob – schon dafür schien er enorme geistige Kraft aufwenden zu müssen. »Na schön. Hier, nehmen Sie ihn ...«

»Brücke an Captain«, donnerte Worfs Stimme aus den Kom-Lautsprechern. »Die Schiffe der unDiWahn sind wieder in Ortungsreichweite. Sie nähern sich und sind offenbar bestrebt, uns zu umzingeln.«

»Uns zu umzingeln ...« Picard erstarrte, ohne sich vom Herzen zu trennen. »Ich kann nicht zulassen, daß die *Enterprise* wehrlos einem Angriff ausgeliefert ist!«

In diesen Worten kam nicht nur Trotz zum Ausdruck, sondern auch eine Bitte um Hilfe. Data wies auf die offensichtliche Lösung des Problems hin. »Wir müssen diesen Ort verlassen, solange es noch möglich ist, die Formation der unDiWahn zu durchbrechen. Wir sind schneller als die Flotte dort draußen. Es sollte uns also nicht schwerfallen, ihr zu entkommen.«

»Diesen Ort verlassen?« Es widerstrebte Picard, doch ihm fiel keine Rechtfertigung dafür ein, noch länger im Orbit des weißen Zwergs zu verweilen. »Ja ... Vermutlich haben Sie recht.«

Einmal mehr streckte Data die Hände nach dem Herzen aus.

»Captain ...« Wieder ertönte Worfs Stimme aus den

Interkom-Lautsprechern. »Die Sensoren haben ein Föderationsschiff geortet, das sich diesem Sektor nähert.«

Die Finger des Androiden berührten nur leere Luft.

Picard hatte den Stein zurückgezogen. »Na bitte. Die Kavallerie trifft gerade noch rechtzeitig ein.«

»Nach der Registriernummer zu urteilen ist es die USS *Sullivan,* Miranda-Klasse«, fuhr der klingonische Sicherheitsoffizier fort. »Allerdings bleiben unsere Kom-Signale unbeantwortet, und aus den Starfleet-Aufzeichnungen geht hervor, daß die *Sullivan* mit einer diplomatischen Mission in einem ganz anderen Sektor beauftragt ist.«

»Neuerlicher Verrat«, kommentierte Data. »Die Gefahr wird nicht kleiner, sondern noch größer. Wir müssen fort von hier.«

»Nein«, widersprach Picard. »Das Eintreffen der *Sullivan* beweist die Sinnlosigkeit einer Flucht. Wohin wir auch fliegen: Wir müßten immer damit rechnen, von Feinden verfolgt zu werden. Selbst wenn wir hier und heute entkommen... Es wäre nur eine Frage der Zeit, bis wir in eine ähnliche Situation geraten. Wir haben die Gewalt wie eine Seuche im Schlepptau. Die Jagd muß hier ein Ende finden.«

Eine seltsame Ruhe senkte sich auf den Captain herab, glättete die Falten der Verwirrung und des Zweifels in seinem Gesicht. »Ich brauche das Herz noch etwas länger«, sagte er und preßte sich den Stein fast zärtlich an die Brust.

33

In Ordnung«, sagte Picard. »Es kann losgehen.« – Die Offiziere um ihn herum setzten sich in Bewegung, eilten wie Schauspieler auf einer Bühne zu ihren Plätzen.

Picard verweilte auf dem Kommandodeck und trat einen Schritt näher zum großen Wandschirm. Riker bezog neben ihm Aufstellung. Worf wartete an der taktischen Konsole, und Data bediente die Navigationskontrollen. Transporterchef O'Brien – das einzige fremde Element in diesem Bild – verschwand im Turbolift.

»Status, Mr. Worf?«

»Die Schiffe der unDiWahn sind sechshunderttausend Kilometer entfernt. Entfernung nimmt weiter ab ...«

Auf dem Wandschirm formten sich erste Bilder. Aus der Ferne gesehen, wirkten die unDiWahn-Schiffe überraschend anmutig. Ihre bunten Außenhüllen bildeten wellen- und spiralförmige Muster, erinnerten an im Wind tanzende Herbstblätter. Das dicke Diskussegment des Schiffes der Miranda-Klasse paßte überhaupt nicht zu den eleganten Strukturen, die es umgaben.

»... fünfhunderttausend Kilometer ... vierhunderttausend ...«

Es wurde still auf der Brücke, als die fremden Schiffe immer näher kamen, bis sich ihre kannelierten Kanten fast berührten. Sie formten eine Kugel, in deren Innern die *Enterprise* gefangen war. Trotz aller Schönheit wies die Formation auch ganz deutlich auf militärische Macht hin.

»Captain …«, knurrte Worf leise. »Das Flaggschiff der unDiWahn setzt sich mit uns in Verbindung.«

»Öffnen Sie einen visuellen Kom-Kanal, Lieutenant.«

Picard straffte die Schultern und bereitete sich innerlich darauf vor, daß der metaphorische Vorhang beiseite glitt und ihn dem Publikum zeigte. Seine Hände schlossen sich fester ums Herz, das Schlüsselelement bei dem nun beginnenden Drama.

Die Verfolgungsjagd endete hier. Und das letzte Blut wurde an diesem Ort vergossen, im Kontrollraum der *Enterprise.*

Für den Unwissenden war der graue Stein ein völlig unscheinbares Objekt, aber Kieradán wußte: In seinem Innern verbarg sich kristallene Pracht, die im Dunkeln strahlte. Hinzu kam etwas, das man nicht sehen, nur fühlen konnte – die Wärme des Steins. Er sehnte sich danach, das Traumjuwel zu berühren, nur für einige Sekunden die Hände daran zu wärmen …

Mit großer Mühe sah der Meister auf und begegnete dem Blick des Juwelhüters. »Ich bin Kieradán, Oberhaupt der Gläubigen.«

»Ich bin Jean-Luc Picard, Captain der *Enterprise.*« Während der Captain die Senioroffiziere vorstellte, bemerkte Kieradán die Erschöpfung in Picards Zügen, seine auffallende Blässe. Die Finger wirkten steif und hatten sich Klauen gleich um den Stein geschlossen.

Kieradán wartete ungeduldig auf das Ende der Formalitäten und sagte dann: »Captain, ich bitte Sie darum, das Juwel den unDiWahn zurückzugeben. Es gehört uns. Fortan kümmern wir uns darum.«

Picard schüttelte den Kopf. »Bei allem Respekt, Kieradán: Ich erkenne Ihre Eigentumsansprüche nicht an. Das Juwel bleibt bei mir.«

»Tapfere Worte für einen Raumschiffkommandanten,

der weit von der Sicherheit des Föderationsraums entfernt ist.«

Picards geballte Faust füllte einen großen Teil des ovalen Bildschirms. »Unsere Sicherheit ist nicht so wichtig wie die der Föderation. Meine Crew hat geschworen, den Stein eher zu vernichten, als ihn in die falschen Hände geraten zu lassen.«

»Das glaube ich Ihnen nicht«, erwiderte Kieradán. »Kein Hüter gäbe freiwillig den Besitz des Juwels auf.«

»Wir werden beweisen, daß Sie sich irren.« Riker sah zu Picard und schien damit zu rechnen, daß der Captain seinen Worten beipflichtete. Als er schwieg, fügte der Erste Offizier hinzu: »Wir sind übereingekommen, einen Schlußstrich unter diese Sache zu ziehen, Captain...«

»Nein.« Picard wich fort. »Nein, ich habe es mir anders überlegt. So extreme Maßnahmen sind sicher nicht nötig.«

Kummer verdrängte Rikers Arroganz. »Captain!«

»Mit dem Herzen kann ich jeden Gegner besiegen, Nummer Eins.« Picards Drohung galt nicht so sehr den unDiWahn, sondern eher dem Ersten Offizier.

»Die Angelegenheit betrifft in erster Linie Ihren Captain und mich«, sagte Kieradán zu dem jungen Offizier.

»Da bin ich mir nicht so sicher.« Riker klopfte auf das Abzeichen an seinem Uniformpulli. »Jetzt!«

Alle Brückentüren öffneten sich, und bewaffnete Sicherheitswächter eilten in den Kontrollraum. Gleichzeitig sprang der Navigationsoffizier auf und dem Captain entgegen.

»Nein, Data!« rief Picard.

Der bleiche Offizier mit den goldgelb glänzenden Augen griff nach dem Juwel und wollte es dem Captain wegnehmen. Der Klingone auf dem Achterdeck versuchte, Picard zu helfen, aber mehrere Wächter drängten ihn fort vom Geländer. Fünf von ihnen waren nötig, um den klingonischen Krieger festzuhalten.

Kieradán hatte Schwierigkeiten erwartet – sie begleiteten das Juwel bei seinen Reisen. »Daramadán ...«, flüsterte er. »Eröffnen Sie auf meinen Befehl hin das Feuer.«

Der Bildschirm zeigte, wie Captain und Navigationsoffizier noch immer um den Stein rangen. Das Gesicht des Juwelhüters war zu einer wütenden Fratze verzerrt, die sicher viele Angreifer abgeschreckt hätte. Doch Data offenbarte enorme Kraft und riß dem Captain das Juwel aus den Händen.

Zwei Sicherheitswächter zwangen Picard zu Boden, und Data hob den Stein wie das Haupt eines besiegten Feindes. »Jetzt gehört er mir!«

Mit einem kurzen Blick forderte Kieradán den Admiral auf, sich in Geduld zu fassen. Vielleicht ließ sich mit Verhandlungen doch noch etwas erreichen. »Sie haben Ihre Situation nur verschlechtert, *Enterprise.* Man braucht viel Zeit, um zu lernen, mit der Macht des Juwels umzugehen.«

»Ich brauche überhaupt keine Zeit«, erwiderte Data. »Weil ich beabsichtige, den Stein jetzt sofort zu zerstören.«

Die Entschlossenheit des Mannes jagte Kieradán einen ziemlichen Schrecken ein. »Daramadán – Feuer!«

Heftige Erschütterungen erfaßten die Brücke der *Enterprise,* als destruktive Energie an den Schilden waberte. Der plötzliche Angriff vergrößerte das Durcheinander im Kontrollraum des Starfleet-Schiffes. Schreie erklangen, als die Offiziere mit den tödlichen Konsequenzen ihres Widerstands konfrontiert wurden. Kieradán beobachtete, wie Picard das Chaos zu seinem Vorteil nutzte.

»Worf!« rief der Captain und befreite sich aus dem Griff eines Sicherheitswächters. »Halten Sie Data auf!«

Der Klingone nahm seine ganze Kraft zusammen und stieß die Männer beiseite, die ihn bis eben festgehalten hatten. Er riß einem Wächter den Phaser vom Gürtel, brüllte wie ein verwundetes Tier, zielte auf den Androiden und schoß.

Ein dünner Energiestrahl zuckte durch die Brücke. Data reagierte viel schneller, als Kieradán es für möglich gehalten hätte: Er wirbelte um die eigene Achse und hob das Juwel wie einen Schild.

Einem Schwamm gleich absorbierte der Stein die Energie. Ein oder zwei Sekunden lang glaubte der Meister, daß er der Entladung standhalten würde, doch dann erschimmerte das Juwel.

Grelles Licht gleißte, ließ sowohl den Stein als auch Data verschwinden.

»Keine Bewegung!«

Der Sicherheitswächter rammte das Knie ins Kreuz des Captains und drückte ihn zu Boden. Picard keuchte, als ihm die Luft aus den Lungen gepreßt wurde. Mit der Wange schabte er über die Kunstfasern des Teppichbodens, wodurch ein brennendes Gefühl entstand. Das Gewicht des Mannes lastete schwer auf ihm, machte jeden Atemzug zu einer enormen Anstrengung.

»Die unDiWahn haben den Kom-Kanal geschlossen.« Rikers Stimme erklang hinter und über Picard. Vermutlich stand der Erste Offizier nun an der taktischen Konsole. »Die Flotte zieht sich zurück.«

Vor den Augen des Captains formten sich bunte Schlieren, als Riker schließlich sagte: »Wir haben es geschafft!«

Der Sicherheitswächter ließ los und stand auf.

Picard stöhnte erleichtert, rollte auf den Rücken und schnappte nach Luft. Als er wieder klar sehen konnte, versuchte er sich aufzusetzen – und spürte stechenden Schmerz in der Brust. Zwei Wächter griffen nach seinen Armen und halfen ihm hoch.

»Tut mir leid, Sir.« Der dritte Wächter klopfte dem Captain Staub vom Uniformpulli. »Vielleicht haben wir's ein wenig übertrieben.«

Picard lächelte schief und wollte dadurch zeigen, daß er niemandem böse war. Seine ersten Worte galten dem internen Kom-System. »Brücke an Transporterraum. Gute Arbeit, Chief.«

»Danke, Captain«, erwiderte O'Brien. Vor der Navigationskonsole gleißte es erneut. »Mir gefällt's, dann und wann ein kleines Feuerwerk zu veranstalten.«

Die Brückenoffiziere lachten, und sofort ließ die allgemeine Anspannung nach. Picard spendete demonstrativen Applaus, und auch danach hielt die Ausgelassenheit an. Worf schlenderte zur taktischen Station zurück, und die Sicherheitswächter klopften sich gegenseitig auf den Rücken, als sie den Kontrollraum verließen. Riker setzte übers Geländer des Achterdecks hinweg und landete direkt vor dem Captain.

»Ihr Bluff hat funktioniert!« freute sich Riker. »Die unDiWahn glauben wirklich, daß Worf Data getötet und das Herz vernichtet hat.«

Picard zog am Saum des zerknitterten Uniformpullis. »Ja, Nummer Eins, es scheint ...«

»Die Flotte zieht sich nicht weiter zurück, Captain«, meldete Worf. »Die Schiffe halten den Abstand bei fünfhunderttausend Kilometern konstant. Sie befinden sich gerade außerhalb der Phaserreichweite.«

Dieser Hinweis traf den Captain wie ein Fausthieb. Bittere Enttäuschung schuf einen Kloß in seinem Hals, als er sich umdrehte und zum Wandschirm sah. Die Schiffe der unDiWahn glänzten wie metallene Pailletten im All.

»Wenigstens haben wir etwas Zeit gewonnen«, sagte Riker leise.

Zeit wofür? dachte Picard. Erst vor wenigen Minuten war ihm das Herz genommen worden, aber seine leeren Hände sehnten sich bereits danach, es wieder zu halten.

Und wenn ich es tatsächlich zerstören muß?

Meister Kieradán sah aus dem Fenster seiner Kabine und blickte zum Ort der Bestimmung. Der weiße Zwerg interessierte ihn nicht, wohl aber sein einziger Trabant. Er verglich den Kometen mit einem kosmischen Stundenglas – die Länge des Schweifs wies darauf hin, daß wertvolle Zeit verloren war.

»Halten uns die Starfleet-Leute für Narren, Meister?« Daramadáns schwere Schritte führten vom einen Ende des Raums zum anderen. »Man hat versucht, uns mit einem Trick zu täuschen. Und wenn es noch so sehr geblitzt hat: Das Juwel existiert nach wie vor.«

»Ja«, pflichtete Kieradán dem Admiral bei. »Ich spüre, daß es noch immer Teil des Träumens ist.«

Er fragte sich, ob diese Überzeugung auf Hoffnung oder Wahrheit basierte. Immer wieder kehrten seine Gedanken zu dem gerade beobachteten Geschehen zurück. Picard war der letzte Juwelhüter, der in den Träumen erschien. Zwar hatte er den Stein vorhin an eine andere Person verloren, aber daraus ergaben sich keine Konsequenzen fürs Erzählen.

»Ich schlage vor, wir greifen an und ...«

»Nein!« Die Versuchung, Daramadán zuzustimmen, war sehr groß, aber es blieb nur noch wenig Zeit, um zu handeln. Der Versuch, das Juwel mit Gewalt zurückzuholen, mochte zu lange dauern. Aus einem solchen Fehler konnten sich Konsequenzen ergeben, die sich über einen Zeitraum von fünf Jahrtausenden hinweg bemerkbar machten. »Der Mann namens Data ist ... anders. Er hält das Juwel, ohne davon beeinflußt zu werden.«

Wäre das auch bei mir der Fall? Darf ich es wagen, den Platz einer Person einzunehmen, die den Test bereits bestanden hat? Kieradán blickte tief in sich hinein, und es gefiel ihm nicht, was er sah.

Der Meister vertraute vor allem seinem Instinkt, als er sagte: »Greifen Sie nicht an, Admiral. Aber sorgen Sie dafür, daß die Flotte in Position bleibt. Vor der Zeit der Bestimmung darf die *Enterprise* diesen Ort nicht verlassen.«

»Ich dachte, wir sind hierhergekommen, das Juwel wieder in unseren Besitz zu bringen!«

Das dachte ich auch. »Wir müssen darauf vertrauen, daß Picard dem Juwel hilft, sein Schicksal zu erfüllen.« Wenn der Captain versagte, mußte der Stein noch einmal fünftausend Jahre warten, um seine Reise zu beenden.

»Sie sprechen in Rätseln, Meister.«

Kieradán deutete zum Fenster. »Halten Sie gut Ausschau. Bald werden Sie verstehen.«

Picard betrat den Bereitschaftsraum, und sofort wanderte sein Blick zum Herzen. Etwas in ihm hatte gefürchtet, daß der Stein durch den Transfer innerhalb des Schiffes beschädigt worden sein könnte, aber das war glücklicherweise nicht der Fall – er ruhte in Datas Armbeuge.

»Zwischen den unDiWahn und uns herrscht gewissermaßen ein Patt«, erklärte Picard, als sich Data vom Wandaquarium abwandte. Der Androide schien den träge umherschwimmenden Fisch für interessanter zu halten als das Herz des Teufels. »Es besteht kein visueller Kom-Kontakt mehr. Sie können also auf die Brücke zurückkehren.«

Data nahm diese Mitteilung mit einem knappen Nikken entgegen. »Danke, Captain.«

Ich habe entschieden, das Herz aufzugeben.

Dieses Wissen richtete nichts gegen Picards Neid aus, als er beobachtete, wie Data das Herz durchs Zimmer trug. Mit jedem Schritt kam er näher und näher. Als der Androide nahe genug herangekommen war, um ihn zu berühren, streckte der Captain ruckartig den Arm aus. Seine Finger schlossen sich um Datas Handgelenk, nur wenige Zentimeter vom Stein entfernt.

Picard versuchte, möglichst ruhig zu sprechen. »Ich kenne noch immer nicht den Grund für die Reise des Herzens zu diesem Ort. Wenn ich noch ein letztes Mal träumen könnte …«

»Wir haben uns darauf geeinigt, daß es am besten ist, wenn ich den Stein verwahre, Captain. An dieser Übereinkunft sollten wir jetzt nichts ändern.«

»Ja, ich schätze, da haben Sie recht.« Picard zwang sich, den Arm des Androiden loszulassen und zurückzuweichen.

Ziellos schritt er durch den Bereitschaftsraum, verharrte schließlich am Fenster und blickte hinaus, um sich von seiner Niedergeschlagenheit abzulenken.

Nach Worfs Berechnungen näherte sich der Komet dem Perihel, dem sonnennächsten Punkt auf seiner langen Umlaufbahn. Deshalb leuchtete der Gasschweif jetzt besonders hell.

Picard sah ein Spiegelbild des Steins im Fenster, und seine Gedanken kehrten zu den Ereignissen der letzten Stunde zurück. Als auf der Brücke der Zeitpunkt gekommen war, das Herz aufzugeben, hatte er versucht, sich gegen Data zu wehren. Nur die überlegene Kraft des Androiden gewährleistete, daß alles nach Plan lief.

»Data, Sie sollten jetzt …«

»Brücke an Captain«, erklang Rikers Stimme. »Die Sensoren orten vor uns eine Störungszone in der Raum-Zeit-Struktur.«

Jenseits des Kometen bemerkte Picard ein mattes Glühen, umgeben von einem Strahlenkranz glühender Energie.

»Alles deutet darauf hin, daß sich dort draußen ein Wurmloch bildet.«

»Ein Wurmloch?« wiederholte Picard.

Nur eine Sekunde später schwoll der glühende Punkt zu einer Scheibe an, um sich dann explosionsartig aufzublähen. Der Captain starrte in die Öffnung eines Tunnels, der sich durchs vierdimensionale Kontinuum erstreckte.

»Das ist es, Data?« Picard bestaunte Einfallsreichtum und Genialität der Wesen, die den Wächter der Ewigkeit geschaffen hatten. »Der Komet kündigt das Erscheinen des Wurmlochs an. Wenn das Herz jenes kosmische Tor passiert... Dann kann es in irgendeiner fernen Galaxis fruchtbaren Boden finden und wachsen.«

»Eine interessante Hypothese, Captain.«

»Nein, Data, es ist keine Theorie, sondern die Erfüllung eines Traums.« Der Captain klopfte auf seinen Insignienkommunikator. »Picard an Transporterchef. Mr. O'Brien, ich möchte Sie um ein letztes Wunder bitten.«

Kurze Zeit später hörte Picard, wie hinter ihm der Transporterstrahl summte. Er drehte sich nicht um, spürte es in den Knochen, daß Datas Hände nun leer waren.

Er preßte die Handflächen ans kalte Fenster und suchte vergeblich nach einem Hinweis auf den Retransfer des Steins. Das Herz war viel zu klein, als daß Picard hätte beobachten können, wie es durch den Dimensionstunnel flog.

Als der Komet übers Perihel hinausglitt und mit dem langen Fall in die Nacht begann, zitterte und flackerte der kreisförmige Rand des Wurmlochs – um dann zu verschwinden. Das Portal zu einer anderen Galaxis hatte sich nun geschlossen und würde sich erst in fünftausend Jahren wieder öffnen.

Picard wandte sich langsam vom Fenster ab und seufzte wie jemand, der aus einem besonders langen und tiefen Schlaf erwachte.

»Von jetzt an spielen wir in der Geschichte des Herzens keine Rolle mehr, Data.«

34

Die unDiWahn setzen sich mit uns in Verbindung«, sagte Worf.

Picard nickte und deutete zum Wandschirm.

Ein Wort von Kieradán genügt, um seine Streitmacht vorrücken zu lassen und die *Enterprise* zu vernichten. Picard war bereit, die erfüllte Mission des Herzens mit dem eigenen Leben zu bezahlen, doch der mögliche Verlust seines Schiffes sowie der wahrscheinliche Tod aller Personen an Bord erfüllte ihn mit tiefem Kummer.

Der Meister erschien im großen Projektionsfeld. Seine Lippen formten ein ruhiges, zufriedenes Lächeln.

»Leben Sie wohl, Juwelhüter«, sagte Kieradán. »Unsere Präsenz ist nicht mehr erforderlich, und deshalb verlassen wir diesen Ort.«

Picard bekam gar keine Gelegenheit, etwas zu erwidern. Das Bild auf dem Wandschirm wechselte, zeigte wieder das All.

»Meint er das ernst?« fragte Riker. »Zieht die Flotte wirklich ab?« Der Captain nickte. Irgendwie hatten die unDiWahn den Transfer des Steins durch das Wurmloch gespürt. Erstaunlicherweise führte das Wissen um den Verlust nicht zu Gewalt. Ganz im Gegenteil: Kieradán hatte den Captain mit dem respektvollen Titel ›Juwelhüter‹ angesprochen. Er klang nun hohl und bedeutungslos, da das Herz verschwunden war.

Etwas Buntes glitt über den Wandschirm, kurz darauf noch einmal. Nacheinander lösten sich die unDiWahn-Schiffe aus der kugelförmigen Formation und gesellten sich dem Flaggschiff hinzu. Als das letzte Schiff den Pulk erreichte, nahmen sie alle Fahrt auf. Wachsende Entfernung schuf ein seltsames Bild: Die Flotte wirkte wie ein Schmetterlingsschwarm in einer warmen Sommerbrise.

Hinter den Schiffen der Gläubigen blieb ein nicht annähernd so graziös anmutender Raumer zurück.

»Wir empfangen Kom-Signale von der USS *Sullivan*«, meldete Worf.

»Auf den Schirm, Lieutenant.«

Wieder wechselte das Bild auf dem Wandschirm und zeigte nun einen Kontrollraum. Picard schnitt eine Grimasse, als er das Gesicht des Mannes im Kommandosessel sah: Ein grünblauer Striemen zierte die Stirn, und ein breiter Kratzer erstreckte sich über die ganze Wange. »Sie sehen schlimm aus, Richard.«

»Ach, das sind alte Verletzungen, Jean-Luc.« Captain Mycelli zuckte mit den Schultern. »Als sich die unDi-Wahn zurückzogen, gaben die Dynasianer sofort auf. Ich habe wieder den Befehl über die Sullivan.«

»Brauchen Sie Hilfe?« fragte Riker.

»Nein. Das Oberhaupt der dynasianischen Gruppe befindet sich in der Arrestzelle, und ...« Mycelli unterbrach sich verblüfft, als er sah, wie Data zu seinem Platz an den Navigationskontrollen zurückkehrte. Er starrte einige Sekunden lang zu dem Androiden, bevor er den Blick wieder auf Picard richtete. »Ich bin sehr gespannt auf Ihren Bericht, Captain.«

»Da sind Sie bestimmt nicht der einzige, Captain«, erwiderte Picard und lächelte dünn. Zu seiner Erleichterung fragte Mycelli nicht nach Einzelheiten und beschränkte sich auf einige allgemeine Bemerkungen, bevor er die Kom-Verbindung unterbrach.

»Nummer Eins ...«, sagte Picard. »Es wird Zeit für uns, ebenfalls aufzubrechen.«

Picard nahm im Kommandosessel Platz und überließ es dem Ersten Offizier, die Vorbereitungen für den Warptransfer zu treffen. Anweisungen und Bestätigungen hallten durch die Brücke, bis Data verkündete: »Kurs nach Vulkan ist programmiert.«

Die Offiziere schwiegen.

Bei dieser Mission hatte Picard ihre Loyalität auf eine harte Probe gestellt, und deshalb verstand er die Anspannung, mit der sie auf ein ganz bestimmtes Wort warteten.

»Ausführung.«

Ärger ist kein sehr nützliches Gefühl für einen Diplomaten, dachte Botschafterin Tommas, als sie die Sicherheitsabteilung der *Sullivan* betrat. Unter so banalen Empfindungen litt nur ihre Fähigkeit, die dynasianische Situation mit der notwendigen Genauigkeit zu analysieren.

Zum Teufel mit ihm!

Die Entführung eines Raumschiffs war im wesentlichen ein politischer Vorgang, aber Tommas fühlte sich von Kustos Chandats Aktionen persönlich verraten. Ein wichtiges Bindeglied zwischen den Mitgliedswelten der Föderation hieß Vertrauen, und das begann zwischen einzelnen Personen. Wie sollte die Botschafterin den Respekt vor Keyda Chandat mit dem unangenehmen Umstand vereinbaren, daß er ihre Freundschaft ausgenutzt hatte?

Tommas atmete noch einmal tief durch, bevor sie zum Eingang der Arrestzelle trat. Jenseits des glühenden Vorhangs der energetischen Barriere saß der Kustos auf einer schmalen Liege. Viele Gefangene neigten dazu, Kopf und Schultern hängen zu lassen, doch Chandat saß mit geradem Rücken und hoch erhobenem Haupt, so als führte er den Vorsitz bei einer unsichtbaren Ratssitzung – er schien noch immer alles unter Kontrolle zu haben. Den anderen Dynasianern fehlte sein Selbstbewußtsein: Sie hatten den Widerstand aufgegeben, als der Kustos kapitulierte.

»Guten Abend, Botschafterin«, sagte Chandat und nickte würdevoll.

Tommas brachte es nicht fertig, ebenso freundlich zu sein. »Die Fakultät hat ein schweres Verbrechen gegenüber Starfleet begangen, und inzwischen wurde vom Föderationsrat eine angemessene Strafe beschlossen: Für die nächsten hundert Jahre kann Dynasia kein Mitglied des interstellaren Völkerbunds werden.«

»Für die nächsten hundert Jahre?« Der Kustos schien kaum betrübt zu sein. Tommas beobachtete sogar den flüchtigen Schatten eines selbstzufriedenen Lächelns.

»Ich glaube, Ihnen ist der Ernst dieser Maßnahme nicht ganz klar«, sagte sie.

»O doch, Botschafterin.« Chandat seufzte, beugte sich vor und sprach im Tonfall eines Professors, der es mit einem besonders begriffsstutzigen Studenten zu tun hat. »Ein Jahrhundert dürfte reichen, um den Druck zu lindern, der die Fakultät in verschiedene Fraktionen teilte. Die konservativen Elemente weichen schließlich einer neuen Generation von Dynasianern, die vielleicht beschließen, sich erneut um eine Mitgliedschaft in der Föderation zu bewerben – und die sie auch verdienen.«

Der Botschafterin wurde plötzlich klar, wie sehr sie den Kustos unterschätzt hatte. »Sie haben dies von Anfang an geplant, nicht wahr?«

Chandats Lächeln wuchs in die Breite. »Das Erscheinen der unDiWahn machte mir fast einen Strich durch die Rechnung, aber glücklicherweise gelang es Captain Picard mit einem Trick, sie zum Rückzug zu bewegen. Ich bekam dadurch einen guten Vorwand, das Kommando über die *Sullivan* aufzugeben. Zukünftige Historiker werden diese Mission vielleicht als meinen größten Mißerfolg bezeichnen. Es ist mir nicht gelungen, das Juwel zurückzuholen, aber dafür ging mein innigster

Wunsch in Erfüllung – auf meinem Heimatplaneten herrscht jetzt wieder Frieden.«

Als Ausgleich für die Meditationsnische hatten die alten iconianischen Techniker auch eine Beobachtungskammer geschaffen. In dem Raum gab es keine Kontrollen irgendeiner Art, nur transparente Wände, die einen einzigen Zweck erfüllten: Sie gewährten Ausblick ins All und ermöglichten somit Besinnung auf die Wunder des Universums. Nach der langen Beschäftigung mit dem eigenen Selbst war Kieradán sehr dankbar für den Szenenwechsel. Während des mehrere Tage dauernden Rückflugs nach DiWahn hatte er ausreichend Gelegenheit, das kosmische Panorama zu genießen.

Der Admiral hingegen neigte weniger zu philosophischen Überlegungen. Mit einem kurzen Blick vergewisserte er sich, daß die Flotte dem Flaggschiff folgte, und dann übte er neuerliche Kritik am Rückzug. »Meister … Die Macht des Juwels hätte uns zu Größe und Erhabenheit der iconianischen Vorfahren zurückführen können.«

»Wir verloren jene Größe, weil Jiak das Juwel zu lange festhielt. Unsere Pflicht bestand darin, für seinen Fehler zu büßen und ihn nicht zu wiederholen.«

Diese Ansicht hatten die Meister vor Kieradán vertreten, und er schloß sich ihrem Standpunkt an, sah darin nicht nur eine Meinung, sondern einen Auftrag. Auf die Ehre, das Juwel selbst durchs Wurmloch zu schicken, mußte er verzichten. Aber dadurch konnte er auch nicht der Versuchung erliegen, es für weitere fünftausend Jahre daran zu hindern, seine Bestimmung zu erfüllen.

Das tiefe Seufzen Daramadáns wies darauf hin, daß er die Weisheit des Meisters akzeptierte, auch wenn er sie noch immer nicht ganz verstand. »Die Gläubigen kehren mit leeren Händen heim. Muß sich ihr Orden auflösen?«

»Nein, Admiral. Es gibt noch immer viel zu tun. Für die Nachkommen des alten Iconia hat eine neue Ära begonnen. Sie und ich kehren in ein Land zurück, das mit seinen Nachbarn in Frieden lebt, zum erstenmal seit Jahrhunderten. Fortan dient die Flotte den Bedürfnissen des Planeten, nicht den Machtgelüsten eines Königs. Wir geben unser Wissen allen, die daran teilhaben möchten.«

Die verstreuten Kinder Iconias hatten zu viele Jahrhunderte gegen ihr Schicksal angekämpft. Meister Kieradáns Stimme klang traurig und gleichzeitig stolz, als er sagte: »Die unDiWahn sind von jetzt an die DiWahn.«

Der Gesellschaftsraum im zehnten Vorderdeck der *Enterprise* war auch wegen seiner großen Panoramafenster beliebt, doch in Picard regte sich vages Unbehagen, während er beim Abendessen saß. Schließlich ließ er die Gabel sinken und drehte den Sessel, damit er nicht ständig ins All sehen mußte. Nun wich die Beklommenheit langsam von ihm.

»Earl Grey?« fragte Guinan, als sie am Tisch vorbeikam.

»Ja, bitte«, sagte Picard. »Earl Grey.«

Bei diesen Worten erwachte die Erinnerung an einen bitteren, herben Geschmack in ihm. Er fragte sich, woher die Reminiszenzen stammten, fand jedoch keine Antwort.

»Jean-Luc?«

Er blinzelte und stellte fest, daß er die Bordärztin angestarrt hatte, ohne sie wirklich zu sehen. Beverly lächelte nur. Eine großzügige Reaktion, wenn man bedachte, daß er sie eingeladen hatte – um dann zu schweigen.

»Jean-Luc, vielleicht sollten wir …«

»Hier.« Guinan stellte eine dampfende Tasse Tee vor dem Captain ab und eilte fort, bevor er sich bei ihr bedanken konnte. Sie schenkte ihm heute abend besondere Aufmerksamkeit, brachte damit ihre Zuneigung zum Ausdruck.

Picards Hände wölbten sich um die warme runde Tasse. »Was wolltest du gerade sagen?«

»Hmm? Ich erinnere mich nicht.«

»Vielleicht sollten wir ...«

»Ja. Vielleicht sollten wir für heute Schluß machen und uns in unsere Quartiere zurückziehen. Du bist ganz offensichtlich erschöpft.«

Vergeblich kämpfte Picard gegen die Versuchung an, herzhaft zu gähnen. Schließlich gelang es ihm, den Mund wieder zu schließen. »Ich schätze, da hast du recht. Ich habe eine Menge Schlaf nachzuholen.«

Das Eingeständnis der Müdigkeit schien die letzte Kraft aus ihm herauszusaugen. Er wollte einen Schluck Tee trinken, doch die Tasse wurde so schwer, daß er sie nur einige Zentimeter weit heben konnte.

»Komm, Jean-Luc«, sagte Beverly und stand auf. »Ich begleite dich zu deiner Kabine.«

»Tradition und Etikette verlangen, daß *ich* so etwas sage«, murmelte Picard. Trotz des halbherzigen Protests ließ er sich von der Ärztin aus dem Gesellschaftsraum führen.

Sie wanderten durch die Korridore des Schiffes, und als sie die Unterkunft des Captains erreichten, konnte sich Picard kaum mehr auf den Beinen halten. Mit sanftem Nachdruck schob ihn Beverly durch die Tür, und mit halb geschlossenen Augen schlurfte er ins Schlafzimmer.

Dort sank er aufs Bett, ohne sich vorher zu entkleiden. Erstaunlicherweise schlief er nicht sofort ein: Der Körper war zwar erschöpft, doch Picards Selbst wollte noch wach bleiben.

Seit er das Herz berührt hatte, befand er sich jetzt zum erstenmal wieder allein in seiner dunklen Kabine.

Keine Träume mehr …

Über Äonen hinweg hatte der Samen versucht, das Wurmloch zu erreichen, und jetzt endlich war er unterwegs zu einer neuen Welt. Eines Tages würde er geeigneten Boden finden, und dann wuchs ein neuer Wächter der Ewigkeit zu kristallener Reife heran.

Picard krümmte die Finger und streckte sie dann wieder. Das Verlangen, die rauhe Oberfläche des Steins zu berühren, ließ allmählich nach.

Die Erinnerungen an andere Besitzer des Herzens – Kessec und Halaylah, ein sterbender andorianischer Heiler und eine triumphierende romulanische Königin – verflüchtigten sich nun. Er entsann sich des verschrumpelten Gesichts der mumifizierten Sammlerin in ihrer Grabkammer, doch er wußte nicht mehr, wie sie zu Lebzeiten ausgesehen hatte. Vor dem inneren Auge sah Picard einen jungen Vulkanier, der über ein Schlachtfeld wankte, aber sein Gedächtnis bot keine Informationen darüber, wohin der Junge ging und aus welchem Grund.

Ko N'ya. Ein Hüter des Steins verharrte lange genug im Denken des Captains, um den Namen ein letztes Mal zu flüstern.

»Das Herz ist fort, T'Sara«, hauchte Picard. »Jetzt fließt kein Blut mehr.«

Dann fiel er in einen traumlosen Schlaf.

EPILOG

Camenae schüttelte das Tuch aus, nahm dann ein großes Glas aus dem Transportbehälter und putzte es. Als es wieder glänzte, stellte sie das Glas in ein Regal unter der Theke.

Guinan hatte für das neue Lokal die Glaswaren gestiftet. Die Theke stammte von Anlew-Is – er bezahlte damit einen Teil seiner Schulden. Die zwei Tische und fünf Stühle in der Mitte des Raums waren eine Leihgabe aus Starfleet-Beständen. Miyakawa hatte in diesem Zusammenhang darauf hingewiesen, daß sie während der nächsten beiden Jahre ohnehin keine Zeit haben würde, sich irgendwo hinzusetzen.

Camenae griff nach einem Weinglas mit langem Stiel. Die Kommandantin trieb den Bau der Starbase mit geradezu fanatischem Eifer voran, was ihr im Lauf des Jahres vermutlich die Beförderung zum Commodore einbringen würde. Trotzdem: Einige Annehmlichkeiten fehlten nach wie vor, zum Beispiel moderne Geschirrspülmaschinen auf Ultraschallbasis.

Die Tür öffnete sich, und ein junger Mann schaute herein. Er zögerte kurz, offenbar überrascht von dem eher sparsam eingerichteten Raum. Die Präsenz anderer Gäste schien ihn schließlich zu ermutigen, denn er gab sich einen Ruck und trat über die Schwelle.

Eigentlich mußte das Leb-oder-Stirb erst noch offiziell eröffnet werden, aber schon am Morgen waren einige Neugierige gekommen. Sie gaben sich damit zufrieden, Platz zu nehmen und zu plaudern. Mehrere Rigelianer saßen am einen Tisch, und Camenae bemerkte nur ein vertrautes Gesicht in der Gruppe. Einige ihrer früheren Stammkunden waren gestorben, als die Romulaner Schmelzergriff vernichteten. Andere Leute, wie zum Beispiel der Wirt, hatten die Starbase bei der Evakuierung verlassen und verzichteten auf die Rückkehr. Camenae legte gerade das Fundament für ein neues Etablissement, und dabei wäre sie für Hilfe dankbar gewesen; unglücklicherweise zahlte Miyakawa besser.

Der Neuankömmling näherte sich dem Tresen, und aus der Nähe wirkte er noch jünger. Das runde Gesicht unter der gefurchten Stirn zeigte den angestrengten Ernst eines Kindes, das versuchte, sich wie ein Erwachsener zu verhalten.

Der Fremde legte eine Kreditmarke auf die Theke und bemühte sich auf unbeholfene Weise, einen lässigen Eindruck zu erwecken.

Camenae blickte auf die Münze hinab und lächelte. »Hier werden keine so teuren Getränke ausgeschenkt.«

»Ich bin nicht gekommen, um etwas zu trinken. Es geht mir vielmehr um Informationen.« Der junge Mann schob die Kreditmarke der Frau entgegen.

»Welche Informationen wünschen Sie?«

»Ich suche eine Vulkanierin namens T'Sara.«

Camenae seufzte. »Dafür kann ich kein Geld nehmen. In dieser Starbase ist T'Saras Tod allgemein bekannt.«

Die Wangen des Fremden verfärbten sich, glühten indigoblau. Kummervoll senkte er den Kopf.

»Tut mir leid«, sagte Camenae und runzelte die Stirn. »Ich wußte nicht, daß Sie T'Sara kannten.«

»Ich kannte sie nicht.« Doch als der junge Mann aufsah, schimmerte Schmerz in seinen Augen. »Ich habe gelesen, daß sie einst meine Heimatwelt besuchte. Und darüber wollte ich mit ihr sprechen.«

Camenae rechnete damit, daß ihr Gegenüber die Kreditmarke nahm und ging. Doch der Fremde schluckte und senkte die Stimme zu einem verschwörerischen Flüstern. »Bitte erzählen Sie mir vom Traumjuwel. Ich muß wissen, wo es sich befindet.«

Camenae putzte das Weinglas, und anschließend schob sie die Münze zurück. »Sie haben Glück. Jemand anders hat für die Auskunft bezahlt und mir erlaubt, Ihre Frage kostenlos zu beantworten.«

Hoffnung glomm nun in den Augen des Besuchers.

»Das Juwel ist fort«, sagte Camenae. »Kein Wesen in dieser Galaxis kann es jemals wieder in seinen Besitz bringen.«

Der Mann weigerte sich, diesen Worten zu glauben. Verärgert schüttelte er den Kopf.

Camenae zuckte mit den Achseln und griff nach dem nächsten Glas. »Sie verstehen nicht – ich muß das Juwel finden!« betonte der Fremde.

»Und wenn Ihre Bemühungen ohne Erfolg bleiben?«

»Nein, ausgeschlossen! Der Stein ist Teil meines Erbes. Einst gehörte er meinem Volk, und ich würde mein Leben für die Chance geben, ihn zurückzuholen.«

»Sie kommen zu spät, um ein solches Opfer zu bringen.« Camenae hielt inne. »Warum bedeutet Ihnen diese Sache soviel?«

Zuerst schien der junge Mann schweigen zu wollen, doch nach einigen Sekunden entgegnete er: »T'Sara hätte es verstanden ... Ich bin der letzte Überlebende von Ikkabar, und ...« Aus irgendeinem Grund brachte er es nicht fertig, den Satz zu beenden.

»Nein, hören Sie nicht auf«, sagte Camenae sanft. »Erzählen Sie mir mehr. Vielleicht kann ich helfen.«

Sie stellte das Glas beiseite, stützte die Ellenbogen auf den Tresen und hörte zu.

DANKSAGUNGEN

David Stern hat sofort an diese Story geglaubt und sich zwei Jahre lang für sie eingesetzt, um mir die Chance zu geben, sie zu schreiben. Wenn er nicht gewesen wäre, hielten Sie jetzt einen anderen STAR TREK-Roman in den Händen. Ich stehe tief in seiner Schuld. Herzlichen Dank, Dave!

Viele meiner Freunde haben die Fortschritte dieses Buches von Anfang an mitverfolgt, Seite um Seite. Die vielen Kommentare und Reaktionen halfen mir sehr dabei, der Geschichte die richtige Form zu geben und anschließend noch einmal alles aufzupolieren. Mein besonderer Dank gilt:

Kate Maynard, die einmal ganz beiläufig sagte: »Warum läßt du die Archäologen nicht Vulkanier sein?« Dieser Vorschlag führte zur Geburt von T'Sara, und der Weg in die Story begann sich zu öffnen.

Cary Dier, die dieses Buch Jahre vor der Niederschrift lesen wollte und nie die Hoffnung darauf verlor, daß die Geschichte einmal in gedruckter Form vorliegen würde. Mit ihrem aufmerksamen Auge und einem bemerkenswert linearen Verstand wurde sie zu einer Lektorin, die wertvolle Dienste leistete.

Della Turner, die mit ihrem Stift das Manuskript redigierte, obwohl sie sich viel lieber hingesetzt und einfach nur gelesen hätte.

Jessica Ross, weil sie mir erlaubte, die Idee hinter der Borg-Sequenz zu verwenden.

Das STAR TREK-Universum ist in letzter Zeit immer komplexer geworden, was dazu führte, daß ich manchmal technischen Rat benötigte. Ich konnte dabei auf die Hilfe folgender Personen zurückgreifen:

Betsy Ramsey und Cary Dier halfen mir bei der Computerterminologie – um mir die Demütigung zu ersparen, daß Hacker Lachkrämpfe bekommen.

›Doc‹ Audrey Gassman prüfte die medizinischen Szenen mit Beverly Crusher. Ich muß gestehen, daß ich mir in einigen Fällen Freiheiten erlaubte, die auf Kosten der Authentizität gehen – Audrey trifft nicht die geringste Schuld daran.

Was das Konstruktionsmuster und die Systemfunktionen der *Enterprise* betrifft, war mir das Buch *Starfleet: TNG Technical Manual* von Rick Sternbach und Michael Okuda eine enorme Hilfe. Wenn es in dieser Hinsicht irgendwelche Fehler gibt, so gehen sie nicht auf jenes erstklassige Nachschlagewerk zurück, sondern allein auf mich.

Große Geister denken ähnlich und so: Als ich den ersten Vorschlag für ›Das Herz des Teufels‹ einreichte, sollten noch zwei Jahre vergehen, bis das Projekt schließlich von Paramount grünes Licht bekam. In dieser Zeit schrieb Peter David ›Imzadi‹ und durfte sich auch über die Publikation seines Buches freuen. Der Zufall wollte es, daß in beiden Romanen der Wächter der Ewigkeit erscheint, obgleich er bei mir nur eine untergeordnete Rolle spielt. Ich möchte hier betonen, daß keiner von uns etwas von der Wiederholung dieses Plot-Elements wußte.

STAR TREK™

in der Reihe
HEYNE SCIENCE FICTION & FANTASY

STAR TREK: CLASSIC SERIE

Vonda N. McIntyre, Star Trek II: Der Zorn des Khan · 06/3971
Vonda N. McIntyre, Der Entropie-Effekt · 06/3988
Robert E. Vardeman, Das Klingonen-Gambit · 06/4035
Lee Correy, Hort des Lebens · 06/4083
Vonda N. McIntyre, Star Trek III: Auf der Suche nach Mr. Spock · 06/4181
S. M. Murdock, Das Netz der Romulaner · 06/4209
Sonni Cooper, Schwarzes Feuer · 06/4270
Robert E. Vardeman, Meuterei auf der Enterprise · 06/4285
Howard Weinstein, Die Macht der Krone · 06/4342
Sondra Marshak & Myrna Culbreath, Das Prometheus-Projekt · 06/4379
Sondra Marshak & Myrna Culbreath, Tödliches Dreieck · 06/4411
A. C. Crispin, Sohn der Vergangenheit · 06/4431
Diane Duane, Der verwundete Himmel · 06/4458
David Dvorkin, Die Trellisane-Konfrontation · 06/4474
Vonda N. McIntyre, Star Trek IV: Zurück in die Gegenwart · 06/4486
Greg Bear, Corona · 06/4499
John M. Ford, Der letzte Schachzug · 06/4528
Diane Duane, Der Feind – mein Verbündeter · 06/4535
Melinda Snodgrass, Die Tränen der Sänger · 06/4551
Jean Lorrah, Mord an der Vulkan Akademie · 06/4568
Janet Kagan, Uhuras Lied · 06/4605
Laurence Yep, Herr der Schatten · 06/4627
Barbara Hambly, Ishmael · 06/4662
J. M. Dillard, Star Trek V: Am Rande des Universums · 06/4682
Della van Hise, Zeit zu töten · 06/4698
Margaret Wander Bonanno, Geiseln für den Frieden · 06/4724
Majliss Larson, Das Faustpfand der Klingonen · 06/4741
J. M. Dillard, Bewußtseinsschatten · 06/4762
Brad Ferguson, Krise auf Centaurus · 06/4776
Diane Carey, Das Schlachtschiff · 06/4804
J. M. Dillard, Dämonen · 06/4819
Diane Duane, Spocks Welt · 06/4830
Diane Carey, Der Verräter · 06/4848
Gene DeWeese, Zwischen den Fronten · 06/4862
J. M. Dillard, Die verlorenen Jahre · 06/4869
Howard Weinstein, Akkalla · 06/4879
Carmen Carter, McCoys Träume · 06/4898
Diane Duane & Peter Norwood, Die Romulaner · 06/4907

STAR TREK™

John M. Ford, Was kostet dieser Planet? · 06/4922
J. M. Dillard, Blutdurst · 06/4929
Gene Roddenberry, Star Trek I: Der Film · 06/4942
J. M. Dillard, Star Trek VI: Das unentdeckte Land · 06/4943
Jean Lorrah, Die UMUK-Seuche · 06/4949
A. C. Crispin, Zeit für gestern · 06/4969
David Dvorkin, Die Zeitfalle · 06/4996
Barbara Paul, Das Drei-Minuten-Universum · 06/5005
Judith & Garfield Reeves-Stevens, Das Zentralgehirn · 06/5015
Gene DeWeese, Nexus · 06/5019
D. C. Fontana, Vulkans Ruhm · 06/5043
Judith & Garfield Reeves-Stevens, Die erste Direktive · 06/5051
Michael Jan Friedman, Das Doppelgänger-Komplott · 06/5067
Judy Klass, Der Boaco-Zwischenfall · 06/5086
Julia Ecklar, Kobayashi Maru · 06/5103
Peter Norwood, Angriff auf Dekkanar · 06/5147
Carolyn Clowes, Das Pandora-Prinzip · 06/5167
Michael Jan Friedman, Schatten auf der Sonne · 06/5179
Diana Duane, Die Befehle des Doktors · 06/5247
V. E. Mitchell, Der unsichtbare Gegner ·06/5248
Dana Kramer-Rolls, Der Prüfstein ihrer Vergangenheit · 06/5273
Barbara Hambly, Der Kampf ums nackte Überleben · 06/5334
Brad Ferguson, Eine Flagge voller Sterne · 06/5349
J. M. Dillard, Star Trek VII: Generationen · 06/5360
Gene DeWeese, Die Kolonie der Abtrünnigen · 06/5375
Michael Jan Friedman, Späte Rache · 06/5412
Peter David, Der Riß im Kontinuum · 06/5464
Michael Jan Friedman, Gesichter aus Feuer · 06/5465
Peter David/Michael Jan Friedman/Robert Greenberger, Die Enterbten · 06/5466
L. A. Graf, Die Eisfalle · 06/5467
John Vornholt, Zuflucht · 06/5468
L. A. Graf, Der Saboteur · 06/5469
Melissa Crandall, Die Geisterstation · 06/5470
Mel Gilden, Die Raumschiff-Falle · 06/5471
V. E. Mitchell, Tore auf einer toten Welt · 06/5472
Victor Milan, Aus Okeanos Tiefen · 06/5473
Diane Carey, Das große Raumschiff-Rennen · 06/5474
Diane Carey, Kirks Bestimmung · 06/5476
L. A. Graf, Feuersturm · 06/5477
A. C. Crispin, Sarek · 06/5478
Simon Hawke, Die Terroristen von Patria · 06/5479
Barbara Hambly, Kreuzwege · 06/5681

STAR TREK™

L. A. Graf, Ein Sumpf von Intrigen · 06/5682
Howard Weinstein, McCoys Tochter · 06/5683
J. M. Dillard, Sabotage · 06/5685
Diane Carey/Dr. James I. Kirkland, Keine Spur von Menschen · 06/5687
Peter David, Die Tochter des Captain · 06/5691
Dean Wesley Smith/Kristine Kathryn Rusch, Die Ringe von Tautee · 06/5693
Diane Carey, Invasion – 1: Der Erstschlag · 06/5694
Dean Wesley Smith/Kristine Kathryn Rusch, Tag der Ehre – 4: Das Gesetz des Verrats · 06/5702

STAR TREK: THE NEXT GENERATION
David Gerrold, Mission Farpoint · 06/4589
Gene DeWeese, Die Friedenswächter · 06/4646
Carmen Carter, Die Kinder von Hamlin · 06/4685
Jean Lorrah, Überlebende · 06/4705
Peter David, Planet der Waffen · 06/4733
Diane Carey, Gespensterschiff · 06/4757
Howard Weinstein, Macht Hunger · 06/4771
John Vornholt, Masken · 06/4787
David & Daniel Dvorkin, Die Ehre des Captain · 06/4793
Michael Jan Friedman, Ein Ruf in die Dunkelheit · 06/4814
Peter David, Eine Hölle namens Paradies · 06/4837
Jean Lorrah, Metamorphose · 06/4856
Keith Sharee, Gullivers Flüchtlinge · 06/4889
Carmen Carter u. a., Planet des Untergangs · 06/4899
A. C. Crispin, Die Augen der Betrachter · 06/4914
Howard Weinstein, Im Exil · 06/4937
Michael Jan Friedman, Das verschwundene Juwel · 06/4958
John Vornholt, Kontamination · 06/4986
Mel Gilden, Baldwins Entdeckungen · 06/5024
Peter David, Vendetta · 06/5057
Peter David, Eine Lektion in Liebe · 06/5077
Howard Weinstein, Die Macht der Former · 06/5096
Michael Jan Friedman, Wieder vereint · 06/5142
T. L. Mancour, Spartacus · 06/5158
Bill McCay/Eloise Flood, Ketten der Gewalt · 06/5242
V. E. Mitchell, Die Jarada · 06/5279
John Vornholt, Kriegstrommeln · 06/5312
David Bischoff, Die Epidemie · 06/5356
Peter David, Imzadi · 06/5357
Laurell K. Hamilton, Nacht über Oriana · 06/5342
Simon Hawke, Die Beute der Romulaner · 06/5413

STAR TREK™

Rebecca Neason, Der Kronprinz · 06/5414
John Peel, Drachenjäger · 06/5415
Diane Carey, Abstieg · 06/5416
Diane Duane, Dunkler Spiegel · 06/5417
Jeri Taylor, Die Zusammenkunft · 06/5418
Michael Jan Friedman, Relikte · 06/5419
Susan Wright, Der Mörder des Sli · 06/5438
W. R. Thomson, Planet der Schuldner · 06/5439
Carmen Carter, Das Herz des Teufels · 06/5440
Michael Jan Friedman & Kevin Ryan, Requiem · 06/5442
Dafydd ab Hugh, Gleichgewicht der Kräfte · 06/5443
Michael Jan Friedman, Die Verurteilung · 06/5444
Peter David, Q^2 · 06/5445
Simon Hawke, Die Rückkehr der Despoten · 06/5446
Robert Greenberger, Die Strategie der Romulaner · 06/5447
Gene DeWeese, Im Staubnebel verschwunden · 06/5448
Brad Ferguson, Das letzte Aufgebot · 06/5449
Kij Johnson/Greg Cox, Die Ehre des Drachen · 06/5751
J. M. Dillard/Kathleen O'Malley, Wahnsinn · 06/5753
Dean Wesley Smith/Kristine Kathryn Rusch, Invasion – 2: Soldaten des Schreckens · 06/5754
J. M. Dillard, Star Trek VIII: Der erste Kontakt · 06/5757
Diane Carey, Tag der Ehre – 1: Altes Blut · 06/5763
J. M. Dillard, Star Trek IX: Der Aufstand · 06/5770

STAR TREK: DIE ANFÄNGE
Vonda N. McIntyre, Die erste Mission · 06/4619
Margaret Wander Bonanno, Fremde vom Himmel · 06/4669
Diane Carey, Die letzte Grenze · 06/4714

STAR TREK: DEEP SPACE NINE
J. M. Dillard, Botschafter · 06/5115
Peter David, Die Belagerung · 06/5129
K. W. Jeter, Die Station der Cardassianer · 06/5130
Sandy Schofield, Das große Spiel · 06/5187
Dafydd ab Hugh, Gefallene Helden · 06/5322
Lois Tilton, Verrat · 06/5323
Esther Friesner, Kriegskind · 06/5430
John Vornholt, Antimaterie · 06/5431
Diane Carey, Die Suche · 06/5432
Melissa Scott, Der Pirat · 06/5434
Nathan Archer, Walhalla · 06/5512
Greg Cox/John Gregory Betancourt, Der Teufel im Himmel · 06/5513

STAR TREK™

Robert Sheckley, Das Spiel der Laertianer · 06/5514
Diane Carey, Der Weg des Kriegers · 06/5515
Diane Carey, Die Katakombe · 06/5516
Dean Wesley Smith/Kristine Kathryn Rusch, Die lange Nacht · 06/5517
L. A. Graf, Invasion – 3: Der Feind der Zeit · 06/5519
L. A. Graf, Tag der Ehre – 2: Der Himmel von Armageddon · 06/5725

STAR TREK: STARFLEET KADETTEN
John Vornholt, Generationen · 06/6501
Peter David, Worfs erstes Abenteuer · 06/6502
Peter David, Mission auf Dantar · 06/6503
Peter David, Überleben · 06/6504
Brad Strickland, Das Sternengespenst · 06/6505
Brad Strickland, In den Wüsten von Bajor · 06/6506
John Peel, Freiheitskämpfer · 06/6507
Mel Gilden & Ted Pedersen, Das Schoßtierchen · 06/6508
John Vornholt, Erobert die Flagge! · 06/6509
V. E. Mitchell, Die Atlantis Station · 06/6510
Michael Jan Friedman, Die verschwundene Besatzung · 06/6511
Michael Jan Friedman, Das Echsenvolk · 06/6512
Diane G. Gallagher, Arcade · 06/6513
John Peel, Ein Trip durch das Wurmloch · 06/6514
Brad & Barbara Strickland, Kadett Jean-Luc Picard · 06/6515
Brad & Barbara Strickland, Picards erstes Kommando · 06/6516
Ted Pedersen, Zigeunerwelt · 06/6517
Patricia Barnes-Svarney, Loyalitäten · 06/6518

STAR TREK: VOYAGER
L. A. Graf, Der Beschützer · 06/5401
Dean Wesley Smith/Kristine Kathryn Rusch, Die Flucht · 06/5402
Nathan Archer, Ragnarök · 06/5403
Susan Wright, Verletzungen · 06/5404
John Betancourt, Der Arbuk-Zwischenfall · 06/5405
Christie Golden, Die ermordete Sonne · 06/5406
Mark A. Garland/Charles G. McGraw, Geisterhafte Visionen · 06/5407
S. N. Lewitt, Cybersong · 06/5408
Dafydd ab Hugh, Invasion – 4: Die Raserei des Endes · 06/5409
Karen Haber, Segnet die Tiere · 06/5410
Jeri Taylor, Mosaik · 06/5811
Melissa Scott, Der Garten · 06/5812
David Niall Wilson, Puppen · 06/5813
Greg Cox, Das schwarze Ufer · 06/5814
Michael Jan Friedman, Tag der Ehre – 3: Ihre klingonische Seele · 06/5815

STAR TREK™

DAS STAR TREK-UNIVERSUM, 2 Bde.,
von *Ralph Sander* · 06/5150
DAS STAR TREK-UNIVERSUM, 1. Ergänzungsband
von *Ralph Sander* · 06/5151
DAS STAR TREK-UNIVERSUM, 2. Ergänzungsband
von *Ralph Sander* · 06/5270

Ralph Sander, Star Trek Timer 1996 · 06/1996
Ralph Sander, Star Trek Timer 1997 · 06/1997
Ralph Sander, Star Trek Timer 1998 · 06/1998
Ralph Sander, Star Trek Timer 1999 · 06/1999

William Shatner/Chris Kreski, Star Trek Erinnerungen · 06/5188
William Shatner/Chris Kreski, Star Trek Erinnerungen: Die Filme · 06/5450

Phil Farrand, Cap'n Beckmessers Führer durch STAR TREK – DIE CLASSIC SERIE · 06/5451
Phil Farrand, Cap'n Beckmessers Führer durch STAR TREK – DIE NÄCHSTE GENERATION · 06/5199
Phil Farrand, Cap'n Beckmessers Führer durch STAR TREK – DIE NÄCHSTE GENERATION – Teil 2 · 06/6457

David Alexander, Gene Roddenberry – Die autorisierte Biographie · 06/5544
Judith & Garfield Reeves-Stevens, Star Trek Design · 06/5545
Nichelle Nichols, Nicht nur Uhura · 06/5547
Leonard Nimoy, Ich bin Spock · 06/5548
Lawrence M. Krauss, Die Physik von Star Trek · 06/5549
Judith & Garfield Reeves-Stevens, Star Trek – Deep Space Nine: Die Realisierung einer Idee · 06/5550
Herbert F. Solow & Yvonne Fern Solow, Star Trek: Das Skizzenbuch – Die Classic-Serie · 06/6469
Judith & Garfield Reeves-Stevens, Star Trek – Phase II: Die verlorene Generation · 06/6470
Herbert F. Solow/Robert H. Justman, Star Trek – Die wahre Geschichte · 06/6499
J. M. Dillard, Star Trek: Wo bisher noch niemand gewesen ist · 06/6500

Diese Liste ist eine Bibliographie erschienener Titel,
KEIN VERZEICHNIS LIEFERBARER BÜCHER!